和漢聯句の楽しみ

芭蕉・素堂両吟歌仙まで

大谷雅夫 著

臨川書店

和漢聯句の楽しみ——芭蕉・素堂両吟歌仙まで——目次

凡例

一　和漢聯句の引用は基本的に次の三冊の作品集による。

『室町前期和漢聯句作品集成』（京都大学国文学研究室 中国文学研究室編・臨川書店・二〇〇八年）

『室町後期和漢聯句作品集成』（京都大学国文学研究室 中国文学研究室編・臨川書店・二〇一〇年）

『慶長元和和漢聯句作品集成』（京都大学和漢聯句研究会編・臨川書店・二〇一八年）

引用にさいしては、各冊の作品番号を用いて、（室町後期【一二】）のような形に省略して示すことがある。

一　和漢聯句やそのほかの古典籍の引用においては、原則的に、文字は通行の字体を用い、仮名遣は歴史的仮名遣に従った。

一　和漢聯句の漢句は原文と訓読とを示した。

一　和漢聯句以外に引用する漢詩は、原文とその訓読を示すことも、原文または訓読のどちらかだけを示すこともある。漢文は訓読を示した。

一　和歌の用例は主として『新編国歌大観』（CD・ROM版）によるが、表記を改めたところがある。連歌の用例は主として国際日本文化研究センターの「公開データベース」中の「連歌」によって引用し、私意により漢字をあて、濁点を補って表記した。俳諧の用例は『古典俳文学大系』（CD・ROM版）により、これも表記を改めることがあった。

一章　和漢聯句と日本文化

和漢聯句《わかんれんぐ》とは何だろうか。

高校の古典の授業で教えられないのはもちろんのこと、大学の専門課程の日本文学史で紹介されることも、おそらくはまれであろう。和漢聯句は、今日ほとんど忘れさられた文芸である。まずは、その実例を見てもらう必要があろう。

要するに、和漢聯句とは、ふつう十人あまりの人たちがよりつどい（それを連衆《れんじゅ》という）、和語による句（奇数番目の句は五七五、偶数番目は七七）と、漢語による五言の詩句とを、連想のままに、そしてある約束のもとに、一座する連衆が多くは百句つらねたもの（百韻《ひゃくいん》という）なのだが、その最初の八句（表《おもて》八句と称する）の一例を次にかかげてみよう。

天正八年（一五八〇）四月二十二日和漢聯句（室町後期）【四一】

1　夏山《なつやま》や滴《しづく》はみえて音《おと》もなし　紹巴
2　庭松覆暗泉（庭松《ていしよう》暗泉《あんせん》を覆《おほ》ふ）　雄
3　月従雲隙得（月《つき》は雲《くも》の隙《ひま》より得《え》たり）　霊三
4　吹出《ふきいで》けりな秋風《あきかぜ》の空《そら》　藤孝
5　笛亮（注一）雁行乱（笛亮《ふえりやう》として雁行《がんかう》乱《みだ》る）　周隣

6　墨淋鯉信伝（注二）（墨淋《すみりん》として鯉信伝《りしんつた》ふ）　慈稽

7　便《たより》さへ遠《をち》かた人《びと》とへだゝりて　昌叱

8　いかにゆくゑの峰《みね》ごえの道《みち》　心前

本能寺の変の二年前、京都で行われた和漢聯句である。句の下に名を記される連衆は、「紹巴」が連歌師の里《さと》村紹巴《むらじょうは》、「雄」が建仁寺僧の雄長老《ゆうちょうろう》（英甫永雄《えいほようゆう》）、「藤孝」が細川幽斎《ほそかわゆうさい》など、いずれも当代歴々の文化人であった。

句の流れをあらましたどってみよう。

最初の句（発句）は、一座の主賓にあたる人が、その季節と場所にふさわしい景物を挨拶の心で詠うというのがこのような連句のおおかたの約束事であった。「夏山《なつやま》や滴《しづく》はみえて音《おと》もなし」。四月下旬、この発句が披露された座敷では、おそらく「夏山」がまぢかに眺められたのであろう。

この句は、連歌などの発句を集成した『大発句帳』（連句発句帳とも）にも収められるものだが、『古典俳文学大系』（CD-ROM版）増補巻所収の『大発句帳』（雑夏）には「滴はみえで」と、底本にはない濁点を補って記される。その「で」は打消の意。上文の事態を「…なくて」と否定的に受けて、下に続ける接続助詞である。おそらく、この「滴《しづく》」を雨のしたたりとして、雨の「滴《しづく》はみえ」なくて、水の音もしないという句意を取ったのであろう。しかし、目に見えないほどの微かな雨が水音をたてないとは、あまりにも当たり前で、言うまでもないことではないか。そもそも、しずくも見えず、水音もしないなら、どうしてそれが雨と知られるのだろう。ここは、「滴はみえて」と清音の表現として、しずくは目には見えて（しかし）「音もなし」、水の音がしないのは……と、その矛盾を問う心を読みとるべきであろう。

係助詞の「も」には詠嘆的な用法がある。「音《おと》もなし」の「も」もそれであり、軽く問いかける気持がこめられる。たとえば、時の正親町《おおぎまち》天皇の父親、後奈良《ごなら》天皇宸筆と伝えるなぞなぞ集の巻頭に、「三輪《みわ》の山もりくる月は影もなし　すぎまくら」（『なぞたて』・岩波文庫『中世なぞなぞ集』所収）という謎とその答えが記されている。三輪山の木立から漏れてくる月には「影」（光）もない（それは何か）、という問いかけであり、三輪山の杉と杉の間（すぎま）が暗いという心で「すぎまくら（杉枕《すぎまくら》）」が答えとされているのである。それと似たことで、「滴《しづく》はみえて音《おと》もなし」とは、水のしたたりは目に見えて、しかし水音もしないとは……と、それをいぶかしむ心を表した句なのである。

その「なぞ」はどう解き明かされるだろうか。

私たちは、手紙の時候のあいさつに「深緑のしたたるばかりにうるわしい時節……」（『新しい手紙文の百科』昭和五一年版）などと記すことがある。五月ごろの手紙である。緑がしたたるとは、思えば奇妙な表現であり、今では古びてしまった決まり文句だろうが、ともあれ、木々の緑の美しさ、みずみずしさを「緑したたる」と言うことがある。しかも、その表現は中世末、紹巴の時代にすでにあった。『大発句帳』には、同じ紹巴の次の一句が、問題の「夏山の」の句の近くに載せられている。

　　したたりてぬれぬたもとや夏の山

したたっても袂が濡れないと言うのだから、それは現実の雨の水ではない。木の葉の緑の形容なのである。同じように「夏山の」の句もまた、目にはしづくが見えて、耳には水音も聞こえてこないのは（それは山の緑のしたたりだからだ）と詠うものと解釈されるであろう。その表現がどこまで遡れるか、何にもとづくかは後に述べることにするが、ここで紹巴は「緑したたる」という発想による一つの機智を詠ったのである。

発句に応じる第二句目を脇句（入韻句）というが、ふつう一座の亭主役の詠じるものである。作者は建仁寺十如院の雄長老。その漢句「庭松暗泉《ていしょうあんせん》を覆《おほ》ふ」は、庭の松が覆って下の泉が見えないことを言う。しかし、それだけの句なのだろうか。「暗泉」とは、目に見えない泉を言う。見えないのにそれが泉と分かるのは、水音が聞こえているからに相違ない。つまり、この句は言外に水音を表現している。発句が夏山のしずくは目に見えても水音がしないと詠ったのに対して、こちらは、松に覆われて見えないけれども、水音がするので、そこに泉ありと知られると付けるのである。雄長老は狂歌や狂詩で有名な人だが、いかにもその人らしく、発句の逆をゆく機智によって、発句の「なぞ」に答えたのである。

以下はごく簡単に。3の漢句「月《つき》は雲《くも》の隙《ひま》より得《え》たり」は、これも庭の松が泉を隠す意の2とは逆の発想で、松の梢あたりの雲間から月が現れ出たことを言い、4の「吹出《ふきいで》けりな秋風《あきかぜ》の空《そら》」は、その雲を吹き払った秋風を詠う。5と6とは漢句の対句であり、5の「笛亮《ふえりやう》として雁行乱《がんかうみだ》る」は、秋風に吹き運ばれる笛の音が澄んだ空によく通り、秋の来雁を驚かせてその列を乱すことを、6の「墨淋《すみりん》として鯉信伝《りしんつた》ふ」は、前句の「雁」から、雁が手紙を運んだという有名な故事「雁信」（匈奴《きようど》に囚《とら》われた漢の蘇武《そぶ》が雁の足に手紙を結んで都に送ったという話）を連想して、こちらは旅の夫が鯉の腹の中に潜ませた手紙を妻に送ったという別の故事「鯉信」（古楽府「飲馬長城窟行」・文選二十七）を用い、鯉の腹から墨痕《ぼくこん》の淋漓《りんり》たる（筆勢あざやかな）手紙が出たことを付けた。そして7の「便《たより》さへ遠《をち》かた人《びと》とへだゝりて」は、遠く旅ゆく人の便りさえ稀になったことを嘆き、8の「いかにゆくゑの峰《みね》ごえの道《みち》」は、その旅人のたどる山路の険しさを思いやる。

連想のままに詠われる内容が次々と移ろい、1の夏山の緑から、3の月、4の秋風、5の雁と秋景を詠ずる三句を経て、7と8には離別の悲しみが詠われる。この後も、目まぐるしく、変化に富んだ展開が最後の第百句（挙句《あげく》という）まで続くのである。

この文芸がいつの時代に生まれたかは明らかではない。しかし、それは遅くとも鎌倉時代には行われていたらしい。建治《けんじ》年間（一二七五〜八）に成立したとされる作詩文指南書の『王沢不渇鈔《おうたくふかつしょう》』に「近来連句連歌、優客好人これを翫《もてあそ》ぶ」として、連句（聯句）に連歌を付け、連歌に連句を付けるものだと説明される「連句連歌」こそ、この和漢聯句に当たるのであろう。

連歌と連句（聯句）、これらも今日親しまれている文芸とは必ずしも言えない。やはりそれぞれの例を一つずつ示しておこう。

まず連歌の例は、こちらは高校の古典教科書に載せられることもある「水無瀬三吟」の表八句である。宗祇《そうぎ》とその弟子の牡丹花《ぼたんか》肖柏《しょうはく》、宗長《そうちょう》の三人が交互に句をつけた連歌である。

賦何人連歌

1　雪ながら山もとかすむ夕《ゆふべ》かな　宗祇
2　ゆくみづとをく梅《むめ》にほふ里　肖柏
3　川かぜに一むら柳春《はる》見えて　宗長
4　舟《ふね》さすおともしるき明《あけ》がた　祇
5　月や猶霧《なほきり》わたる夜《よ》にのこるらん　柏

6　霜おく野はら秋はくれけり　長
7　なく虫の心ともなく草かれて　祇
8　垣《かき》ねをとへばあらはなる道《みち》　柏

聯句については、その標準的な一作品として、白居易、劉禹錫ら五人による聯句の前半十句を示しておこう。

首夏猶清和聯句

1　記得謝家詩　記《しる》し得《え》たり謝家《しやか》の詩《し》
2　清和即此時　清和《せいわ》 即《すなは》ち此《こ》の時《とき》　居易
3　余華数種在　余華《よくわ》数種《すうしゆ》在《あ》り
4　密葉幾重垂　密葉《みつえふ》幾重《いくへ》垂《た》る　度
5　芳謝人人惜　芳《はな》謝《お》ちて人人《ひとびと》惜《をし》み
6　陰成処処宜　陰《かげ》成《な》りて処処《しよしよ》宜《よろ》し　禹錫
7　水萍争点綴　水萍《すいへい》争《あらそ》ひて点綴《てんてい》し
8　梁燕共追随　梁燕《りやうえん》 共《とも》に追随《ついずい》す　行式
9　乱蝶憐疎蕊　乱蝶《らんてふ》疎蕊《そずい》を憐《あはれ》み
10　残鶯恋好枝　残鶯《ざんあう》好枝《かうし》を恋《こ》ふ　籍

先に引用した『王沢不渇鈔』によれば、和漢聯句とはこのような連歌に聯句を付け、聯句に連歌を付けて成立したものという。しかし、その二つは、どのように合流し、融和したのだろうか。

右にあげた連歌と聯句の例を見くらべてみよう。ともに複数の作者が句を付けあって成ったものである。それは重要な共通点である。しかし違いも多々見られる。もっとも大きな相違は、この「水無瀬三吟」では、最初の三句が春の景色を詠い、季語のない雑《ぞう》の句の4をはさんで、5から7までがこんどは秋の句となって季節が変わるのに対して、白居易らの聯句の方は、花が散り（3・5）、木が繁り（4・6）、燕や蝶が飛びかい（8・9）、鶯が衰える（10）など、「首夏」すなわち初夏の景を一貫して描くことである。

季節だけではなく、連歌は何においても内容を一定させない。新たに付けられた句（付句《つけく》という）は、その前の句（前句《まえく》という）とは連想によりつながれ、詠まれる内容は必ず前句と何らかの関係をもつ。しかし、付句は前句のさらにその前の句（打越《うちこし》という）とは、内容、趣向、表現などを類似するものにしてはならない。順序を逆にし、具体的な例を取って言えば、「煙」を詠う句に、その煙の立つ村里の句を付けるのはいいが、さらに、その次に「柴《しば》たく」とか「薪《たきぎ》」などを詠う句を付けて（打越の「煙」を思わせる表現にもどって）はいけないのである（二条良基『連理秘抄』）。付句が打越と同趣、類想になることを、輪廻《りんね》とか、観音開《かんのんびら》きとか称し、連歌ではそれをもっとも重い禁忌とする。したがって、連歌は隣り合う句どうしは付くのだが、さらに句が続けられるにつれて内容はみるみる変化し、離れてゆく。連歌は決して主題をもたない。主題を表すような「題」が付けられることもないのである。

それに対して、聯句は鮮明な主題意識をもつ。さきの「首夏猶清和聯句」に限らず、中国の聯句は、百句、二百句と、どれほど長大な作品になろうとも、最初から最後まで、複数の作者が一つの主題のもとに句を作り、連ねてゆく。しかも、その主題は聯句の「題」として明示される。「首夏猶清和聯句」がそれであるが、他にも、たとえば中唐の韓愈《かんゆ》と孟郊《もうこう》らの「遠遊聯句」「納涼聯句」「秋雨聯句」、また白居易らの「薔薇花聯句」等々である。それぞれの聯句は、首尾一貫して、秋雨や薔薇の花などのありさまを、またそれに触発されるさまざまの思いを、修辞を尽くして表現する。多彩な対句が並ぶことになるのだが、その内容が秋雨や薔薇の花から離れてしまうことは決してない。複数の作者たちが、確固たる主題のもとに統一した表現世界を作ってゆくのが聯句なのである。

連歌と聯句の性格は、このように、水と油のように異なるものであった。そして、水と油のままであれば、二つが混じりあうことは難しかったであろう。しかし、平安朝以来、日本の詩人たちによって作られてきた聯句は、すでに連歌的なものに変質していた。『王沢不渇鈔』の次の語によってそれが推測される。『鈔』は、十二句から成る聯句を示した上で、「風情かくのごとし。輪廻等同詞同体、上《かみ》の句を以てこれを糺《ただ》すなり」と説く。先に述べたように、連歌にいう「輪廻」とは、付句の趣向や表現などが打越に戻ってしまうことを言う。それが強く忌まれて、その結果、句ごとの変化が生まれた。『鈔』の聯句についてその「輪廻」が説かれていることから、鎌倉時代の聯句がすでに連歌に近いものとなっていたことが知られるのである。

日本の聯句は、連歌同様、表現の主題をもたず、したがって題もなかった。室町時代に『城西聯句《じょうさい》』という聯句集があった。その書名は、おそらく中国の韓愈と孟郊の「城南聯句」にならったものであろう。しかし、その「城西」と「城南」の意味はまったく違う。韓孟の「城南聯句」は、句数三百六という長大な聯句作品だが、その句のすべては長安城の南の郊外の景物の表現である。「城南」とは、まさにその聯句の主題を明示する言葉である。それに対して、策彦《さくげん》と江心《こうしん》という二人の禅僧による『城西聯句』の「城西」とは、その聯句が都の西郊の嵯峨天龍寺の塔頭で作られたことを示唆するだけの語であった。個々の作品（百韻）にはもちろん題はなく、主題はなかったのである。

『鈔』の「連句連歌」、すなわち和漢聯句は、連歌と、連歌化した聯句の混じりあった文芸である。漢文学の和風化の末に生まれた和漢折衷の文学であった。

漢文学の和風化が和漢聯句の表現にまで及んだ例として、紹巴のさきの「夏山《なつやま》や滴《しづく》はみえて音《おと》もなし」の句を挙げることができる。夏山の緑したたる様子は見えるのに水音もしないという機智の表現であることはすでに述べた。その表現は、もとをただせば、北宋の画家、郭熙《かくき》の画論を伝える「春山は澹冶《たんや》にして笑ふが如く、夏山は蒼翠《さうすい》にして滴《しただ》るが如く、秋山は明浄《めいじやう》にして粧《よそほ》ふが如く、冬山は惨淡《さんたん》にして睡《ねむ》るが如し」（林泉高致集《りんせんこうちしゅう》）に基づくものであった。その「滴るが如く」が、室町時代の五山僧の詩や聯句や、和漢聯句の漢句などに詠まれたあと、この和句に取り入れられた。和漢の漢句の例を一つだけ挙げておこう。

天文十九年（一五五〇）四月二十八日漢和聯句（室町後期）【一五】

1　山滴先梅雨（山の滴《しただ》ること梅雨に先だつ）　入道前右大臣（三条西公条《きんえだ》）

梅雨の雨が降るまえから、山では緑の色がしたたるようだと詠う。このような漢句の表現が、和漢聯句の席に連なることの多かった連歌師紹巴により学び取られ、やがて、それがやまとことばの中に取り入れられて、この「夏山《なつやま》や滴《しづく》はみえて音《おと》もなし」の和句が生まれたのである。私たちが今なお用いる時候のあいさつがそれに基づくことも先に述べた通りである。また「山笑う」という耳になじんだ別の言葉も、やはり郭熙の「春山は澹冶《たんや》にして笑ふが如く」が、和漢聯句からさらに俳諧にまで吸収されて日本語表現となったものである（231頁）。

日本に受容された漢文学の多くは、長い歳月を経て消化され、同化され、日本語と日本文学をより豊かなものとしたのだが、和漢聯句がその過程において果たした役割は大きかった。和漢聯句の付合は、漢の世界が和の世界にまじわり、やがて融合してゆくための、いわば触媒の働きをしたのである。

漢文学の和風化という意味合は同じだが、右とは逆の方向の表現もあった。漢句が和歌の心を詠うのである。

文明十三年（一四八一）五月二十一日和漢百韻（室町前期）【一三】

20 年はふりてもこひは其《その》まゝ　（後土御門天皇）

21 朽矣隔郷袖（朽《く》ちたり郷《きやう》を隔《へだ》つる袖《そで》）　源富仲

22 雨にさくらむはなはゆかしき　（後土御門天皇）

20は、長い年月が過ぎても恋慕の思いの変わらないことを詠う。それを受ける漢句の「朽矣」とは、老子の「その人と骨と皆な已《すで》に朽ちたり（朽矣）」（史記・老荘申韓列伝）の語を用いるもの。また「隔郷」も「袖」も、ごく当たり前の漢語である。しかし全体としてこの21は、故郷を離れた旅衣の袖がすでに朽ちてしまったことを嘆く。涙で袖が朽ちると言うその大げさな表現は、中国の古典詩文にはおそらくは類例を見ないものであろう。それは、「人しれぬ涙に袖は朽ちにけり逢《あ》ふ夜《よ》もあらば何《なに》につつまむ」（拾遺集・恋一）などの恋歌に常用される発想である。いわば和歌の漢語訳なのである。そして22は、前句の「郷《きやう》を隔《へだ》つる」から、「霞《かすみ》立ち木《こ》の芽《め》はる雨ふるさとの吉野の花もいまや咲くらむ」（後鳥羽院御集）などを連想して、雨中に咲く古里の花を遠く思いやる心を詠う。つまり、この三句は、漢句をはさみつつも、和歌の中に見なれた情趣を連ねるものであった。

もう一つ、同じ頃の例を挙げてみよう。

文明十七年（一四八五）四月九日和漢百韻（室町前期）【二七】

16 月暗独過廊（月暗くして独《ひと》り廊《らう》を過《す》ぐ）　和長

17 約与秋雲変（約《やく》は秋の雲と与《とも》に変ず）　経茂

月のない夜、ひとりで廊下を歩むと詠う16に、17は、前句の「月暗くして」を、雲がそれを隠したものと、さらに「独《ひと》り廊《らう》を過《す》ぐ」を、男を待ちかねた女が廊を行きつ戻りつする姿に取りなして、逢瀬の約束が「秋の雲」のように定めなく、はかなく破られたことを言うのである。その句意は、比較的、見やすいものであろう。しかし問題は「秋の雲」にある。中国の詩では、移ろいやすいものの譬えには「浮雲」という言葉が用いられる。たとえば「世事浮雲変ず」の句は諺のように頻用され、蘇東坡の「浮雲の変化蹤跡無し」（「贈写真何充秀才」・古文真宝前集）も人に知られた句であろう。「風雲」「煙雲」などもまた、その変化のすみやかさを言われることがある。しかし「秋雲変ず」の語は、この句の作者が学びえた中国古典詩には見られない。この漢句の「秋の雲と与《とも》に変ず」は、じつに珍しい発想の表現なのである。その「秋の雲」は、前句が季語「月」により秋の句であるのに、さらに秋の句を続ける必要（26頁）もあっての言葉であろうが、それだけではない。これも和歌的な修辞と見るべきものである。たとえば「変はりゆく人の心の秋風に逢ふたのみだになき契《ちぎり》かな」（新拾遺和歌集・恋四）のように、「秋」に人の心の「飽き」の意を掛ける歌は数かぎりもない。この漢句は、その掛詞の技法を借りて、男の契りが「秋（飽き）の雲」とともに移ろったことを言うのである。

　この百韻には、時に三十一歳の俊秀、三条西実隆が加点している。秀れた句に「〽」や「＼」のような点を付けたのであるが、17にはその二つを重ねた「〽＼」の点が付せられている。特に優秀な句と認める長点《ちょうてん》が、百句中これだけに付けられたのである。用語・内容ともに至って平凡と思われるこの句の長点は、おそらく、前句の取りなし方の妙とともに、「秋の雲」の掛詞の奇を評価するものではないだろうか。和歌や和文の発想、表現をわざと五言の漢句に取り入れて興じることが、和漢聯句にはあったのである。

和漢聯句とは、国語の句と外国語の句とを連想のおもむくままに連結してゆくという、世にも不思議な一芸術であった。そこには、和と漢のことばの交響を聴きとることができる。和句と漢句の付合を読むことの、それが最大の楽しみであろう。

和のなかに漢をとかしこみ、漢によって和をあらわす。そのような和漢聯句は、言わば、日本文化のひな形、その縮図ではないだろうか。和漢聯句を読む楽しみは、おおげさ！と、さぞかし大笑いもされようが、じつは、日本文化を読みとき味わう楽しみなのである。

（注一）底本（叡山文庫蔵『和漢漢和』）では「毫」（平声）となっているが、下の「雁行」の「行」がやはり平声なので、二四不同の決まり（78頁）に合わない（平仄《ひょうそく》が合わない）。笛の音がよく通ることを表現する「亮」（仄声）の誤りと考える。

（注二）同じく底本は「伝鯉信」。「信《シン》」（去声の震《シン》韻）では押韻（26頁）できないので、文字の顛倒があると見て正した。2の「泉《セン》」と同じく「伝《デン》」が平声の先《セン》韻で韻字になる。

二章　和漢聯句の楽しみ

――『慶長元和和漢聯句作品集成』を読む――

いまはむかし、和漢聯句《わかんれんぐ》という文芸があった。五七五（長句）と七七（短句）とをたがいに付けあう連歌に、漢字五文字からなる詩句を折々まじえる形式で、ふつう十数人の連衆《れんじゅ》がつどい、和の句と漢の句がほぼ同数になるようにして百句を連ねるものである（その作品を百韻という）。それが室町時代から近世前期にかけて、天皇を頂点とする公家社会を中心に、豊かな教養をもつ人々によって盛んにおこなわれた。早朝から時には深更に及ぶまでの月次《つきなみ》の御会を開き、さらには、まる三日をかけて十の百韻、合計千句を製作し記録するような、皇室における盛大な文化事業でもあった。

平成三十年二月、私たち京都大学和漢聯句研究会は、五年にわたる共同研究によって、近世初頭の和漢聯句の諸作品を収集し、活字化して、『慶長元和和漢聯句作品集成』（臨川書店）として出版した。

しかし、それらの作品を通読し、理解した上で、その時代の文学史、文化史の資料として活用することは、決してたやすいことではない。今後は、それらを読みとき、分かりやすく注釈して世に問う努力が重ねられなければならないと思う。

以下の七つの節は、研究会会員のひとりとして、その責務の一端を果たすとともに、さらには、和漢聯句を読む楽しみを、和漢聯句なるものをはじめて見るような方々と分かちあうことを、ひそかに願って書きつづったものである。

一　和漢聯句ひろいよみ

まず、慶長十六年（一六一一）二月十一日、駿府（静岡市）の文殊院で巻かれた百韻（慶長元和【四五】）を取り上げて、特に楽しそうなところを抜き出して読んでゆきたい。その発句は和泉国中庄《なかしょう》（大阪府泉佐野市中庄）の地侍であった新川盛政《にいがわもりまさ》の、そして第二句（脇句）は文殊院勢誉《せいよ》の作である。

最初に読む作としてこれを選んだのは、第一に、発句作者の盛政が和泉から駿河に赴いた折の旅日記が残されており、その詳細な研究（鶴崎裕雄「『新川盛政駿河下向記』の史料的研究―中庄新川家文書研究会　報告一」・調査研究報告㉖）も備わるからである。成立事情を詳らかに知ることのできる和漢聯句作品は珍しいものであろう。

また、和漢聯句は和漢にわたる豊かな知識と教養を要するために、天皇や公家、または五山僧や儒者、連歌師などの都の文化人の間に行われることが多かったが、この作品は地方の土豪が客人として加わり、発句を詠んだものである。和漢聯句の享受者の広がりを示す貴重な一例でもある。もちろん、地侍とはいえ、盛政は、幼い頃は紀州根来寺《ねごろじ》に入って仏法を修め、教養を積み、また「慶長十四年頃より堺南宗寺の沢庵宗彭の許に参禅している」（鶴崎）。そのような教養人であった。この百韻のできばえも、他に比べて遜色のないものであろう。

このたびの新川氏一同の駿河行は、訴訟解決の御礼を、再建成ったばかりの駿府城にいた大御所（徳川家康）

に申し上げるための旅であった。「二月六日に御所にしこう申せしに、慈悲の御まなじりにかゝり、いつくしみの御ことのは」（新川盛政駿河下向記）までかけられて、その安堵の思いのままに、彼らは城の西北の賤機山《しずはたやま》に遊び、清見が関までの小旅行を楽しんだ。そして、この十一日に「文殊院興行にて和漢ありしに、我に発句をつかうまつれと有しを、辞するに道あらで」（同上）、盛政が発句を詠じたのがこの和漢聯句百韻であった。「発句は客人、脇は亭主」（宗牧『当風連歌秘事』）。発句は客人が挨拶として詠じ、脇句は主人がそれに答えるのがならいである。主人、文殊院住持の勢誉（連歌名、勢与）は、高野山の総支配を任されたことのある真言僧。駿府に寺地を賜わって、家康のそば近くに仕えていた。和泉国の出身なので、あるいは盛政とも縁故のある人だったのかも知れない。そして、第三句は林羅山《はやしらざん》（道春）、そして第四句は、その弟の信澄《のぶずみ》（東舟）が詠んだ。いずれも大御所の側近として駿府にいたのである。永禄九年（一五六六）生まれの盛政はこの時四十六歳。勢誉は六十三歳か。羅山は二十九歳、信澄は二十七歳であった。

1　雪わけていつさく花ぞ富士《ふじ》の岳《たけ》　　盛政

発句は、普通その季節とその場にふさわしい景物を詠みこむものである。連歌でも俳諧でも、和漢聯句でも変わらぬ約束事である。この慶長十六年の「二月十一日」は現行の暦（グレゴリオ暦）では三月二十五日にあたる。あと数日で桜も咲きはじめようという頃である。「いつさく花ぞ」の表現には、桜の開花を待ち望む気持が表われているだろう。所は駿河国の府中。富士山をはるかに望むこの地に花の咲く日が待ち遠しいですねと、そのような挨拶の心をこめる句と受けとられるであろう。

しかしながら、麓の桜を言うなら、「雪わけて」の表現は季節が合わないのではないか。また「富士の岳」という句には、富士山を仰ぎ見る姿勢が表わされるだろう。『新川盛政駿河下向記』にも記されるこの句は「雪わけていつさく花ぞ富士の峯」となっている。一字の異同があるのだが、その「峯」ならなおのこと、富士の頂きを見あげる視線が読みとられるはずだ。つまり「いつさく花ぞ」という問いは、見あげる「富士の岳（峯）」に向けられている。富士の高みに向かって、いつ咲く花かと問う心が表現されているのである。もちろん、富士の頂きにはどのような花も開かない。たとえ開いたとしても麓からは見えない。「いつさく」と問われる「花」は、「富士の岳（峯）」そのものではないだろうか。

富士山は、詩歌においては、たとえば綿帽子に、または鏡や白扇などに譬えられた。雪を冠したその姿を、白く美しい何かに比したのである。同様に、富士を白い花になぞらえることもあった。その頂きを「八葉の蓮花」（和漢三才図会）の如しと言い、「八葉《はちえふ》の富士の深雪《みゆき》や白蓮花《はくれんげ》」（毛吹草・冬「雪」）と詠う句もあった。そのように富士を蓮《はす》の花に見たてることは本邦五山の僧侶たちの詩に先例があり、さらに本をたどれば、中国の詩文で衡山《こうざん》や廬山《ろざん》などの名山を芙蓉峯《ふようほう》と言うのに習うものであった。しかし、この句の「花」を蓮の花とは取りにくい。譬えとはいえ、蓮の花は春の句には合わない。仲春二月に「いつさく花ぞ」と問われる花には、やはり桜がふさわしいだろう。

富士山は『万葉集』以来、数えきれないほど多くの詩歌に詠われてきた。源俊頼《としより》『散木奇歌集《さんぼくきか》』（春部）の次の歌もその一つであった。

遠山桜といふ事をよめる

雪きえぬ富士のけぶりとみえつるは霞《かすみ》にまがふ桜なりけり

遠くの山に咲く桜を「雪きえぬ富士のけぶり」に譬えた歌である。後の唱歌（箏曲）に「かすみか、くもか、にほひぞ、いづる」（さくら）と詠われるように、遠山に一面に咲く桜は霞の色に見まごうものだが、それは雪の消えない富士山の煙に見えたと言うのである。譬喩を重ねる複雑な歌だが、その実際のありようから言えば、「霞」は富士の「けぶり」に、そして「桜」は山頂の「雪」に見立てられたということになろう。逆に言えば、富士の冠雪を遠山の桜に似たものと見たことになるだろう。

また、『続後撰和歌集』（雑歌上）の次の歌は、解釈にやや難しい点があるが、やはり富士の嶺と山桜とを結びつけるものであった。

四月廿日《うづきはつか》あまりのころ、駿河の富士の社《やしろ》にこもりて侍《はべ》りけるに、桜の花ざかりに見えければ、よみ侍りける　　法印隆弁

富士の嶺《ね》は咲きける花のならひまでなほ時《とき》しらぬ山ざくらかな

孟夏四月の二十日すぎに富士浅間《ふじせんげん》神社で満開の花を見たとは、桜の開花の特に遅い年だったらしい。それを「時しらぬ山ざくらかな」と詠ったのだが、その「時しらぬ」が『伊勢物語』の東下りの段の、五月《さつき》の晦日《みそか》に詠まれた歌、「時しらぬ山は富士の嶺《ね》いつとてか鹿《か》の子《こ》まだらに雪の降るらむ」（第九段）に基づくことは明らかであろう。したがって、「時しらぬ」富士の嶺で真夏に雪が降るように、ここには季節はずれの山桜が咲くと詠うことは分かる。しかし、その上の「咲きける花のならひまで」の解釈が難しい。注釈書の中には「富士山は、咲いたさくらの花の習慣まで、雪どうように、やはり時節を知らない山ざくらだなあ」という現代語訳（続後

撰和歌集全注釈）を示すものがあるが、この訳そのものが難解である。『続後撰和歌集』の諸本には「ならひにいて」の本文も見えるが、それでも釈然としないかも知れない。しかし、先の『散木奇歌集』の歌が富士の冠雪を桜の花に重ねていたことをここで思いおこせば、その「咲きける花のならひにいて」は、山頂の雪が花のように咲いたのに習って、の意に理解できるのではないか。つまり、山頂の「時しらぬ」雪がまるで花が咲いたように見えるのに習って、麓の浅間神社でも「時しらぬ山ざくら」が咲いたよと詠うものと解釈できるであろう。江戸時代初期の連歌学書である『竹馬《ちくば》集』は、「富士」の「付合」の言葉の中に「山ざくら」を挙げ、その証歌としてこの「ふじのねはさきける花のならひにいて」の歌を示している。また、やはり江戸時代初期の俳諧の付合語辞典である『俳諧類船《るいせん》集』は、「さくら」について、「ふじのねの六月桜《みなづきざくら》とよめり」とする。六月《みなづき》の望《もち》（十五日）に消え、その夜にまた積もる（万葉集）と詠われた富士の嶺の雪を「六月桜」とする表現があったことを言う。富士山頂の不断の雪は、そのまま不断の桜の花と見られたのである。禅僧、熙春龍喜《きしゆんりゆうき》（文禄三年〈一五九四〉寂）の富士を詠った詩句に「四時《しいじ》の雪は是《こ》れ四時の花」（「富士図細川幽斎公家中五岳詩歌所望」・清渓稿）と言うのが、まさにそれである。烏丸光広《からすまるみつひろ》はしばしば江戸に下向し、多くの富士詠をのこした公家歌人だが、その一首に「八重《やへ》がすみ立ちも隠《かく》さで富士の山雪《ゆき》のよそめの桜さく比《ころ》」（黄葉《こうよう》集）がある。山頂の雪が遠目で桜の花が咲くように見えることを詠うのである。さらに、やや後の例になるが、山崎闇斎『再遊紀行』の「海東《かいとう》の富士屹《きつ》として崢嶸《さうくわう》…空に擎《かか》ぐる白雪は是れ山桜」という詩句は、富士の雪を端的に山桜に譬えた表現であった。

『新川盛政駿河下向記』にも、先に挙げたこの百韻の記事に続いて次のようにいう、

あづまにくだらば、ふじを見んことうらやましといふ人のことをおもひ出《いで》て

ふじのねの花にしあらば手《た》をりつゝまだ見ぬ人に見せまし物《もの》を

富士の嶺が花なら、それを手折って土産にしたいとは万葉調の詠いぶりなのだが、その「花」も桜の花と理解すべきものであろう。

「いつさく花ぞ」の「花」も、富士の冠雪を譬えた表現である。「雪わけていつさく花ぞ」とは、峰の雪が花のように見えることを、雪を分けて桜の花が咲き出ることとして、その花はいつになったら咲くものかと詠うのである。今日、富士の雪を桜の花のように見るのは、おそらく誰にもないことであろう。それが江戸時代以前にはごく普通の見立てだったのである。

それでは「いつさく」とは、なぜそう問われたのだろうか。もちろん「いつさく花ぞ」とは花を待ちこがれる気持であり、実際の桜の開花が間近かだからこその表現ではあろう。しかし、それだけではない。花は、ここでは富士の頂きの雪の譬えである。それがまだ咲かないとは、富士山が眼前に現れないことである。この日、駿河の文殊院では、富士山は雲に隠されて見えなかったのである。

それどころか、この数日、盛政は富士の姿を見ていなかった。『下向記』の記事によってそう推測される。二月六日に大御所に祗候した盛政は、城近くの賤機山に登り、そこで「ふじの雪、かひ（甲斐）のしらね」を望見している。しかし、その後、駿府から東へ約四里の清見《きよみ》が関《せき》の清見寺《せいけんじ》を訪れて「一日ながめくらし」、清見潟を隔てた「みほの松原かすみにうかびたる」さまなどを、『下向記』はこまごまと書き記しているのだが、富士山の姿はそこにはない。当時、寺域の広かった清見寺から富士が望めたことは、「（清見寺の客殿の）端《はし》ちかくいで、ひがしのかたをみれば、ふじ、あしたか、みほの松ばら、田子のうらのこらずみゆ。まことにぶ双《そう》の絶《ぜつ》景《けい》なり」（浅井了意『東海道名所記』）によって知られる。また、この二年後の慶長十八年二月二十日、ある禅僧は、やはり駿府を出て清見寺に宿り、「予《よ》、富士を見て詩を題して曰はく、日東《にっとう》第一一層《いっそう》の巒《みね》、六出《りくしゅつ》（雪の異名）堆《うづたか》きを成して春尚ほ寒《な》し、桜雪擁《よう》せるや残雪擁せるや、士峰頭上白漫漫」（昕叔顕晫《きんしゅくけんたく》『鹿苑日録《ろくおんにちろく》』）とも書き留めている。この日、盛政にも同じように富士が見えたら、『下向記』にそれを書き漏らすことはなかっただろう。そして、この二月十一日にも、花かと見まごう白い頂きは、雲の中に隠されていたのである。

駿府の文殊院の座敷からも、雲さえなければ、東の空の一角に富士の冠雪は望めたであろう。客である盛政も、それを迎えた院主も他の連衆も、富士が現れることをともに待ち望んで、その方をおりおり見あげることがあったに違いない。盛政の発句の「いつさく花ぞ」は、その富士が花の姿を現すことの期待を、近々咲き始めるに違いない駿府の桜への思いに重ねて詠った句と読みうるのである。

1　雪わけていつさく花ぞ富士の岳《たけ》　盛政
2　春半訝雲寒（春半ばにして雲の寒きを訝《いぶか》る）　勢与

院主の勢誉が脇句を付けた。発句の「いつさく花ぞ」が、駿府の桜の開花の待ち遠しさを兼ねて、富士の花容が現れることを期待する心を詠ったのを承けて、春半ばなのにどうしたことか、曇り空の寒さが続くのでと、花の遅さの理由を述べた。主人の立場から、この地の桜が開かないことを残念に思う気持を表し、それとともに、富士が見えないことを寒雲たれこめるせいだと答えたことにもなる。発句が、譬喩としての花を主とし、実際の花を従にしたのに対して、この脇句は、その主従を逆転して詠ったことになるであろう。

続く第三句からの六句を並べてみよう。

3　霞隙月猶淡（霞隙《かげき》月猶《な》ほ淡《あは》し）　道春
4　暮かけてしも簾《すだれ》まく袖　信澄
5　雨余涼得意（雨余《うよ》涼意《い》を得たり）　勢与
6　秋信露同歎（秋信《しうしん》露歎《なげ》きを同じうす）　道春
7　雁《かり》わたる田づらはるかに色づきて　信澄
8　した葉《ば》うつろふ萩《はぎ》のむら〳〵　盛政

連歌でも和漢聯句でも百句を連ねて完成とする百韻形式のものが普通である。その記録には、横に二つ折りにし、折目を下にした懐紙を用いる。初折《しよおり》、二折《にのおり》、三折《さんのおり》、名残《なごり》の折と称するその四枚を重ねて右端を紙縒《こより》で綴るのだが、各々の表と裏を、たとえば初折の表《おもて》、二折の裏《うら》のように言う。そして、初折の表から名残の裏までの八面に、順に、八句、十四句、十四句、十四句、十四句、十四句、十四句、八句を書き記す。初折の表の端《はし》と、名残の折の裏の奥《おく》には余白が生れるが、初折の表の端には普通その百韻の行われた日付が記される。場所が示される場合もある。それを端作《はしづくり》という。そして名残の裏の奥には、参加者の名とそれぞれの詠出した句の数が記される。それを句上《くあげ》という。

先の発句、脇句と、右に挙げた第三句から第八句までが初折の表に記される分である。それを特に表八句《おもてはつく》と言うが、連歌・和漢聯句ともに、この八句には、恋や無常などの人の世の深い思いを詠むことは好まれない。自然のさまをなだらかに詠む句を連ねることが多い。ここも、脇句の「雲」から連想された3の「月」に、4

は「月」を眺めるために「簾」を巻きあげることを付け、5は巻きあげた「簾」に雨上がりの「涼」しさを、6は「涼」しさに「秋」と「露」を、7は「秋」に「雁」を、8は、萩が黄葉するころに雁が飛来するという万葉集以来の発想で「雁」に「萩」を付けるという、まずは約束通りの展開を見せる。

この百韻は二月十一日に行われたので発句はその仲春の景物を詠むものであったが、春の句は（秋の句も）三句以上、五句まで続けることが約束であった。発句は「花」、脇句は「春」、第三句は「霞」という季語を含んでおり、春の句が三句連続している。しかし4には季節を示す語がない。これを雑《ぞう》の句という。そして、5は「涼」という季語をもつので夏の句。夏の句は（冬の句も）三句まで続けることができる。ということは、一句だけで終わってもよく、ここでは一句のみで、6から8までは、順に「秋」「雁」「萩」という季語をもつ秋の句となる。このように、わずか八句のあいだに、春、夏、秋と、三つの季節の景色がまるで早送りの映像のように次々と描かれるのである。前章に述べたように、同じように複数の作者が詩句を連ねる形式である中国の聯句は、いかに長大なものであっても、たとえば「秋雨聯句」なら秋雨を表現する句だけを連ねる。「秋雨」がゆるぎない主題である。それに対して、和漢聯句は一貫した主題を決してもたない。季節も内容も次々に移ろう。繋がりをもちつつ変化することが和漢聯句の最も重要な特色であり、それは連歌と同じなのである。

和漢聯句ならではの決まりもある。最も大切な約束は押韻することである。発句が和句である場合（それを狭義の和漢聯句という。この駿河の百韻がそれである）は、必ず二番目の句（脇句）を漢句とする。そして、その漢句の五字目を平声の文字にして、以下、偶数句に漢句を付ける場合は、必ずそれと同じ韻に属する他の文字を句末に用いる。第二句目を入韻《じゅいん》の句とも称するのは、そのように脚韻字を定めるからである。この百韻の場合、

2の「寒《カン》」が平声の寒《カン》韻に属する文字なので、6も同じ寒韻の「歎《タン》」を句末に置く（なお3の「淡《タン》」は上声の感《カン》韻であり、押韻には関係しない。押韻は偶数句だけのことである）。狭義の和漢聯句では挙句《あげく》（第百句）は必ず漢句とするので、以下、その挙句に至るまでの偶数句の漢句は同じ寒韻の文字で押韻する。

一方、発句が漢詩句であるものを特に漢和聯句と称するが、その場合は、脇句を必ず和句にして、その句末の名詞や動詞などの自立語を平声の漢字で記し、それにより韻字を定める。以下の偶数句では、漢句にも和句にもその韻を踏む。漢和聯句の挙句は和句にするのが決まりなので、それにも押韻することになる。

発句が和句である狭義の和漢聯句と、発句が漢句である漢和聯句をあわせ、広い意味で和漢聯句と称する。「和漢聯句の楽しみ」とする本書の書名は、広義のそれによる。この他、色々な約束事があるが、それらには機会があるたびに触れることにしよう。

引き続き、この駿河での百韻から幾つかの付合をひろいよみする。季節の句の多い初折の表から、その裏の方に進むと、にわかに人の世の諸相を詠う句が目立つようになる。そして、経書・史書・詩文・仏典などにもとづく複雑な表現が頻出し、読解に苦しめられることも次第に多くなるであろう。

15　夏の夜《よ》も月のひかりは霜《しも》にして　信澄
16　鵑啼驚睡軒（鵑《ほととぎすなき》　啼て睡軒《すいかん》を驚かす）　道春
17　暁装帰客懶（暁《ぎようさう》　装帰《き》客懶《かくものう》し）　勢与
18　壠断賤夫讙（壠断賤《ろうだんせんぷ》夫讙《よろこ》ぶ）　道春
19　くみかはすさけにし酔《ゑひ》やみだるらん　盛政

15は、『和漢朗詠集』上巻「夏夜」の「風枯木《こぼく》を吹けば晴《はれ》の天《てん》の雨、月平沙《へいさ》を照らせば夏の夜《よ》の霜」という白居易の有名な句によるもの。夏の夜も、月の光はまるで霜のように冷たく感じられることを詠う。そして、16はそのような夏の夜、ホトトギスの声に眠りを覚まされたことを言う。「鵑」は「杜鵑」を一字に縮めた語。郭公とも時鳥とも子規とも名を記されるこの鳥は、初夏に鳴き始め、月の夜にも暁にも鳴いて、鋭い鳴き声で人の夢を破ることが詩歌に詠われる。17は、ホトトギスの声で目を覚ましたその人物を「帰客」（旅人）と見た付句である。ホトトギスは、中国の古い伝説では、国を捨てて旅に死んだ蜀王の魂が化した鳥とされる。その鳥は他郷での死を悲しんで「不如帰《ふじよき》（帰るに如かず）」と鳴き、「万《ヨロツ》ノ行人旅客《リヨカク》ヲモ、不如帰々々トス丶メテ、ハヤク古郷ニカヘレト教《ヲシ》ユルナリ」（『連集良材』寛永八年刊）という。そのような連想に基づいて、暁方、ホトトギスの声で目を覚ました旅人が、身づくろいしながら離愁に心しおれるさまを描くのがこの句である。ここまで、比較的、読みやすい表現が続いていているだろう。

では、次の18はどうか。和漢聯句では、奇数句が漢句であり（17がそうである）、その次の偶数句に漢句を付ける場合（この18がそれである）、二つの句を対句に仕立てるという原則がある。これは厳しく守られる決まりである。ここも、「暁装」に「壠断」、「帰客」に「賤夫」、「懶し」に「讙ぶ」と、性格の似た語が対置される。旅人が物憂くしている様子に、卑しい男が喜んでいるさまが対比される。分かりやすい対照をはかる対句と言えるだろう。

このうち、「壠断」の「壠」は、普通「壟」「龍」の文字を用いる。それは、現代では「権力を私物化し、国政を壟断《ろうだん》する」というような文章でまれにぶつかるかも知れないが、詩歌の中には目にすることのない言葉であろう。作者の道春、すなわち儒者林羅山は儒書の語を使っているのである。『孟子』公孫丑下篇の次の一節に見える語である。

人亦た孰《たれ》か富貴《ふうき》を欲《ほっ》せざらん。而《しか》も独《ひと》り富貴の中に於て龍断《ろうだん》を私《わたくし》すること有り。古《いにしへ》の市《いち》を為《な》す者は、その有《いう》する所を以て、その無き所に易《か》ふる者なり、有司《いうし》の者（役人のこと）、これを治むるのみ。賤丈夫《せんぢやうふ》有り、必ず龍断を求めてこれに登りて、以て左右に望みて市の利を罔《あみ》す（独占する）。人皆な以て賤《いや》しと為す。故に従ひてこれを征《せい》す（課税する）。商を征することはこの賤丈夫より始まれり。

人は誰でも富貴を欲する。それが悪いわけではない。しかし利益を独占する「龍断」によって富を得ることは賤しい、と述べる文章である。昔は、持つ者と持たざる者とが、互いに物を交換するために市を開いたのだが、賤しい人間が「龍断」（小高い場所）に登って市を見渡して利益をひとりじめしたので、それ以来、市での商いに税金をかけるようになったのだと、商業と課税との関わりを論じる。その「龍（壟・壠）断」とは、切り立った小高い土地の意から、利益を独占する意を派生させた言葉であった。

前句とは、対句として付くとともに、前句の「暁」を「賤夫」が「壟断」に登るために出かけた時間と見なしたという関係がある。すなわち、「賤夫」はまだ暗いうちに起きだして朝市の様子を偵察して、うまうま丸もうけ、大喜びしたと付けたのである。

そして19の盛政の句は、荒稼ぎを喜んだ賤しい男たちが酒に酔い痴《し》れるさまを付ける。和歌や連歌のことばを知るだけでは、この句を作ることはできない。和泉の地侍であった作者にも、儒学の素養は十分にあったわけである。

抜け駆けしての大もうけ、卑しい金による遊興は、和歌や連歌ではとても詠める内容ではない。そのような俗世の表現は、漢句から生まれることが多かった。和漢聯句は、やまとことばの雅の世界に、漢語由来の俗の世界を導き入れた。雅と俗が和漢聯句のなかでまじりあい、生彩ある表現が生まれたのである。

しかし、俗を描くことは漢語の一つの側面にすぎない。漢語によって雅の表現の世界が広げられることも、もちろん多かった。

54 独《ひとり》ぬる夜《よ》をおもへ山ざと　盛政
55 涙亦枕前雨（涙も亦《ま》た枕前《ちんぜん》の雨《あめ》）　信澄
56 文其筆下瀾（文は其《そ》れ筆《ひつか》下の瀾《なみ》）　勢与
57 春秋《はるあき》にこゝろをよする大和歌《やまとうた》　盛政
58 何時幷二難（何《いづ》れの時にか二難《じなん》を幷《あ》はせん）　清次
59 君《きみ》と臣《おみ》とかしこき世《よ》をやしたふらし　信澄

54は山里の寂しい夜を詠い、その「独ぬる」を受けて、55は、ひとり寝の枕元で流す涙もまた雨のように降ると詠う。そして、56は55との対句に仕立てられた。対句は対照的に表現を整える。したがって、55の「枕前の雨」が「涙」を雨に見たてた表現であるように、56の「筆下の瀾《なみ》」も上の「文」の譬喩となるであろう。

文章を「瀾」に見たてるのは、おそらく和歌や連歌には類例がない。それは蘇東坡の「筆下の波瀾《はらん》老いて平らかならんと欲す」などの詩句に拠る表現であろう。それは「泗上《しじやう》を過ぎて張嘉父に見《まみ》ゆるを喜ぶ」（三十二巻本『東坡詩集註』巻第二）と題する七言絶句の承句であり、淮《わい》郡の長官であった張嘉父の文章を、筆を下ろすと波瀾が生じたような文も、老いては平穏になったと讃える句である。つまり「筆下の波瀾」とは、激情をこめた文章の形容であるに違いない。56は、その表現を「筆下の瀾」と一字約めるだけである。前句の「涙」「枕」と合わせて読むなら、孤閨の女が涙ながらに書く手紙が、千々に乱れる怨みの心を訴えていることと理解できるであろう。

57は、その「筆下の瀾」を、春と秋のそれぞれの美景に心を寄せる和歌の譬えとしたのだが、58は、いつになったら春と秋の二つを合わせることができるかと問う。その「幷二難」は、『古文真宝後集』「序類」に収められた王勃「滕王閣序」の「四美具《そな》はり、二難幷《あは》す」の表現による。すなわち、良き日、美しき景色、それを愛でる心、楽しい事の四つの美がそなわり、しかも、主人がすぐれ、客がすぐれるという二つの得がたいことがそろってこそ、よき宴となるという表現であるが、その「二難幷す」の語を、和歌一首に、春を詠うこと、秋を詠うことを合わせるの意味に転用するのである。堅苦しい『古文真宝』の語をわざとつかって、（いくら欲ばっても）二つの季節を同時に詠むことはできないと戯れたのである。

そして59は前句の「幷二難」を『古文真宝』の文の原意に戻し、たがいに遇いがたき賢主と賓客、すぐれた君と臣とが心を合わせて古の聖賢の世を慕い、よき政を志しているらしいと詠う。作者の信澄は林羅山の弟の東舟である。当時は駿河の大御所家康に兄とともに近侍し、翌年には江戸に下って将軍秀忠に仕えることになる儒者である。この百韻では漢句と和句、両方を詠じる教養人だが、ここでは儒臣としてのおのが志を述べるかの如くである。

ひき続く四句も読んでおこう。

59　君《きみ》と臣《おみ》とかしこき世《よ》をやしたふらし　信澄
60　磯頭璜得磻（磯頭《きとう》璜《おびだま》を磻《はん》に得たり）　勢与
61　鷹揚名翼翥（鷹揚《ようやう》して名翼《つばさ》のごとく翥《と》ぶ）　信澄
62　心いさめる戦《たたかひ》の場《には》　弥吉
63　かちまけを月にうかがふ乱碁《みだれご》に　盛政

59で君臣協心のことを詠ったのを受けて、60は、和漢聯句に聖君賢臣の代表としてしばしば詠われる周の文王と呂尚《りよしよう》（太公望《たいこうぼう》）の故事を付ける。文王が狩猟を前に獲物を占うと、獲られるのは虎や熊などではなく「覇王の輔」であるというお告げがあった。果して、渭水《いすい》の北の磯辺で釣りをする呂尚を見いだした文王は、車に同乗させてともに帰り、彼を師範としたという有名な話である。宋代の類書の『古今事文類聚』前集巻三十七「釣者」にも、「釣得玉璜」という標題のもとに次の文が見える。

周の文王、磻溪《はんけい》に至りて呂望《りよばう》を見る。文王これを拝す。尚《しやう》が曰く、望《ばう》、釣《つり》して玉璜《ぎよくくわう》を得たり。刻《きざ》みて曰く、「周、命を受け、呂、佐たらん」と。尚書大伝太公、慈泉に釣る磻溪に在り。呂氏春秋

文王が呂望とめぐり会ったのは磻溪という地であり、その時、呂望は、私は玉の璜《おびだま》を釣り上げたのだが、そこには周が天命をうけて王となり、呂がそれを補佐するという文が刻まれていたと周公に語った。60は、呂尚のこの発言を一句に仕立てたのである。

61は、その後の呂尚の活躍ぶりを付ける。呂尚は、文王の子の武王が殷王朝（商）の紂王《ちゆうおう》を放伐する戦いを

軍師として助けたのだが、それが『詩経』大雅「大明《たいめい》」の詩句に詠われる。藤原惺窩《せいか》による訓点（寛永五年刊）によって訓読してみよう。

維《こ》れ師尚父、時《とき》に維《こ》れ鷹《たか》の揚《あが》るがごとく、彼《か》の武王を涼《たす》けて、肆《ほしいまま》に大商《たいしやう》を伐《う》ち、会《くわい》せる朝《あした》より清明なり、

信澄は、二歳上の兄羅山に従って学問を修めたというから（羅山撰「刑部卿法印林永喜墓碑銘」）、朱子の『詩経集伝』を学んだはずである。それによれば、この句は、「師尚父」（太公望呂尚の異名）が、獲物に襲いかからんとして飛翔する鷹のように、武王を助けて殷（大商）を討ち滅ぼし、汚濁を洗い、天下を清明にしたことを言うものと読まれる。信澄は、その「鷹揚」の語を用いたのである。

そして、下三字の「名は翼《つばさ》のごとく翥《と》ぶ」は、特に典拠らしいものは見いだせないが、はばたく羽翼のように、名声が高く遠くまで伝わることを言う。「鷹」の縁語表現を用いて、軍果をあげた呂尚の声望のいちじるしさを詠うことになろう。

62は、放伐の戦場をそのまま「心いさめる戦《たたかひ》の場《には》」と述べたものだが、63は、一転して、その戦いを、碁石を使った賭博の乱碁《らんご》の攻防に取りなして、月あかりのもと、どちらが優勢かと碁盤をうかがい見る人たちを描く。このような素早い展開こそ、和漢聯句の真骨頂というべきものであろう。

名残の折からもいくつかの例を見ておこう。

80　霑衣涙豈乾（衣を霑《うるほ》して涙豈《あ》に乾《かわ》かんや）　弥吉
81　繍針情緒乱（繍針《しうしん》情緒乱る）　勢与
82　ながき思ひはいつまでの身ぞ　盛政

83　有約剋祇劫（約有ること祇劫《ぎこふ》を剋《よ》くす）　信澄

84　延齢域鬱単（齢《よはひ》を延《のば》すこと鬱単《うつたん》を域《かぎ》る）　勢与

80は、衣を濡らす涙がいつまでも乾かない悲しみを詠い、81は、その涙に濡れる衣を、女が手にして裁縫するものと見る。針を動かしつつ、知らぬまに思いは訪れのない夫に向かい、心乱れて落とす涙が手元の衣を濡らすとするのである。「情緒」の「緒」は糸の意で、「針」と「乱」の縁語である。漢詩句ながら、80は恋の涙を詠い、81は縁語を駆使してやはり恋の思いを詠う。ともに和歌的な表現である。そして82も、前句の「緒」の縁語の「ながき」を用い、恋の悲しみのいつまでも絶えない我が身を嘆く。恋の句は二句以上、五句まで続けてよいとされるが、ここは三句を続けている。

さて、83には「祇劫」という目なれぬ語が見える。これは無量の時間を意味する「阿僧祇劫《あそうぎこふ》」「僧祇劫《そうぎこふ》」という仏典語を縮約した形である。前句の「ながき思ひ」を受けて、その恋緒の長さを、約束を守り続ける心長さに転じたのである。そして83と対句になる84も「鬱単越《うつたんおつ》」という仏典語を縮めた形の「鬱単」の語を用いる。須弥山を囲む海の外にある四つの大国のうち、北方の国を「鬱単越」と言うが、その国の人の寿命は他の三つの国を圧して、「人寿千歳」（法苑珠林・寿量）を称せられる。この句は、寿命を延ばすことにおいては、鬱単以上の国はないと詠う。約束と寿命と、ともに長いものを並べて対句としたのである。

百韻の最後の句を挙句《あげく》と言うが、挙句までの三句も読んでおこう。

98　かねのみたけをたれかよぢけん　信澄

99　きゝなるゝ風はすゞふくあけ暮《くれ》に　盛政

100　雲林人考盤（雲林人盤《たの》しみを考《な》す）　執筆

98の「かねのみたけ」は大和国吉野の金峰山《きんぶせん》。役行者《えんのぎょうじゃ》以来の修験道の行場《ぎょうば》である。その山に登ったのは「たれ」か。98の発したその問いに、99は、「今宵《こよひ》たれすずふく風を身にしめて吉野のたけに月をみるらん」（新古今集・秋上・源頼政）という歌の「今宵たれ」を重ね、「すゞふく風」を導く。そして、山に入った日から聞き慣れた山風は、明け暮れに篠竹《すずたけ》（細い竹）を吹いていると、修験者自身の言葉をもって応える句を付けたのである。

さて、連歌で句を付ける場合、前句の特定の語から誰もが容易に連想できる別の語を用いて句を続けることが一般的だが、そのような語の縁を寄合《よりあい》という。たとえば前句に寺とあれば、鐘と付ける。柳とあれば糸や鶯などを付ける類である。一条兼良『連珠合璧集』、近世初期の『随葉集』『拾花集』『竹馬集』（深沢眞二『近世初期刊行連歌寄合書三種集成』）などの連歌学書は、そのような寄合を集成する書物である。そのうち、『拾花集』には「かぜには　雲」と見える。つまり、前句に「かぜ」という語があれば、「雲」を付けるということである。雲が湧いて風が吹き起こり、風が雲を吹き運ぶからである。その寄合によって、99の「きゝなるゝ風」に挙句の「雲林」の語が付けられた。また「雲林竹」という漢語があるので、それが99の「すゞ」すなわち篠竹に付くことにもなろう。しかも、「雲林」は「古より雲林は市朝《してう》に遠ざかる」（許渾《きょこん》「送隠者」・三体詩）という詩句にも詠われたように、俗世間から離れた隠棲の地とされる。99の修験者が居るにふさわしい雲の中の林でもあった。

そして、「考盤」は、一般的には「考槃」の文字に作り、『詩経』衛風「考槃《かうはん》」に「考槃在澗、碩人之寛（槃《たの》しみを考《な》して澗に在り、碩人《せきじん》の寛なるなり）」と見える語である。『詩経』の注釈の、古注の毛伝も、新注の朱子『詩経集伝』も、ともに「考は成なり。槃は楽なり」と注するように、楽しみを成すの意である。

前句と合わせるなら、雲にこめられた林の中、その隠棲の地では、人々が楽しんでいるという句意となるであろう。

四季折々の句があり、恋あり、旅あり、無常、述懐などの句も混えられる百韻は、しかし、挙句においてはめでたく詠い収められるのが常である。その習いの通り、この百韻の挙句も、俗世間から遠く離れた地で人々は楽しんでいると詠う。駿河の文殊院を「雲林」に見たてて、和漢聯句の遊びに楽しい一日を過ごしたことを自ら祝賀したのである。

二　経書に基づく表現

前節では、駿府文殊院における和泉国地侍と家康側近の僧侶、儒者らによる百韻をひろいよみした。その中には、『詩経』や『孟子』などの経書、また蘇東坡の詩句、仏典などに基づく表現があった。和漢聯句を読む時、そのような典拠をもつ表現の難解さに苦しむことが少なくない。漢句がやはり難しい。しかし、インターネット上の漢籍・仏典などの文字検索が容易になった今日、典拠の探索はもはや難関とは言えない。典拠さえ分かれば、この類の句はかえって読みやすくなる。思わざる解釈を得る喜びを味わうこともできるだろう。

以下、そのような和漢聯句中の「難句」を『慶長元和和漢聯句作品集成』から選び、読解してゆきたいと思う。

まずは経書に典拠のある句から始めることとする。

先の駿府での百韻に『詩経』の「鷹揚」「考槃」に由来する表現があったように、和漢聯句には『詩経』を典拠とする表現が少なくない。

【九】慶長三年五月二十三日和漢聯句「五月雨は」

51　住《すみ》ならす家路《いへぢ》は春の野をかけて　前左
52　言采遶籬葑　雄
53　ふりはつる庭もいつしか作りかへ　照准

51は、妻のもとに通って歩き馴れた家路が、そのまま春の野に続いてゆくことを言う。52は、それに「言采遶籬葑」という漢句を付けたものだが、まず、これはどう訓読すればいいだろうか。

この「言采」が『詩経』周南「芣苢《ふい》」の次の詩句に基づく文字であることは間違いない。

采采芣苢、薄言采之

これも、あえて訓読せずに原文だけの引用にした。上句は「采《と》り采る芣苢《ふい》」であろう。しかし、下句の「薄言」の訓読は難しい。二つの訓読法があった。『詩経』の古注に従って「薄言《コ、ニワレ》」と訓むか、新注（朱子学の注釈）に従って「薄言《シバラクコ、ニ》」（惺窩点）と訓むか、どちらかである。作者名の「雄」は、五山僧のひとり、建仁寺の英甫永《えいほよう》雄《ゆう》。狂歌や狂詩の作者として文学史に名をとどめる雄長老である。その人が『詩経』を読む時、古注と新注、どちらの解釈を用いていたかは分からない。しかし、今はかりに、清原宣賢述『毛詩抄』（岩波書店）の「薄《こ、》に言《われ》采る」、また慶長勅版『詩経』の「薄言采之《ココワレトル》」に見える古注式の「言《われ》」の訓み方を取っていたものと考えておきたい。雄長老の母親（宮川尼）が宣賢の孫娘という関係があるだけではなく、それに基づいてこの52を「言《われ》は采《と》る籬《かき》を遶《めぐ》る葑《ほう》」と訓読するなら、前句51の「住ならす」の主体を「言《われ》は」と明示することになり、二句の関係がより明確になる。メリハリのある付句になるように感じられるからである。

そして、この句の五字目の「葑」は、同じ『詩経』の邶風《はいふう》「谷風《こくふう》」の詩句による文字と見られる。

采葑采菲、無以下体（葑《ほう》を采《と》り菲《ひ》を采る、下体を以《もっ》てすること無かれ）

これにも『毛詩抄』の注を参照しよう。

采葑—渡世のなりぞ。下体は根ぞ。葑菲は根をも葉をも食うぞ。時によつて、よい時分と悪い時分とがあるぞ。悪《ワルイ》時分に取て、根が悪と云て、葉まで悪と云てなすてそ（葉までまずいと言って捨てるな）。言《いふこころ》は夫婦の間も顔色こそ衰たり共《とも》、心の徳をな捨《すて》そとたとへうためぞ（捨ててはいけないと譬えるためだ）。

葑と菲とは、カブラやダイコンに類する、根も葉も食べる野菜である。もし根の味が悪くとも、葉までまずいと言ってすててはいけない。それと同じように、たとえ容姿が衰えても気立てのよい妻を捨ててはならないと教える句だと解釈しているのである。

おそらく、作者の雄長老はそのような解釈のもとに『詩経』のこの句を利用するのであろう。前句の「住ならす」は、男が妻の家に住み続けること、特に通い婚の風習のもとで通い続けることである。それを受けて、「言《われ》は采《と》る籬《かき》を遶《めぐ》る葑《ほう》」と、根がまずくても葑《ほう》を採るように、私は家の垣根の葑を採って、容色衰えた妻をも捨てずにいると、男の誠実を語る句を付けるのである。

ついで53は、前句を垣根のそばの雑草を除く意に取りなして、古びてしまった庭も早々に造り直して、と新たな展開をはかるものである。

経書の中でも、詩歌にはおよそ縁のなさそうな『書経（尚書）』の語も見られた。

【二】慶長二年二月十七日和漢聯句「待人の」

67 国はたゞはかりごとよりおさまりて　藤宰

68 択万者庸々　五

67は、国家は智謀によって太平に治まって、の意。それでは、そこに付けられた「択万者庸々」とは何を言うのだろうか。

「庸」の文字からは凡庸、中庸という意がすぐに思い浮かぶが、それでは意味が通りそうにない。ここは、『書経』康誥《こうこう》に、「不敢侮鰥寡、庸庸、祗祗、威威、顕民」とある一節に基づくものと考えられる。それを藤原惺窩の訓点によって訓み下せば、「敢《あへ》て鰥寡《かんか》をも侮《あなど》らず、庸《もち》ふべきを庸ひ、祗《つつ》しむべきを祗み、威《ゐ》すべきを威し、民に顕《あき》らめ」となる。さらに漢・孔安国に、「窮民を恵恤《けいじゆつ》して、鰥夫寡婦《かふかふ》を慢《あなど》らず、用ふべきを用ひ、敬《うや》まふべきを敬ひ、刑《けい》すべきを刑し、この道を明らかにして以て民に示す」という注釈があるのを参照すれば、「庸々」とは、用いるにたる人を用いるという政治のあり方を言う言葉と理解できるだろう。すなわち「択万者庸々（万を択ぶ者は庸《もち》ふべきを庸ふ）」とは、万民から登用するには、しかるべき才能をもった人物を正しく抜き出し、用いる。そうすれば国は大いに治まるのだと、前句に返ってゆくような句となるのである。作者の「五」は南禅寺帰雲院の梅心正悟のことと思われるが、彼ら五山禅僧にとっては、『書経』のこのような語も特に難語でもなかったのか。また一座した公家衆らにも理解された言葉であったのか。いささか不思議な感じすらある。それほどに、この時代の知識人の教養と、今日の私たちのそれとの落差は大きいのであろう。

和漢聯句に用いられる経書の中では、やはり『論語』が群を抜いて多いように思われる。『論語』となると、私たちにもやや親しみやすいものになろう。先の章で読んだ駿府の百韻にも例があった。

【四五】慶長十六年二月十一日和漢聯句「雪わけて」

46 涙にくらす浅茅生《あさぢふ》の陰《かげ》　盛政

47 おとろへて昔を猶《なほ》や忍ぶらん　信澄

48 則亡回也簞（則ち亡《な》し回《くわい》や簞《たん》）　勢与

49 叢《くさむら》は分るちまたにしげり相《あひ》　盛政

46は、貧しい家で泣き暮らすことを詠い、47は、それをよき昔を恋いしのぶ老い衰えた人物のさまと見る。そして、48は、弟子の顔回《がんかい》について語る孔子の言葉をつづる。ここには『論語』の二つの章が合わせて用いられている。一座する林羅山による訓点（道春点）により訓読すれば、一つは雍也篇の、

子の曰《のたまは》く、賢なる哉《かな》、回や（回也）、一簞《いったん》の食《し》（一簞食）、一瓢《いっぺう》の飲《いん》、陋巷《ろうかう》に在り。人はその憂《うれ》へに堪《た》へず。回はその楽しみを改めず。賢なる哉、回や。

貧しいなかに学問を楽しむ心を失わない顔回を讃えた章である。そしてもう一つは、同じ篇の、

哀公問ふ、弟子孰《た》れか学を好むことを為《す》る。孔子対《こた》へて曰《のたまは》く、顔回といふ者《もの》有り。学を好む。怒《いか》りを遷《うつ》さず。過《あやま》ちを弐《ふたたび》せず。不幸短命にして死す。今は亡《な》し（今也則亡）。未《いま》だ学を好む者を聞かず。

である。顔回以上に学問を好んだ弟子はいなかったが、今は彼も亡くなってしまったと嘆く。この二つの章の

傍線を施した五つの文字を合わせれば、そのままこの句となる。この48は、前句47の昔を偲ぶ老人を、若死にした最愛の弟子、顔回を悲しく思い出す孔子と見て付けたのである。そして49は、顔回の死を受けて、故人の歩んだ分かれ道に今は草が茂っていると詠う。

続いて『論語』をふまえる句例を順不同に挙げてゆこう。

【二五】慶長六年三月二十七日和漢聯句「松さへも」

42　ねぶれる夢に日こそたけぬれ　　雄宗印

43　予学喩彫朽（予《よ》が学は朽《くち》たるを彫《ほ》るに喩《たと》ふ）　　信勝

42は、日が高くなったころにも夢の世界にいるという惰眠のさま。それに43は、公冶長篇の「宰予《さいよ》昼寝《い》ねたり。子の曰《のたまは》く、朽《くち》たる木は雕《ほ》るべからず。糞土《ふんど》の牆《かき》をば杇《ぬ》るべからず」と、弟子宰予の怠惰をはげしく叱責した孔子の言葉を要約した形を付けるものである。

【六二】元和五年八月十三日漢和聯句「吟魂招以月」

86　たからをねがふ人の憧《おろか》さ　　新三位

87　沽諸衣裏玉（沽《う》らめや衣《え》裏《り》の玉）　　友林

87の「沽諸」の二字は子罕篇の次の文章にもとづく表現である。江戸時代初期刊の片仮名傍訓本『論語』（和刻本経書集成四）を参考にして訓み下してみよう。

子貢が曰《いは》く、美玉ここに有り。匵《ひつ》に韞《をさ》めて蔵せり。善き賈《あた》ひを求めて沽《う》らめや（沽諸）。子の曰《のたま》はく、沽らめや（沽之乎）、沽らめや。我れは賈《あた》ひを待つ者なり。

弟子の子貢が、箱の中に秘蔵する宝物を、人に売って世に出す積もりはあるかと、師に処世のいかんをただしたところ、孔子は、それは売ろうよ売ろうよ、私を買ってくれる君主を待つのだと、世に出て理想を実現しようとする意欲を表したという有名な章段である。そこから引かれた「沽諸」の「沽《コ》」は売ること。「諸《シヨ》」はいわゆる合音字で、ここは「之乎《シコ》」を一字に約めたもの。つまり「沽諸」は「沽之乎」であり、「これを沽《う》らんか」、あるいは、この時代には「沽《う》らめや」とも訓読された言葉なのである。そして「衣裏玉」とは、法華七喩の第五の「繋珠の喩え」、親友が無価の宝珠を衣の裏に縫いつけてくれたのに、それに気づかず諸方に宝を求めるようなことだと、大乗の教えを用いない愚かさを説く話（法華経・五百弟子受記品）に基づく語である。源信の歌にも「玉かけし衣のうらをかへしてぞ愚かなりける心をば知る」（『新古今集』釈教「五百弟子品の心を」）がある。前句の86を、自らに宝が備わることをも知らず、他に願った愚かさの意で受けて、そんなことをするよりも衣の裏の玉を売ろうよと付けるのである。『法華経』の教えに『論語』の言葉を組合せ、巧みに釈教の意を述べる付句であった。

この当時、『論語』の言葉などは、幼い頃からの素読によって連衆各々の脳裏に刻み込まれていたのだろう。それがさりげなく詠いこまれることがあった。

【四二】慶長十四年四月十八日和漢聯句「卯花も」

49 ゆふべ〳〵人まつけはひしるかれや　法橋正琳
50 美貌鏡焉廋（美貌《びぼう》は鏡焉《いづく》んぞ廋《かく》さんや）　景洪

49は、夕方ごとに人の訪れを待つらしい女の様子を詠い、50は、その「人まつけはひ」を鏡に向かって化粧するさまと見なし、その鏡がありありと女の美しい顔を映し出していることを言う。「焉廋」という表現がやや不審だが、それは『論語』為政篇の語であった。これも片仮名傍訓本により訓読してみる。

子の曰《のたま》はく、其の以《もち》いる所を視《み》る、其の由《ふ》る所を観《み》る、其の安《やす》んずる所を察《み》てむときは、人焉《いづく》んぞ廋《かくさ》むや（人焉廋哉）、人焉んぞ廋むや。

そのふるまいを見て、その信念を推察するなら、その人の本性はどうして隠せるだろうかと述べる文章である。『論語』の中でも、今まで引いてきたものと比べるなら、さほど知られた章段とは言えないであろう。その中の「焉廋」という二文字を用いて、女の美しい顔は隠せないと詠うのである。やや不謹慎な『論語』の用いようと言えるかも知れない。聖典の語を俗用するところに、和漢聯句のひとつの興があったのであろう。

この二文字は室町時代の前期と後期の二つの『和漢聯句作品集成』にも数例を見るものだが、慶長期の作品には、

暖野雪焉廋（暖き野雪《ゆき》焉んぞ廋さんや）」（【四三】）
山短月焉廋（山短くして月焉んぞ廋さんや）」（【四六】）
焉廋過嶺月（焉んぞ痩さんや嶺を過ぐる月）」（【五二】）

などと、これ以降の短い期間に頻出する流行の表現であった。

三　東坡と山谷

近世初期の和漢聯句作品を読んでいると、前章にあげた『論語』を典拠とする「焉廋（焉《いづく》んぞ廋《かく》さんや）」のほかにも、同じ形の語があちらこちらにあることに気づく。たとえば、

【七】慶長三年三月四日和漢聯句「先さくも」

16　嵐の後《のち》の空はしづけし　（後陽成天皇）

17　樹杪少焉月　洪

嵐が吹いた後の空の静かさを詠う16に付けた漢句の17は、雲が吹き払われて、月が梢の先に見えることを言うらしいが、その句の「少焉」である。この二字は、続いて

檐雨少焉月（【一四】）

鐘後少焉月（《二八―三》）

峰上少焉月（【四四】）

少焉欄欲月（【五二】）

と繰り返し現われる。いずれも句中に「月」の語があることも共通する。『室町後期和漢聯句作品集成』に「煙寺少焉月」（【三六】）の先例があったが、この慶長期の百韻に特に目立つ語であった。

これが蘇軾（東坡）の有名な「前赤壁賦」（古文真宝後集巻一、慶長十九年跋和刻本―古典籍総合データベース）に、

少《シバラクアッテ》焉、月東山の上より出でて、斗牛《とぎう》の間に徘徊す。

とあるのに基づく表現であることは明らかであろう。

したがって「樹杪少焉月」は、「樹杪少焉《しばらくあつて》月なり（木の梢から、しばらくして月がでた）」と読むのであろう。他の句もみな、ややあって月が現れたの意に解釈できる。東坡の「少焉」は、『論語』の「焉廋」と同じほどに、この時代の知識人に愛用され、共有された詩の言葉だったのである。

室町時代の五山禅林では、東坡の詩が、その弟子であった黄庭堅（山谷）の詩とともに甚だ愛好された。「東坡山谷味噌醤油」という言葉まであったという。「東坡詩と山谷詩とは味噌醤油の如くありふれたものではあるが、不可欠必需のものだという意味」（芳賀幸四郎『中世禅林の学問および文学に関する研究』）とされるその言葉のとおり、当時の禅寺では、二人の詩集は味噌醤油のごとくにつねひごろ親しまれ、ひろく読まれた。以下に引用する東坡詩の『四河入海《しがにっかい》』（抄物資料集成）、また山谷詩の『山谷抄』（続抄物資料集成）など、抄物と称される数多くの注釈書が作られた。また五山の寺院、貴紳の邸宅、さらには禁裏でも繰り返し二人の詩は講義され、江戸時代にもそれが続いた。相国寺《しょうこくじ》の『鹿苑日録《ろくおんにちろく》』には、慶長元和年間の東坡詩講釈、山谷詩講釈の記事がしばしば見える。また『泰重卿記《やすしげきょうき》』によれば、元和六年（一六二〇）五月二十二日には、東福寺の藤長老（集雲守藤《しゅううんしゅとう》）が山谷の「演雅《えんが》」詩を禁中で講義し、また同年九月十三日には、やはり東福寺の韓長老（文英清韓《ぶんえいせいかん》）が東坡詩を後水尾天皇の御前で講釈している。いずれにも八条殿（智仁《としひと》親王）ほか数々の貴紳が列席している。講師も聴衆も、和漢聯句の連衆の中にその名を見ることの多い人たちであった。その知識はとうぜん和漢聯句の制作にも傾注されたことであろう。

東坡詩を用いた例から見てゆこう。

【二】慶長二年二月十七日和漢聯句「待人の」

17 そむきしはくやしき親の諫《いさめ》にて　照
18 つゐにあはれとしるやさすらへ　（後陽成天皇）
19 蘄有鳴喧鳥（蘄《き》に鳴くこと喧《かしま》しき鳥有り）　雄
20 蜀其蟄臥竜（蜀《しよく》に其《そ》れ蟄臥《ちつぐわ》せる竜）　沖
21 引こもる草の庵《いほり》の月の暮　新三

17は、親の意見に従わなかった後悔を述べ、18は（親に勘当された）身の果ての流浪の哀しさを詠う。さて19は雄長老の句であるが、まず「蘄」という見馴れぬ漢字にとまどうことであろう。しかし19は次の20と対句である。20の「蜀」が中国の地名であることは明らかなので、「蘄」もまた同様と思われる。

「蘄」は蘇東坡の次の詩に見える地名であった。元豊三年（一〇八〇）、朝政を誹謗した罪で黄州に流謫された折の古詩「五禽言《ごきんげん》」（二十五巻本『王状元集註分類東坡先生詩』巻十三）は、序文で、黄州の鳥がその鳴き声に似せた名前で呼ばれていることを述べた上で、その第一の詩に次のように詠う。

　使君《しくん》蘄州に向ひ、更に蘄州の鬼と唱《とな》ふ、我れ使君を識《し》らず、寧《いづく》んぞ使君の死を知らんや、人生れて鬼と作《な》ること会《かなら》ず免《まぬか》れず、使君已《すで》に老ゆ知《し》んぬ何か晩《おそ》き、

見たところ難解そうな詩だが、蘇軾自身による注がこの後に記されているので事情が分かる。いわく、「王元之、黄州より蘄州に移るとき、啼鳥を聞きその名を問ふ。或《ある》ひと曰く、これ蘄州鬼《きしうき》と名づくと。元之大《おほ》いにこれを悪《にく》む。果《はた》して蘄に卒《しゆつ》す」。「使君」すなわち王元之という官人が黄州から蘄州に転任した時、鳴き声をふと耳に

した鳥の名が「蘄州鬼」（蘄州の死人）だと知り、その不吉さを憎んだが、はたして彼は蘄州で死んだと言うのである。詩句はその鳥の独白の形をとる。『四河入海』巻十三之三の注を示しておこう。

此詩ハ全篇鳥ニ代テ云テ王元之ニ答《こたふる》ゾ。使君ハ、元之ヲ云《いふ》ゾ。蘄州守ナル程ニゾ。言《いふこころ》ハ王元之ドノ、向蘄州《きしうにむかふ》トキニ、我ハイツモナク程ニ、蘄州鬼蘄州鬼ト鳴タレバ、貴方《あなた》ガ聞テ不吉ヤト云ガ、［我ー］我ハ、貴方ヲモ不知程《しらざるほど》ニ、ナニカ、貴方ノ御死《おしに》アルベキ事ヲバシラウゾ。……

18の「さすらへ」の人物を、この「五禽言」の詩から、黄州に左遷された蘇軾と見て、彼がその地で聞いたはずの「蘄州鬼」のやかましい鳴き声を付けたのである。

20は、それと対句で、蜀の劉備《りゆうび》に諸葛孔明《しよかつこうめい》を登用することを進言した幕僚の徐庶《じよしよ》が「諸葛孔明は臥竜《ぐわりよう》なり」（三国志・蜀志）と述べた言葉による表現。そして、21の和句が、その進言に従った劉備が三顧《さんこ》の礼を尽くして幕下に招くまで、諸葛孔明が「草廬」に隠棲していたこと（諸葛孔明「出師表《すいしのひやう》」『古文真宝後集』巻八）によるのは分かりやすい付合であろう。

東坡詩を使った和漢聯句の例を、もう一つ挙げておこう。

【二五】慶長四年九月十一日和漢聯句「払《はらふ》にや」

52　かたへ漲《みなぎ》る滝《たき》つせの音　東
53　蜜脾廬面目（蜜脾《みつひ》は廬《ろ》の面目《めんもく》）　又三
54　竜準漢鬚髯（竜準《りゆうじゆん》は漢の鬚髯《しゆぜん》）　雄
55　蛍火扇而冷（蛍火扇《けいくわあふ》げども冷《すさま》し）　進

52は、滝壺の一方に溢れるまで滝のはげしい水音を詠う。そして53は、その「滝つせ」を、李白の「望廬山瀑布二首」や、白居易の「廬山草堂記」などで知られた瀑布と見て、「廬山」の略である「廬」字を付けた。では、「蜜脾」また「面目」とは何であろうか。

「蜜脾」は、東坡の弟子の一人であった宋・晁補之《ちょうほし》の「廬山に題す」詩の語であることが知られる。「南康の南麓江州の北、五百の僧房蜜脾《みつひ》を綴《つづ》る、尽《ことごと》く是《こ》れ廬山佳絶の処《ところ》、知らず何れの処にか合《まさ》に詩を題すべき」（『古今事文類聚』前集巻十四）。晋の高僧、慧遠《えおん》が廬山に作った東林寺に櫛比《しっぴ》する五百の僧房のさまを「蜜脾を綴る」、まるで蜂の巣のようだと形容する表現である。その語は、室町時代の禅僧、悟渓宗頓《ごけいそうとん》の『虎穴録《こけつろく》』（巻下・行状）の二か所にも見える。かつては周知の妙語だったのであろう。

続いて「面目」とは何か。こちらは東坡の名詩に見える言葉である。

題西林壁（西林の壁に題す）

横看成嶺側成峯　横《よこ》さまに看《み》れば嶺と成り側《そば》ざまには峯と成る
遠近高低無一同　遠近高低一《いつ》として同じきは無し
不識廬山真面目　廬山の真面目《しんめんもく》を識《し》らざるは
只縁身在此山中　只《た》だ身のこの山中に在るに縁《よ》るなり

転結句は禅の金言集の『禅林句集』にも入って特に親しまれた句である。「大凡《おほよそ》一切ノ事ヲ外カラハ知《しる》ゾ。其中ニアツテハシラヌモノゾ」（『四河入海』巻七之三）。山中に身を置いたままでは、廬山の真の姿はとらえられないと言う。

師弟によるその二つの名句を用いて、53は、僧房が蜂の巣のように集まるさまこそ、廬山本来の姿だと詠うのである。

それに付けられた54は53と対句になる。『慶長元和和漢聯句作品集成』は、どうしたことか、この54を「竜準漢髯」と、不可解にも四字句にしているが、底本の一字が何らかの事故で落ちてしまった誤りであり、「竜準漢鬚髯」が正しい。これも雄長老の作である。漢の高祖（劉邦）が「隆準にして竜顔、美須髯《びしゅぜん》」（史記・高祖本紀）、鼻がすぐれて高く、眉骨張り、立派なひげの持ち主であったという表現を五字に圧縮した句である。至って平易な句と思われるが、しかし、前句53の廬山の僧房の形容とどう繋がるのか、理解がやや難しいかも知れない。一般的に、和漢聯句の対句をなす二句は、内容の上ではあまり関連の見られない場合が多い。しかし、それにしても、東林寺の僧坊のありさまと漢の高祖の容貌とではあまりにも不釣り合いである。

ここは、おそらくは53の「面目」の語が鍵なのだろうと思う。つまり、前句53では「真面目《しんめんもく》」（ものの本来の姿）の略だった「面目」の語を、この54では本義の顔かたちの意に転じた上で、それに高祖の面貌を付けたのである。句意では付かずに語で付く、いわゆる詞付《ことばづけ》の付合である。狂歌や狂詩の作者、雄長老の面目躍如たる展開と見るべきであろう。

そして、55は蛍狩りを詠う。蛍を団扇で打って捕らえるのである。「軽羅小扇流蛍を撲《う》つ」（王建「宮詞二首」其二・『三体詩』）の詩句があり、この時代の歌人、中院通勝などにも「小扇撲蛍」の題の歌がある。ただし蛍狩りのさまをさながらに詠む表現ではない。たとえば炭火なら、扇で風を送れば盛んに熾《おこ》るものだが、蛍の火は、たとえ扇《あお》ぎたてても冷たいままだとする機智の句なのである。と、そこまでは比較的わかりやすいのだが、しかし、これも前句との繋がりが理解しにくい。漢の高祖に蛍狩りをしたというような挿話はありそうになく、鬚髯に蛍や扇が付くことも考えられない。

思うに、この句も詞付の技法を用いるのではないか。つまり、前句54の「漢」は王朝名であったが、それを「天漢《あまのがわ》」の意に転じて、それに「扇」や「蛍」を付けたのである。『俳諧類船集』に「扇」の付合語の一つに「天の川」があるのは、『拾遺和歌集』や『和漢朗詠集』「扇」に収められる「天の川かはべ涼しきたなばたに扇《あふぎ》の風をなほや貸《か》さまし」（中務）の作を初めとして、七夕の歌には扇を詠うことが多いからであろう。また、同じように、初秋の蛍が「天の川」に取り合わされることもあった。『夫木和歌抄』（夏）に「蛍飛ぶ岸の木陰《こかげ》や天の川星《ほし》の林《はやし》の名には立つらん」（法印実伊「河蛍を」）とあるのは、川辺に飛ぶ数々の蛍を、天の川の星の群れに見たてた歌であった。55は、そのような蛍の火を扇であおいだことを言うのである。

続いて、黄山谷の詩語を用いた例を挙げてみよう。蔦清行《つたきよゆき》「中世文化人たちの蘇東坡と黄山谷」（「日本語・日本文化」第四四号）は、中世における東坡詩と山谷詩の受容のありようを比較して、東坡詩が拠るべき古典としてより強く意識されたのに対して、山谷詩の方には、著名でもないその詩を引用して楽しんだり、他愛ない戯詠の語を好んで引くようなペダンティズムが見られたことを指摘する。そのような衒学趣味は、慶長元和期の和漢聯句作品の中にも見いだせるであろう。

次の例はどうか。

【四八】慶長十七年七月二十八日和漢聯句「をけばちる」

90 守《もり》すてにたる社《やしろ》さびしも　　　幸綱

91　豚韮奈難祭（豚韮祭《とんきゅうまつ》り難《がた》きを奈《いか》んせん）　政輔
92　亀蓍将同窮（亀蓍将《きしまさ》に同じく窮《きわ》まらんとす）　秀賢朝臣

90は、奉祠されなくなった神社の寂しい様子を詠う。そして91は、その社の祭りについての何らかの事情を述べるらしいが、「豚韮」が難しい。それは黄山谷『山谷集』巻一に見える詩語であった。

王郎を留む
田有り酒事を為《な》す、豚韮《とんきゅう》秋春に及ぶ。

「豚韮」は、山谷にもう一つの用例がある以外は、詩の用語としては前例を見ない珍しいものであった。一韓智翃《いっかんちこう》の作とされる『山谷抄』には「豚ー（「豚韮」の句は）、天子諸侯大夫何ンドハ、マツル物ガカワルゾ、百姓ノス、ムル物ハ、春ハ韮《ニラ》ト卵《カイゴ》トゾ、秋ハ黍ト豚トゾ」とする。神へのお供えは身分により異なるが、庶民は春のお祭りにはニラと卵を、秋にはキビと豚を供えると言うのである。もとを正せば、この「豚韮」は『礼記』王制に「庶人、春は韮を薦《すす》め、秋は黍を薦む、韮には卵を以てし、黍には豚を以てす」とあるのに基づく語であり、右の『山谷抄』の解説もそれによる。つまり、山谷詩の「豚韮《とんきゅう》秋春に及ぶ」は、山谷の家では秋にも春にも神事をきちんと行うことを言い、それを利用した91は、逆に、さびれた古社では、秋と春の祭りに豚とニラの供物を差しあげかねると詠うのである。

この91句の作者「政輔」は後陽成院の替え名とされる（楊昆鵬「後陽成院の和漢聯句と聯句」国語国文八六―五）。院は、山谷のこの特殊な詩語を操るほどに深い漢文学の知識をもっていたのであろう。東京大学史料編纂所の「大日本史料総合データーベース」によれば、室町時代の後土御門天皇が蘭坡景茝《らんぱけいし》をしばしば召して山谷詩を講義させ、また先に記したように、後陽成天皇の子の後水尾天皇も元和六年に集雲守藤《しゅううんしゅとう》を召して黄山谷の「演雅」詩を講釈させたことが知られる（45頁）。山谷詩は皇室の教養となっていたのである。そして、次句92の作者、明経博士の船橋秀賢《ふなはしひでかた》も、当然それを理解した。その「亀蓍」は亀の甲羅《こうら》と、めどき（筮竹《ぜいちく》）である。ともに占いに用いる具である。神に供える「豚韭」が用意できないことを詠った91に、それでは神意を問うこともできず、亀甲や筮竹を用いても占いに窮すると言うのである。なお「亀蓍」は普通は「蓍亀」の語順であるが、ここは対句の構成の上で、「豚」に「亀」（ともに生きもの）、「韭」に「蓍」（ともに植物）を対置するために逆転したものである。

もう一例。

【五二】慶長十八年九月二十三日和漢聯句「菊の色に」

82　みだれみだるゝ風《かぜ》の呉竹《くれたけ》　内大臣
83　槿頼無牢露（槿《あさがほ》は頼《たよ》る牢《つよ》きこと無き露）　元良
84　たゞよふ霧のふかき春日野《かすがの》

82から84までの付合は、型どおりのものと言ってよい。82は、呉竹が風に吹き乱されるさまを詠い、83は「かぜには…露のこぼるゝ」（拾花集）により「露」を付ける。そして83の「槿《あさがほ》」から、「槿トアラバ…朝霧…霧の籬」（連珠合璧集）により84の「たゞよふ霧」が導かれる。83の「槿《あさがほ》は頼《たよ》る牢《つよ》きこと無き露」は、朝顔が露を頼りにするの意で、「薬《くすり》にやしばし命の懸《か》かるらむ／露を頼《たよ》りの竹のあさがほ」（難波田千句第八「はるさめを」）などにも類想が見られる。露の潤いを頼りとして花開く朝顔だが、そもそもその露も堅固なものではないと、朝顔を命はかない花として描くのである。その句意はありきたりのものであろう。

しかし、その句中の「牢」は珍しい用字ではないか。「牢固」「牢強」「堅牢」という熟語があるように、「牢」は、つよいこと、かたいことを意味するが、その意味なら「強」や「堅」の字であってもよい。どうして「牢」を用いたのか。ここは句中の四字目の文字なので、後述する二四不同《にしふどう》の規則（78頁）に合わせる都合で「牢」字が使われたものと予想することもできる。二字目の「頼」が仄声なので、ここは平声の「牢」でその規則には合う。しかし「強」も「堅」も平声である。「牢」を使った理由は他に求めなければならないであろう。

「牢」は、実は黄山谷の詩句の文字なのであった。「身は朝露の如くにして牢強無し、此《こ》の白駒《はっく》の隙《げき》を過《す》ぐる光を玩《もてあそ》ぶ」（「戯答趙伯充勧莫学書及為席子沢解嘲」『山谷集』巻八）である。山谷は、さきの「豚韭」もそうだったが、特殊な典拠による珍しい詩語を多用した詩人である。そのゆえもあって、彼の詩集には早くから詳細な注釈書が作られた。その一つ、宋・任淵《じんえん》の注は、この詩句の典拠として、「人生は朝露の如し。何ぞ久しく自ら苦しむことかくの如き」（漢書・蘇武伝）と、「世は実《まこと》に危脆《きぜい》にして牢強無き者なり」（遺教経《ゆいきょうぎょう》）などを挙げる。つまり「如朝露」は『漢書』に、「牢」は『遺教経』に基づくという指摘であるが、「露」を「無牢」と表現する詩文は、山谷のこの作以外には見られない。「牢《つよ》きこと無き露」という漢句は、山谷独創のその表現を典拠とするのである。

なお次の84の句に作者名がないのは、連衆のひとりであった後水尾天皇の御製句であることを意味する。この年わずか十八歳の天皇にはあるいは山谷詩の知識まではなかったかも知れない。84は前句の「槿」に「霧のふかき」を付ける。先に引いた『連珠合璧集』のほか、『随葉集』にも「槿などには…霧に日のうすき」とする。

山谷詩の典拠を知らずとも付けうる句であろう。しかし、この二十二年後の寛永十二年（一六三五）七月某日の後水尾院独吟の和漢聯句百韻に「新《にひ》まいりより恨《うらみ》おふ人／恩等無牢露（恩は牢《つよ》きこと無き露に等《ひと》し）」（国会図書館蔵『連歌合集』二十八）とあるのは、すでに元和六年の集雲守藤の講義（45・52頁）を聴講していたことでもあり、山谷詩の典拠を自覚しての付句だったと見てよいであろう。山谷詩の特殊な詩語の知識は、宮中の和漢聯句連衆の中にまで浸透していったのである。

さらにもう一つ、山谷の珍しい詩語を利用する例を紹介しておこう。

【四九】慶長十七年八月十七日和漢聯句「鹿のねを」

12　牆《かき》ほに露《つゆ》のをきうかぶくれ　杉

13　弾鑷砌辺蟀（鑷《けぬき》を弾《だん》ず砌《みぎり》の辺《あたり》の蟀《こほろぎ》）　有節

14　奏琴秋苑鶯（琴《こと》を奏《そう》す秋《あき》の苑《その》の鶯《うぐひす》）　集雲

12は、「をきうかぶ」の語形が見なれないが、夕方の垣根に露が置いていることを言うのであろう。13の「蟀《こほろぎ》」はその「牆《かき》ほ」に付いている。「垣　付合ニハ…むしのね」（竹馬集）とあるように、垣根のあたりで虫が鳴くのは当然だからである。しかし、13の「弾鑷」の二字は極めて珍しい漢語である。「鑷《けぬき》」は、白髪を抜く道具として、老いを嘆く詩に折々見ることがあるが、「弾鑷」は、おそらく山谷の「陳留市隠并序」（山谷集・巻六）の用例が唯一のものであろう。

それは「陳《ちん》留《りゅう》の町をまわりあるく散髪屋のじいさん」（吉川幸次郎『宋詩概説』）を詠う詩である。「詩にかぶせたはしがきによれば、散髪屋は、年四十あまり、妻はなく、七つの女の子を肩にのっけ、散髪屋の標識である大きな鑷《けぬき》を、ぶうんぶうんと鳴らしながら、町町をめぐる。一日のもうけで、酒をのみ、花をまげにはさみ、長いよこ笛を吹く。人生の楽しみは、こうした境涯にこそあるであろうと、そうはしがきをつけた詩」（同上）という説明を借りた上で、『山谷詩集注』（寛永六年刊）の訓点を参考にして詩を訓み下そう。

市井に珠玉を懐《いだ》く、往来すれども人未《いま》だ逢《あ》はず、肩に乗る嬌小女、邂逅《かいこう》に此の生同じ、性を養ひて霜刀在《あ》り、人を閲《す》べて清鏡空《むな》し、時時《よりより》に能《よ》く酒を挙《あ》ぐ、鑷を弾じて（弾鑷）飛鴻を送る、

脱俗の小市民に対する共感を詠う右の詩中の「弾鑷」を用いて、この句の作者、相国寺鹿苑院の有節瑞保《ゆうせつずいほ》は、庭の虫声の形容としたのである。有節は「弾鑷」の音を「ぶうんぶうん」ではなく、おそらく、もっと虫の声に近い音に想像していたであろう。『山谷詩抄』には「弾ハ鑷《ケヌキ》ニクワン（環）ヲツケテ、ガラメカス（がらがら鳴らす）ゾ」と言う。

そして14は13と対句であり、鶯の声を琴を奏でる曲のように聞くことを詠う。鶯は春の鳥とするのが常識であるが、唐末から宋代にかけての詩には「秋鶯」を詠うものがある。また、鶯の囀りを琴曲に譬えることは、『和漢朗詠集』「柳」に「林鶯《りんあう》は何《いづ》れの処《ところ》にか箏《しやう》の柱《ことぢ》を吟《ぎん》ずる」という白居易の句があるのによる。和漢聯句には他に「宮鶯琴緩弾（宮鶯琴 緩《ゆるや》かに弾《だん》ず）」（【三八】慶長十四年三月十日和漢聯句）という例もある。ともに先例はあるものの、しかし、「秋苑の鶯」が「琴を奏す」とは、きわめて珍しい表現であろう。山谷詩を熟知する集雲守藤は、前句に釣り合うような新奇な内容を、敢えてここに詠もうとしたのではないだろうか。

四　故事の世界

和漢聯句の中に中国の故事が詠み込まれるのは当然のことであり、今までもいくつかの例を挙げてきた。ここでは物語性のある二三の例を追加しておこう。

次の付合は何を詠むだろうか。

【九】慶長三年五月二十三日和漢聯句「五月雨は」

96　勘筮繇辞凶（筮《ぜい》を勘《かんが》ふれば繇辞《ちうじ》凶なり）　玄
97　あやしきはおひ立人《たつひと》の身のゆく衛《ゑ》（後陽成天皇）
98　櫝縏果笑烽（櫝《ひつ》の縏《あわはた》果して烽《のろし》を笑ふ）　雄
99　思ふその気色《けしき》をとるはくるしきに　照
100　結盟約暮鐘（盟を結びて暮鐘を約す）（後陽成天皇）

96は、筮竹で占ってみると、繇辞（うらないのことば）が凶と出たこと、そして97は、それを子供の将来を占ったものと見て、その子の行く末を心配する気持を詠う。さて、98は例の雄長老の句であるが、「櫝の縏」とはそもそも何を言うのであろうか。

『史記』周本紀に次のような奇怪な話が伝えられている。

昔、夏后氏《かこうし》（夏王朝）の衰へしより、二の神竜有り、夏帝の庭に止《とど》まりて言ひて曰はく「余《われ》は褒《はう》の二君なり」と。夏帝、これを殺すと、これを去ると、これを止《とど》むるとを卜《ぼく》するに、吉莫《な》し。その縏《あわ》を請《こ》ひてこれを蔵《をさ》めんとトす。乃ち吉なり（韋昭曰く、漦は竜の吐く所の沫《あわ》、沫は竜の精気なり）。ここに於て幣《へい》を布《し》きて策《さく》し、これに告ぐ。竜亡《う》せて漦在り。櫝《ひつ》にして去《をさ》む。夏亡《ほろ》び、この器《うつは》を殷《いん》に伝ふ。殷亡び、又たこの器を周に伝ふ。三代の比《ころ》、敢《あへ》てこれを発《ひら》く莫《な》し。（周の）厲王《れいわう》の末に至り、発きてこれを観《み》る。漦、庭に流れ、除《のぞ》くべからず。厲王、婦人をして裸にしてこれに譟《さけ》ばしむ。漦、化して玄黿《げんげん》と為《な》り、以て王の後宮《こうきゆう》に入《い》る。

夏王朝の末、褒国の二君の化した二竜が現れ、占いによって二竜の吐いた精気を櫝《ひつ》に閉じ込めることがあった。二代後の周の世、厲王がその箱を開き見た時、竜の精気の泡沫は庭に流れだした。厲王が裸の女性たちにそこで騒がせたところ、その精気は黒いイモリとなって後宮に入っていった。

やがて、後宮の若い女が夫もいないのに子を孕む。産まれた女児は不吉とされて捨てられるが、商人に拾われて褒国に流れてゆき、そこで成長し、遂には周の幽王《ゆうおう》の后となって褒姒《ほうじ》と呼ばれるようになる。

『史記』の引用を続けよう。

褒姒、笑ふを好まず。幽王その笑ひを欲し、万方《ばんはう》すれども故《ことさ》らに笑はず。幽王烽燧《ほうすい》大鼓を為す。寇《こう》至れる有れば則ち烽火を挙《あ》ぐ。諸侯悉《ことごと》く至る。至れども寇無し。褒姒乃ち大いに笑ふ。幽王これを説《よろこ》び、為《ため》に数《しば》しば烽火を挙ぐ。その後、信ぜず。諸侯益《ます》ます亦た至らず。

幽王は褒姒の笑顔見たさに、いつわりの烽火を挙げて諸侯の軍勢を集めることを繰り返したのだが、やがて諸侯は烽火を信用しなくなってしまう。後に本当に夷狄の侵入があった時、烽火に応じる軍勢なく幽王が殺されてしまう結末は、ここに引くまでもないだろう。

98の作者の雄長老は、おさなごの生い先を案じるという前句97に、竜の沫から産まれた女児が果して褒姒となり烽火を笑ったという故事を付けた。その長々しい物語をみごとに五字の句に収めてみせたのである。99は、幽王の立場に立って、愛する妻のご機嫌を取るのに苦労して（烽火を挙げたのだ）と付けたものである。

そして、挙句は、思い人の恨み顔をなだめかねて、今日の入相の鐘のころには必ずと固い約束をかわすことを詠う。しばらく続いた不穏な雰囲気を一転して、あっさりめでたく詠いおさめた上々の挙句と言うべきであろう。

さて、この褒姒の説話は、慶長元和期の和漢聯句に次のように頻繁に用いられるものであった。

【二六】慶長六年五月十四日和漢聯句「五月雨の」

占身挙偽烽（身に占《し》めて偽烽《ぎほう》を挙《あ》ぐ）　南化代宗化

色このむ心より世も乱《みだれ》きて　玄仍

【三八】慶長十四年三月十日和漢聯句「花に袖」

覓笑鳳宸黿（笑ひを覓《もと》む鳳宸《ほうしん》の黿《げん》）　友竹

あやしくもたてし烽火《のろし》のひかりにて　杉

【三九】慶長十四年三月十五日漢和聯句「香湿檜花雨」

余禍櫃収穄（余禍櫃《よくわひつ》は穄《あわ》を収む）　友竹

星翳無烽挙（星翳《かげ》りて烽挙がること無し）　有節

【五五】元和二年十二月日未詳漢和聯句「被待春耶客」

褒顔烽燧嘕（褒の顔烽燧を嘕《わら》ふ）　宗

寵光憂月欠（寵光月の欠くるを憂ふ）　任

ところが、室町前期、後期の二つの作品集成の中には、これらとも時期の近い天正十年（一五八二）月日未詳和漢聯句の次の一例が見られるだけである。

『室町後期和漢聯句作品集成』【四二】「匂へ花」

挙燧卜粢黿（燧《のろし》を挙ぐ粢を卜《うらな》へる黿）　有和

この故事は、特に近世初期の連衆の好みにかなうものだったらしい。幽王の偽烽の話だけなら古く『平家物語』などにも見られたが、ここに「黿《げん》」や「粢《あわ》」の語までを用いるのは、近世文学の後の怪奇趣味にも通ずる好みとも見られるのではないか。

いっぽう、次の付合に見る故事はやや珍しい一例である。

【一四】慶長四年八月十一日和漢聯句「春の花」

33　いとせめて忍《しの》ぶる中《なか》はわりなしや　印
34　重関孟透函（重　関《ちようくわん》孟は函《かん》を透《とほ》る）　珍
35　擲簪争長筍（簪《かんざし》を擲《なげう》つて長を争《あらそ》ふ筍《たけのこ》）　江
36　撃甕活亡苷（甕《かめ》を撃《う》つて亡を活《い》かしむる苷《あまくさ》）　泰
37　賢《かしこき》やいわけなきよりしらるらん　嘉

33は、人目をこれほどひどく恐れなければならない仲は辛いと詠い、34は、戦国時代の孟嘗君《もうしようくん》（田文《でんぶん》）が鶏鳴を得意とする食客のおかげで函谷関を抜け通ったという有名な説話を用い、またそれに基づく「夜をこめて鳥《とり》の空音《そらね》ははかるともよに逢坂《あふさか》の関《せき》はゆるさじ」（百人一首）という清少納言の歌をも連想して、孟嘗君が厳重な関所の門を通ったように、かろうじて人目《ひとめ》の関を越えて逢ったことを仄めかすものである。

それでは35は何の意か。孟嘗君に関わる句のはずだが、それとはどのように繋がるのだろうか。おそらく、『錦繍段《きんしゆうだん》』（草木）や『古今事文類聚』（後集巻二十四「筍」）などに載せられる次の詩が連想の元だったと思われる。「筍」を主題として、孟嘗君こと姓名「田文」に言及する詩である。『錦繍段』から引用する。

筍　王元之

数歩春畦独歩尋　数歩《すほ》の春畦《しゆんけい》独歩して尋《たづ》ぬ
迸犀抽錦矗森森　犀《さい》を迸《はしら》しめ錦《きん》を抽《ぬき》んで矗《いよやか》にして森森《しんしん》たり
田文老去賓朋去　田文老い去つて賓朋《ひんぽう》去る
抛擲三千玳瑁簪　抛擲《はうてき》す三千玳瑁《たいまい》の簪《かんざし》

この詩は『湯山聯句』（寿春妙永・景徐周麟）の「玳瑁筍皮脱《す》」の句の典拠でもあるが、一韓智翃《いっかんちこう》の『湯山聯句鈔』はそれを次のように解説する（新日本古典文学大系53）。

筍ノ詩ニ、田文死去《シテ》賓朋《ヒンボウ》散《ズ》、放㆓擲《テキス》三千玳瑁簪《ノカンザシヲ》㆒ト作《つくり》タゾ。斉ノ田文ト云者《いふモノ》ハ大名デ、三千人ノ賓客《ひんかく》ヲ持《モ》ツタガ、ソレガ死《しん》ダ時ニ、三千人ノ客ガ去《イ》ヌルトテ、皆 簪《かんざし》ノ玳瑁デシタルヲ置《ヲ》イテ去《さり》タゾ。今ノ筍ハ簪ニ似《にる》ガ、色モヨウ似《にる》ゾ、

田文が老死した時に大勢の食客が一斉に去り、たくさんの玳瑁（鼈甲《べっこう》）の簪を捨てていったが、竹の子の生えるさまは、色も形もその鼈甲の簪に似ると述べる。35は、それらの表現を用いて、田文の賓客たちが捨て去っ

た鼈甲の簪さながらの竹の子が、背の高さを競いあっていると詠うのである。

そして、それと対句になる36は、「擲」に「撃」（ともに動詞）、「簪」に「甕」（ともに器物）のように文字を対置する。その「撃甕《げきをう》」は、宋の司馬光（温公）幼少の頃の次の挿話に基づく語である。『古今事文類聚』（前集巻四十四「幼悟」）の記事を引用しておこう。

撃甕活児　司馬温公童稚《どうち》なりし時、群児と庭に戯《たはむ》る。庭に大甕《だいをう》有り。一児これに登り、足跌《つまづ》きて水中に没す。群児棄《す》て去《さ》る。公、石を以て甕《かめ》を撃つ。水、穴に因《よ》りて迸《ほとばし》りて、児、死なざることを得たり。その人を活《いか》しむる手段、已《すで》に齠齔《てうしん》の中に見えたり。今に至りて、京洛の間、多く小児撃甕の図を為《つく》る。冷斎夜話

一条兼良『語園』（寛永四年刊）に「瓶《かめ》ヲ破テ児ヲスクウ事」と、また詩語集の『国花集』（同五年刊）にも「撃甕童子活人手段」と載せられるこの故事によって、36の「撃甕活亡」の語は、石で甕を毀し、死に瀕した友を活きかえらせた少年の聡明さを言うのである。

では、その下の「苷」とは何であろうか。実は、私たちの『慶長元和和漢聯句作品集成』はこの文字を「茸」の字に翻字していた。底本の文字がその形に見えたのだが、初歩的な誤りであった。偶数句のこの末字は韻を踏むところであり、34の「凾《カン》」と同じく下平声第十三の覃《タン》韻に属する文字でなければならないのに、茂る意、あるいは愚か者の意の「茸《ジヨウ》」は上平声第二の冬《トウ》韻の文字なのである。覃韻に属する文字は多くはないが、その中では、字形から見ても、また35句末の「筍」と同じ植物である点でも、ここは「苷《カン》」がふさわしい。「苷」は薬草の甘草を言う。『城西聯句』覃《タン》韻の第二の百韻に「医《ス》レ国《ヲ》洛‐陽苷《ノカン》（国を医す洛陽の苷《かん》）」と、また第三の百韻にも同様に「洛嘗《ハム》レ司‐馬《ガ》‐苷《ヲ》（洛は司馬が苷を嘗《な》む）」とあるように、洛陽に隠棲していた司馬光が民の苦しみを

救うために立ちあがり、王安石の新法を廃した業績を、甘草のような政治によって国家を癒やしたものとした。36の句は、そのような考え方に基づいて、子供時代の彼が石で甕を毀して溺死の友を救ったことをその「苷」の奇効とたたえたのである。そして、次の37は、人の賢さは幼い頃から知られるものだと付ける。和句作者の「嘉」（宗嘉、連歌師か）も、司馬光の故事を知り、また「苷」というやや珍しい文字をも理解していたのである。

漢句は必ずしも中国の故事ばかりを詠むわけではない。日本の説話が見られることもあった。

【二四】慶長五年十二月二十五日和漢聯句「月雪の」

78　あふぎてみるも猶位山《なほくらゐやま》　任

79　載車栄達呂（車に載《の》る栄達の呂《りよ》）　遠

80　円座左遷菅（座を円《まる》くする左遷の菅《かん》）

81　都思ふ心づくしのいか計《ばかり》

78は、仰ぎ見るうちにさらに位が高くなってゆく人を言い、79は、その人物を、磻溪《はんけい》で釣りするところを文王に見いだされ、王の車に載せられて周朝に入り、王の師となって栄達した太公望、呂尚（32頁）に取りなした。そして、79と対句になる80は、その呂尚と好対照の人物として、筑紫に左遷された菅原道真を詠う。それは明らかなのだが、「円座」とは何だろうか。道真に関わる故事に「円座」があっただろうか。

『北野天神絵巻』などにそれに当たりそうな語はない。しかし、貝原益軒『筑前国続風土記』（元禄十六年〈一七〇三〉自序）巻三には次の説話が見える。

綱場天神

綱場町にあり。菅丞相左遷の時、袖湊《そでのみなと》にて船よりあがらせ玉ひしが、海辺にてしかせ玉ふべき物もなくて、たゝずみおはしましけるに、所の海人、船の綱をたぐり輪のごとくかさねしを敷《しか》せまいらせければ、しばらく御休みましく〵ける後に、此所に御社を立《たて》て綱輪《つなわ》の天神と号す。今、綱場《つなば》と称するはよこなまれるなり。

漁師たちが、ともづなを輪にして敷物がわりに道真公に差しあげた。それを「円座」と称したのである。筑前のこの社は、綱敷天満宮として現存するが、他にも、京都から筑紫まで、道真の左遷の道筋にいくつかの綱敷天満宮があり、それぞれに同様の言い伝えが残されているという。そして81は、その道真の心情を思いやる。言うまでもなく「心づくし」に「筑紫《つくし》」を掛けて、筑紫からはるかに都を思う苦悩はどれほどだったかと詠うのである。

もう一つ、こちらは和句に漢の故事が、また漢句に和の故事が詠み込まれる展開が面白い例ではないか。

【二九】慶長十年九月二十七日和漢聯句「かつ散や」

87　虫の音《ね》にわけ行《ゆく》野辺の月出《いで》て　　入道前侍従中納

88　慕島句猶賡（島《たう》を慕ひて句猶《な》ほ賡《つ》ぐ）　　西咲

89　いざときやたゝくにかどのしるからん　　照高院准后

90　連床将結盟（床《とこ》を連ねて将《まさ》に盟《めい》を結ばんとす）　　閑室

91　招鷗虚左鷺（鷗《かもめ》を招きて左を虚《きよ》にする鷺《さぎ》）　　有節

87は、虫の音を追って分け入る月下の野を描く。88の「島」は中唐の詩人、賈島《かとう》を略して言う。そう判断できるのは、すぐ後に述べるように、次句89が賈島の有名な「推敲」の故事を踏まえているからである。では、前句87にどうして賈島が付くのだろうか。

おそらく、「わけ行野辺の月出て」からの連想であろう。『三体詩』に賈島の名詩が載せられている。それを『三体詩素隠抄』（寛永十四年刊）の本文により訓読する。

題李疑幽居（李疑が幽居に題す）　賈島

閑居少隣並　閑居隣並《りんぺい》少《まれ》なり
草径入荒園　草径荒園に入る
鳥宿池中樹　鳥は宿《しゅく》す池中の樹
僧敲月下門　僧は敲《たた》く月下の門
過橋分野色　橋を過《す》ぎて野色を分《わ》かち
移石動雲根　石を移して雲根《うんこん》を動《どう》す
暫去還来此　暫《しばら》く去つて還《かへ》つて此《ここ》に来《き》たらん
幽期不負言　幽期言《こと》に負《そむ》かじ

すなわち88は、前句87の「わけ行野辺の月出て」から、右の詩の第四句目の「月下」、第五句目の「野色を分かち」の表現を想起して、その詩を作った賈島を慕って、この漢句を続けると詠ったのである。

そして和句の89は、賈島の右の詩に関わる有名な「推敲」の故事による付句である。だれもが知る挿話だがやはり要約しておこう。——科挙の受験のために都に上った賈島は、ある日、驢馬に乗りながら「鳥宿池辺樹、僧推月下門（鳥は宿る池辺の樹、僧は推《お》す月下の門）」という対句を思いついたが、「推」は「敲」とすべきかと、驢馬の上で推したり敲いたりの所作をしながら思案していたところ、思わず京兆尹の韓愈の行列を犯してしまう。韓愈の前に引き出された賈島がその事情を説明すると、馬上の韓愈はしばらく考えた末に「敲」がよいと答え、ふたりは轡を並べて帰ったという。『詩人玉屑』や『古今事文類聚』など、諸書に載せられた有名な故事である。その結果できあがった詩が右の「李疑が幽居に題す」に他ならない。そして、その故事を用いて、89は「た、くにかど」を付けた。「いざとき」は「い（寝）」「さとし（聡し）」の意の形容詞「いざとし」の連体形。眠りが覚めやすいことを言う。門を敲く音だとすぐに分かって、たちまち目を覚ますらしいと詠うのである。

そして90は、門を敲く音を耳さとく聞きつけるという前句に、たとえば男の訪れを待つ女の恋の心を付けてもよかったのだが、ここでは夜中に人を待つ緊張感から、何か秘密の会合がなされようとする場面を連想した。寝床を並べて、誓いを交わす仲間を待っているさまを描いたのである。

次に91は、その90の「盟」の字に「鷗」と「鷺」とを付ける。それは詩語「鷗鷺盟《おうろめい》」による寄合である。たとえば、「羨《うらや》まず魚蝦《ぎよか》の利を、惟《た》だ鷗鷺の盟を尋ぬ」（天台山人黄庚「漁隠為周仲明賦」『元詩選』初集巻九）は、海辺に住むのは魚や海老を採る利を求めてのことではなく、ただ鷗や鷺と親しく交わるためなのだと詠う。隠者の生き方を言い、そのことから、風流の交わりを「鷗鷺の盟」とも言う。しかし、この91の「虚左」は、自らの左側の上座を空けて賢者を招くことを言う漢語である。鷺がへりくだって鷗を仲間に引き入れる意である。それと90の「将に盟を結ばんとす」とを合わせるなら、事は風流にはなく、にわかに険しい争いごとの雰囲気を帯びるのではないか。鷗と鷺、二者のあいだの同盟、そして戦いと言えば、室町物語のひとつ『鴉《あ》鷺《ろ》合戦物語』（新日本古典文学大系54『室町物語集』上）が思い出される。一条兼良作かとされるそれは、祇園林の鴉（林真《さね》玄《はる》）が中鴨の鷺（山城守津守正素《つもりのただもと》）の娘に求婚し、それを拒絶されたことに端《たん》を発するいくさの物語である。鴉と鷺の双方が諸鳥を味方に引き入れて合戦し、やがて鷺軍の勝利、真玄の出家、それを追っての正素の出家、そして両者和解の後の真玄・正素の極楽往生で大団円となる。その物語のはじめ、互いに軍勢を募る場面に、（鷺に）「同心のともがら」を挙げて、「鴨にとりては、真鴨《まがも》、黒鴨、田鴨、鈴《すず》鴨、山鴨也。紫鴛《しゑん》、白鷗《はくおう》、赤頭《がしら》、あをすひ、黒鳥。鳰《にほ》、さきまろ」とある。また着到の武将名の中にも「鷗帯刀先生《たてはきせんじょう》河尻朝臣澳住《おきずみ》」が見える。「鷗」は「鷺」の味方に付いたのである。「鷗を招きて左を虚にする鷺」という句は、まさにその物語にぴたりと重なるであろう。「将《まさ》に盟《めい》を結ばんと」して、「鷺」が上座を空けて「鷗」を迎え入れたことと読みうるのである。

この『鴉鷺合戦物語』による付合は、すでに室町期の和漢聯句作品にあった。天正十九年（一五九一）五月から一年をかけて素然（中院通勝）と永雄（雄長老）の二人が十の両吟百韻を編んだうち、第四の次の対句である。漢句は雄長老の作である。

『室町後期和漢聯句作品集成』《五二一—四》「縁今新昨故」

83　禽-獣皆憐ムレ子ヲ（禽獣《きんじう》皆な子を憐《あは》れむ）

84　鷺-鴉互ニ闘シムレ兵ヲ（鷺鴉《ろあ》互ひに兵を闘《たたか》はしむ）

鳥も獣もみな子を愛するとする83を受けて、84は、鷺が娘を思い、鴉との縁談を拒絶したことから始まった鴉鷺の合戦を付けたのである。

ちなみに、「さぎをからす」という俗諺がある。白を黒と言いくるめること、詭弁を弄して道理に合わぬことを押し通すことを意味する。逆に「からすをさぎ」とも言う。

松江重頼編『犬子《えのこ》集』（寛永十年〈一六三三〉刊）に、雪を詠む「烏鷺《からすさぎ》とあらそはば雪の朝《あした》かな」という句がある。新日本古典文学大系69『初期俳諧集』に収められたこの句の脚注には「句意不明」とあり、確かに理解の届かないところのある難解な句だが、雪の朝、雪で白くなった鴉をあれは鷺だと言い張ることを言うものであろう。江戸中期の諺語集『譬喩尽《たとへづくし》』に「鴉《からす》を鷺《さぎ》と争《あらそ》ふ」とあり、また中野吉平『俚諺大辞典』が「烏を鷺」を「顚倒したる喩」と解説し、歌舞伎の『勢州阿漕浦鈴鹿合戦《せいしうあこぎがうらすずかかつせん》』平治住家段の「罪に行《おこな》はるゝ夫を残し、古郷《ふるさと》へどふまあ見捨《すて》て逝《いな》れふぞ、烏《からす》を鷺《さぎ》とあらそふて、四人一所に此家を立退影《チのきかげ》を隠す気はないか」という台詞を例として引くのもそれに当たるだろう。鴉を鷺と「争ふ」（言い張る）という言い方もあったのである。

あるいは、鴉と鷺とが「争ふ」（戦う）という話は、そのような言葉を発想のひとつの種としていたのではないだろうか。もしそうなら、「さぎをからす」「からすをさぎ（と争ふ）」などの俗諺が、おそらくはこの物語成立以前からあったことになるだろう。

それほどの古い用例は見いだせないが、「さぎをからす」の方は、『角川古語大辞典』に永正六年（一五〇九）以前の成立とされる抄物『燈前夜話《とうぜんやわ》』に「鷺ヲ鴉ト云ナスト日本ニ云ガ如ク弁舌ヲ以テ干《ヲカス》㆓諸侯㆒ヲゾ」（戦国七雄）とある用例が引かれている。

そして、もう一方の「からすをさぎ」については、次の永正十八年四月十一日和漢百韻の句をその古証の一つとして示すことができるであろう。

『室町前期和漢聯句作品集成』【五三】「やま吹の」

52　晋囲石室楸（晋《しん》は囲《かこ》む石室《せきしつ》の楸《しう》）　新大納言

53　街談鴉作鷺（街談《がいだん》鴉を鷺と作《な》す）　民部入道

52の「楸」はヒサギ。堅いこの木から碁盤を作ったので、碁盤そのものを意味する。「晋囲」とは、晋の時代に囲碁をしたこと、「石室」は、晋の代、樵《きこり》の王質という者が石室山に入り、そこで二人の童子が碁を打つのを見ているうちに、覚えず斧の柄が腐るまでに時を過ごしてしまったという浦島太郎に似た説話（述異記）に見える山の名である。そうした奇譚に対して、53は、囲碁の黒石白石の寄合で「鴉」と「鷺」の語を導いた上で、とかく「街談」（町中の噂話）には「鴉」を「鷺」と「作《な》す」ような荒唐無稽が多いのだと付ける。「からすをさぎ」の俗諺が、このような漢句に詠み込まれていたのである。

五　和と漢との融合

和漢聯句の魅力は、和歌連歌の伝統の上にある和語の世界と、中国詩文の表現を継ぐ漢語の世界とがひびきあい、まじりあうところにある。和漢聯句の座につらなる人々は、和句の詠者と漢句の詠者にわかれることが多かったが、おのおの、もちろん他方の表現にも習熟し、和と漢の二つの言葉の世界を自在に往来できた。次の付句が分かりやすい一例であろう。

【六八】元和八年十一月二十三日和漢聯句「窓の内の」

62 過卅二毛潘（卅《みそち》を過《す》ぐる二毛《にまう》の潘《はん》）　正意
63 面影《おもかげ》をしたふ車《くるま》のあと先《さき》に　昌琢

62は、よく知られた晋・潘岳「秋興賦」（文選・巻十三）の序文冒頭の「晋十有《いう》四年に、余春秋《われしゆんじう》三十有二、始めて二毛を見る」による漢句である。そして63の和句は、白髪に老いのきざしを見たその潘岳が、しかしながら若ざかりにはたいへんな美男子であり、彼が洛陽の道を車で行くと、女たちが取りかこみ、手に手に果実を投げ込むので、車が果物でいっぱいになったという挿話（『晋書』・『韻府群玉』「美姿投果」など）による句を付ける。昌琢は連歌師であり、和漢聯句では必ず和句を作るのだが、この程度の漢の故事を用いることはお手のものだったらしい。連歌では、このような付句はありえなかったであろう。

また、第一章で読んだ駿河文殊院での百韻にもそれに似た例があった。

【四五】慶長十六年二月十一日和漢聯句「雪わけて」
88 霞洞儘嘗丹（霞洞丹《かどうたん》を嘗《な》むるに儘《まか》す）　清次
89 犬ほふるこゑをしるべの山の陰《かげ》　弥吉
90 宇治てふさとのかよひあやしき　盛政

88は、仙人の住まいで不老長寿の丹薬を思う存分に服したことを詠い、89はそれに「犬」を付けるらしい。なぜ丹薬から犬が連想されるかと言えば、神仙の術を学んだ漢の淮南王劉安《わいなんおうりゆうあん》が丹薬を飲んで登仙し、また庭の鶏と犬も、残された器の中の薬を舐めて昇天したという話（晋・葛洪『神仙伝』）があるからである。『湯山聯句鈔』（既出、60頁）は、「舐《ネブッテ》レ鼎犬何天《レノ》」という句を注釈して次のように言う。

淮南王安ガ、丹ヲ練《ネ》リテ食《ク》ウテ、仙人ニ成テ天ニ上《アガ》ルゾ。其ノ鼎《かなへ》ヲ犬ガ舐《ねぶ》リテモ、天上〔ノ〕仙人ト成《ナ》ル
ト云ゾ。筋《スヂ》無《ナ》イ事ゾ。

和句の89は、そのような漢の故事を用いるのである。作者の「弥吉」は未詳。この百韻では五句を詠み、そのうち四句が和句、一句が漢句である。とうぜん漢の教養もあったのである。そして90は、『源氏物語』浮舟巻、浮舟の君を京に迎え取ろうと宇治に赴いた匂宮が、「御馬にて少し遠くたちたまへるに、里びたる声したる犬どもの出で来てののしるもいと恐ろしく」と、薫側の警備のものものしさにおびえた場面による付けである。

さて、犬の次には猫をというわけではないが、次の猫の句は、逆に漢句が和歌の発想を取り入れる例として面白いものではないか。

【五二】慶長十八年九月二十三日和漢聯句「菊の色に」

30　はひ〻ろごりて茂《しげ》る葛《くず》の葉　近衛准后
31　失跡猫誇走（跡《あと》を失へば猫《ねこ》走るを誇《ほこ》る）　光勝
32　話情駒易移（情《なさけ》を話《かた》れば駒《こま》移り易《やす》し）　古澗

30は、蔓を延ばして広がる秋の葛の葉を詠う和句。そして、31の漢句は、和漢聯句には珍しい猫の詠。おそらく「ねこには…真葛原」（拾花集）という寄合による付合なのであるが、そもそも、猫と真葛原とはどうして繋がるのだろうか。

おそらく、『夫木和歌抄』「猫」に収められた、

寄野恋　源仲正

真葛原《まくずはら》したはひありくのら猫のなつけがたきは妹《いも》が心か

という風変わりな和歌が元にあるのだろう。葛原の中を這い歩くノラ猫は容易に手なずけられるものではない。あなたの心はあの猫と同じだと嘆くこの歌によって「ねこには…真葛原」という寄合が生まれ、この漢句が作られたのである。もっとも、国際日本文化研究センター「連歌データベース」により「まくすはら」を含む句二十五例を検索し、その前後の句を調べてみたところ「ねこ」を詠む例は一つも見つけられなかった。その寄合は確かにあったには違いないが、必ずしも一般的には用いられなかった。そのような珍しい本歌と寄合とによってこの漢句は付けられている。かくて、31と32の対句は、姿を見失えば猫（女のたとえ）はあざ笑うように走り去り、思う心を語れば駒（時間のたとえ）はたちまち過ぎてしまうと詠うのである。

漢の故事による和句、和の発想にもとづく漢句の例をそれぞれ一つずつ挙げたが、次の例はどうだろうか。

【二〇】慶長五年四月二十八日和漢聯句「三径《みつのみち》」

54　回棹剡渓猷（棹《さを》を回《かへ》す剡渓《せんけい》の猷《いう》）　英甫
55　誤跫壁間竹（跫《あしおと》かと誤《あやま》る壁間《へきかん》の竹）　信茂
56　たゝかぬ門《かど》を開く夜深《よぶか》さ　昌叱
57　慰寂月為友（寂《さび》しきを慰《なぐさ》めて月を友と為《な》す）　有節

54は東晋の王徽之《きし》（字、子猷《しゆう》。書家の王羲之《ぎし》の子）の有名な挿話を詠む句である。浙江の山陰にいた子猷は、雪が晴れて月の明るい夜、剡に住む友人の戴逵《たいき》（字、安道《あんだう》）を訪ねようと思い立ち、小舟に乗って出かけ、一夜をかけて門前に至ったのだが、そのまま舟を返してしまった。わけを人に問われて、ふと興に乗じて出かけたが、その興が尽きたので帰った、安道の顔を見るまでもないと応えたという話である。句末の「猷」はもちろん王子猷の約。『蒙求』に「子猷尋戴（子猷、戴を尋ぬ）」と載せられる漢の故事を漢句によって詠ったのである。

それに対して、55は、やはり王子猷のもう一つの故事によって「竹」の語を付ける。仮のやどりの庭にわざわざ竹を植えた理由を問われた子猷が、「此の君（此君《しくん》）」なしにどうして一日も過ごせようかと答えたという『世説新語』や『蒙求』注に引かれたこちらも有名な話による寄合である。

しかし、55はそれだけの句ではない。庭の竹の音が人の足音のように聞こえたこと、つまり、竹の葉が風にそよぐ音を人の足音に聞き間違えてぬか喜びをしたことを詠うのである。

そのような発想は実は和歌にもある。しかし、ここは中唐・李益の次の詩句に由来するものと思われる。『古今事文類聚』（後集巻二十四竹筍部）などに収められている「竹窓聞風、寄苗発司空曙」、すなわち竹窓に風音を聞いて、友人の苗発と司空曙に贈ったという詩の中に、「門を開けば風竹《かぜたけ》を動《うご》かす、疑《うたが》ふらくは是《こ》れ故人《こじん》の来《く》るかと」と詠う句である。門を開いてみると風が竹をそよがせる、もしや友が来てくれたのではないか……。これは人に知られた秀句だったらしく、これにより李益は名を得た（韻語陽秋・巻四）とも、また、王子猷の話から竹を「此君」と言うように、李益のこの句から後の人は竹を「故人」と称した（全芳備祖・後集巻十六）とも伝える。

そして、この漢句の作者にとっては、黄山谷の次の詩句がさらに身近な模範だったのではないか。『山谷詩集』（巻七）の「忽《たちま》ち憶《おも》ふ故人の来《く》るかと、壁間《へきかん》風竹を動《うご》かす」（次韻子瞻題無咎所得與可竹二首…）である。その任淵注（53頁）に「唐・李益が竹窓に風を聞く詩に、簾《すだれ》を開けば風《かぜ》竹を動かす、疑ふらくは是れ故人の来るかと」とするのは、上句に文字の異同があるものの先の李益の詩句に他ならない。しかも、この山谷詩の下句に「壁間」の語があるのは55の「壁間の竹」に一致する。作者は「江戸城杉甚太郎信茂」（狩野文庫本端作）と名を記されるが、伝未詳。いずれ武家だったろうが、この山谷の詩句に基づいて、壁と壁との間、すなわち内庭の竹のそよぐ音を人の足音に聞き誤ったと詠ったのである。

足音に聞き紛う竹の葉の声は、室町時代、大永七年（一五二七）九月尽日和漢百韻の漢句にも次のように詠われていた。

『室町前期和漢聯句作品集成』【六五】「きてかへる」

25　とはぬ夜《よ》を又《また》おきゐての物おもひ　　万

26　風竹誤跫音（風竹跫音《あしおと》かと誤《あやま》る）　　月

夫が来てくれない夜に物思いをしていると、風にさやぐ竹の音がその人の足音のように聞こえると言うのである。先の「誤跫壁間竹」の句中の誤・跫・竹の三文字を同様に用いる表現であった。

また、慶長期の作品にも、

【三九】慶長十四年三月十五日漢和聯句「香湿檐花雨」

12　この山ざとをこととふや誰《たれ》　　似運

13　竹動柴門寂（竹動《ゆる》ぎて柴門《さいもん》寂《さび》し）　　法印勢与

がある。この山里を誰が訪れたのかと問う前句に、13は、竹がそよいだだけで、門前は寂しいままだと答えたのである。

さて、問題の

54　回棹剡渓猷（棹《さを》を回す剡渓《せんけい》の猷《いう》）　英甫

55　誤跫壁間竹（跫《あしおと》かと誤《あやま》る壁間《へきかん》の竹）　信茂

は、右の二例とは違って、竹風の音を跫音と聞き誤る主体が前句には示されていない。前句54は、友人の安道の家の門前で引き返して帰ってしまった王子猷を言う句である。とすれば、55で竹の音を足音と誤ったとされるのは、「子猷尋戴」の故事のもう一方の当事者、戴安道のことになるのではないか。実は、門まで来て立ち戻った子猷の気配だったのだが、それを耳にした安道はそうとは知らず、窓の外の竹のさやぎが足音に聞えたのだと思った……。有名な故事に、こんなことがあったかも知れないという想像を加えた句なのだろう。そこには、ほのかな諧謔が感じ取られてよいであろう。

さて、その55に付けられた56「たゝかぬ門を開く夜深さ」は、竹に欺かれて足音がしたと思って、敲かれもしなかった門を開きみた深夜の失望を詠い、さらに57の「慰寂月為友（寂しきを慰めて月を友と為す）」は、その寂しさを慰むべく、月を友と思って見あげることを言う漢句である。しかし、中国詩には、「月を望みて友を懐ふ」（李群玉）というような題があり、また「杯を挙げて明月に邀《むか》ひ、影に対して三人と成る」（李白「月下独酌」）という句がないわけではないが、月そのものを友とするという表現はおそらくは見いだせないであろう。

しかし和歌では、『金葉和歌集』秋の、

月旅宿友といへることをよめる　法橋忠命

草枕《くさまくら》この旅寝《たびね》にぞ思ひ知る月よりほかの友なかりけり

を初めとして、旅宿や孤閨の人が月を寂寥を慰める友と見る例は枚挙にいとまがない。この漢句もまた和歌の情趣を詠うものと考えられるのである。

室町期からの和漢聯句作品中から、月を友とすると詠う和句漢句の例を挙げておこう。

室町前期【三七】長享元年十二月七日和漢百韻

月我忘形友（月は我が忘形の友なり）　前左大臣

室町前期【七五】享禄元年十月十三日和漢百韻

除月無心友（月を除きて心友無し）　菅中

室町後期《二三—七》天文二十四年三月二十五日和漢千句第七漢和

かたらねど友とぞむかふ夜半の月

室町後期《五〇—七》天正十九年四月和漢千句第七和漢

吟袖月清友（吟袖月は清友）　座主宮

雅筵山好逑（雅筵山は好逑）　水無瀬中納言

慶長元和【五】慶長三年正月二十日和漢聯句

征袖月為友（征袖月を友と為す）　雲岫

慶長元和【一九】慶長五年二月十九日和漢聯句

入枕旅砧哀（枕に入りて旅砧哀し）　有節

月こそは夢より後の友ならめ　日大

最後の和句の例は、妻に逢った旅寝の夢を砧の音に覚まされて、その夢の後は月を友としてわずかに心をなぐさめたことを言う。他の漢句の例もそれに似た心なのだが、月を「忘形の友」と言い、「心友」「清友」と、概念的な表現とするのはわずか五文字の漢語表現の窮屈さゆえか。ともあれ、それはいわゆる和習の漢句であり、中国詩には類例のない表現であった。

和歌を下敷きにする漢句の例をさらに挙げてみよう。

【四二】慶長十四年五月二十九日漢和聯句「近臣依日色猶益」

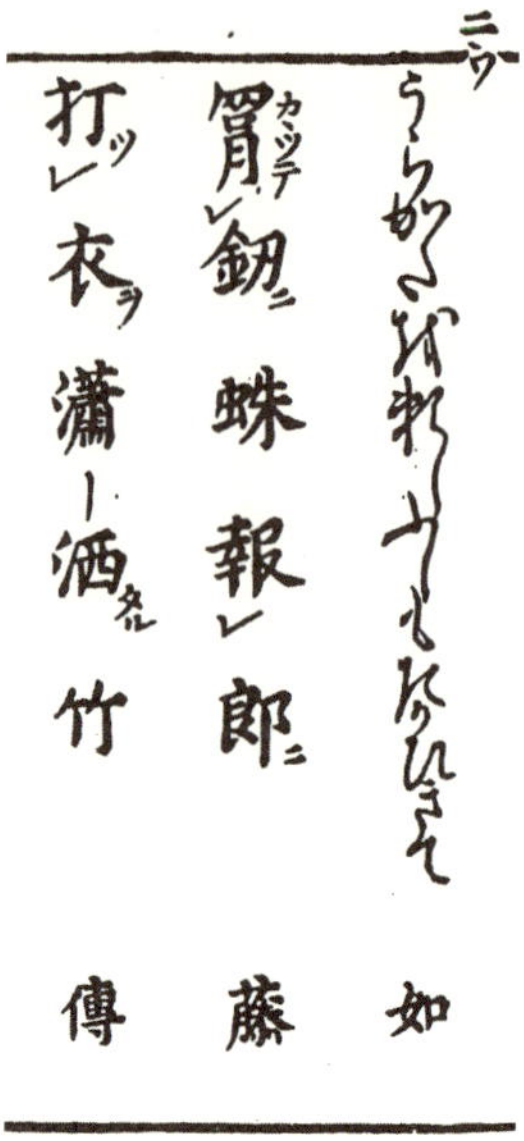
二ウ
うらかたを頼しふしもたがひきて　如
買《カツテ》レ釼ニ蛛報レ郎ニ　藤
打ツレ衣ヲ瀟洒ル竹　傳

ここには室町期から近世前期までの和漢聯句の十九作品を収録する『石鼎集《せきてい》』（貞享頃刊）の影印を掲げてみた。右上に「二ウ」とあるのは、懐紙の二枚目の裏の句がここから始まることを意味する。初折の表に八句、裏に十四句。二折の表に十四句を載せた後だから、これは37から39までの三句である。

このうち37は「うらかたを頼《たのみ》しふしもたがひきて」と読みとることができる。「うらかた」すなわち占いの結果を心頼みにしてきたのに、それが当たらないでと言うのである。吉と出たのに、ことがうまく運ばなかった恨みである。

それに付けられた38の二字目は「剣」の俗字だから、「罥《カヽツテ》レ剣《ニ》蛛報レ郎《ニ》」と翻字できる。しかし、難解な句である。特に「剣に罥《かか》つて」が何を言うのかが、分からない。かろうじて意味が取れるそうなのは下三字だろうか。「蛛」が蜘蛛の意であり、「郎」が男を指すことを考えるなら、この「蛛報レ郎《ニ》」からは、『日本書紀』允恭紀八年二月（日本古典文学大系67）に、

是夕《こよひ》、衣通郎姫《そとほしのいらつめ》、天皇を恋《しの》びたてまつりて独居《ひとりはべ》り。其《そ》れ天皇の臨《いでま》せることを知《し》らずして、歌《うたよみ》して曰《い》はく、

我《わ》が夫子《せこ》が　来《く》べき夕《よひ》なり　ささがねの　蜘蛛《くも》の行《おこな》ひ　是夕著《こよひしる》しも

とあり、また『古今集』にも、仮名序の古注と巻十四の墨滅歌《すみけちうた》に「わが背子《せこ》が来《く》べき宵《よひ》なりささがにの蜘蛛《くも》のふるまひかねてしるしも」と見える歌などが想起されるであろう。蜘蛛が糸を引いて垂れるのを吉兆とみて、夫が来てくれるに違いないと心頼みにする女の歌である。つまり、その「ささがにの蜘蛛のふるまひ」が前句の「うらかた」に当たる。この二つの句の時の順は逆であり、37で、「うらかた」を得て心頼みに思ったのに、それがぬか喜びに終わったことを悔やむのを承けて、38は、それに先だっては、蜘蛛が垂れてきたそのふるまいを見て、夫が来て下さると思ったのだと付けるのである。

それでは、「罥《カヽツテ》レ剣《ニ》」はどうなるのか。もちろん、『日本書紀』にも『古今集』にも「剣」は出てこない。「蜘蛛」と「剣」とでは、そもそも関わりようがないであろう。

このように和漢聯句の特に漢句については、まったく意味がとれずに困惑することが往々にしてある。こちらの学力不足に起因することはもちろん多いのだろう。しかし、その本文に問題の存することも無くはない。

写本には誤写がつきものだが、難解な表現の多い和漢聯句の漢句には、特にそれが目立つように思う。これもその一例に違いない。そもそも平仄《ひょうそく》が合わないのである。

漢字は、周知のように、四つの声調に分けられる。平声《ひょうしょう》、上声《じょうしょう》、去声《きょしょう》、入声《にっしょう》の四声《しせい》である。そのうち、上・去・入の三つを合わせて仄声《そくせい》と言う。中国の近体詩の五言句では句の二字目に平声の字があれば、四字目を仄声の文字とする。逆に二字目が仄声なら四字目を平声の字とする。二四不同《にしふどう》とよばれる決まりである。それによって音調を整えるのである。他方、和漢聯句の諸本の中にはこの例のように返り点の施されたものがある。「買《カヽツテ》レ剣《ニ》蛛報レ郎《ニ》」が「剣《けん》に買《かか》つて蛛郎《くもらう》に報《ほう》ず」と訓読されたことは確実である。訓読する以上、平仄を合わせる意味は実際上はまったくない。しかしながら、日本の漢詩人の多くが詩を訓読しながらもなお近体詩の平仄の規則を守ったように、和漢聯句の漢句でも二四不同の決まりが厳守されるのである。

ところが、この漢句では二字目の「剣」も四字目の「報」も仄声である。どちらかの文字が間違いと判断される。このような場合、前か後に漢句があれば、どちらの誤りかが分かる。仮に漢句が奇数句、偶数句と続くものとしよう。その二句は対句を構成する（28頁）。対句では、上句の二字目が平声、四字目が仄声であれば、下句の二字目、四字目はそれと逆の仄声と平声の順になる。上句が仄と平なら、下句は平と仄とする。それを反法という。他方、漢句が偶数句、奇数句と続く時は、前の句が平声と仄声であれば、後の句も同じように平声と仄声に、前句が仄と平であれば、後句も仄と平になる。それを粘法という。反法も粘法も、これも和漢聯句で厳しく守られる決まりである。この「買《カヽツテ》レ剣《ニ》」の句は偶数句の38句であり、次の「打レ衣瀟洒竹」は奇数句の39句である。粘法が守られなければならない場合である。そして、39の二字目の「衣」は平声、四字目の

「洒」は仄声である。すなわち、38の二字目と四字目が平、仄となるのが粘法の原則である。「剣」「報」ともに仄声なのだから、「剣」字の方が誤りということになる。

意味の上でも、「蛛報レ郎ニ」が理解可能な表現であることは先に述べた通りである。「報」の文字は、蜘蛛の様子を夫の訪れを告げ知らせる「うらかた」と見る内容と合致するのである。もっとも、「報レ郎ニ」ではなく「報レ郎ヲ」であればより良い。当然、送り仮名にも間違いがあるので、「郎（の訪れ）を報《つ》ぐ」と訓むべきであろう。

では、その「剣」は何の字の誤りなのだろうか。

この衣通郎姫の歌を本歌とする歌は数多いが、「かひなしや軒端《のきば》にすがくささがにのいとはれながら絶《た》えぬ命《いのち》は」（藤原経教「寄蛛恋」『延文百首』）もその一例である。しかし、そんな証歌を挙げるまでもなく、蜘蛛は軒《のき》に巣をかけるものである。おそらく、その「軒《けん》」を字音の同じ「剣《けん》」に誤写したのであろう。「軒」が平声であり、平仄が合うことは言うまでもない。38は、「罥軒蛛報郎（軒《けん》に罥《かか》つて蛛郎《くもらう》を報《ほう》ず）」であった。

ついで39の「打レ衣瀟洒竹（衣《ころも》を打つ瀟洒《せうしや》たる竹）」は、その軒端の清らかな竹の葉が衣に触れることを詠う。「のきには…窓の竹」（拾花集）。38に「軒」とあってこそ、39は「竹」を付けることができた。38と39は、和の言葉の世界を漢語によって詠った句である。形は漢句ながら、心は和歌そのものだったのである。

六　誤写のさまざま

和漢聯句はその難解さゆえに写本に多くの誤写を生み、その誤写がまた和漢聯句を難解なものとする。そのような悪循環があったのではないかと思う。この節では、そのような誤写と考えうる例をいくつか取り上げておきたい。

最初に、前節末の例と同じく二四不同の規則が誤写の判断に役立つ例を挙げよう。

【五三】元和二年正月十二日和漢聯句「梅さけば」

50 雲くれかゝり行淡路潟《ゆくあはぢがた》　曼殊
51 嵐滴鐘自奚　太上
52 霜とけわたる杉の葉づたひ　平

後陽成院御製の漢句51の二字目「滴」も四字目「自」も、ともに仄声である。二四不同の規則に違反する。どちらかが誤りと考えられるが、前後が漢句でないので、反法、粘法による判断はできない。しかし、「嵐滴」は山の雨の滴りの意であり、前句50の「雲」にも、次句52にもよく付く。おそらく「自」の方に誤りがあるのであろう。はたして、『慶長元和和漢聯句作品集成』には「鐘」に関わる次の漢句の例が見いだせる。

【二〇】慶長五年四月二十八日和漢聯句
遠寺鐘奚自

【五二】慶長十八年九月二十三日和漢聯句
夕靄鐘奚自

このうち、前者の底本（京都大学文学研究科図書館蔵『漢和雑懐紙』）には「遠寺鐘奚《イツク》自《リス》」という仮名が施されている。「イヅクヨリス」と訓んだのである。つまり、この51の「自奚」は「奚自」の顛倒であり、元来は「嵐滴鐘奚自」だったと考えられる。二字目の仄声「滴」に対して、四字目は平声の「奚」となって平仄が合う。句は「嵐滴《したた》りて鐘奚自《いづくよ》りす」であり、山の雨のなか、鐘の音はどこから聞こえてくるのかと詠うのである。

その「奚自」は、『論語』憲問篇に、

子路、石門に宿《やど》る。晨門《しんもん》（門番のこと）曰く、奚自。子路曰く、孔氏よりす。曰く、これその不可を知りてこれを為す者か。

とあるように、どこから来たのかと問う意に古くから用いられてきた語であった。先の第二節で取り上げた「焉廋（焉《いづく》んぞ廋《かく》さん）」と同様に、和漢聯句では、それを『論語』を典拠とする語と意識しつつ、鐘声の形容に応用したのであろう。中国の詩では、鐘声について「奚自」と問う表現は見られない。

押韻の文字の場合は、誤写はさらに見つけやすい。

【六八】元和八年十一月二十三日和漢聯句「窓の内の」

36　孝心忘絮単（孝心は絮《じょ》の単《たん》なるを忘《わす》る）　大圭
37　馬狂疑失靷（馬狂ひて靷《ひきづな》を失《うしな》ふかと疑《うたが》ふ）　道春
38　蟻熟耐投簟　永喜
39　爾汝交猶親（爾汝《じじょ》交《まじは》り猶《な》ほ親《した》しむ）　正意

36は、孔子の弟子の閔損《びんそん》の孝をたたえる句である。『蒙求』に「閔損衣単」とあり、徐子光補注の引く旧注に云う、

閔損、字は子騫《しけん》。早く母を喪《うしな》ふ。父、後妻《こうさい》を娶《めと》り、二子を生む。損、至孝にして怠《おこた》らず。母これを疾悪《しつを》し、

生む所の子には綿絮《めんじょ》を以てこれに衣《き》せ、損には蘆花《ろくわ》の絮《わた》を以《もつ》てす。

この話により、閔損が、蘆《あし》の穂《ほ》を入れた粗衣を着せられたことも怨まず、なお継母に孝をつくしたことを詠うのである。そして、37は『蒙求』旧注の右に続く次の部分による。

父、冬月、損《そん》をして車を御《ぎょ》せしむ。体寒《こご》えて靷《ひきづな》を失《しっ》す。父これを責《せ》む。損自ら理《ことわ》らず（弁解しなかった）。父察《さっ》してこれを知り、後母《こうぼ》を遣《お》はんと欲す。損泣きて父に啓《まう》して曰く、母在《あ》れば一子寒し。母去れば三子単なり。父これを善として止《とど》む。母も亦た悔《く》い改め、三子を待《たい》すること平均《へいきん》。遂《つひ》に慈母と成る。

身体の凍えた閔損が思わず馬の手綱を取り落としたその場面を付けて、御者の手から離れた馬が暴れたことを想像したのである。

さて、それと対句になる38は、「馬」に「蟻」（同じ生きもの）、「狂」に「熟」（同じ用言）などと対語を選び、五字目は「靷（ひきづな）」に「簟（たかむしろ）」という器物どうしを対にしたと見られるであろう。しかし、38の漢句の五字目は押韻するところであり、ここは36の「単《タン》」と同じ上平声第十四の寒《カン》韻の文字を用いるべきなのに、「簟《テン》」は上声の琰《エン》韻である。和漢聯句では押韻の原則は厳守される。「簟」は間違いなく誤字である。

そもそも、この「蟻熟耐投□」の句はどういう意味だろうか。「蟻」が「熟」するとはどういうことか。「蟻」は、もちろん文字通りのアリの意味ではない。後漢・張衡の「南都賦」（文選・巻四）に「酒は則ち…醪《さかあぶら》 敷徑寸、浮べる蟻 蓱《うきくさ》の若《ごと》し」とある。浮草のように酒に浮かぶ膏《あぶら》の泡を「浮蟻」と言ったのである。そこから、酒の異名を「浮蟻」とも称する（文明本節用集）。ここはそれを略して酒そのものを「蟻」とした。酒なればこそ「蟻熟して」と表現したのである。

酒に関わる故事は数々ある。なかでもそれを「投ず」とするものを、36・37と同じように『蒙求』に求むれば「勾践投醪」の話を得るであろう。しかし、今は『蒙求』を離れて、兵書のひとつ『三略《さんりやく》』の次の一文を引いておきたい。

昔者《むかし》、良将の兵を用ゆるに、簞醪《たんらう》（ひさごに入った酒）を饋《おく》る者有り。これを河に投《とう》ぜしめ、士卒《しそつ》と流れを同じくして飲む。夫《そ》れ一簞《いったん》の醪《らう》、一河《いちが》の水を味《あぢ》する能《あた》はずして、三軍《さんぐん》の士、死を致《いた》すことを為《な》さんと思ふは、滋味《じみ》の己《おのれ》に及《およ》ぶを以《もつ》てなり。

である。すなわち「簟《テン》」はこの「一簞の醪」の「簞《タン》」の誤りと考えられる。「簞」はもちろん平声の寒韻。ここでは酒を入れる瓢《ひさご》の意の語であり、「蟻熟耐投簞（蟻《あり》熟して簞《たん》を投ずるに耐《たへ》たり）」という句だったのである。そして39の「爾汝」は、俺、おまえと呼びあうこと。「一簞《いったん》の醪《らう》」を分かちあえばこそ、そのようにあい親しむ仲になったと付けたのである。

二四不同にも、韻字にも関わらない文字にも、とうぜん誤写はありうる。次の例はどうだろうか。

【一九】慶長五年二月十九日和漢聯句「月はいつ」

68 ますげの下《した》にかくれ沼《ぬ》の水　前左
69 野平横略約　玄圃
70 行《ゆく》〳〵遠きふるの中道《なかみち》　入中

68は、菅《すげ》の茂りに隠れて沼水があるという景である。それを受けた69が「野平（野平《たひら》かにして）」と詠うのは分かるのだが、「横略約」が何を言うのかが理解できない。「略約」または逆の「約略」は、概略、あらましの意に普通に用いられる語である。そして、この句の二字目の「平」が平声なのに対して、「略」は仄声である。平仄の上の問題もない。これは奇数句なので、韻字の制約もない。しかし、いかんせん、「横略約」では意味が取れない。それは、前句の「かくれ沼の水」、この句の「野平」、さらには次句の「ふるの中道」などと何らかの関わりをもつ表現でなければならないが、「横略約」ではそれらとの繋がりが全く見いだせないであろう。

「ふるの中道」は、「石上《いそのかみ》ふるの中道なかなかに見ずは恋しと思はましやは」（『古今集』恋四・紀貫之）と詠われた大和国の石上《いそのかみ》の布留《ふる》の地を通る道である。それは連歌にも用いられる。「十市《とをち》にやふるの中道つづくらむ／行《ゆ》く川上《かはかみ》の波の高橋《たかはし》」（宝徳四年千句第八「みにしむは」）、「絶えこしままのふるの中道／山陰《やまかげ》は通ふともなき橋の上」（皇学館文庫本千句第一「よははなに」）。また、和漢聯句には「かよふもはかな宇治の中道／檜湿厭橋断（檜《のき》湿《うるほ》ひて橋の断《た》ゆるを厭《いと》ふ）」（【四一】慶長十四年四月十八日和漢聯句）の例も見える。つまり「中道」には、道にはなくてはならない「橋」が付けられることがあった。布留には布留川が流れ、宇治には宇治川が流れている。そして、その里の道には必ず橋があるものと詠われたのである。それらと同じように、前句68の「水」と、70の「ふるの中道」との関わりから、この「横略約」にも橋の意が期待できるのではないか。

もちろん、「横略約」の三字からは橋の意味は読みとれない。ここには、何らかの誤字があるのではないか。そう疑ってみれば、「略約」と形の酷似する「略彴」という語があることに容易に気が付くであろう。禅宗ことに臨済宗で聖典とされる『碧巌録《へきがんろく》』の第五十二則に見える言葉である。本則の部分のみを岩波文庫新版（入矢義高他訳注）の訓読を借りて示してみよう。

挙《こ》す。僧、趙州《じようしゆう》に問う、「久しく趙州の石橋《しやつきよう》を嚮《した》うに、到来すれば只だ略彴《りやくしやく》を見るのみ」。州云く、「汝は只だ略彴のみを見て、且《さて》も石橋は見ず」。僧云く、「如何なるか是れ石橋」。州云く、「驢を渡し馬を渡す」。唐の禅僧の趙州と、彼のもとに参禅した僧との問答である。石橋を慕って来たのに、来てみたら「略彴」だったという僧の言葉であるが、その抄物の『仏果圜悟《えんご》禅師碧巌録鈔』（慶安三年刊）には、「到来シテ見レバ只円木橋ゾト也。略彴ハ独木橋ヲ云也」と言う。「略彴」は丸木橋《まるきばし》なのである。丸木橋なら、「かくれ沼の水」の上にかかっていておかしくはないし、「ふるの中道」にもふさわしい。その「略彴」が「略約」と誤写された。行書体の糸偏《いとへん》はほとんど行人偏《ぎょうにんべん》と同じ形である。見馴れない「彴」が「約」に誤られたのである。

69は「野平横略彴（野平かにして略彴横たはる）」であった。68の菅原の下に沼水が隠れているさまに、平らかな野に丸木橋がかかる景を付けたのであり、さらに70では、その橋を経て、布留の中道が遠くへ延びてゆくさまを続けたのである。

実は『室町後期和漢聯句作品集成』にもこれに似た文字があった。

【三四】永禄十二年五月二十三日漢和聯句「梅潦欣逢月」

84　かた山里はなるゝさほ麋《しか》　（紹巴）
85　略釣霧偸却　（策彦）
86　虚舟月載来（虚舟《きよしう》月載来す）　（策彦）

《五〇―一〇》天正十九年四月和漢千句第十「風なきも」

88　置そふ小野の朝な夕霜《ゆふしも》　左大臣
89　略約通蹊路　玄圃

90 行衛《ゆくゑ》もとをき水の一すぢ　（後陽成天皇）

【三四】の方は、底本とした国会図書館蔵『連歌合集』十八の本文を「略釣」と示し、二つの対校本（岩国徴古館蔵本・柿衛文庫蔵本）に「略約」とあることを校異に記した。しかし、改めて確認するに、柿衛文庫本の本文は「略彴」であった。その「略彴」が正しく、それが徴古館本のような「略約」に誤られ、さらに国会本の「略釣」の形に誤写されたという過程を考えることができようか。

その「略彴霧偸却」の句は、『中華若木詩抄』中巻の項庚老《こうこうろう》「清明の雨」に「被雲偸却杏花村（雲に杏花の村を偸却《ちゆうきやく》せらる）」の句があり、それが「雲ニ杏花ヲ偸《ヌス》マレタルヨト云ゾ。偸却ハ、ヌスム也」と注釈されるのと同様に、橋が霧に盗まれるの意であろう。「略彴霧に偸却せらる」と訓読すべき句であり、杏花の村が雲に包まれて見えなくなるように、丸木橋が霧に隠されることをそう表現したのである。とすると、対句の下句の「虚舟《きよしう》月載来す」は、月がからっぽの舟を載せてくるという意味か。「月の舟」の表現ということになろう。

また《五〇―一〇》の例は、底本の国会図書館蔵『連歌合集』二十七を確認したところ、明らかに「略彴通蹊路（略彴蹊路を通《つう》ず）」であり、私たちの翻字の誤りであった。「略彴」すなわち丸木橋が前句の「野」を受け、後句の「水」に続くのは、この慶長五年の和漢聯句の例とちょうど逆の流れになるものであった。

誤りはさまざまな事情から生じるものである。では、次の例はどうか。

【五二】慶長十九年二月十七日和漢聯句「香をそへて」

75 手にふれて記念《かたみ》とさげぬ花がたみ　近衛准后

76 老羞挿髻桜（老いては羞《は》づ髻《もとどり》に挿《さ》す桜）　剛外

77　浴淇春已暮（淇《き》に浴《よく》して春已《すで》に暮る）　集雲
78　類薛国相争（薛《せつ》に類《るい》して国相ひ争ふ）　有節
79　長々閲牆筍（長を長として牆《かき》に閲《せめ》ぐ筍《たけのこ》）　友竹
80　みなるかたへの梅のすはへ木　近衛准后
81　五月雨《さみだれ》はかぎりしられぬ日数《ひかず》にて　右大臣

75は、よく分からないが、手に触れた花籠を記念に提げたという句意か。記念《かたみ》と筐《かたみ》の同音を生かしての詠であろう。76はその花籠の中の花を桜と見て、老いた身には恥ずかしながら、桜の花を髪に挿したと言う。

77は『論語』先進篇の有名な次の一節と関係する。ある時、孔子は弟子たちにむかって、もし自らの真価が理解されて志を行うことができれば、どのようなことがしたいかと問うた。子路《しろ》や冉有《ぜんゆう》らが堂々たる経世の志を述べたのち、孔子は曾点《そうてん》にも同じことを問う。爪弾きしていた瑟をそっと置いた曾点は、遠慮がちにこう答える。

曰《いは》く、莫春《ぼしゆん》には春服既《すで》に成り、冠者《くわんじや》五六人、童子《どうじ》六七人、沂《き》に浴《よく》し、舞雩《ぶう》に風《ふう》して詠《えい》じて帰《かへ》らん。

春の暮れには、成年、少年の人たちと沂水のほとりで水浴びをし、雨乞いをする土檀のあたりで涼み、歌を詠いながら家に帰りたいと述べたのである。その曾点の語の「莫春」に77の「春已《すで》に暮る」が、そして「沂《き》に浴《よく》し」が「淇《き》に浴《よく》して」に対応することは明らかであるが、「沂《き》」と「淇《き》」の文字が異なる。四字目の「已」は仄声。二つの文字はどちらも平声。二四不同の原則ではどちらでもいい。しかし、「沂水」と「淇水」はもちろん別の川の名である。「沂」を「淇」としたのは、「軒」を「剣」とした先の例（79頁）と同じく、同じ字音の別の文字に誤ったのである。このような筆写の誤りは他にも少なくないのかも知れず、注意が必要であろう。

その後の三句も面白い展開を見せるので、ついでに読んでおきたい。

78は77と対句になる。77が友と仲よく過ごす心豊かな一日を詠むのと対照的に、78は度量の狭い愚かしい紛争を付ける。『春秋左氏伝』隠公十一年に記された出来事である。岩波文庫の小倉芳彦訳を借りて引用する。

> 十一年春、滕《とう》侯と薛《せつ》侯が魯に来朝して、席次を争った。薛侯が「我《こちら》は［夏王朝の時代に］先に封ぜられた」と言うと、滕侯は「我《こちら》は周の卜正《ぼくせい》（卜官の長）である。姫姓でもない薛の後につくことはできない」と反論する。

この故事によって、「薛に類して」、その薛国と同じように、「国相ひ争ふ」、国々は争いあうのだと詠うのである。

そして79は、その争いを兄弟げんかと見て、『詩経』小雅・鹿鳴之什「常棣《たうてい》」の「兄弟、牆《かき》に鬩《せめ》ぐ、外《そと》には其の務《あなど》りを禦《ふせ》ぐ」（毛詩抄）の「牆《かき》に鬩《せめ》ぐ」を付ける。しかも「籬トアラバ…竹」（連珠合璧集）の寄合によって、その兄弟を「筍」のことに転じる。こちらこそ背が高いと、垣根のあたりで背をくらべ、けんかする兄弟の筍と言うのである。経書の語をもったいぶって用いながら、他愛ない無駄ごとを詠うところに、滑稽味がかもしだされるであろう。

さて、80はそれにどう付けるのか。79の「筍」、81の「五月雨」はともに夏の季語である。それに挟まれた80も夏の句であるはずで、その「梅」は花ではなく、「みなる」は「実成る」の意である。梅の実がふくらんだことを言う。「すはへ木」は新しく伸びた徒長枝である。

では、その80はなぜ79に付くのか。まずは79の「牆《かき》」に「梅」が付く。「梅トアラバ…垣ね」（連珠合璧集）。また、おそらくは次のような俳諧の例のようにも付くのではないか。松永貞徳の『新増犬筑波集』が『犬筑波集』の付句に第三の句を付け、自らその意を解説したところである。

おりおり人にぬかるるはうし
竹の子の隣《となり》の庭《には》へ根《ね》をさして
大木《たいぼく》になるこれのあを梅
筍《たけのこ》のある隣《となり》へ青《あを》梅根《ね》をさすと付たり

時々他人に抜かれるのが辛いという句に、竹の子が隣家の庭まで根を伸ばして生えていると付けたのが『犬筑波集』の付句であり、きっとこちらの庭の青梅は大木になるぞという第三句を付けたのが貞徳である。そして、筍の生える隣に青梅が根を伸ばしていることだとそれに自注を加えたのである。「根をさして」の主体は二句目では竹の子だが、三句目はそれを梅の木に取りなした。竹の子の生える隣の庭に根を伸ばして、こちらの梅は大木になるぞと詠ったのである。梅はふつう大木にはならないものだが、成長力のある竹の子のそばにあれば大木になるというような俗信が、あるいは有ったのかも知れない。

ともあれ、右のような付合を参照するなら、80の「みなるかたへの梅のすはへ木」は、「大木になる」と詠われたような梅の木の後の姿と考えうるであろう。竹の子と梅とを取り合わせることは和歌や連歌などには例が見られない。和漢聯句は、時として、このような俳諧の世界に接近することがあったのである。

この慶長十九年に遅れること十七年、後水尾天皇の夢想の句「山は松雪をふきたつ風さむみ」を発句として巻かれた「寛永八年十一月十日御夢想和漢聯句」（北海道大学図書館蔵）に次のくだりがある。

まつりごとゆがめる国はをさまらで　（後水尾天皇）

筍抽薛与滕（筍《たけのこ》は抽《ぬき》んづ薛《せつ》と滕《とう》と）　随庵

枝茂《しげ》る園生《そのふ》の梅の陰《かげ》ふかみ　阿野中納言

薛国と滕国との争いを竹の子の背競べになぞらえ、竹の子と梅の木の生長とをつなげるところは、慶長十九年の先の例とまったく同じである。これは偶然であろうか。あるいは、和漢聯句においても、先行の作品が学習されたことを示す一例と考えられるのではないか。後者の可能性を示す一例として、ここに書きとどめておきたいと思う。

七　漢字で記された和語

和歌や俳諧の表現の世界を詠みこむだけではなく、和漢聯句の漢句には、実は和語そのものを秘かに用いることがあった。次の例のどこに和語が隠れているであろうか。

【一二】慶長五年十二月五日和漢聯句「友またぬ」

65　幽探先愛野（幽探《いうたん》して先《ま》づ野を愛す）　集

66　分直屢暦煤　梅

67　つれなきにたのむ使《つかひ》もはかなしや　如

65は、「幽探して」（景色のよい場所を求めて）、野原を愛でたと詠う。それを66は受けるのだが、句意がつかめない。65と66は対句なのだが、「幽探」に対する「分直」とは何だろうか。『漢語大詞典』に「猶ほ分際のごとし」という語釈の見える漢語ではあるが、それでは意味が取れそうにない。前後の句にも、下の三文字にもつながりを見いだせないであろう。

その「分直」が実は和語なのであった。

南宋・羅大経『鶴林玉露』（十六巻本）の巻四の「日本国僧」は、日本からの留学僧安覚が大蔵経のすべてを暗誦しようと彼の地で苦学するさまを描いた記事である。ところが、その『鶴林玉露』の諸本のうち、日本で刊行された十八巻本では、右の記事に、安覚が示したという十数箇の日本語を漢字で表記した部分が加わっている（巻十六）。羅大経の原本にあったか疑わしいとされるもの（安田章「中国資料の背景」『中世辞書論考』）だが、次の一節である。慶安元年刊の和刻整版本（和刻本漢籍随筆集第八集所収）によって引用してみる。

硯ヲ曰二松蘇利必《スヽリト》一、筆ヲ曰二分直《フテ》一、墨ヲ曰二蘇弥《スミ》一、頭ヲ曰二加是羅《カシラト》一、手ヲ曰レ提《テト》、眼ヲ曰レ媚《メト》、口ヲ曰二窟底《クチ》一、耳ヲ曰二弭々《ミヽ》一、面ヲ曰二皮部《カホ》一、心ヲ曰二毋児《ムネ》一、脚ヲ曰二又児《アシ》一、雨ヲ曰二下米《アメ》一、風ヲ曰二客安之《カアセ》一、塩ヲ曰二洗和《シヲ》一、酒ヲ曰二沙嬉《サケ》一。

万葉仮名のように和語を音訳表記する例の最初に、漢語「硯《けん》」は日本語では「松蘇利《スヽリ》（必は衍字か）」、「筆《ひつ》」は「分直《フテ》」と言うことを挙げるのである。

和漢聯句の熱心な作者の一人でもあった策彦周良《さくげんしゅうりょう》の『蠡測集《れいそくしゅう》』（宮内庁書陵部蔵）にも「鶴林玉露ニハ、日本ノコトヲシタ処ニ、松蘇利硯、分直筆トシタゾ」とある。そのうち「分直」は、万里集九《ばんりしゅうく》の詩文集の『梅花《ばいか》無尽蔵《むじんぞう》』に何例かが見られ、また『易林本節用集《えきりんぼん》』にも「分直《フデ》」とあり、詩語集の『国花集』（寛永五年刊）にも「国花合記集」からの引用として「分直　筆」と示される。「国花合記集」は「貞元進士花艶谷選」と称されているが、詩や聯句などに漢字音訳語を使用するための典拠として作りあげられた「中国の典籍」であり、実際に存した書物ではないと推測されている（安田章・同上）。中世日本の漢詩、聯句、和漢聯句などには、そのような漢語風に装われた和語が用いられていたのである。

66に返ろう。それでは、その「分直」に続く「屡暦煤」とは何を言うのだろうか。これも解釈が困難である。おそらくは誤写があるのだろう。「分直屡暦煤」の二字目の「直」も、四字目の「暦」も仄声である。二四不同の原則から、どちらかが間違いと判断される。ここでは、前句の65がやはり漢句であることが考察の手掛かりとなる。先に述べたように、対句では、上句と下句のそれぞれの二字目と四字目の平仄は逆になる（78頁）。この句の場合は、65の四字目の「愛」が仄声だから、66の四字目は平声でないといけない。仄声の「暦」はあり得ないのである。さて、「分直」が筆なのだから、五字目の「煤」は墨の異名の一つの「松煤」（国花集）の略であろう。それなら「暦」は、字形の似る「磨」の誤りと考えられるのではないか。墨は「磨」るものだからである。もちろん「磨」は平声の文字である。「忽磨蘇味試分直（忽ち蘇味《すみ》を磨《す》りて分直《ふで》を試《こころ》む）」（「長享三年己酉〈一四八九〉正月一日試分直鶴林玉露、墨曰蘇味、筆曰分直」『梅花無尽蔵』）という詩句の例もあった。前句の65が野の好景を愛でるのを受けて、66の「分直屡磨煤（分直《ふで》屡《しば》しば煤《すみ》を磨《す》る）」は、しきりに墨を磨り、筆をふるって詩歌を書きつけることを詠う。そして、67はそれを恋の意に転じて、恋文を書いても書いても、相手はつれないままで、文使いが空しく帰ってくると付けるのである。

さて、この「分直《ふで》」などの音訳語は、聯句や和漢聯句ではどのように用いられてきただろうか。まず和漢聯句の例を見てゆこう。

享禄年間まで（～一五三二年）の作品を集めた『室町前期和漢聯句作品集成』にはその類の例は見られず、天文～文禄年間（一五三二～九六年）の『室町後期和漢聯句作品集成』に、次の二例があった（ここでは、和漢聯句および聯句の用例にはすべて句番号を付す。偶数句か奇数句かが特に重要な情報となるからである）。

【三五】永禄十三年（一五七〇）二月十四日和漢聯句

12　沙嬉《キ》酒也　掃フ二旧愁ヲ一　　承兌

先の『鶴林玉露』に「酒ヲ曰二沙嬉《サケ》一」とあった文字である。「国花合記集」にも「沙嬉　同（酒）」と見える。この文字の左に「酒也」と注を付するのは、書写者の老婆心なのだろうか。

【四五】天正十四年（一五八六）十二月七日漢和聯句

84　土《ツ》宜《ギ》抱クレ独《ドク》ヲ床　　春

「国花合記集」の冒頭、乾坤の部の一覧には、「都嗜」「兔記」「土宜」「屠き」「つき」「屠其」「土期」「津幾」の八つが「月」を表す語として載せられている。この句の「土宜」はその一つである。ひとり寝の床で、月だけを友とするという和歌の心（74頁）を詠う漢句である。底本の「土宜《ツキ》」という振り仮名に右のように濁点を付したのは、「宜」の字音に拘泥してしまった私たち研究会の翻字の誤りであった。

ところが『慶長元和和漢聯句作品集成』になると、このような音訳語がいちじるしく増加する。まず「月」の音訳語で言えば、「国花合記集」の八語のうちの「都嗜」「土期」が見られる。

【六六】元和八年三月十五日漢和聯句

60　都嗜玉蒼々（都嗜《つき》玉蒼々たり）　嶺

【六七】元和八年五月二十六日漢和聯句

88　涙垂都嗜鵑（涙は垂る都嗜《つき》の鵑《ほととぎす》）　英岳

【七〇】元和九年三月二十六日漢和聯句

90　土期影掛銀（土期《つき》影は銀を掛《か》く）　璘

その他にも、「国花合記集」に見える音訳語の多くが使用される。「番峋」「洞容」「由其」であり、また「蓉奇」「万都」「喝尼」「末猶」「他摩是毘」である。いずれも『鶴林玉露』にはなかったものである。

それぞれ、何という和語の表記だろうか。煩を厭わずに列挙してみる。まずは「番峋」である。

【五〇】慶長十七年九月十七日漢和聯句（真韻）

68　寺はふりぬる前のかけ番峋　東

【七〇】元和九年三月二十六日漢和聯句（真韻）

42　ともに霞をわくるしば番峋　順

【七二】元和九年三月日未詳漢和聯句（真韻）

74　色にのこれる陰《かげ》のしば番峋　門

「番峋」は橋の音訳語である。

【九】慶長三年五月二十三日和漢聯句（冬韻）

56　草深繁洞容（草深くして洞容繁《しげ》し）　玄圃

【二二】慶長五年十月二十五日和漢聯句（冬韻）

58　袂溥々洞容（袂《たもと》に溥々《たんたん》たる洞容）　圃

【六五】元和七年十一月十六日漢和聯句（庚韻）

92　半世洞容軽（半世洞容軽《かろ》し）　最岳

「洞容」は露である。

《二八―五》慶長九年九月和漢千句第五漢和聯句（支韻）

12　そゝきすてたる半天《なかぞら》の由其　入道前侍従

【六四】元和七年十月十三日漢和聯句（支韻）

60　かれたつ蘆《あし》に□《（ウカ）》すきしら由其　（後水尾天皇）

「由其」は雪である。

以下の音訳語は一例ずつである。

【七二】元和九年九月十九日漢和聯句（支韻）

32　九重《ここのへ》にいつふらん初《はつ》蓉奇　玄仲

【三四】慶長十三年七月二十八日和漢聯句（虞韻）

56　連枝箇万都（枝を連《つら》ぬ箇《こ》の万都）　有節

《二八―五》慶長九年九月和漢千句第五漢和聯句（支韻）

62　岩の跡先《あとさき》横ばしる喝尼　　左大臣

【四三】慶長十四年九月十八日漢和聯句（尤韻）

94　花よりあくる雲や引《ひく》末蕕　　琢

【六四】元和七年十月十三日漢和聯句（支韻）

92　あとすさましく消《きえ》し他摩是毘　　左大臣

これらはいずれも「国花合記集」に「蓉奇　雪」「万都　松」「喝尼　蠏《かに》」「末蕕　眉」「他摩是毘　燈《ともしび》」と示されるものである。

慶長期（一五九六～一六一五）・元和期（一六一五～二四）以降、和漢聯句の歴史は、徐々に末細りしつつなお続いてゆく。たとえば国会図書館蔵『連歌合集』や宮内庁書陵部蔵『漢和和漢聯句及連歌』などによれば、寛永期（一六二四～四四）から元禄期（一六八八～一七〇四）にかけての和漢聯句作品の数々を一覧することができる。そのうち、寛永期のものには「沙嬉」「由其」「各離《カリ》」「他摩是毘」などの例が見られる。しかし、慶長元和期に比べるなら、その音訳語の種類も、出現の頻度も遠く及ばない印象がある。寛文期（一六六一～七三）から元禄期の作になると、その傾向はいっそう進むようだ。音訳語がもっとも好んで用いられたのは、慶長元和の和漢聯句においてであった。

一方、漢詩句だけを連ねる聯句ではどうだろうか。室町時代末の聯句資料として知られる策彦と江心の『城西聯句《じょうさいれんぐ》』（弘治二年〈一五五六〉跋）の九千句の中には、出現順に次の十例が見られた。

46　加《ケ》沙《サ》避《ク》燕泥《ヲ》（加沙《けさ》燕泥を避く）　　斉韻二

92　下《ア》-米《メ》打レ鰥-閨（下米《あめ》鰥閨《くわんけい》を打つ）　斉韻二
58　下《ア》-米《メ》降沾レ荄（下米《あめ》降《ふ》つて荄《ね》を沾《うるほ》す）　佳韻二
86　下《ア》-米《メ》夜将レ寅（下米《あめ》夜将《まさ》に寅《とら》ならんとす）　真韻二
58　屐-穿《テ》下-米乾《ク》（屐穿《げきうが》ちて下米《あめ》乾く）　寒韻三
76　分-直遏《トヽム》二雄-虓一（分直《ふで》雄虓《ゆうかう》を遏《とど》む）　肴韻三
98　暑《ハ》因《テ》レ下-米《メニ》鏖《ロス》（暑《しよ》は下米《あめ》に因《よ》つて鏖《みなごろ》す）　豪韻一
48　闕賜《フ》レ紫《ケ》-加-沙《サヲ》（闕《けつ》は紫加沙《けさ》を賜《たま》ふ）　麻韻二
62　下《ア》-米《メ》暁占レ晴《ヲ》（下米《あめ》暁《あかつき》晴を占《うらな》ふ）　庚韻三
38　愁媒下-米《ノ》-櫺（愁媒《しうばい》は下米《あめ》の櫺《のき》）　青韻一

そして、慶長末年の後陽成天皇中心の聯句会の記録、『鳳城聯句集《ほうじようれんぐ》』（元禄三年刊）の三千句には次の十二例が見られた。

8　蘇《ス》-味筆猶-濃（蘇味《すみ》筆猶《な》ほ濃《こまや》かなり）　東韻
94　沙-掲是扶レ衰（沙掲《さけ》は是れ衰《おとろ》へたるを扶《たす》く）　支韻
70　都《ツ》-嗜画《ク》二簾-幃《ニ》一（都嗜《つき》簾幃に画《ゑが》く）　微韻
86　旦《タ》-磨霰只《カクハカリナリ》一　且（旦磨《たま》霰只《あられかくばかりなり》　且）　魚韻
100　也《ヤ》末《マ》尽環《ル》レ滁《ヲ》（也末《やま》 尽《ことごと》く滁《ちよ》を環《めぐ》る）　魚韻
82　下《ア》-米《メ》畆催《ス》レ犂《ヲ》（下米《あめ》畆《うね》は犂《すき》を催《もよほ》す）　斉韻

62　沙《サ》-戯座交-欣（沙戯《さけ》座 交《こもご》も欣《よろこ》ぶ）　文韻
100　加-世応《スル》レ門《ニ》闇（加世《かぜ》門に応ずる闇）　元韻
14　下《ア》-米《メ》渭-流沱《タリ》（下米《あめ》渭流沱《た》たり）　歌韻
92　阿-母《メ》士爬《ク》レ痒《ヲ》（阿母《あめ》士は痒《かゆ》きを爬《か》く）　陽韻
58　茘《ハ》燃《ヘテ》二阿-母《メニ》一甜《シ》（茘《れい》は阿母《あめ》に燃《も》えて甜《あま》し）　塩韻
52　覚《カ》-密《ミ》乱《レテ》彡彡（覚密《かみ》乱れて彡彡《さんさん》）　咸韻

聯句は和漢聯句に輪をかけて難しく、なお見落としがあろう。しかしながら、母数が九千中の十例と、三千中の十二例の大きな差が劇的に縮まることはおそらくないだろう。聯句においても、慶長の頃に音訳語の使用の頻度が増したことは間違いない。聯句と和漢聯句はその点では一致する。しかし、両者における音訳語の性格と、その意味は異なるであろう。『城西聯句』の十例のうちの七例が「下米」であるように、聯句中の音訳語は種類に乏しい。慶長元和期の和漢聯句に見られたような多彩さは聯句にはない。

そして、なによりも重要な相違は、聯句の音訳語が「加沙《けさ》」以外の全ての例において句頭、句中にあるのに対して、和漢聯句の音訳語のほとんどが句末に見えることである。それも偶数句の句末であり、その多くは漢和聯句の和句に使用され、韻字にあてられているのである。和漢聯句では偶数句の漢句に、また漢和聯句では漢句にも和句にも押韻する必要があることは先に説明した（26頁）。漢和聯句の和句の作り手には、押韻は特に難しいものだったに違いない。そのような和句の押韻のために音訳語が重宝されたのである。たとえば「由其」が使われた句で言えば、「そ、きすてたる半天の雪」では仄声の「雪」が最後の文字となってしまうが、それを「半天の由其」と記すことによって、上平声第四の支《シ》韻の「其《キ》」を韻字とすることができた。他の「番《は》絢《し》」「洞《つ》容《ゆ》」「蓉《ゆ》奇《き》」「万《ま》都《つ》」「喝《か》尼《に》」「末《ま》蕕《ゆ》」「他《と》摩《も》是《し》毘《び》」なども同様である。それらの音訳語のいずれも下の文字は平声である。それらを使えば、和句にも押韻することが簡単にできたのである。

　他方、聯句にしばしば用いられた「下《あ》米《め》」「阿《あ》母《め》」などの「米」「母」は仄声である。『城西聯句』の「48 闕賜《フ》レ紫《ケ》加沙《サヲ》」の「沙」は平声であり、かつ偶数句の句末にあって押韻字となっているが、それ以外では、下の文字の多くは仄声であり、またそもそも句頭、句中に現われるものばかりである。つまり、聯句における音訳語のほとんどは押韻に関わりのないものであった。そこに、和漢聯句と聯句における、音訳語の意味の決定的な違いがあったのである。

　和漢聯句の三つの作品集成を通覧すれば、漢句を発句とする漢和聯句の数が後になればなるほど増えてゆく傾向が顕著である。室町前期では三つしかなかった漢和百韻が、後期では十になり、慶長元和では二十七例が数えられる。元和期では漢和の作品が主流になってゆく。慶長元和の和漢聯句に音訳語が増えたのは当然のことだったのである。

　しかし、押韻のため、という一つの理由だけでそれを説明することはできない。和漢聯句にも「沙‐嬉《キ》《酒也》掃《フ》二旧‐愁《ヲ》一」（永禄十三年二月十四日和漢聯句）という古い例があった。それが「酒」をあえて「沙嬉」と記したのは、「嬉」の文字を用いることによって、酒が愁いを払うことをより適切に、より面白く表現できたからだろう。『鳳城聯句集』の「62 沙《サ》戯座交欣（沙《さ》戯《け》座 交《こもご》も欣《よろこ》ぶ）」も同じである。音訳語の中には、字音が借り用いられただけではなく、その字義がまた句の表意にあずかる例もあったのである。

さらに漢句や和句の中に漢語を装った和語をこっそり忍ばせることそのものに喜びが感じられたということも、当然あっただろう。和と漢の言葉がまじりあい、映発しあう和漢聯句という文芸にとって、和語をあたかも漢語のようにして取り入れる技法は、いかにもそれにふさわしい。漢句に日本の故事を詠みこみ、和歌や俳諧の発想を詠ったのに通じる俗化、俳諧化の楽しさも、このような音訳語の使用には少なからずあったに違いない。

しかし、それにしても不思議なのは、今まで挙げてきた聯句、和漢聯句における音訳語のすべての例が偶数句に出現することである。漢和聯句の和句の押韻のためにそれが増えただろうとはすでに述べた通りだが、漢和・和漢にも押韻にかかわらない例も少なからずあった。聯句の例は、わずか一例をのぞいて、押韻には関係しない場所にあった。それなのに、なぜ、すべての例が偶数句に現れるのだろうか。

音訳語が聯句、和漢聯句の偶数句に出現することは偶然とは思われない。押韻の都合の他に、そこにはどのような理由があったのか、今のところ、謎と言わざるを得ない。特にここに記し、後考に俟ちたいと思う。

音訳語は、これに続く時代の和漢俳諧と称される作品の中にも、

『俳諧書留』(早稲田大学中村俊定文庫)

42 洞《ツ》-溶《ユ》 雪《ナタ》 頽《レテ》 行《ク》 (寛永十五年)

62 津《ツ》-溶《ユ》 吹-払《ハ》 颸 (周令・季吟両吟)

『牛刀毎公編《ぎゅうとうまいこうへん》』(寛文十二年刊・『潁原文庫選集』第五巻)

34 桂男《かつらを》も水のたる土《ツ》者《キ》 支韻

60　真白にみゆ松の夕質麻《シモ》　　麻韻

『三番船《さんばんぶね》』（元禄十一年刊・同右）

沙　嬉《ムセテモタノシム》二沙嬉《サケヲ》一畹《タウヘ》　　上巻・夏

由伎《ユ》　碏由伎《キップテハワラベノトモ》　　上巻・冬

などの例が見られる。しかし、「泥酔《トロリトフ》」「異奴《イナヤツ》」「天恐《ソラヲソロシ》」（俳諧書留）などの滑稽な宛字の目立つこれらの作品の中では、音訳語を用いることそのものの興趣はすでに薄らいでいただろう。『三番船』の二例が「沙嬉」「由伎」の文字を反復して二通りに訓みかえる複雑な技法を凝らすことが、そのことを暗示しているであろう。

国会図書館蔵『連歌合集』や書陵部蔵『漢和和漢聯句及連歌』などに見られる寛永から元禄ごろまでの和漢聯句作品で、音訳語の数が漸減することは先に述べた通りである。それだけではなく、その時代の百韻には経書や東坡・山谷の詩句や、そのほかの和漢の故事などに基づく付合もさほど目立たなくなっている印象がある。和漢聯句らしい難しさと、その反面の面白さがともに薄らいでゆくようにも思う。

東京大学史料編纂所の「近世編年データベース」によれば、後陽成、後水尾両天皇の御代に、「和漢御会」「漢和御会」が頻繁に繰り返されていたことが確認される。今までに読んできた慶長元和期の和漢聯句作品の多くも、そのような御会における百韻の一部分であった。しかし、寛永六年（一六二九）に譲位した後の後水尾院は、和漢聯句にもようやく倦んできたものか、寛永末頃からは、「和漢御会」の他に、しばしば「和漢狂句御会」を開いては「俳諧和漢聯句」を作るようになっている。そして、後水尾の子の後西、霊元の二人の天皇の代にも和漢、漢和の御会は継続的に開かれてはいたが、霊元の子の東山天皇の元禄十四年（一七〇一）十月十一日の漢和聯句御会を最後に、宮廷における和漢聯句興行は絶えてしまう。それとともに連歌会の開催もなくなったという（田中隆裕「宮廷連歌御会の終焉について」・連歌俳諧研究92）。

時代は移った。和漢聯句というあまりにも高度な教養を要する文雅の遊びは、慶長元和の頃に最後の光芒を放って、その後は急速に衰廃していったのである。

三章　漢和聯句「菊亦停車愛」注解

この章では、慶長十七年（一六一二）九月十七日、都の貴紳、禅僧、連歌師らによって巻かれた漢和聯句百韻「菊亦停車愛」の通読を試みる。

前年の三月二十七日には、ながく退位を願い続けてきた後陽成天皇がようやく第三皇子の政仁《ことひと》親王（後水尾天皇）への譲位を果たし、また、その翌日には、譲位の儀、即位の賀のために上洛していた徳川家康が豊臣秀頼を二条城に招き、なごやかに会見して京大坂の人心を安堵させていた。二年後の慶長十九年七月末に大仏方広寺鐘銘の事件が物議をかもし、それに引き続いて大坂冬の陣が勃発するまでの、短く終わった静謐の世における雅遊であった。

参加者（連衆《れんじゅ》）は後にその略伝を一覧して示すが、後陽成上皇の同腹の三人の弟、曼殊院良恕《まんしゅいんりょうじょ》親王（時に三十九歳）、照高院興意《しょうこういんこうい》親王（三十七歳）、八条宮智仁《はちじょうのみやとしひと》親王（三十四歳）と、参議の阿野実顕《あのさねあき》（三十二歳）、そして古澗慈稽《こかんじけい》（六十九歳）、集雲守藤《しゅううんしゅとう》（三十歳）、昕叔顕晫《きんしゅくけんたく》（三十三歳）、三江紹益《さんこうしょうえき》（四十一歳）、景洪英岳《けいこうえいがく》、怡伯令悦《いはくれいえつ》らの五山僧、時宗の仙巌上人《せんがんしょうにん》、連歌の里村《さとむら》南家の昌琢《しょうたく》（三十九歳）、昌俔《しょうげん》（二十五歳）の兄弟、さらに執筆《しゅひつ》を務めたらしい元通の合計十四名である。五山僧の六名が漢句を作り、他の八名が和句を詠じた。この当時、ごく普通に見られた一座の構成である。長老の古澗をのぞけば、いずれも青壮年の人たちであった。

連衆のひとり、相国寺の昕叔顕晫の『居諸集《きょしょしゅう》』（鹿苑日録《ろくおんにちろく》）に、この百韻に関わる記録（慶長十七年九月）があるので訓読して示してみよう。

十三日。斎了《ときおは》りて八条殿下に赴《おもむ》く。和漢一巡を持《ぢ》す。貴意を得んが為《ため》なり。

十七日。早天より大統庵古澗和尚興行の漢和の席に侍《じ》す。夜半の鐘を過《す》ぎて帰る。

このような和漢聯句は、事前に周到に準備された上で行われていたらしい。四日前の十三日に、昕叔顕晫が日ごろ親しく出入りしていた八条宮智仁《としひと》親王の邸を訪れ、「和漢一巡」、すなわち執筆をのぞく連衆十三人の作った最初の十三句を見せて、意見を聞いている。漢句の作り手を代表した昕叔顕晫と、和句の側の八条宮智仁親王とが、あらかじめ作られた十三句を点検し、調整するということがなされたのであろう。

そして、当日の十七日の記事は、建仁寺大統院の古澗慈稽が「興行」した漢和聯句に早朝から夜中まで一座したことを言う。「興行」とは連歌や和漢聯句の会を催すことで、つまりは古澗が主催者であり、彼がこの漢和聯句を行うことを提案し、連衆を人選し、一座の亭主となったのであろう。『居諸集』に会場をことさらに記すことがないのは、その古澗の大統院で百韻が行われたことを示唆するようにも見える。大統院は建仁寺境内の東南に現存する塔頭である。六十九歳の古澗が若い和漢の作者たちを自院に集めて行った一座ということになりそうである。

しかし、そのように考えると、後に見るように、この百韻の発句を古澗が詠じていることが不思議に思われてくる。連歌でも和漢聯句でも、発句は主賓、脇句（入韻句）は亭主が詠むのが原則である。もちろん、禁裏などで行われた月次の会では客も主人もないのだが、ふつうの興行の場合は、前章の駿河での百韻がそうであったように（19頁）、客が発句を詠じ、主人が脇を付けるのが習いであった。少なくとも、この『慶長元和和漢聯句作品集成』の諸作品にはその例が多いように見える。仮にその原則に従うなら、長老の古澗が主賓として発句を詠み、そして脇句の作者の「云」が亭主であったと考えるべきことになる。「云」とは「聖護院道勝」（『名家別号箋』文政六年版）。すなわち誠仁《さねひと》親王（陽光院）の第五子にして、正親町天皇の孫にあたる道勝（後に興意と改む）親王である。後陽成上皇はその長兄。連衆の中に次兄の曼殊院門跡良恕親王、弟の八条宮智仁親王がいたことは先に述べた。即位したばかりの後水尾天皇には叔父にあたる人であった。この人は、当時は照高院の第二代門跡を兼ねており、慶長のこの頃は、「照門」、「照高御門跡」などと称せられていた。照高院は東山妙法院の境内にあり（舟木家旧蔵洛中洛外図）、その門主の興意はまた大仏方広寺《ほうこうじ》の住持（別当）をも務めていた。

一座の場所は建仁寺大統院だったのか、または照高院か、明らかではない。

古澗の発句（第唱句）が「菊亦停車愛」であり、脇句（入韻句）が「山辺のもみぢおりかざす人」である。それぞれの句の注に述べるように、ともに山のふもとの菊、紅葉を詠むものである。ことに発句は百韻の巻かれる場所にかなった内容を詠むのが連歌、和漢聯句の約束である。東山の山ふところにあった照高院の方が、発句の場所としてはよりふさわしいようにも思われるが、それだけでは決めがたい。

建仁寺で行われたが、亭主の古澗がひとりかけ離れた年長者だったので、一座の主賓のようにもてなされたのかも知れない。

この三年後にあたる慶長二十年（元和元年）五月の大坂夏の陣により豊臣氏が滅亡したことは周知のとおりである。さきの昕叔顕晫《きんしゆくけんたく》『居諸集』がその戦さに触れているので、紹介しておこう。昕叔の父親の日野輝資《てるすけ》（権大納言、連歌・和漢聯句の連衆として活躍した）は出家して唯心院と称し、徳川家康の側近となって大坂の陣にも従っていた。

(五月)九日　唯心院大坂より帰洛。昨日、秀頼公切腹、大坂炎上の故なり。相公(家康)昨夜凱歌して帰ると云々。大坂六日七日中の大戦に於て、両方の戦死その数を知らずと云々。嗚呼《ああ》哀しむべきかな。旧故の人戦死多々、枚挙《まいきょ》に遑《いとま》あらず。

同じく連衆のひとり、脇句の作者の照高院興意は、この七月、家康秀忠父子を調伏した嫌疑により、方広寺住持を停止の上、身柄を聖護院に移されて謹慎。照高院の寺地、建物は妙法院に与えられた。興意は幕府に無実を訴えようとしたがかなわず、洛東白河に照高院の再興を許されたのは四年後の元和五年(一六一九)のことであった。

そのような動乱の日に先だつ彼らの漢和聯句百韻の作を、以下に読んでみたいと思う。その前に、『国書人名辞典』などを借りて、連衆の略伝を記しておく。

古澗　古澗慈稽《こかんじけい》　漢句八

天文十三年(一五四四)生、寛永十年(一六三三)寂。九十歳。信濃の人。若くして建仁寺大統院に入った。慶長十年(一六〇五)建仁寺二百九十四世につき、同十三年、南禅寺住持にもなり、のち大統院に退いた。聯句にすぐれた。後陽成天皇にたびたび召され、『三体詩』などを進講した。林羅山は大統院に寓したことがあり、古澗に教えを受けている。慶長十七年には六十九歳。

云　照高院興意《こうい》親王　和句十

天正四年（一五七六）生、元和六年（一六二〇）寂。四十五歳。初め道勝のち興意。聖護院宮、照高院宮と称す。慶長のこの頃、『時慶卿記』に「照門」（慶長十五年二月廿日）、また『鹿苑日録』に「照高御門跡」（慶長十七年十月十八日）と記されるのは、その初代門跡の道澄が慶長十二年に亡くなっているので、この人のこと。正親町天皇の孫。誠仁《さねひと》親王（陽光院）の第五子。母、新上東門院晴子（贈左大臣勧修寺晴右の女）。後陽成天皇、曼殊院良恕親王は同母の兄、また智仁親王は同母の弟。時に三十七歳。

色　八条宮智仁《としひと》親王　　和句二

天正七年（一五七九）生、寛永六年（一六二九）薨。五十一歳。誠仁親王の第六子。母、新上東門院晴子。天正十六年、豊臣秀吉の猶子となるが、翌年、秀吉の実子鶴松の誕生により、宮家を創立、八条宮と称す。同十九年、親王宣下、元服。式部卿。慶長三年（一五九八）兄後陽成天皇より譲位の意向があったが実現しなかった。同六年、一品。和歌・連歌に長じ、細川幽斎から古今伝授を受け、後水尾天皇に相伝した。時に三十四歳。

集雲　集雲守藤《しゆううんしゆとう》　　漢句九

天正十一年（一五八三）生、元和七年（一六二一）寂。三十九歳。慶長二年（一五九七）東福寺二百二十三世。後陽成院に招かれて詩聯会に参加し、多くの聯句の作をのこした。慶長十九年、徳川家康の命により駿府に赴き、紀行を執筆した。時に三十歳。

東　曼殊院良恕《りようじよ》親王　　和句九

天正二年（一五七四）生、寛永二十年（一六四三）寂。七十歳。誠仁親王の第三子。母、新上東門院晴子。天

正十五年に曼殊院に入り、翌十六年、親王宣下。寛永十六年、百七十世天台座主。和歌・連歌・書を能くした。時に三十九歳。

昕叔　昕叔顕晫《きんしゆくけんたく》　漢句八

天正八年（一五八〇）生、明暦四年（一六五八）寂。七十九歳。法諱、初め周晫・中晫、のち顕晫。道号、昕叔。謚号、仏性本源国師。日野輝資の子。九歳で相国寺鹿苑院に入り、文禄二年得度。この慶長十七年の歳末に鹿苑院住持となった。時に三十三歳。

友竹　三江紹益《さんこうじょうえき》　漢句八

元亀三年（一五七二）生、慶安三年（一六五〇）寂。七十九歳。法諱、紹益。道号、三江。号、友竹・友林・友雲。益長老と称す。建仁寺二百九十五世。常光院住。俳人徳元との和漢聯句が『徳元千句』に収められる（第四章）。時に四十一歳。

法橋昌琢　里村昌琢《さとむらしょうたく》　和句十

天正二年（一五七四）生、寛永十三年（一六三六）没。六十三歳。里村紹巴《じょうは》の娘と里村昌叱《しょうしつ》との間の子。里村南家の祖。慶長八年に父昌叱を亡くし、同十三年に法橋に叙せられた。連歌界の第一人者として活躍。後、後水尾天皇より古今伝授を受けた。時に三十九歳。

実顕朝臣　阿野実顕《あのさねあき》　和句七

天正九年（一五八一）生、正保二年（一六四五）薨。六十五歳。本姓、藤原。阿野実時（休庵）の男。慶長十七年（一六一二）参議、正四位下。幽斎、通村、光広から和歌、歌学を学び、連歌にも長じた。時に三十二歳。

仙巌上人《せんがんしょうにん》　和句七

時宗の僧侶。生没年未詳。京都七条堂上金光寺の僧。遊行上人。連歌は昌琢の門弟。興意親王、智仁親王、良恕親王らの連歌会に列したこともあり、昌琢と一座した連歌が多い。

英岳　景洪英岳《けいこうえいがく》　漢句七

生年未詳、寛永五年（一六二八）没。南禅寺正因庵。法諱、景洪。道号、英岳。英叔周洪とも。

令悦　怡伯令悦《いはくれいえつ》　漢句七

五山僧。聖一派、三聖門派。文坡令憩の弟子。

昌儇《しょうげん》　里村昌俔《しょうげん》　和句七

天正十六年（一五八八）生、慶安四年（一六五一）没。六十四歳。昌叱の子。昌琢の弟。連衆のひとりとして参加した慶長十五年八月四日百韻「萩の色に」には諸本があるが、「昌俔」「昌現」「昌儇」と異なる文字により名を記されている（連歌総目録）。いずれもショウゲンと読むのだろう。慶長末年頃の百韻では「昌儇」「昌俔」の表記が混用されるが、その後は「昌俔」に一定するようになる。時に二十五歳。

元通　和句一

経歴未詳。『慶長元和和漢聯句作品集成』にはここにしか現れない名前だが、『連歌総目録』によれば、慶長年間の連歌作品に一座が認められる。その多くは八条宮智仁親王や阿野実顕の参加するものである。挙句のみの出句なので執筆をつとめていたのだろう。

次に『慶長元和和漢聯句作品集成』より百韻を引用する。なお、漢句には試みの訓読を付けておく。

【五〇】慶長十七年九月十七日漢和聯句

〈上平声十一真韻〉

底　本　大阪府立大学総合図書館中百舌鳥蔵『漢和聯句』（ヤ四四・二六）

漢和聯句

1 菊亦停車愛（菊も亦た車を停めて愛す）　古澗
2 山辺のもみぢおりかざす人　云
3 秋さむき日影ながらも時雨来て　色
4 月従雲断新（月は雲の断えたるより新なり）　集雲
5 暮てしも風は嵐に吹かはり　東
6 遶檐松又筠（檐を遶る松又た筠）　昕叔
7 澗深先忘夏（澗深くして先づ夏を忘る）　友竹
8 真柴の袖のやすむ川垠　法橋昌琢
9 しばしたゞ水かふ駒やいばふらん　実顕朝臣

10 こほらぬかたはあをき蘋　仙巌上人
11 照沙霜夜月（沙を照らす霜夜の月）　英岳
12 垂暖旧年春（暖かに垂とす旧年の春）　令悦
13 昨今おさまりけりな風のをと　昌琢
14 帰帆咫遠津（帰帆遠津を咫にす）　古澗
15 見るが内に日も夕浪の難波がた　云
16 しほやみつらし丹鶴かける旻　色
17 某村松攢立（某の村に松攢まり立つ）　集雲
18 しらぬ野中のやどりかり因　東
19 征衫期霎過（征衫霎の過ぐるを期す）　昕叔
20 雅席惜更頻（雅席更の頻りなるを惜しむ）　友竹
21 花もちり月もうつろふさかづきに　法橋昌琢
22 春のかりばの名残ある辰　実顕朝臣
23 さえかへる空より雪のかきくれて　仙巌上人
24 臨風岸葛巾（風に臨みて葛巾を岸つ）　英岳
25 臥高陶老老（臥すこと高くして陶老老いたり）　令悦
26 ひく琴の音やおもひ伸らん　云

27 迎君欣不寂（君を迎へて寂しからざるを欣ぶ）　古潤
28 なみだがちなる人の諄　昌儇
29 恨をば書やる文につくさめや　東
30 詩野意堪論（詩野なれど意論ずるに堪へたり）　集雲
31 何劣郊兼島（何れか劣る郊と島と）　友竹
32 此交雷与陳（此に交はる雷と陳と）　昕叔
33 たゞしきやさらにうらうへなかるらん　実顕朝臣
34 めぐみをあふげ跡たれし神　法橋昌琢
35 鈴鹿山ふりさけみれば秋の月　云
36 つらき別やおもふ露の身　仙巌上人
37 寵寔脆於槿（寵は寔に槿よりも脆し）　英岳
38 齢須較彼椿（齢は須らく彼の椿に較ぶべし）　令悦
39 嬰児のゆくゑいかにとかなしみて　昌儇
40 こゝろづくしに出るうら輪　云
41 明てだに阿波門の浪の音をあらみ　法橋昌琢
42 雲変日難賓（雲変じて日賓へ難し）　友竹
43 欲雨山長潤（雨ならんと欲して山長に潤ふ）　集雲

44 不昏垤已姻（昏れずして垤に已に姻ぐ）　古潤
45 あふ中もはかなかりける契にて　仙巌上人
46 月はなみだに影ぞ湮める　東
47 砧戸妾愁界（砧の戸は妾が愁への界）　昕叔
48 露もはらはぬ蓬生の塵　実顕朝臣
49 深巷問花少（深巷花を問ふこと少なり）　古潤
50 ねぐらに春の鳥ぞ馴ぬる　昌儇
51 山かくる霞のまがき閑にて　東
52 遠朝隠卜隣（朝に遠く隠は隣を卜す）　英岳
53 語曽鐘欲曙（曽を語れば鐘曙ならんと欲す）　令悦
54 へだて丶あふも友ぞ親しき　法橋昌琢
55 くむに猶あかぬなさけの関むかへ　云
56 草即処重茵（草は即ち茵を重ぬる処）　集雲
57 かへるさをわすれてめづる小萩原　昌儇
58 ほのめく虫のこゑは珍　仙巌上人
59 秋夕幾乗輿（秋夕幾たびか輿に乗ずる）　古潤
60 たのめぬものを月ゆへに詢　実顕朝臣

61 独宵琴慰我（独宵琴我を慰む） 友竹
62 聖代屋封民（聖代屋民を封ず） 昕叔
63 贖不帰駒隙（贖ふも駒隙は帰らず） 英岳
64 まなびにいらでくふる囂さ 法橋昌琢
65 試場空愧出（試場空しく愧ぢて出づ） 集雲
66 仕路毎経辛（仕路毎に辛きを経） 令悦
67 つま木とる絶まははこぶ法の水 仙巌上人
68 寺はふりぬる前のかけ番晌 東
69 連緑薫苔草（緑を連ねて苔草薫し） 昕叔
70 霜もひとつに露のしら珉 云
71 秋風にかりほの庵はまかせ来て 法橋昌琢
72 門田にこゑのちかき麏 昌僩
73 ふしみ山霧に暮行陰さびし 実顕朝臣
74 嶺月未推輪（嶺月未だ輪を推さず） 友竹
75 点水蛍明滅（水に点じて蛍明滅） 英岳
76 霏煙毫草真（煙を霏して毫草真） 古澗
77 ことの葉の花もさながらうつしゑに 云

78 賦桃皮絶倫（桃を賦して皮は絶倫）　集雲
79 紅挨霞満目（紅挨して霞目に満つ）　令悦
80 春の夕日にならす楯　法橋昌琢
81 雨灑く三月の空の杜宇　東
82 しづえかつ〴〵藤蓁るなり　実顕朝臣
83 官池山具状（官池山を具状す）　集雲
84 瀑はしら《す》《ミ》なる岩ぞ巡れる　云
85 翔集下天鷺（翔り集りて天より下る鷺）　友竹
86 粧成傾国蓁（粧ひ成りて国を傾くる蓁）　昕叔
87 なべて世に色このめるをなげきわび　昌儇
88 あだしごゝろをかねて貪む　仙巌上人
89 身におはぬ思ひつきなばいかゞせん　法橋昌琢
90 存亡名未泯（存亡名未だ泯えず）　英岳
91 輝今楼月庾（今に輝く楼月の庾）　古澗
92 すだれにかゝる露ぞ溱かる　東
93 触風芭易破（風に触れて芭破れ易し）　友竹
94 沈水柏宜匂（水に沈んで柏宜しく匂ふべし）　令悦

95 陪宴宮衣飾（宴に陪して宮衣飾る）　昕叔
96 殊更なるをさす石の紳　法橋昌琢
97 簪花顔益色（花を簪にすれば顔は色を益す）　集雲
98 梅さく方にたちぞ竣まる　東
99 鶯に朝いのまくら起出て　云
100 千里もけふや春臻らん　元通

古澗　八　実顕朝臣七
云　十句　仙巌上人七
色　二句　英岳　七
集雲　九　令悦　七
東　九句　昌僎　七
昕叔　八　元通　一
友竹　八
法橋昌琢十

1　菊亦停車愛（菊も亦《ま》た車を停《とど》めて愛《あい》す）　古潤

【訳】菊もまた、車を停めて見て楽しむのだ。

【注】漢句を発句とするものを特に漢和聯句と称し、その発句を第唱句《だいしょうく》と言う。発句は、その百韻の巻かれる季節、場所にふさわしい景物を詠みこむものとされた。これは、あらかじめ作られていた発句（104頁）なので、この「九月十九日」（グレゴリオ暦では十月十一日）に、座敷から眺められるはずの菊花を詠んだのであろう。

発句の句頭に「菊も亦た」と言うことには、何か変な感じがするかも知れない。「も亦た」といえば、たとえば「舜《しゅん》も人なり、我も亦た人なり」（孟子・離婁章句下）が、聖人の舜も人間だとする文を受けて、自分もまた同じ人間なのだから聖人になりうるのだと説くように、先だって示される何かに対して「○も亦た」と述べる表現である。ところがこの「菊も亦た」には、当然のことながら、先だつ文脈がない。何を前提にしてこう言うのだろうか。

ある有名な詩句の知識が、作者古潤と連衆の間に共有されていたのである。晩唐・杜牧の七言絶句「山行」、「遠く寒山に上《のぼ》れば石径 斜《ななめ》なり、白雲生ずる処《ところ》 人家有り、車を停《とど》めて坐《そぞ》ろに愛す楓林《ふうりん》の晩《くれ》、霜葉《さうえふ》は二月《じげつ》の花よりも紅《くれなゐ》なり」の転句である。山上の家を訪ねる途中、車をわざわざ停めて紅葉の色に見とれることを詠うこの詩は、中世近世の日本で愛読された詞華集『三体詩』に収められただけではなく、山水画の画材にもなって人々に親しまれたものであった。すなわち、その楓《かえで》だけではなく、山のふもとの菊の花も亦た、車を停めていつまでも愛し眺めるのだと詠うのである。

1　菊亦停車愛（菊も亦《ま》た車を停《とど》めて愛《あい》す）　　古潤

2　山辺《やまべ》のもみぢおりかざす人《ひと》　　云

【訳】山のふもとの紅葉を折って髪に挿す人たちがいる。

【注】第二句目を脇句（入韻《じゆいん》句）といい、発句（第唱句）の言いのこした余情をつぐように付ける。これも、前句が「菊も亦た」としていたのを受けて、その「亦た」の前提だった杜牧詩にいう「霜葉」（紅葉）を愛する人に立ち返り、その人たちは、道の途中で車を停め、山辺の紅葉の枝を手折って髪に挿しているのだと詠う。

「かざす」は草花などを髪に挿すこと。紅葉を「かざす」のは『万葉集』以来の風流の遊びであった。「奈良《なら》山《やま》をにほはす黄葉《もみち》手折り来て今夜《こよひ》かざしつ散らば散るとも」（万葉集・巻八）。

発句は客人、脇句は主人が詠むという原則に仮によるならば、この「云」こと照高院興意親王が、しばしこちらに立ち寄り、和漢の風流に遊んでくださいと連衆に挨拶する気持を詠むことになろう。

和漢聯句では、発句が和句であれば脇句は漢句。発句が漢句であれば（漢和聯句であれば）、脇句は和句とする。これは例外のない決まりである。そして、漢和聯句のばあい、脇句の和句は体言止とするのがほぼ遵守される定めである。その体言（時には動詞）を平声の漢字で表記できるものとして作り、その韻によって押韻する。それゆえに脇句を入韻《じゆいん》句と称する。「人《ジン》」がその平声の文字であり、『聚分韻略』（以下、特に注記のない場合は慶長壬子版を使用する。）における「真諄臻第十一」の真《シン》韻に属する。これにより、以下の四十九の偶数句の漢句、和句の韻字を真韻の文字とすることが定められた。脇句は発句と同じ季節を詠む。秋の句の二句目となる。

2　山辺《やまべ》のもみぢおりかざす人《ひと》　　云

3　秋さむき日影《ひかげ》ながらも時雨《しぐれ》来て　　色

【訳】寒々とした日の光が差しながらも時雨がさっと降り来たって、秋は冷たいことだ。（そのなかで、山のふもとの紅葉を折って髪に挿す人がいる）。

【注】前句の「もみぢ」に「時雨」を付ける。「紅葉トアラバ…時雨」（連珠合璧集）。「さむき」が直下の「日影」の連体修飾語となるとともに、「秋さむき」が、「日影ながらも時雨来て」を倒置的に受ける連体終止文にもなるのであろう。「秋さむき」で句切れとなることは、「日も暮れかかる陰《かげ》の小山田《をやまだ》／秋さむき晴れてもまたやしぐるらむ」（天文廿四年梅千句第九「ふたあゐの」）が似た例になる。また「晴ゆく霧の残すもみぢ葉／秋さむき夕日をあとにしぐれして」（天正年間百韻「もずなきて」）の例は、「さむき」が「夕日」にかかり、しかも「秋さむき」で句切れにもなる点で、この句に共通する。いずれの例も、時雨が降って秋が寒々と感じられることを詠う。

時雨は晩秋から初冬にかけて見られる通り雨。「紅葉ばを落とす時雨の…」（人丸集）と詠われるように、紅葉を散らす寒々とした雨でもある。また通り雨なので日差しの中を降ることがあるのは、「山里は日影ながらにうちしぐれ」（三島千句第一「なべてよの」）などの句にも見られる。前句と合せて、紅葉が散ってしまう前にと、時雨に濡れながら紅葉の枝を髪に挿して遊ぶ人々を描く。

第三句は「て」で留めるのが通例。「第三は大略て留《どま》りにて候」（紹巴『連歌至宝抄』）。『慶長元和和漢聯句作品集成』

の八十三の作のうち、第三句が和句であるものは四十一例。そのうち「て留り」は三十三例、「して」「らむ」がそれぞれ四例。秋の三句目である。

3　秋さむき日影《ひかげ》ながらも時雨《しぐれ》来て　　色

4　月従雲断新（月は雲の断《た》えたるより新《あら》たなり）　　集雲

【訳】（昼間からの時雨もやんで）月は雲の切れ目から鮮やかな光をあらわす。

【注】「時雨トアラバ…月を待《まつ》」（連珠合璧集）とあるのは、長く降り続く雨ではないので、やがて月が出るはずと、前句の時雨に月を待つ心を付けることを言う。この句は、はたして時雨がやみ、雲の切れ目から月が顔をのぞかせた瞬間を描く。前句から時が過ぎ、月の光の鮮やかな夜となった。

発句が「菊」、脇句が「紅葉」、第三句が「秋さむき」、そしてこの第四句が「月」と、いずれも秋の景物を詠んでいる。連歌と同じく、和漢聯句でも秋の句は三句以上、五句までを続けることが約束である。春の句も同じ。夏と冬の句は三句以内（26頁）。もとより例外もあるが（208頁）、和漢聯句の式目のなかで、この決まりは比較的よく守られているように見える。

「新《シン》」は韻字。『聚分韻略』（文明辛丑版・真韻）に「新《シン》　｜故、アラタ也」とある。「三五夜中新月の色」（中唐・白居易「八月十五日夜禁中独直対月憶元九」）という句があるように、現れ出たばかりの月を「新た」と形容するのは詩によく見られる表現である。

4　月従雲断新（月は雲の断《た》えたるより新《あらた》なり）　集雲

5　暮《くれ》てしも風は嵐《あらし》に吹《ふき》かはり　東

【訳】日が暮れてから、風は吹きつのって嵐になった（それで雲が吹き払われて月が出たのだ）。

【注】「吹きかはる」という歌語は、季節が移って、風や嵐の吹く様子の変わることを言う例が多いが、この句では、風の吹き方が激しくなって嵐というべきものになったことを言う。「時雨《しぐれ》のすゑの雪のしら雲／吹きかはる夜《よる》の嵐に月はれて」（三島千句第三「しるしらず」）は、夜の嵐で雲が吹き払われて月が晴れたことを詠う。こちらは「暮れてしも」だから、風が吹きつのって嵐となったのは夕方である。日暮れ方からの嵐のせいで雲がちぎれ、夜の月が明るく輝くのだと、時間は逆に流れて、前句に返ってゆく。季語のない雑の句。

5　暮《くれ》てしも風は嵐《あらし》に吹《ふき》かはり　東

6　遶檐松又筠（檐《のき》を遶《めぐ》る松《まつ》又《ま》た筠《たけ》）　昕叔

【訳】軒先をぐるっと松と竹とがめぐっている（それらが嵐に吹かれて高く鳴っている）。

【注】『連珠合璧集』に「嵐トアラバ…松」とある。前句の「嵐」に、それに吹かれて清らかな葉音をたてる松と竹を付ける。「のきには…松風」「たけには…軒ば」（拾花集）とあり、また「千年松は屋を繞《めぐ》る」（晩唐・李洞「贈唐山人」）、「屋を繞る扶疎《ふそ》千万の竿《たけ》」（中唐・劉言史「題源分竹亭」）などの詩句のように、松や竹は軒先に描か

れる。連歌でも同じ。松と竹を軒にめぐらせるその家は、隠者や風流隠士の住まいであろう。雑の句。

「筠《キン》」は韻字。『聚分韻略』（真韻）に「筠《イン》　竹ー、タケ」とある。

6　遶檐松又筠（檐《のき》を遶《めぐ》る松《まつ》又《ま》た筠《たけ》）　昕叔
7　澗深先忘夏（澗《たに》深くして先《ま》づ夏を忘る）　友竹

【訳】谷が深くて、その涼しさにたちまち夏であることを忘れてしまう。

【注】前句の「松」に、その松の生える深い谷底の涼しさを付けた。その連想は、白居易「澗底松」の「松有り百尺大いさ十囲、生えて澗底に在りて寒く且《か》つ卑《ひく》し」の句による。能力ある人間が貧賤に甘んじていることを批判する新楽府の一句であるが、その諷諭の心はすてられて、谷底の松の木陰における納涼の楽しみを詠う。「谷　付合ニハ…松風涼し」（竹馬集）。涼しさは前句の竹にも感じられる。「涼しきには…竹の戦《そよぐ》」（拾花集・夏六月）。

「忘夏」は中国古代の詩文に用例の見えない語だが、和歌では『経信《つねのぶ》集』に「対泉忘夏」の題で「夏ながら泉《いづみ》すずしき宿《やど》にては秋立つことをいかで分《わ》くらん」などとある。前句の「松」や「竹」の涼しげな葉音に加え、谷底の寒さで、夏の暑さをすぐに忘れてしまうことを詠う。「夏を忘る」で夏季の句となる。

7　澗深先忘夏（澗《たに》深くして先《ま》づ夏を忘る）　友竹

8
真柴《ましば》の袖《そで》のやすむ川垠《かはぎし》　法橋昌琢

【訳】（夏を忘れることのできる谷底では、）柴を刈る人が川岸で休んでいる。

【注】谷には川が流れている。「谷トアラバ…川」（連珠合璧集）。柴刈りが涼しい谷川のほとりに休息するさまを付ける。「真柴」は薪《たきぎ》や粗朶《そだ》をいう雅語。「真柴の袖」の「袖」は衣の袖を言うよりも、柴を刈る人の姿を婉曲に表すことば。「ゆくかたの山より山や深からむ／真柴の袖は暮れはてにけり」（天正年間百韻山何「あをやぎの」）。「垠《ギン》」は押韻のために珍しい文字を用いた。『聚分韻略』（文明辛丑版・真韻）に「垠《キン》　|岸、キシ」とある。夏の句は7の一句だけで、これは雑の句。

ここまでを表《おもて》八句（面八句）という。漢和聯句の式目を記した『漢和法式』（徳大寺実淳、明応七年〈一四九八〉）は、「面《おもて》八句、漢四句、和四句也。内ニ漢ノ対句一所アルベシ。漢唱句ナレバ、八句メ和也」と言う。すなわち、初折の表の八句は、漢句と和句をそれぞれ四句ずつとし、その漢句のうちの二句を対句として、そして発句が漢句であれば（漢和聯句であれば）八句目は和句とすることを言う。しかし、その法式は必ずしも厳格に守られたものではなく、室町期の二十六の漢和聯句百韻の表八句のうち、漢句と和句が四句ずつで、漢の対句を含み、八句目が和句と、三つの決まりのすべてを守るものはわずかに七例のみである。慶長元和期になると、二十九の百韻のうち、それが十五例と増えるが、しかし、やはり半数近くの漢和聯句はこの法式を遵守しない。「菊亦停車愛」の百韻でも、表八句の決まりの他二つには叶うが、「漢ノ対句一所アルベシ」は守られていない。式目と実態とが必ずしも一致しない場合があることには注意を要する。式目のなかには努力目標にすぎないものもあったらしい。事前に「和漢一巡」を閲読した八条宮智仁親王も、式目違反としてそれを咎め立てはしなかったのである。

8　真柴《ましば》の袖《そで》のやすむ川垠《かはぎし》　　　法橋昌琢

9　しばしたゞ水かふ駒《こま》やいばふらん　　　実顕朝臣

【訳】ただしばらくの間、水を飲ませている駒が、いななくことだろう。

【注】前句の「真柴《ましば》」に「しばし」を付けた。西行の歌に「…柴《しば》の庵《いほ》のしばしなる世に」（新古今集・雑下）とあり、「柴トアラバ…しばしば」（連珠合璧集）ともある。さらに、「しばし」から「ささのくまひのくま河《がは》に駒《こま》とめてしばし水かへかげをだに見む」（古今集・神遊びの歌「ひるめのうた」）を引きだし、柴刈りがしばらくの間、馬に川の水を飲ませている景を描いた。「照る日の下《した》の谷水《たにみづ》の音《おと》／しばしただ秣《まぐさ》かひつつ休《やす》らひて」（天正年間百韻「ことのはも」）。

「しばしたゞ」は「水かふ」にかかるのだが、下の「いばふらん」の「らん」という推量もこれに呼応して、馬が「いばふ」のもしばらくの間だけだろうという含意がある。「いばふ」は、いななくの意の「いばゆ」の転《てん》訛《か》した形。「むれて行《ゆく》野風に駒やいばふらん」（享禄元年九月十三日和漢百韻・室町前期【七二】）。柴刈りは柴を背に負う姿に描かれることが多いが、馬でそれを運ぶこともあった。「駒いばふには…薪《たきぎ》をこりはこぶ」（随葉集）。「真柴にも森の下草《したくさ》かりつかね／駒引つるゝ道のかへるさ」（慶長九年九月和漢千句第十・慶長元和《二八―一〇》）。雑の句。

「駒…水かふ駒」（拾花集・旅）とあるのによれば、旅の句となる。

9　しばしたゞ水かふ駒《こま》やいばふらん　　実顕朝臣
10　こほらぬかたはあをき蘋《うきくさ》　　仙巌上人

【訳】（馬が水を飲んでいる）凍りついていないあたりでは、緑の浮き草が見える。
【注】前句の水のほとりを冬の景として、馬が水を飲んでいるのは氷の張っていない岸辺であり、その水面には浮き草の緑の色が見えそめていると付けた。馬に「水飼ふ」ことが詠われるのは、春から秋にかけての季節であることが多い。ここで氷の残る冬の水辺が描かれるのは、前句の「しばしただ」を受けて、水が冷たいので、馬ものんびりとは水を飲めず、しばらくの間しかいなけないのだろう（「いばふらん」）と推量する気持である。冬の句。

なお、八句目の「川垠《かはぎし》」、前句の「水かふ」、この句の「蘋《うきくさ》」は川や水に関係することばであり、水辺《すいへん》という。その水辺、あるいは山に関わる山類《さんるい》などの語はそれぞれ三句以上続けてはならず、また次の同類の語とは三句を隔てるべきという式目がある（漢和法式）。次の水辺の句は14でちょうど三句を隔てている。句境に変化をもたらすための約束である。以下、この類の式目については、解釈の上で重大な問題がないかぎり、省略するか、簡略に触れるのみにする。

「蘋《ヒン》」は韻字。『聚分韻略』（真韻）に「蘋《ヒン》　萍ー、ウキクサ」とある。

10　こほらぬかたはあをき蘋《うきくさ》　仙巌上人

11　照沙霜夜月（沙《すな》を照らす霜夜《さうや》の月）　英岳

【訳】霜気みちる夜の月の光が、砂を白く照らしている（池の氷ともども白一色だ）。

【注】前句の池の氷を受けて、霜夜の月が発想されている。「氷などには　川辺にしも深き…月のさやか」（随葉集・冬十一月）。「霜夜月」は中国の詩語としてはやや珍しいものだが、歌の題とされることがあった。「雲の波こほる霜夜《しもよ》にとぢはてて池も水なき空《そら》の月かげ」（基綱集「霜夜月」）。月の光が砂を照らすことは、白居易の「風枯木《こぼく》を吹けば晴《はれ》の天《てん》の雨、月平沙《へいさ》を照らせば夏の夜《よ》の霜《しも》」（和漢朗詠集「夏夜」）にあった。前句の池の氷の白に加え、白い砂、白い霜、白い月光という白一色の世界は、源順の「蘆洲《ろしう》の月の色は潮《うしほ》に随《したが》ひて満《み》てり、葱嶺《そうれい》の雲の膚《はだへ》は雪と連《つら》なれり」（和漢朗詠集「白」）にも通じる。前句の「あをき蘋《うきくさ》」に白色を対照する意識がある。季語「霜夜」により冬の句の二句目となる。

11　照沙霜夜月（沙《すな》を照らす霜夜《さうや》の月）　英岳

12　垂暖旧年春（暖《あたた》かに垂《なんなん》とす旧年《きうねん》の春）　令悦

【訳】そろそろ暖かくなりそうだ、旧年のうちに立春となった。

【注】奇数句の漢句に、さらに漢句を付ける場合、二つの漢句を対句に仕立てるのが和漢聯句では厳守される

決まりである（28頁）。八句目の注に触れたように、『漢和法式』は表八句の中に対句を一箇所作ることを定めるが、そちらの式目の方は必ずしも守られない。ここがこの百韻でのはじめての対句となる。一字目の「垂」は観智院本『類聚名義抄』に「セムトス・イマニ・イタル・ホトホト・オヨブ」などの和訓をあげるように、今にも〜になろうとしているの意。九条本『文選』（巻十五）に「秋風垂夕起」（晋・何敬祖「雑詩」）の「垂」に「ナンナントテ」の訓があるのに従って右のように訓読しておく。

「旧年春」は『古今集』春歌上の巻頭に「年の内に春は来にけり一年《ひととせ》を去年《こぞ》とやいはむ今年《ことし》とやいはむ」（在原元方「旧年《ふるとし》に春立ちける日、よめる」）と詠われた旧年中の立春。漢語にはこの言い方はないらしい。「年の内の立春、連歌には冬なり。歌には春の部なり」（無言抄）と、連歌では冬の季語とされる。和漢聯句も同じ。冬の句の三句目である。夏と冬の句は三句までしか連続させない。

「春《シユン》」は韻字。『聚分韻略』（文明辛丑版・真韻）に「春　ー秋、ハル」とある。

12　垂暖旧年春（暖《あたた》かに垂《なんなん》とす旧年《きうねん》の春）　令悦

13　昨今《きのふけふ》おさまりけりな風のをと　昌琢《ママ》

【訳】（立春にもなって）昨日今日と、風の音も穏やかになってきたようだ。

【注】「昨今」は「昨　キノフ」「今　ケフ」（観智院本『類聚名義抄』）により、「きのふけふ」と訓む。前句の「旧年の春」を受けて、昨日今日と風もおさまってきた（それで、なるほど暖かくなったのだろう）と付ける。室町時

代の歌人、正徹に「立春風」を題とする作が八首あるが、「海山《うみやま》もあれにし四方《よも》の冬の空《そら》風をさまりて春や立つらむ」など、冬の冷たい嵐が吹き止んで、立春となることが詠われる。また、「吹く風もをさまれる世のうれしきは…」（続古今集・春歌下・後鳥羽院「建暦のころ…」）のように、風が止むことは世の治まることと重ねて言われることが多い。この句にも祝言の気持があろう。雑の句。

作者名を「昌琢」とするのは「昌儇」の誤り。「昌琢」は他ではすべて「法橋昌琢」と記されている。またこれを「昌儇」の句とすれば、作者名とその句数を示す巻末の句上《くあげ》に「法橋昌琢十」「昌儇七」とする句数にも合う。以上で詠者は一巡。事前に作られていた十三句である（104頁）。

13　昨今《きのふけふ》おさまりけりな風のをと　昌琢《ママ》

14　帰帆咫遠津（帰帆遠津《きはんえんしん》を咫《し》にす）　古潤

【訳】（強い風が止んだので、）故郷を目指して帆をあげた舟は、遠い湊も目前にあるかのように思い、帰心矢のごとしだ。

【注】前句を、舟を湊に足止めしてきた強風がやっと止んだことに取りなした。『土佐日記』の帰京の船が「かぜふき、なみあらければ、ふねいださず。これかれ、かしこくなげく」の日々のあとに、「ふねいだしてゆく。うらうらとてりて、こぎゆく」という日和を得たような状況を読み取ってよいであろう。久しぶりの好天気に帆をあげることのできた舟が、遠い郷里の湊を目指して漕ぎだし、千里も一走りの思いに勇み立ったのである。

雑の句。

「咫」は中国古代の周の時代の長さの単位。一咫は二十センチたらず。「咫にす」あるいは「咫尺《しせき》にす」で、遠い距離を主観的に近く感じることを言う。「忍ぶとするも涙汎《うか》ベル／郷夢咫千里（郷夢《きやうむ》千里を咫にす）」（天正十七年十一月十八日漢和聯句・室町後期【四六】）は、夢の中では千里かなたの故郷もすぐそこに感じられることを言う。また、「雪山の路を咫尺にし、帰飛す青海の隅《くま》」（杜甫「送蔡希曾都尉還隴右因寄高三十五書記」）の句について、『杜詩続翠抄』は「往還甚《はなは》だ易《やす》きこと、見るべし」とする。『菟玖波《つくば》集』十七の羇旅部に「旅の日かずはいくほどもなし／風あれば遠きも近き船路《ふなぢ》にて」の付句があるが、そちらは、順風を得られたら遠い船路も近くなって（旅の日数も短くなるのだ）という心である。

『漢和法式』の「旅部」に「帰字」があり、『拾花集』（旅）に「舩《ふね》」があるので旅の句と見るべきであろう。しかし、9の「しばしただ水かふ駒《こま》やいばふらん」を先述のように旅とすれば、『漢和法式』が「五句隔つ可き物」として「旅ト旅」を挙げるのに抵触する。9とは四句しか隔たっていない。こちらの旅の句の認定に誤りがあるのか、またはこの法式にも許容範囲があったのか、よく分からない。

「津《シン》」は韻字。『聚分韻略』（真韻）に「津《シン》　水ー、ツ」とある。

14　帰帆咫遠津（帰帆《きはん》遠津《えんしん》を咫《し》にす）　古澗

15　見るが内《うち》に日も夕浪《ゆふなみ》の難波《なには》がた　云

【訳】見る見るうちに一日も夕方になり、夕波の立つ難波潟に着いた。

【注】故郷に帰る舟は船足を速めたので、またたくまに夕暮れには夕波の立つ難波の港に着いたと付ける。難波への「帰帆」といえば、先の『土佐日記』の船のほかにも、筑紫や、または遠く唐国から帰ってきた船の面影が見られてもよい。「古里苦廻頭（古里苦《しき》りに頭《かうべ》を廻《めぐ》らす）／漕出《こぎいで》て沖になり行《ゆく》難波船」（元和四年九月十九日漢和聯句・慶長元和【六二】）はそのような船の旅立ちの景を詠うものであった。

「見るが内に」は、「見るが内に満ち来るならし夕潮の…」（後柏原院『柏玉集』）や「見るが内につぼめる花の色づきて…」（三条西実隆『雪玉集』）の例のように、下に示される事態が目前にすみやかに進行する意を表す。ここは日が見る見るうちに傾き、難波に近づいたことを、船上の人の主観として言う。「日も夕浪」の表現は、「あま衣《ごろも》日も夕浪の浦千鳥…」（卑懐集・姉小路基綱）に例が見えた。雑の句。

15　見るが中《うち》に日も夕浪《ゆふなみ》の難波《なには》がた　　云

16　しほやみつらし丹鶴《たづ》かける旻《そら》　　色

【訳】（見る見る暮れてゆく難波潟に波が立って）潮が満ちるらしい。鶴が空を飛びかけっている。

【注】前句の「夕浪の難波がた」を受けて、夕暮の難波潟に満ち潮の波が押しよせ、鶴が浅瀬の餌を求めてそこから飛び去る景を付けた。『万葉集』（巻六）の山部赤人の名歌「若《わか》の浦に潮《しほ》満ち来《く》れば潟《かた》をなみ葦辺《あしへ》をさして鶴《たづ》鳴き渡る」の「若の浦に」が、『俊頼髄脳』所収の歌には「難波潟《なにはがた》」となっている。他にも「難波潟潮《しほ》満ち来

らしあま衣《ごろも》たみのの島に鶴《たづ》鳴き渡る」（古今集・雑歌上）がある。「たづトアラバ…塩満《みち》くれば」（連珠合璧集）。

「たづ」は「つる（鶴）」の雅語。「田鶴」などと表記されることが多く、「丹鶴」は他に例が見つけられない。

「丹鶴」は、「青鳳丹鶴、各《おのおの》一雄一雌」（『太平御覧』所引『拾遺記』）という漢語としては、瑞祥として現れた赤い鶴の意。ここはそれとは異なる。「丹頂鶴」の略か、あるいは万葉仮名風の表記か、未詳。鶴について「かける」と表現することは、「藻刈《もか》り舟沖漕《こ》ぎ来《く》らし妹《いも》が島形見《かたみ》の浦に鶴翔《たづかけ》る見ゆ」（万葉集・巻七）の例がある。「鶴《つる》トアラバ…かける」（連珠合璧集）。

ここまでの三句の句境の展開は、「帰りゆくゆく招《まね》く船《ふな》みち／見るままに日も夕浪の山遠み／尾上《おのへ》の方《かた》に鶴《たづ》鳴き渡る」（天文年間百韻「はなのいろも」）に近いものがある。雑の句。

「旻《ビン》」は韻字。『聚分韻略』（真韻）に「旻《ビン》《ミン》　｜天、ソラ」とある。

16　しほやみつらし丹鶴《たづ》かける旻《そら》　　色
17　某村松攢立（某《なにがし》の村に松攢《あつ》まり立つ）　　集雲

【訳】とある村に、松がむらがり立っている。（鶴はそれを目指して飛び帰ってくるのだ）
【注】前句の「丹鶴《たづ》」に「松」を付ける。鶴が松に棲むことは、詩には「鶴は棲《す》む君子の樹、風は払《はら》ふ大夫の枝」（初唐・李嶠「松」）などと、また歌には紀貫之の作に「我が宿《やど》の松のこずゑにすむ鶴《つる》は千代《ちよ》の雪かと思ふべらなり」（夫木和歌抄・鶴）などと詠われる。「松には…鶴」「つるには…松原」（拾花集）。鶴が村落の松林の上を

舞い飛ぶ様子を見て、さては夕潮が満ちてきたので、いまは松の巣に戻ってきたのだろうと思いやった。

「某村」の「某」はどこかの意。「某《ナニガシ》」（文明本節用集）。特に名前を示す必要もない場合に用い、「勇威搏虎奇（勇威虎を搏《う》つこと奇《き》なり）／某村風竹嘯（某の村に風に竹嘯《うそぶ》く）」（文明十四年三月二十六日漢和百韻・室町前期【二六】）などの例がある。中国詩の類例は未見だが、室町時代の禅僧の詩には「某の寺梅《うめ》有りて鶯人《ひと》を喚《よ》ぶ」（景徐周麟「鶯声喚雨」・翰林葫蘆集）がある。「攢立」は『文選』の「南都賦」「上林賦」に例が見え、九条本『文選』ではともに「アツマリタチ」と訓んでいる。雑の句。

17　某村松攢立（某《なにがし》の村に松攢《あつ》まり立つ）　集雲
18　しらぬ野中《のなか》のやどりかり因《よる》　東

【訳】（とある村の）どことも知らぬ野の中に宿る。
【注】前句の「某《なにがし》の村」に「しらぬ野中」を付け、「松攢《あつ》まり立つ」から、その松かげに、松の根を枕にして旅寝する意を導く。松の下を旅の宿りとすることは、「風を餐《くら》つて松宿に委《ゐ》す、雲に臥《ふ》して天行を恣《ほしいまま》にす」（南朝宋・鮑照「升天行」、文選二十八）などとあり、「大伴の高師《たかし》の浜の松が根を枕《まくら》き寝《ぬ》れど家し偲《しの》はゆ」（万葉集・巻一）とも詠われてきた。「誰《た》が袖《そで》となくうちまじるなり／暮れぬれば広き野中《のなか》にやどりして」（五吟一日千句第二「としのうちに」）の「野中にやどり」の例も野宿するの意であろう。「かりよる」は宿を借りること。「なほゆく末《すゑ》は遠き泊瀬路《はつせぢ》／かりよるもしるべはあらぬやどりにて」（文禄年間百韻「たかにはも」）。『拾花集』（旅）に「舍《やど》り」

の語があるので、旅の句と見るべきであろう。しかし、14の注に引いたように（129頁）、『漢和法式』によれば、旅の句と旅の句とは五句を隔てるべきものとされているが、14の旅の句からわずかに三句しか隔たっていない。「因《イン》」は韻字。『聚分韻略』（真韻）に「因《イン》　託也、ヨル」とある。

18　しらぬ野中《のなか》のやどりかり因《よる》　東

19　征衫期霎過（征衫霎《せいさんこさめ》の過《す》ぐるを期《き》す）　昕叔

【訳】（野中の家の軒先を借りて）旅人はにわか雨が通り過ぎるのを待っている。

【注】「やどりには…時雨」（拾花集・旅）。前句の「やどり」を雨宿りの意にとりなして、旅の句を続けた。「村雨《むらさめ》をすぐせる袖のやすらひに／かりよる宿《やど》は里《さと》の傍《かたはら》」（慶長八年十月二十五日漢和聯句・慶長元和【二七】）は、順序が逆にはなるが、これに似た付合。「征衫」は旅の衣服の意だが、8の「真柴の袖」が柴刈りの男を指したように、旅人を婉曲に表現する。「霎」は、ひとしきり降る雨、こさめ。「おふる小菅《こすげ》の葉のしげき比《ころ》／霎過蓑袂重（霎《こさめ》過ぎて蓑《みの》の袂《たもと》重し）」（年次未詳和漢百韻「夏ふかき」・室町前期【九三】）。

19　征衫期霎過（征衫霎《せいさんこさめ》の過《す》ぐるを期《き》す）　昕叔

20　雅席惜更頻（雅席更《がせきかう》の頻《しき》りなるを惜《を》しむ）　友竹

【訳】雅びな宴席では、時間がすぐに過ぎてゆくのを惜しんでいる。

【注】前句と対句になる。小雨が止むまでのつかのまの時を待ちかねる意の前句に、宴がいつまでも続くことを願う逆の気持の句を付ける。「更頻」は、前句の「霎過」が「霎の過ぐる」と訓まれたのに合わせて「更の頻りなる」と訓む。「更」は夜の時間の単位でおよそ二時間にあたる。夜を初更から五更までに分ける。その「更」が「頻り」であるという表現は他に例がなく、また不自然でもある。この「更」は「更漏《かうろう》」を縮約した表現であろう。「更漏」は水時計。水を規則正しく滴らせて、夜の「更」を測る。その「漏」の滴りの「頻」りな音を聞いて時の過ぎやすさを感じとる表現は、「我は惜しむ今宵の促《せま》るを、君は愁ふ玉漏の頻りなるを」（晩唐・韋荘「歳除対王秀才作」）など、詩に例が多い。漢句の二字目と四字目は必ず平仄を反対にするのが厳守される決まり（二四不同）だが、この句では「席」が仄声であるので、四字目は平声の文字を用いなければならない。意味の上では「漏」とすべきだが、それが仄声なので、替わりに平声の「更」を敢えて用いたのであろう。「頻《ヒン》」は韻字。『聚分韻略』（真韻）に「頻《ヒン》　急也、シキリナリ」とある。雑の句。

20　雅席惜更頻（雅席《がせき》更《かう》の頻《しき》りなるを惜《を》しむ）　友竹

21　花もちり月もうつろふさかづきに　法橋昌琢

【訳】花も散りかかり、月も映って移ろってゆく、盃の酒の上に。

【注】前句の「雅席」を花見の夜宴に取りなして、宴が終わりに近づくなごり惜しさを付ける。「花もちり月も

なごりのあさぼらけ」（看聞日記紙背「うめさくら」）のように、朝方に近づいた頃の景を詠うのであろう。「さかづきに」が「花もちり」と「月もうつろふ」を共に受ける構文の句であり、盃の上に花が散りかかり、盃に映った月の影が移ろうことを言う。

盃の上に花が散ることは、「落花時に酒に泛《うか》ぶ」（遊仙窟）と、また月影が酒盃に映ることは「風に臨みて竹葉満ち、月を湛《たた》へて桂香《けいかう》浮ぶ」（初唐・李嶠「酒」）などと、それぞれ詩に詠われることが多い。「さかづき」は「月《つき》」の縁語。「月もうつろふ」は、月影が盃に映ることに、盃面の月が西に移ろってゆくことを重ねて言う。だからこそ、前句の「更の頻りなる」こと、時が過ぎてゆくことに付く。春の句。

21　花もちり月もうつろふさかづきに　　法橋昌琢
22　春のかりばの名残《なごり》ある辰《とき》　　実顕朝臣

【訳】春の狩野のなごりのつきない時に（花びらと月かげを浮かべた盃を交わした。）
【注】前句の酒宴を、『伊勢物語』第八十二段、惟喬《これたか》親王が桜の花盛りに右馬頭《うまのかみ》（業平《なりひら》）をしたがえて交野《かたの》で狩りくらし、ともに酒を飲み、歌を詠んだ宴に取りなした。その折の業平の歌、「世の中にたえて桜のなかりせば春の心はのどけからまし」、また水無瀬《みなせ》の宮に戻って夜更けまで酒を飲んだあと、退出しようとした親王を留めた業平の歌、「あかなくにまだきも月のかくるゝか山の端にげて入れずもあらなん」。その二つの歌を連想して、盃に花が散りかかり、盃に映った月が移ろうのは、春の狩猟のなごりを惜しんで酒を飲んだ時のことだと、

前句に付けた。

『拾花集』（冬十月）に「鷹狩」を挙げるように、狩りは冬の句に詠まれることが多いが、「春のかりばは霞みもぞゆく／散るころは踏むかた惜しき山桜」（享徳二年千句第三・唐何「こころひく」）とあり、『壬二集《みに》』（藤原家隆）の春の部にも「み狩りするかりばの小野に日は暮れぬ山桜戸《やまざくらど》に宿やからまし」とある。いずれも『伊勢物語』の同じ場面に基づく詠であろう。

「辰《シン》」は韻字。『聚分韻略』（真韻）に「辰《シン》　時―…トキ」とある。春の二句目。

22　春のかりばの名残《なごり》ある辰《とき》　　実顕朝臣

23　さえかへる空《そら》より雪のかきくれて　　仙巌上人

【訳】寒のもどりの空から、雪があたりいちめん暗くなるまでも降って。

【注】雪が降るのだから冬景色のようにも見えるが、「さえかへる」は、春になって寒さがぶりかえすことを言う春の季語であり、春の三句目となる。『拾花集』（春正月）に「さゑかへるには　春も降雪《ふるゆき》…かりばの朝気《あさけ》」とあり、連歌辞書の『藻塩草《もしおぐさ》』（春）にも「さのみ初春にては有べからず。二月辺《あたり》のこゝろなるべし。のどかに成《なり》て又さむくなるを、さえかへると云《いふ》べき也」と説く。

「かきくれて」の「かき」は接頭語。ここでは雪があたりを暗くするまで降りしきることを言う。そのようなはげしい雪が降っているが、なごりが残るのでなお狩りを続けると、前句に返るように付ける。「ぬれぬれもなほ狩りゆかん鶬《はしたか》の上羽《うはば》の雪をうちはらひつつ」（金葉集・冬・源道済「雪中鷹狩をよめる」）の心である。

23 さえかへる空《そら》より雪のかきくれて　仙巌上人
24 臨風岸葛巾（風に臨《のぞ》みて葛巾《かつきん》を岸《そばだ》つ）　英岳

【訳】風に向かって、葛《くず》の布で作った頭巾《ずきん》を後に傾けてかぶっている。

【注】前句の「さえかへる」と「雪」に「風」を付ける。「寒《さえ》かへるには…俄《にわか》に風の吹《ふく》」（随葉集・春）、「かぜには…雪」（拾花集）。「岸」は、『古今韻会挙要《ここんいんかいきょよう》』に「額《ひたひ》を露《あらは》すを岸と曰ふ」とするように、冠や頭巾を後に傾けて額を出すこと。「葛巾」は粗末な葛《くず》の布で作った頭巾。それを「岸つ」と言う例は、蘇東坡の詩句に「落日葛巾を岸《そばだ》て、晩風羽扇を吹く」（「自浄土寺歩至功臣寺」）と見える。『四河入海』がそれに注して「箋《せん》に曰く、幘《づきん》を岸《そばだ》つは、其の巾を頽《かたむ》け、以て嬾散《らんさん》を示す」（五之二）とするのは、頭巾をだらしなくかぶって礼法にかまわない隠者のさまであることを言う。ここで雪まじりの冷たい風に向かって「葛巾を岸」てるのは、その人の昂然たる態度を示すのであろう。なお『城西聯句』に「臨レ風岸《ニソハタツ》レ葛-巾《ヲ》」（真韻一）と全く同じ形の句が見える（なお今なら「岸二葛巾一」とする返り点を「岸レ葛-巾」と示すことがあった）。「巾《キン》」は韻字。『玉篇』に「佩巾なり。本《もと》以て物を拭《ぬぐ》ふ。後人、これを頭に著《つ》く」とする。もともと布巾や手ぬぐいだったものを後に頭巾にしたのである。雑の句（述懐）。

24　臨風岸葛巾（風に臨《のぞ》みて葛巾《かつきん》を岸《そばだ》つ）　英岳
25　臥高陶老老（臥《ふ》すこと高くして陶老老《たうらうお》いたり）　令悦

【訳】（頭巾を傾け）北の窓辺に枕を高くして眠り、陶淵明老人は老いている。

【注】前句の「葛巾」から、『補注蒙求』（「淵明把菊」）に「その酒の熟するに逢へば、頭上の葛巾《かつきん》を取りて酒を漉《こ》す、畢《をは》れば還《ま》た復《ま》たこれを著《つ》く」と伝えられた陶淵明（名、潜）を想起する。前句の頭巾を傾けた隠者を、酒を漉すのに使ったあとの葛の頭巾を、再びずぼらにかぶった淵明と見たのである。

さらにまた前句の「臨風」を涼しい風に吹かれることと取って、『古今事文類聚』（夏）に「高臥北窓」として「陶潜、夏月北窓の下《もと》に高臥し、清風颯《さつ》として至れば、自《みづか》ら謂《おも》へらく、羲皇上《ぎくわうじやう》の人なりと」とする故事を付ける。これは五十歳を過ぎた陶淵明が我が子に与えた遺書（与子儼等疏）の一節であるが、その年齢から「陶老」と称する。「陶老絃《げん》無し猶ほ是れ剰《あま》る」（元・耶律楚材「和王正夫憶琴」・湛然居士集）は、無絃の琴を撫して楽しんだ陶淵明を「陶老」と言う。杜甫を「杜老」とすることは本邦五山の詩文にも例が多い。

「老老」の二字は老いたさまを言う擬態語とも解釈できそうだが、しかし、そのような畳語は「清々」「蕭々」などと繰り返し符号を用いて表記するのが和漢聯句作品の慣例である。『連珠合璧集』（述懐）に「老」の語がある。雑の句（述懐）。

25　臥高陶老老（臥《ふ》すこと高くして陶老老《たうらう》いたり）　令悦

26　ひく琴《こと》の音《ね》やおもひ伸《のぶ》らん　　云

【訳】弾く琴の音がその思いを伸びやかにするのだろうか。

【注】前句の「陶老」こと陶淵明は、『補注蒙求』（「陶潜帰去」）に引く伝には、「性、音を解《さと》らざれど、素琴一張を畜《たくは》ふ。絃徽具《げんきそな》へず。朋酒の会毎《ごと》に、則ち撫《ぶ》してこれに和して曰く、但だ琴中の趣を識《し》らば、何《なん》ぞ絃上の声を労《らう》せんや」と、糸を張らない琴を撫でて弾きまねをして楽しんでいたことを言う。それにより、北窓の下に高臥した淵明は、その琴の（実は心の中だけの）音に思いを晴らすこともあったのだろうと推量する。「伸《シン》」は韻字。『聚分韻略』（真韻）に「伸《シン》　舒也、ノブ」とある。雑の句。

26　ひく琴《こと》の音《ね》やおもひ伸《のぶ》らん　　云
27　迎君欣不寂（君を迎へて寂《さび》しからざるを欣《よろこ》ぶ）　　古澗

【訳】あなたを迎えて、寂しくないのが嬉しい。（その心が琴の音にも現れて、伸び伸びとした演奏になっていることでしょう。）

【注】前句の「琴」に、親しい友人の意の「君」を付ける。「琴を引には…あひおもふ友」（随葉集）。その寄合は、『蒙求』上に「伯牙絶絃《はくがぜつげん》」として伝えられる有名な故事による。伯牙が高山を思いつつ琴を弾くと、その友人の鍾子期《しょうしき》は「善《よ》き哉《かな》、峩峩《がが》然として泰山《たいざん》の若《ごと》し」と言い、伯牙が流水を思って琴を弾くと、子期は「善き哉、

洋洋兮として江河《かうが》の若し」と応えた（列子）。伯牙の思いをかく正しく理解した鍾子期が死ぬと、伯牙は琴の絃を断って二度とそれを弾かなかったという（呂氏春秋）。「又難逢丹友（又た丹友《たんいう》に逢ひ難し）／聞人《きくひと》なしとたちし琴のを」（慶長九年九月和漢千句・慶長元和【二八―七】）。

その子期のような知己の友を迎えた気持を、あなたが来てくれて、私は寂しさを慰められて嬉しいと詠う。そして、そう付句されることにより、前句は、私の弾く琴の音も、あなたを迎えた喜びによってさぞ明るくなったことでしょう（あなたはきっとそれを聞き取ってくださったはずです）という意になる。雑の句。

27　迎君欣不寂（君を迎へて寂《さび》しからざるを欣《よろこ》ぶ）　古澗

28　なみだがちなる人の諄《くりこと》　昌儇

【訳】（喜び迎えた男にむかって）つい涙になりがちな女の繰り言。

【注】前句の「君」を恋人（夫）に読みかえ、久しぶりの男の来訪を受けた女の涙ながらの繰り言を付ける。

「諄《シユン》」は今日では「諄々《じゆんじゆん》と説く」という慣用音で読む慣用表現でしか用いられない珍しい文字であるが、韻字の関係で用いた。『韻字記』には「諄《シユン》　ネンゴロ、誠也、懇至貌、周ー《クリコト》」とある。その「周諄」は蘇東坡の「老語徒《ただ》に周諄」（和猶子遅贈孫志挙）に見える語であり、『玉塵抄』（巻四）にはその句を「吾ガ年ヨリクチテツクル句、フルビテヨウモナイコトヲ、アチコチメグリマガツテコトバ多ゾ。謙ジテ云タゾ」と解説する。すなわち「周諄」とは、脈略もなく、あれこれくどくど語ること。その「諄」の一字を和語「くりこと」の表記に当てた。「Curicoto　クリコト（繰言）　何回も何回も語られる、あるいは、繰り返される同じ事柄」（邦訳日葡辞書）。

右の東坡の詩句の例から、また「老のくり言《ごと》」という言い方もあることから、主君を迎えた老臣のさまとも理解できそうだが、しかし、次句は恋の句であり、次々句は恋ではない。恋の句は、これも例外はあるものの、最小限二句を連ねるのが連歌、和漢聯句の約束である。『連珠合璧集』（恋）に「涙」の語があるので、「なみだがち」を恋の詞と見て、雑の句（恋の一句目）と解釈する。

28　なみだがちなる人の諄《くりこと》　　昌儇

29　恨《うらみ》をば書《かき》やる文《ふみ》につくさめや　　東

【訳】この怨みの心を、書きおくる手紙に書き尽くせるものだろうか。

【注】『拾花集』（恋）に「うらみには…涙」「なみだには　恨」とある。

前句の「諄《くりこと》」を、訪れの絶えた男に送る手紙のくどくどしさに取りなす。涙ながらに手紙を書くことは、「何《なに》のあやめか見えわたるべき／流れそふ涙を文《ふみ》に書きやりて」（浅間千句第八「あさがしは」）などに見える。「つくさめや」は反語。その怨みの心はとても手紙に書き尽くせるものではないと言う。「いにしへ今の歌の品々《しなじな》／あらはさぬ人の心を尽《つく》さめや」（天正四年万句第二千句第五「ゆくみづに」）。

怨みを「ふみ」に記すことは和歌には例が乏しいが、「怨みやる心はあまり言《こと》の葉《は》はたえぬを文《ふみ》のならひとを見よ」（卑懐集・姉小路基綱）とあるのは、この句意にも近い。『連珠合璧集』（恋）に「恨トアラバ、文《ふみ》」とある。恋の二句目。

29 恨《うらみ》をば書《かき》やる文《ふみ》につくさめや　　東

30 詩野意堪論（詩野《や》なれど意論ずるに堪《た》へたり）　　集雲

【訳】詩は洗練されていないけれども、その心は見るに足るものだ。

【注】詩について「野」と言うことは、五山僧の策彦《さくげん》の詩句「吾が詩野《や》なりと雖《いへど》も軽んじ擲《なげう》つこと莫《な》かれ」（翰林五鳳集「晩菊之紅者…野詩之淺陋者…」）、また和漢聯句にも「野詩難絆景（野詩景《けい》を絆《つな》ぎ難《がた》し）／村酒又如泥（村酒又た泥《どろ》の如《ごと》し）」（永正七年正月二日和漢百韻・室町前期【四七】）に例があった。詩の表現が粗野であること、洗練されていないことを言う。

前句の「文」を手紙の意から散文の意に読みかえて、怨みは文章には書き尽くせないと言うものとして、しかし詩なら、下手であってもその心は表現できて、読みとってもらえるのだと付ける。「論《ロン》」は韻字。『聚分韻略』（文明辛丑版・真韻）に「論《リン》　有言理、又コトワル」とある。雑の句。

30 詩野意堪論（詩野《や》なれど意論ずるに堪《た》へたり）　　集雲

31 何劣郊兼島（何《いづ》れか劣《おと》る郊《かう》と島《たう》と）　　友竹

【訳】孟郊と賈島と、どちらが劣るということがあろうか。

【注】前句の「野」を「在野」という場合の「野」の意に読みかえる。民間にあって陋しいこと。「郊」は中唐の詩人の孟郊、「島」は同じ時代の賈島。ともに卑官に沈み、貧窮の生活を送った詩人として知られる。中唐・張籍に「過賈島野居」の題の詩がある。北宋・蘇東坡に「定めて郊と島とに非ず、筆勢江河寛《ひろ》し」（『東坡詩集注』七「次韻毛滂法曹感雨」）の句があり、その趙次公注に「郊は則ち孟郊、島は則ち賈島、詩の為《ため》に寒窘《かんきん》なり」と見える。また、北宋・欧陽脩『六一詩話《りくいつしわ》』には「孟郊・賈島、皆詩を以て窮して死に至る、しかも平生尤《もっと》も自ら喜んで窮苦の句を為《つく》る」という。二人の窮苦の詩人は、そのどちらが詩人として劣るだろうかと問う。もちろん、ともに甲乙はないという気持である。雑の句。

31　何劣郊兼島（何《いづ》れか劣《おと》る郊《かう》と島《たう》と）　友竹

32　此交雷与陳（此《ここ》に交はる雷《らい》と陳《ちん》と）　昕叔

【訳】ここに雷義と陳重は、堅い友情を結んだのだ。

【注】前句と対句にした。「雷《らい》と陳《ちん》」は、互いの篤い友情を賞賛された後漢の雷義《らいぎ》と陳重《ちんじゅう》。『蒙求』に「陳雷膠《ちんらいかう》漆《しつ》」と要約された故事は、『後漢書』独行列伝の二人の伝によれば、友人どうしの雷義と陳重とが、ともに立身の機会を得てはそれを友に与えようとし、茂才に挙げられた雷義などはそれを陳重に譲るために気が触れたまねまでしたので、世の人は、固くかたまる膠《にかわ》や漆《うるし》も、雷と陳の友情の堅さにはとうていかなわないと賞讃した

という話である。

前句の「兼」とこの句の「与」は、ともに並列の意を表す助字。「兼」が平声、「与」が仄声なので、対句における二四不同の原則を守る都合で組み合わせて用いる。「足抛名与利（抛《なげう》つに足《た》る名と利と）／異趣喜兼憂（趣《おもむき》を異《こと》にす喜と憂と）」（文明十五年八月七日和漢百韻・室町前期【三二】）などに例があった。「陳《チン》」は韻字。『聚分韻略』（真韻）に「陳《チン》《シン》 ノブ、布ー、亦州名」とある。雑の句。

32　此交雷与陳（此《ここ》に交はる雷《らい》と陳《ちん》と）　昕叔

33　たゞしきやさらにうらうへなかるらん　実顕朝臣

【訳】（雷義と陳重のように）心正しい人は、その言行に決して裏表がないのだろう。

【注】「うらうへ」は裏と表。「うらうへ」があるとは、表に現れる言葉や態度がその内心と異なること。「頼みになさば憂《う》しや世の果《は》て／うらうへのあるを使《つか》ひに伴《ともな》ひて」（羽柴千句第九「よもにふく」）。逆に「うらうへ」がないとは、言葉や行いに嘘がないこと。誠実であること。「うらうへのなからましかば頼《たの》ままし／仲立《なかだ》ちに先《まづ》もらす言の葉」（天正年間百韻「わけゆかば」）。「さらに」は、下の否定表現と呼応して、否定の気持を強める副詞。前句の雷義と陳重のまことある生き方を賞讃する。雑の句。

33　たゞしきやさらにうらうへなかるらん　実顕朝臣

34　めぐみをあふげ跡《あと》たれし神　　法橋昌琢

【訳】恵みあることを仰ぎまちなさい、垂迹の神に祈って。

【注】前句の「うらうへ」のない態度を、神に対する敬虔さに取りなす。「迹たれし神」は、辺土の人々を救うために仏が仮に日本の神として現れたという本地垂迹《ほんじすいじやく》の思想によって神のことを言う。光源氏が住吉で激しい雷雨に遭ったときのこと、「君は御心を静めて、なにばかりのあやまちにてか、この渚《なぎさ》に命をばきはめむ、と強うおぼしなせど、（人々が）いともの騒がしければ、いろいろの幣帛《みてぐら》ささげさせたまひて、『住吉の神、近き境《さかひ》をしづめまもりたまふ。まことにあとを垂《た》れたまふ神ならば助けたまへ』と、多くの大願《だいぐわん》を立てたまふ」（源氏物語・明石）とあった。「あとたれし神代《かみよ》をさしてあふぐかな三笠《みかさ》の杜《もり》の雨のめぐみは」（為家集「古杜雨」）。前句を受けて、心を正しく、敬虔にして、神の恵みが下るのを待てと詠う。「神《シン》」は韻字。『聚分韻略』（真韻）に「神《シン》―霊、タマシイ」とある。雑の句（神祇）。

34　めぐみをあふげ跡《あと》たれし神　　法橋昌琢
35　鈴鹿山《すずかやま》ふりさけみれば秋の月　　云

【訳】鈴鹿山を振り仰いで見ると、山の端には秋の月がでている。

【注】前句の「神」から鈴を連想して「鈴鹿山」を付けた。「神祇ニハ…鈴の音」（連歌付合の事）。鈴鹿山は伊勢

と近江の国境にある険しい山で、東海道の関所があった。斎宮《さいくう》が都から伊勢大神宮に赴くいわゆる群行《ぐんこう》の道に越える山でもあり、「世にふれば又もこえけり鈴鹿山昔の今になるにやあるらん」(拾遺集・雑上・斎宮女御「円融院御時斎宮くだり侍りけるに、母の前斎宮もろともにこえ侍りて」)と詠われた。前句の「神」を伊勢大神宮の神と見定めたことにもなる。

右の斎宮女御の歌でもそうだが、鈴は振って鳴らすことから、「鈴鹿山」は「ふる」「なる」を縁語とすることが多く、「鈴鹿山うき世をよそにふり捨てていかになりゆく我が身なるらん」(新古今集・雑歌中・西行「伊勢にまかりける時よめる」)などとも詠われる。「ふりさけみれば」は、意味の上では前句の「あふげ」に対応する。「ふりさけみれば」の「ふり」もそれに同じ。また「ふりさけみれば」(古今集・羇旅・阿倍仲麻呂)、およびそれを本歌とする「あまの原ふりさけ見れば春日《かすが》なる三笠《みかさ》の山にいでし月かも」山ふりさけ見れば天の戸の明行《あけゆ》く月に関守もなし」(永享百首・義教)などの作と同様に、仰ぎ見ると、山の端から月が輝き出ているのが見えると詠う。「鈴鹿山川関　伊勢　付合ニハ…月」(竹馬集)。秋の句。

35　鈴鹿山《すずかやま》ふりさけみれば秋の月　云

36　つらき別《わかれ》やおもふ露《つゆ》の身《み》　仙巌上人

【訳】苦しかった別れを思うのだろうか、(鈴鹿山の月を見あげる)露のようにはかない身の人は。

【注】前句の注に引いた斎宮女御の歌は、「母の前斎宮」が娘の斎宮に付き添って鈴鹿山を再び越えた感慨を詠

うものだが、同じように、元斎宮であった『源氏物語』の六条御息所《ろくじょうのみやすどころ》も、新たに斎宮となった娘とともに伊勢に赴いた（賢木巻）。別れを「いとあはれ」に思った光源氏は、御息所に「ふり捨てて今日は行くとも鈴鹿川八《や》十瀬《そせ》の波に袖はぬれじや」という歌を贈る。「あはれ詠《よ》みやる言の葉の露／ふり捨ててゆくへをおもふ鈴鹿山」（慶長年間百韻「あらにしも」）は、その源氏と御息所の面影を詠うものであった。その句の「ふり捨ててゆくへをおもふ」のが御息所であるように、この「つらき別やおもふ」の主語も御息所とするのであろう。前句の鈴鹿山の月を振り仰ぐ人物を御息所と見なして、源氏との別れを悲しんで泣くのだろうと思いやる付句とした。

「露の身」は、「ものを思ふもつらき露の身／かくてだに惜しむはなにぞ我が命《いのち》」（新撰菟玖波集・雑四）の例がある。前句の「月」に「露」を付け、「露」に涙を暗示した。「つゆには…月・袖の涙」（拾花集・秋）。また前句の「秋」に「飽き」の意を掛けて、「つらき別」を付ける。「今日ごとの秋やかぎりになりぬらむ／別れてもなほ残る露の身」（寛正年間百韻「こゑそはな」）は、秋のかぎり（秋の尽日）に飽きの極まりの意を掛けて、夫と離別した身を「露の身」と言う。

秋の二句目にして、また恋の句。「身《シン》」は韻字。『聚分韻略』（文明辛丑版・真韻）に「身《シン》　躬也、ミ」とある。

36　つらき別《わかれ》やおもふ露《つゆ》の身《み》　仙巌上人

37　寵寔脆於槿（寵《ちよう》は寔《まこと》に槿《きん》よりも脆《もろ》し）　英岳

【訳】寵愛というものは、ほんとうにアサガオの花よりもはかなく脆いものだ。

【注】『連珠合璧集』の「槿トアラバ…露けき」の寄合により、前句の「露の身」に「槿」を付けた。「槿」は中国の詩ではムクゲを言うが、和歌や連歌ではアサガオにその漢字を当てた。和漢聯句の漢句における「槿」もアサガオであろう。ムクゲもアサガオも、ともに朝開いた花がその日のうちに萎むことから、はかないことの譬えとされる。白居易の詩に「薤葉《かいえふ》朝露有り、槿枝《きんし》宿花無し」（「勧酒寄元九」）とあるのは、人の命が朝露や槿花のように短いことの譬えだが、「妾《せふ》が意は寒松に在り、君が心は朝槿《てうきん》を逐《お》ふ」（玉台新詠巻六・王僧孺「為何庫部旧姫擬蘼蕪之句」）は、男の愛が槿花のようにはかなく終わることを言う。

前句を捨てられたことを悲しく思いかえす女を詠うものに取りなして、この漢句は、そもそも男の愛は槿花よりも消えやすいからと詠う。「愧衰掩鏡光（衰へを愧《は》ぢて鏡光を掩《おほ》ふ）／比栄紅槿露（栄《さか》えを紅槿の露に比す）」（文明十七年十月二十日和漢百韻・室町前期【二九】）も似通った流れである。秋の三句目、恋の二句目である。

37　寵寔脆於槿（寵《ちよう》は寔《まこと》に槿《きん》より脆《もろ》し）　英岳

38　齢須較彼椿（齢《よはひ》は須《すべか》らく彼《か》の椿《ちん》に較《くら》ぶべし）　令悦

【訳】寿命はあの椿にもならぶほどでなければならない。

【注】前句の寵愛のはかなきことに、寿命の長かるべきことを並べて対句とする。「椿」は『荘子』（逍遥遊）に「上古に大椿《だいちん》なる者有り。八千歳を以て春と為し、八千歳を秋と為す」と述べられる伝説上の長寿の木。「つばき」とは異なる想像上の樹木だが、「つばき」と訓読されて、「君が代はかぎりもあらじ浜椿《はまつばき》ふたたび色はあら

たまるとも」（後拾遺集・賀）のように、賀の和歌にも詠まれた。雑の句。

38　齢須較彼椿（齢《よはひ》は須《すべか》らく彼《か》の椿《ちん》に較《くら》ぶべし）　令悦

39　嬰児《みどりこ》のゆくゐいかにとかなしみて　昌俔

【訳】幼な子がどのように育ってゆくかといとおしくて。

【注】「嬰児《ミトリコ》」（二巻本色葉字類抄）。「Midorico　ミドリコ（嬰児）四、五歳までの幼児」（邦訳日葡辞書）。幼な子が将来どのように生い育って行くかと愛しく思って、の意で前句に返る。「椿」にならぶほどの「齢」は、前句においては祝賀される人の長寿を意味するが、ここでは幼な子の齢か、あるいは子の将来を案じる親たる我が身の命か、どちらかに取りなされたことになる。おそらく、後者であろう。老病の身に子らを思った山上憶良の歌、「水沫《みなわ》なすもろき命《いのち》も栲縄《たくなは》の千尋《ちひろ》にもがと願ひ暮らしつ」（万葉集・巻五）をはじめとして、「さきそむる若木《わかき》の梅のゆくすゑをおもへば惜しき我が命《いのち》かな」（新和歌集・想生法師）、「長らふまじきよはひ身にしむ／みどりこの遠きゆくへを思ふ世に」（寛文年間百韻「ちぎらねど」）、「憂《う》き命長《な》がかれかしと思ふ身に／末《すゑ》もはるけく育《そだ》つみどりこ」（文明万句第五千句第十「はふつたに」）など、幼な子をいつまでも育むことができるようにと、おのが命の長きを願望する例が多い。「かなしみて」は、愛着と不安の心の表現。「ふところにそだて行子をかなしびて」（宗長『老耳』）。雑の句。

39　嬰児《みどりこ》のゆくゑいかにとかなしみて　　昌儇

40　こゝろづくしに出るうら輪《ぶね》　　云

【訳】（幼な子のゆくすえについて）あれこれと思いを尽《つ》くしながら筑紫《つくし》の国にむけて港を出る舟。

【注】前句の「嬰児《みどりこ》」を『源氏物語』の女君のひとり、玉鬘《たまかづら》に見たてた。夕顔が光源氏との逢瀬の宿で急死した後、その幼な子の玉鬘の乳母《めのと》は、夕顔の所在を八方手を尽くして捜したが何の手掛かりも得られず、「さらばいかがはせん。わか君（玉鬘）をだにこそは、（夕顔の）御かたみに見たてまつらめ。あやしき道に添へたてまつりて、はるかなるほどにおはせんことの悲しき事」と、太宰少弐となった夫に従って、玉鬘を連れて筑紫に下向する（玉鬘巻）。前句をこの乳母の思いを詠うものに取りなした。なお、『源氏物語』による句はすでに「36　つらき別《わかれ》やおもふ露《つゆ》の身《み》」とあり、それと三句しか隔たっていないが、江戸時代初期の正親町実豊編『漢和差合』に「源氏物語与源氏物語ハ二句去也」（連歌法）と連歌師の里村昌程の語を引くのによれば、不都合ではないのだろう。

「心づくし」に「筑紫」の意を掛けることは和歌に多い技法だが、「円座左遷菅（円座す左遷の菅）／都思ふ心づくしのいか計《ばかり》」（慶長五年十二月二十五日和漢聯句・慶長元和【二四】、62頁）など、和漢聯句にも例があった。「つくしトアラバ…玉かづら」（連珠合璧集）。

「輪《リン》」は韻字。『聚分韻略』（真韻）に「輪《リン》　船ー、フネ」とある。雑の句（旅）。

40　こゝろづくしに出るうら舟《ぶね》　　云
41　明《あけ》てだに阿波門《あはと》の浪《なみ》の音《おと》をあらみ　　法橋昌琢

【訳】夜が明けても淡くぼんやりした阿波の鳴門の波の音が激しいので（用心を重ねて舟は出航するのだ）。

【注】「明けてだに」は、「明けてだに霞《かすみ》夜ぶかき谷の戸《と》を猶《な》ほ出《い》でがての鶯《うぐひす》の声」（雪玉集「霞中鶯」）や「明けてだに光は薄き朝まだき」（弘治三年春雪千句第六「うぐひすの」）などの例と同じく、夜が明けても（暗い）の意で下に続く句。ここは、明け方になっても「淡く」しか見えないという意と、「阿波門」（阿波の海峡）を掛ける。おそらく、「淡路にてあはとはるかに見し月のちかき今夜《こよひ》は所がらかも」（新古今集・雑上・凡河内躬恒）を本歌とする表現であろう。この躬恒の歌は難解だが、中世においては、「称名院（三条西公条《さんじようにしきんえだ》）云、淡路《あはぢ》にて阿波渡《あはと》の月を遙《はるか》にみし。所がらにや、近くもと也」（東常縁『新古今和歌集抄』・国文学研究資料館蔵）と、淡路島では「阿波渡（門）」の月を遠くにぼんやり見たが、都では近くに見えることを言うものと理解されていた。おそらくはそのような読み方に従っているのだろう。

前句の「こゝろづくしに」を、漕ぎだした舟を覆さないように、船頭たちが気をもんでいるさまに取りなして、明けてもまだ暗い「阿波門」の波の音が高いのでと、前句に返るようにして付けた。嵐を港に避けていた舟が、夜明けとともに恐る恐る出航したさまである。雑の句（旅の二句目）。

41　明《あけ》てだに阿波門《あはと》の浪《なみ》の音《おと》をあらみ　　法橋昌琢

42　雲変日難賓（雲変《へん》じて日賓《むか》へ難《がた》し）　友竹

【訳】（夜が明けても波音の高い薄闇の中で）雲がつぎつぎと形を変える様子で、日の出を見るのも難しい。

【注】前句の阿波門の明け方の波浪に、わき起こる雲に朝日が隠される様子を付ける。「和田《わた》の原こぎ出《いで》てみればひさかたの雲居《くもゐ》にまがふ奥津白波《おきつしらなみ》」（詞花集・雑下・藤原忠通「海上眺望」、および百人一首）など、海原の上で波と雲とが交わり、互いに区別の付かなくなる景が好んで詠われた。「雲トアラバ…浪」（連珠合璧集）。

この句も、波が立つとともに雲もさかんに湧き起こり、昇りくる朝日がたちまちその雲に呑み込まれてしまうありさまを詠う。夜が明けてもなお暗いのは、日が雲に隠されているからだとその理由を示すことにもなる。「雲」の「変」を言うこと、「浮雲の変化縦跡《しょうせき》無し」（蘇軾「贈写真何充秀才」・古文真宝前集）などに例がある。「賓《ヒン》」は韻字。『漢和三五韻』（真韻）に「ムカフル」の訓がある。雑の句。

42　雲変日難賓（雲変《へん》じて日賓《むか》へ難《がた》し）　友竹

43　欲雨山長潤（雨ならんと欲《ほっ》して山長《つね》に潤《うるほ》ふ）　集雲

【訳】（雲がはげしく動き、日の光も差さない。）雨がいまにもふりそうに、山はずっと湿っている。

【注】前句の「雲」に「雨」を付ける。「雲トアラバ…雨」（連珠合璧集）。「欲雨」は雨が降り出しそうなこと。「雲興山欲雨（雲興《おこ》りて山雨ならんと欲す）」（鳳城聯句集・江第三）の例には「雨ナラント」の傍訓がある。「雨…アメ

フル」（観智院本『類聚名義抄』）の訓もあるが、いまは「雨ならんと」と訓読しておく。

前句の「日賓《むか》へ難《がた》し」に、日差しがないので山が湿気《しっけ》て「潤」っていると付ける気持もある。

「山長潤」の三文字は、『三体詩』の五言律詩、張祜「孤山寺」の頷聯「雨ならずして山長《つね》に潤ひ（不雨山長潤）、雲無くして水自《おのづか》ら陰《くも》る」による。その「不雨（雨ならずして）」を「欲雨（雨ならんと欲して）」と転じた。雑の句。

43　欲雨山長潤（雨ならんと欲《ほっ》して山長《つね》に潤《うるほ》ふ）　集雲
44　不昏垤已姻（昏《く》れずして垤《ありづか》に已《すで》に姻《とつ》ぐ）　古潤

【訳】日が暮れないうちに蟻塚の中で婚姻を結んだ。

【注】前句と対句になる。「垤」は「蟻塚也、阿利豆加《ありづか》」（新撰字鏡）。『詩経』豳風《ひんぷう》「東山《とうざん》」に「我《わ》が東自《よ》り来《きた》りしときに、零雨《れいう》其《そ》れ濛《モウ》たり。鸛《クワン》・垤《テチ》に鳴く、婦・室《しつ》に歎《なげ》く」とあり、『毛詩抄』はそれについて「垤はありづかぞ。螘は小《ちいさ》いありぞ。土を運《はこ》うで、湿気をさけて居《ゐる》ぞ。淮南子に、風をば巣居《さうきよ》の物がよく知《しり》、雨ふらう事をば、穴処《くゑつしよ》の物が知《しる》ぞ。ありづかの上へのぼつて、よく潤《うるを》いを去《さつ》て居《ゐる》ぞ」と、雨を嫌う蟻が、雨になりそうな日には蟻塚の上に土を積み上げてそこに居ることを言う。それにもとづいて、前句の「雨ならんと欲して」に「垤《ありづか》」を付ける。

さらにその「垤《ありづか》」から李公佐「南柯《なんか》太守伝」（『太平広記』巻四七五）、また陳翰「大槐宮記」（『古今事文類聚』後集二一）の説話を連想した。次のような話である。――東平の淳于棼《じゅんうふん》は、庭の槐《えんじゅ》の木の下で沈酔した後に見た夢の中で、二人の使者に導かれて槐の根元の穴から入って槐安国《かいあんこく》に至り、王の次女の金枝公主と結婚する。その後南柯郡の太守となって治世二十年、五男二女を生んで栄耀をきわめたが、公主を亡くした後に本国に送り返されたと見て目をさましてみると、もとの寝床にいて、「斜日未《いま》だ西の垣に隠れず」という時間であった。庭に出て槐の根元の穴をさぐってみると、そこは沢山の蟻の住む巣穴であり、王と后らしい二匹の大きな蟻も見られた。――すなわち、「昏れずして」とはその「斜日未だ西の垣に隠れ」ざる時に当たり、「已に姻ぐ」は「槐安国」の公主が淳于棼のもとに降嫁してきたことを言う。

日も暮れないうちに婚姻を結んだというその表現の背景には、中国でも日本でも古くは婚礼が暮れ方に行われたという事実があろう。「昏時《こんじ》に礼を行ふ、故にこれを婚《こん》と謂《い》ふなり」（漢・班固『白虎通義』）。「むかしは、婚礼の吉日を極《きは》め…夕飯料理出し、目出度《めでたし》とことぶき、暮を待つ…」（新見正朝『八十翁疇昔話《はちじゅうおうむかしばなし》』享保十七年成）。「姻《イン》」は韻字。『聚分韻略』（真韻）に「姻《イン》　婚ー、トツグ」とある。雑の句（恋）。

44　不昏垤已姻（昏《く》れずして垤《ありづか》に已《すで》に姻《とつ》ぐ）　古潤

45　あふ中《なか》もはかなかりける契《ちぎり》にて　仙巌上人

【訳】逢うことのできた仲もはかない契りに過ぎなくて。

【注】前句が「南柯の夢」の説話を詠うのを受けて、その主人公の淳于棼が槐安国の金枝公主と結婚したが、の

ちに彼女が病死したこと、また、そもそもそれが昼寝の夢の中の出来事であったことから、それをはかない契りであったと言う。「夢トアラバ…はかなき」（連珠合璧集・夢類）。雑の句（恋の二句目）。

45　あふ中《なか》もはかなかりける契《ちぎり》にて　仙巌上人

46　月はなみだに影《かげ》ぞ湮《しづ》める　東

【訳】月は袖の涙のなかに光を沈めている。

【注】前句のはかなく終わった契りに、それを悲しむ袖の涙のなかに月影が沈むさまを付ける。この句には「袖」を言う言葉はないが、月の光が涙に映るという表現では、涙はかならず袖やたもとを濡らすものとして描かれる。「あひにあひて物思ふころのわが袖に宿《やど》る月さへ濡《ぬ》るる顔なる」（古今集・恋五・伊勢）以来の恋歌における常套の趣向である。「いかでかは袂《たもと》に月の宿らまし光まちとる涙ならずは」（金葉集二度本異本歌・雑上・平康貞女）も、袖の涙に月が宿ることを詠う。

『拾遺集』雑上に「水上秋月」を詠んだ二首の歌があり、それに「みなそこに宿《やど》る月だにうかべるを」（左大将済時）とも、また「水のおもに月の沈《しづ》むを見ざりせば」（式部大輔文時）とも詠われるように、水面に映った月影は水に「宿る」とも「沈む」とも表現される。ここは韻字の「湮《イン》」を用いて「影ぞ湮《しづ》める」と詠った。『聚分韻略』（真韻）に「湮《イン》　沈也、シヅム」とある。秋の句にして恋の三句目。

46　月はなみだに影《かげ》ぞ湮《しづ》める　　東
47　砧戸妾愁界（砧《きぬた》の戸《と》は妾《せふ》が愁《うれ》への界《さかひ》）　　昕叔

【訳】（涙のなかに月影を沈めて）砧を打つ家は私の愁いの世界だ。

【注】前句の「月」に、月の光の下で「砧」を打つ「妾」の独白を付けた。「妾」は女性の自称。「相逢盟克終（相ひ逢ひて盟《ちか》ひ克《よ》く終へん）／妾希牛与女（妾は希《ねが》ふ牛と女と）」（慶長九年九月和漢千句・慶長元和【二八―一】）。砧は旅の夫に送るための冬着を杵《きね》で打って柔らかくする作業であり、月あかりの下で行われることが詩歌では詠われる。「ころもうつには…更行月《ふけゆくつき》」（拾花集・秋九月）。「月華杵《きね》を照して空しく妾に随《したが》ひ、風響砧《きぬた》を伝へて君に到らず」（初唐・王湾「擣衣篇」）、「長安一片の月、万戸衣を擣つ声」（盛唐・李白「子夜呉歌」）など。「砧戸」は中国詩には例を見ない漢語だが、砧を打つ家を言う。「驚寒砧戸悤（寒に驚きて砧戸悤《あわたた》し）」（大永七年五月四日和漢百韻・室町前期【五九】）。前句の「なみだ」を家に残された妻の涙と見て、旅の夫を思って砧を打つこの家は私の愁いの世界だという、妻の寂しい独りごとを付けた。

砧の詩歌の涙は、砧声を聞く旅人の離愁の涙であるのが普通であり、このように砧を打つ女自身の涙とされることは多くない。「今こむとたのめし人やいかならむ月になくなく衣うつなり」（新勅撰集・秋下・前大納言隆房）は、その珍しい一例である。「砧」は秋の季語。秋の二句目にして恋の四句目。

47　砧戸妾愁界（砧《きぬた》の戸《と》は妾《せふ》が愁《うれ》への界《さかひ》）　　昕叔

48　露《つゆ》もはらはぬ蓬生《よもぎふ》の塵《ちり》　実顕朝臣

【訳】露も払わず、少しも掃除しない、雑草ばかりの庭の塵だ。

【注】前句の「砧」に、蓬《よもぎ》などの雑草が生い茂った庭の意の「蓬生」を付けた。「ころもうつには…賤《しづ》が住家《すむいへ》・あさぢふの宿《やど》」（拾花集・秋九月）と、砧からは貧しい家が連想された。「待つ人のもとの心やたのむらん衣うつなり蓬生の宿」（頓阿『続草庵集』）。

そして、「蓬トアラバ（よもぎふともいふ）…露をはらふ・馬の鞭源」（連珠合璧集）とある寄合は、『源氏物語』蓬生巻で、都に帰った光源氏が久しぶりに末摘花《すえつむはな》の家に立ち寄った時、従者の惟光《これみつ》が蓬の上に置いた露を馬の鞭《むち》で払いながら源氏を先導した場面による。「暮れゆけば虫の音《ね》にさへうづもれて露もはらはぬ蓬生の宿」（新後拾遺集・秋上・西園寺実兼）は、露を払って訪れる人すらいない寂しい家を詠う。ただしこの句においては、「はらはぬ」は上の「露も」を受けるとともに、下の「塵」にも掛かる。すなわち「露も」には副詞の意が掛けられて、蓬生の宿の塵を少しも払わないという意味が重ねられる。それも夫の訪れのないさまを言う。

「塵《ヂン》」は韻字。『聚分韻略』（文明辛丑版・真韻）に「塵《ヂン》　埃ー、チリ、ケガス」とある。「露」が秋の季語で、秋の句の三句目。

48　露《つゆ》もはらはぬ蓬生《よもぎふ》の塵《ちり》　実顕朝臣

49　深巷問花少（深巷《しんかう》花を問ふこと少《まれ》なり）　古澗

【訳】（貧しい家は誰も尋ねてこず、）路地裏では、花の名を問う人も少ない。

【注】前句に続いて『源氏物語』の面影を詠う。「問花」は、光源氏が五条にあった乳母の家を訪ねた時、隣家の垣根に咲く白い花を見て、「遠方人《をちかたびと》にもの申す」と、『古今集』の旋頭歌《せどうか》「うち渡す遠方人にもの申す我《われ》 そのそこに白く咲けるは何《なに》の花ぞも」を引き歌にしてその名を尋ねた場面に拠る。そばに控えていた御随身《みずいしん》が「かの白く咲けるをなむ、夕顔《ゆふがほ》と申しはべる。花の名は人めきて、かうあやしき垣根《かきね》になむ咲きはべりける」と答え、そこから夕顔の君と光源氏とのはかない恋の話が始まる。

夕顔の家のあった五条あたりは「いと小家がちに、むつかしげなるわたり」であったが、そこを「深巷」と言った。「深巷」は大通りからわきに入った町で、貧者や隠者が住む。陶淵明「帰園田居」第一に「狗《いぬ》は吠《ほ》ゆ深巷の中、雞《とり》は鳴く桑樹の巓《いただき》」と、また『和漢朗詠集』「閑居」にも「幽思《いうし》窮《きは》まらず深巷に人無《な》き処《ところ》」と見える。前句の「蓬生」に「深巷」を付けたことになる。「少」は観智院本『類聚名義抄』に「マレナリ」の訓がある。貧しい路地裏では、花を尋ねてくる人も少ないと言う。季語「花」により春の一句目となる。

なお、四枚の懐紙のどこかに必ず「花」を詠み込むこと、しかも和句・漢句、交互に詠むことが、「花四本。和漢二句宛也。但隔番タルベシ」（漢和法式）と定められている。21の「花もちり」が和句、これが漢句、また77の「ことの葉の花」が和句、そして97の「簪花」が漢句に詠まれているのはその決まりにかなっている。この式目は他の漢和聯句作品においてもよく守られている。

49　深巷問花少（深巷《しんかう》花を問ふこと少《まれ》なり）　古澗

50　ねぐらに春の鳥ぞ馴《な》れぬる　　昌億

【訳】（路地裏の花には人がめったに来ないので、）春の鳥は、花の木のねぐらに馴れ親しんでいる。

【注】前句の「花」を、春の鳥のねぐらと見て付けた。「花の色はあかず見るとも鶯のねぐらの枝に手なな触れそも」（一条摂政「天暦御時、大盤所の前に鶯の巣を紅梅の枝につけてたてられたりけるを見て」・拾遺集・雑春）と詠われたのを初めとして、和歌や連歌では、鶯などの春の鳥が花の木を、あるいは花そのものをねぐらとすると詠うことが多い。「鶯はまづ咲く花をねぐらにて」（顕証院会千句第一「ちらせあき」）、「散るころは踏むかた惜しき山桜／花をねぐらの鳥こころせよ」（享徳二年千句第三「こころひく」）など。

前句で、花の下を尋ねる人が少ないと詠っていたのを受けて、春の鳥は安心して花のねぐらに馴れ親しんでいると付けた。

「馴《ジユン》」は韻字。『聚分韻略』（真韻）に「馴《ジユン》　従也、ナル」とある。春の二句目。

50　ねぐらに春の鳥ぞ馴《な》れぬる　　昌億
51　山かくる霞のまがき閑《のどか》にて　　東

【訳】山に続いてゆく霞の垣根の中はのんびりしているので、（垣の内の木々をねぐらとする春の鳥はそこに馴れている。）

【注】「山かくる」は「山隠《がく》る」とも理解できそうだが、それでは次句の「隠」と内容が重なってしまう。ここは、「山懸《かく》る」で、山の方をめがけて、山に連なっての意と見る。「山かくる田面《たのも》の道ははるかにて」（天正年間百韻「はるたちて」）。

「霞のまがき」は、朦朧として視界を隔てる春霞を垣根に譬えて言う。「谷の戸の霞のまがき荒れまくに心してふけ山の夕風《ゆふかぜ》」（夫木和歌抄・藤原為家）。「籬《まがき》トアラバ…霞」（連珠合璧集）。「まがき」は長く連なるものなので、「野をかくる霞の籬荒果《あれはて》て」（文禄四年一月二十六日和漢聯句・室町後期【五五】）とも詠われた。その「霞のまがき」の中の梅の木に鶯が鳴くことは、「古里の梅のまがきやこれならむ霞のうちに鶯の声」（慈円『拾玉集』）とも詠われた。

「閑《カン》」は「シヅカ」と訓むことが多いが、『伊呂波字類抄』に「ノトカナリ」の訓が宛てられ、「霞トアラバ…のどかなる」（連珠合璧集）ともあるので、ここでは「ノドカ」と訓んでおく。山に連なって立ちこめている霞の籬の内がのどかなので、春の鳥もねぐらに馴れ親しんでいるのだと、前句に返る気持である。春の三句目。

51　山かくる霞のまがき閑《のどか》にて　　東

52　遠朝隠卜隣（朝《てう》に遠《とほ》く隠《いん》は隣《となり》を卜《ぼく》す）　　英岳

【訳】朝廷から遠く離れて、隠者は隣人のよしあしを占ってここに住んだ。（だから垣根の中は、こんなにのどかなのだ。）

【注】前句の「山かくる霞のまがき」から、都を遠く離れ、山の中に隠居した人の庵の垣根を連想した。「卜隣」は、斉の景公が名臣晏子《あんし》の留守中に彼の狭小な家を壊し、隣家をも取り払って宏壮な邸宅を築いたのに対して、晏子が公に拝謝した上で、隣人たちの家を元通りに建て直して彼らを呼び戻し、「諺に、宅を是《こ》れ卜《ぼく》するに非ず、惟《た》だ隣を是れ卜す、と」（春秋左氏伝・昭公三年）と述べた故事による成語。隣人の善悪を占って住居を選ぶことである。それを用いて、朝廷を退いて、よき隣人のいるこの山中の庵を求めて隠棲した人を詠う。「隣《リン》」は韻字。『聚分韻略』（真韻）に「隣《リン》　近し、トナリ」とある。『連珠合璧集』（述懐付懐旧）に「隠家」の語がある。雑の句（述懐）。

52　遠朝隠卜隣（朝《てう》に遠《とほ》く隠《いん》は隣《となり》を卜《ぼく》す）　英岳
53　語曾鐘欲曙（曾《むかし》を語れば鐘《かね》曙《あけぼの》ならんと欲《ほっ》す）　令悦

【訳】昔ばなしをすれば、曙を告げる鐘がそろそろ鳴りそうだ。

【注】前句の、隣を卜して隠宅を選んだ人が、心通う隣人としみじみと昔を語りあい、曙の鐘の声が聞こえてきそうな時までともに過ごすさまを付ける。「曾」は多くの場合、「以前に」「これまで」の意の副詞として用い、「カッテ」あるいは「ムカシ」と訓まれる。「曾　ムカシ・カッテ・スナハチ…」（観智院本『類聚名義抄』）。『聚分韻略』（蒸韻）に「曾《ソウ》　則也、ムカシ」とある。その和訓からの連想であろうか、「曾」を副詞ではなく、名詞としての昔日の意に用いることが和漢聯句にはあった。「披書収別涙（書を披《ひら》きて別れの涙を収め）／説怨

記我曾（怨みを説きて我が曾《むかし》を記《しる》す）」（大永三年八月晦日和漢百韻・室町前期【五六】）の対句では、「曾」は「涙」と同じく名詞であり、昔日の意と理解される。『連珠合璧集』（述懐付懐旧）に「昔トアラバ　かたる」とある。雑の句（述懐の二句目）。

53　語曾鐘欲曙（曾《むかし》を語れば鐘《かね》曙《あけぼの》ならんと欲《ほっ》す）　令悦
54　へだてゝあふも友ぞ親《した》しき　法橋昌琢

【訳】時を隔てて久しぶりに逢うのだが、友はむつまじい。（だから昔話は尽きないのだ。）

【注】前句の「曾を語れば」に「友」を付ける。『連珠合璧集』に「昔トアラバ　かたる・友」（述懐付懐旧）、「友トアラバ…昔がたり」（人倫）とある。明け方まで語りあう二人を、久しぶりに再会した親しい仲間と見た。「くり返しあかずも昔がたりして／吾友喜相逢（吾が友相ひ逢ふを喜ぶ）」（大永七年五月十九日和漢百韻・室町前期【六〇】）、「静《しづか》にと窓引《まどひき》とづる雨のうち／むかしがたりもまれに逢友《あふとも》」（天正十九年四月二十七日和漢聯句・室町後期【五一】）などに見なれた趣向である。

「親《シン》」は韻字。『聚分韻略』（真韻）に「シタシム」の和訓がある。雑の句。

54　へだてゝあふも友ぞ親《した》しき　法橋昌琢
55　くむに猶《なほ》あかぬなさけの関《せき》むかへ　云

【訳】（遠く隔てられていた友に久しぶりに会えたのだから、）いくど酒を酌みかわしても飽きたりず、喜びの尽きることのない関迎えだ。

【注】前句の「へだてゝ」に「関」が付く。「関トアラバ…へだつる」（連珠合璧集）。前句の「へだてゝ」が時間的な隔たりの意であったのを空間的なそれに読みかえ、関を隔てて逢えなかった友を関所まで迎えに出た喜びの心を付ける。

「関むかへ」は、旅人を関（特に逢坂の関）に出迎えること。「旅人に逢坂山の関むかへ／待つうれしさの涙さきだつ」（称名院追善千句第六「やまやまも」）。逆に関まで送ることを関送りと言う。どちらも、ともに杯を酌みかわし、喜びあい、またはなごりを惜しむ。

「くむに猶あかぬなさけ」の「なさけ」は、「情け」に「酒」の意を掛ける。関に出迎えると、酒をいくたび酌んでもまだ飽きず、喜びが湧き出て尽きないと詠う。「くめるなさけの数や添《そひ》けん／関行《せきゆく》をしゐと（て脱カ）ゞむる名残《なごり》あれや」（慶長五年二月十九日和漢聯句・慶長元和【一九】）は関送りの例である。雑の句（旅）。

55　くむに猶《なほ》あかぬなさけの関《せき》むかへ　云

56　草即処重茵（草は即ち茵《しとね》を重《かさ》ぬる処《ところ》）　集雲

【訳】（関むかえの酒を酌みかわすのは、）草が敷物を重ねたようになっている場所だ。

【注】関迎えの宴の場所を関所ちかくの草地と見て付けた。草の上に敷物を敷いたというのではなく、草がそ

のまま敷物となったという気持であり、それが「即ち」の語で示されている。草を敷物に見立てることは「草鋪《し》きて地は茵褥《いんじよく》、雲巻《ま》きて天は幃幔《ゐまん》」（白居易「和微之詩二十三首、和望暁」）などの詩にあるほか、和漢聯句にも「やきすてし荻《をぎ》も下ねやさしつらん／原野草鋪茵（原野草《くさ》は茵《しとね》を鋪《し》く）」（貞和二年三月四日和漢百韻・室町前期【二】）の例があった。

「処重茵」の語順は奇妙である。普通なら「草即重茵処」だが、真韻の「茵」を韻字とする都合で上下を転倒したか。あるいは「草即所重茵（草は即ち茵を重ぬる所）」とすべきを、「所」と同じ訓の「処」を誤り置いたのか。「茵《イン》」は『聚分韻略』（真韻）に「シトネ」の和訓がある。雑の句。

56　草即処重茵（草は即ち茵《しとね》を重《かさ》ぬる処《ところ》）　集雲

57　かへるさをわすれてめづる小萩原《こはぎはら》　昌儇

【訳】（草を敷物として、）帰ることも忘れて萩の原を眺めてすごす。

【注】前句の草の茵《しとね》を重ねるのを萩原に遊ぶさまと見て、帰ることも忘れ、萩の花に見とれて時を過ごしていると付けた。花を愛でて帰ることを忘れるという趣向は詩に多いが、ことに「花の下《もと》に帰らむことを忘《わす》るるは美景に因《より》てなり、樽《そん》の前に酔《ゑ》ひを勧《すす》むるは是れ春の風」（和漢朗詠集「春興」）という白居易の詩句の影響が大きく、「花下忘帰といふ心をよめる」（後拾遺集・春上・良暹法師）というような歌題も生まれ、「斧《をの》の柄《え》もいまや朽ちなんかへるさを花に忘るる春の山人」（実材母集）と詠われることもあった。萩の花についても、「帰《かへ》るさは萩

さく野べに忘られて」（慶長四年十二月十四日漢和聯句・慶長元和【一六】）の例があった。秋の句。

57 かへるさをわすれてめづる小萩原《こはぎはら》　昌僖
58 ほのめく虫のこゑは珍《めづらし》　仙巌上人

【訳】（萩原に）ほのかに聞こえはじめた虫の声はすばらしい。

【注】萩原を愛でて帰るのを忘れたことを詠う前句に、鳴き始めた虫の声に心を惹かれることを付けた。いよいよ帰ることができない。「小萩原」に虫が鳴くことは、「小萩原《こはぎはら》うへには露の玉ちりて下《した》には虫の声みだるなり」（慈円『拾玉集』）とあった。「はぎには…虫の音《ね》」（拾花集・秋七月）。

「ほのめく」は月影のほの明るさを言うことの多い言葉であるが、聴覚的な表現として、ほととぎすや雁の初声が定かに聞こえないことや、虫の声について用いられることがある。「ほのめきそむる蔭《かげ》の松虫／萩が枝《え》に置かむとすらむ露のくれ」（浜宮千句第九「のきをめぐる」）。「虫…ほのめく虫の音」（拾花集・秋七月）。「めづらし」も、ほととぎすや雁の初声を愛でる心の表現であることが多い。ここは、萩原で鳴きはじめた虫のほのかな声に、ますます帰りを忘れるほどに心を惹かれる気持を詠う。

「珍《チン》」は韻字。『漢和三五韻』（真韻）に「メヅラシ」の和訓がある。秋の二句目。

58 ほのめく虫のこゑは珍《めづらし》　仙巌上人

59　秋夕幾乗興（秋夕《しうせき》幾《いく》たびか興《きよう》に乗《じよう》ずる）　古澗

【訳】（虫の声を聞いて）秋の夕べは、いくたび心をそそられることか。

【注】前句の「虫」に「秋夕」を付ける。秋の夕方に鳴く虫の声が美しく聞かれることは言うまでもないが、ここで「幾たびか」と詠われるのは、「虫合せ」や「虫選び」の遊びの行われた夕べだからだろう。「虫合せ」は、多くの虫を持ち寄って、その鳴き声などを競い合う遊び。「八月」の詞として「虫合　金虫　玉虫　蓑虫　いとど　こほろぎ　かまきり」（毛吹草）が挙げられる。また「虫選び」は、嘉保《かほう》二年（一〇九五）八月十二日、堀河天皇の勅命によって殿上人たちが嵯峨野で虫取りをして、「野径尋虫」という題で歌を作り、籠に入れた虫を内裏に持ち帰って饗宴披露したという話（古今著聞集・巻二十）が有名。和漢聯句にも「西遊麾月落（西に遊びて月の落つるを麾《さしまね》く）／えらぶ嵯峨野の虫のこゑ〴〵」（元和四年三月二十五日和漢聯句・慶長元和【五八】）などと詠われる。「虫合せ」では二匹の虫が合わせられるたびに、また「虫選び」では虫が捕らえられるたびに、人々の歓声が沸き起こったであろう。漢語「乗興」は、何かに感興を引かれて心が高ぶること。秋の三句目。

59　秋夕幾乗興（秋夕《しうせき》幾《いくた》びか興《きよう》に乗《じよう》ずる）　古澗

60　たのめぬものを月ゆへに詢《とふ》　実顕朝臣

【訳】前もって行こうと仰っていなかったのに、月があんまりきれいなので来て下さったのですね。

【注】「たのめぬ」は、あてにさせるの意の下二段活用他動詞「たのむ」の未然形「たのめ」に、否定の助動詞「ず」の連体形「ぬ」の付いた形。「たのむ」は恋の歌に多く用いられて、男が女の家を訪ねることをあらかじめ告げてあてにさせることを言う。「たのめぬ物を松むしの声」（永禄九年九月十日和漢聯句・室町後期【三一】）など、待つ立場の者の言葉。

前句の「乗輿」に「月」が付く。晋の王徽之《おうきし》が、月夜の雪景色を見てふと友人の戴逵《たいき》（字《あざな》、安道《あんどう》）を訪ねようと思い立ち、はるばる舟で一晩かけてその家の門前まで来たのにそのまま引き返して、「もと興に乗じて（乗興）行く、興尽きて返る、何ぞ必ずしも安道を見んや」と述べたという有名な故事（蒙求「子猷尋戴」、71頁）による寄合。前句を「秋の夕べがあまり美しかったのでやって来たよ」という男のせりふのように取りなし、それに対して、約束もないままにお出ましになったのは、月夜をめでてのことだったのですねと、男の薄情を怨む女の言葉を付けた。

「詢《ジュン》」は韻字。『聚分韻略』（真韻）に「トウ」の和訓がある。季語「月」により秋の四句目。また「たのめぬ」により恋の一句目となる。「恋の心…たのむ」（連珠合璧集）。

60　たのめぬものを月ゆへに詢《とふ》　実顕朝臣

61　独宵琴慰我（独宵琴我《どくせうきんわれ》を慰《なぐさ》む）　友竹

【訳】ひとりぼっちの夜は、琴《こと》が、私の心を慰めてくれていたのです。

【注】男の訪れを月ゆえのことかと怨んだ女が、今までひとり琴を弾いて寂しさを慰めていたのですと言いつのる。「契《ちぎ》りしを待《ま》ちつる宵《よひ》の手すさみにかきなす琴の音《ね》ぞ深《ふ》けにける」（新続古今集・恋三・花山院前内大臣）や「琴余目送鴻（琴余目は鴻《おほとり》を送る）／君まつと心空《そら》なる夕ま暮」（明応三年正月二十四日和漢百韻・室町前期【四三】）などに男を待つ女が琴を弾く様子が描かれている。「琴トアラバ…なげきくはる」（連珠合璧集）、「ことには…人まつね屋《や》」（拾花集）。雑の句（恋の二句目）。

61　独宵琴慰我（独宵琴我《どくせうきんわれ》を慰《なぐさ》む）　友竹

62　聖代屋封民（聖代屋民《せいだいをくたみ》を封《ほう》ず）　昕叔

【訳】聖なる世には、家ごとに、民をみな立派な殿様にできるほどだ。

【注】前句と対句だが、前句の「琴」に、礼楽によって世がめでたく治まる「聖代」を付けた。君主が琴を用いて世を治めるという理想は、「子、武城《ぶじやう》に之《ゆ》きて絃歌《げんか》の声を聞く。夫子莞爾《くわんじ》として笑ひて曰く、雞《にはとり》を割《さ》くに焉《いづく》んぞ牛刀《ぎうたう》を用ゐん」（論語・陽貨）にも語られる。弟子の子游《しいう》が小さな町を治めるのに音楽を用いたことを「何と大げさな」と、孔子は日ごろの教えが実践されているのをそう言って喜んだが、その「絃歌の声」の「絃」は「琴瑟」とされた（朱子『論語集注』）。
「民を封ず」は、『後漢書』（楊終伝）に、「堯舜《げうしゆん》の民は、屋《をく》を比《なら》べて封《ほう》ずべく、桀紂《けつちう》の民は、屋を比べて誅《ちゆう》すべし」とある（鎌倉時代の金言集の『明文抄』にも見える）のによる。堯舜の世では、どの家の者も諸侯にできる

ほど立派だが、悪王の桀紂の世では人々は誅殺すべき悪人ばかりになるという意である。

以上の二つの故事を結びつけて、琴の音楽によって実現した「聖代」には、家ごとの民を領地もちの君主にもできると詠う。「民《ミン》」は韻字。『聚分韻略』（文明辛丑版・真韻）に「民《ミン》　万｜、タミ」とある。雑の句。

62　聖代屋封民（聖代《せいだい》屋《をく》民《たみ》を封《ほう》ず）　昕叔
63　贖不帰駒隙（贖《あか》ふも駒隙《くげき》は帰《かへ》らず）　英岳

【訳】（殿様となった人たちが）いかに金を積んでも、戸の隙間のむこうを走りさる駒のように過ぎてゆく時は、戻ってこないのだ。

【注】「贖ふ」は、金銭で買い取ること。後漢の蔡邕《さいよう》（字、伯喈《はくかい》）の「陳太丘碑文」（文選五十八）に「命贖《めいあか》ふべからず、哀何《あいなん》ぞ極《きは》まり有らん」とあり、五臣（李周翰）注に「言《い》ふこころは、人命分《ぶん》有り、一たび死せば、重宝財を以て、以て贖ひ取るべからず」とする。それに似た考え方で、金銭では過ぎ去った時間を買い戻せないことを言う。「駒隙」はたちまち過ぎ去る時間の譬え。「人の天地の間《かん》に生《い》くるは、白駒《はっく》の隙《げき》を過ぐるが若《ごと》く、忽然《こつぜん》たるのみ」（荘子・知北遊《ちほくゆう》）とあるのによる。

前句の「封」から、封侯となって金持ちになった人物を連想して、いかに富貴になっても時間を巻き戻すことはできないという心を付けた。雑の句。

63　贖不帰駒隙（贖《あか》ふも駒隙《くげき》は帰《かへ》らず）　英岳
64　まなびにいらでくふる嚚《をろか》さ　法橋昌琢

【訳】（時は二度と戻らないのに、）学問の道に入らないままに終わって、今になって後悔する、おのが愚かさ。

【注】時の過ぎやすさを嘆いた前句に、早くも老境に入った人物の、学問しないできた愚かしさを後悔する気持を付けた。「恨みても今その甲斐《かひ》もやは／とやかくと学びぬほどに年たけて」（宗牧追善千句「のこるなは」）。「隙過年似棋（隙過ぎて年は棋《き》に似たり）／おこたりしまなびに悔《くゆ》る身はつらし」（元和七年十月十三日漢和聯句・慶長元和【六四】）。

「くふる」は「くゆ（悔ゆ）」の連体形「くゆる」であるべきだが、ハ行下二段の活用と誤られた。里村紹巴の句に「くふるよはひの後は何也《なになり》」（天理本『天水抄』）という例が見える。「嚚《ギン》」は韻字。『漢和三五韻』（真韻）に「ヲロカ」の和訓がある。雑の句（述懐）。

64　まなびにいらでくふる嚚《をろか》さ　法橋昌琢
65　試場空愧出（試場空《むな》しく愧《は》ぢて出《い》づ）　集雲

【訳】試験会場を、駄目だったと恥ずかしく後にする（勉強しなかった愚かさを悔やみながら）。

【注】「試場」は科挙などの試験会場。学問の道に進まなかった愚かさを嘆く前句に、散々の出来に恥じて空し

く試験場を出る思いを付けた。詩や歌に、努力しないで零落した後悔が詠われることは稀だが、連歌や和漢聯句には珍しくない。

63からこの65まで、時の過ぎやすさ、勉学を怠けたことの後悔、現在の沈淪の嘆きの順に句をつないでゆく。似た例が、「疾於禽暫世（禽《とり》よりも疾《はや》し暫《しば》しの世）／学《まなび》もやらぬ我身愽《おろ》かし／うつし絵にあまたかたちやえらぶらん」（慶長四年六月一日和漢聯句・慶長元和【一二】）にもあった。右の「うつし絵」の句は、漢の宣帝が功臣十一人の肖像を麒麟閣《きりんかく》に掲げ、その姓名、官爵を記した故事（漢書・蘇武伝）による表現で、立身した人たちを空しく羨み、我が身を恥じる心を詠う。雑の句（述懐の二句目）。

65　試場空愧出（試場空《むな》しく愧《は》ぢて出《い》づ）　集雲
66　仕路毎経辛（仕路毎《つね》に辛《から》きを経《ふ》）　令悦

【訳】（落第の末には、）仕官の道は、いつも辛く苦しい目にあうものだ。
【注】立身出世の道が閉ざされて苦しむ俗情を描くことが、和漢聯句には少なくない。「袖の色のうき恨《うらみ》やは浅《あさ》みどり」（元和八年三月十五日和漢聯句・慶長元和【六六】）は、六位の浅緑の衣の色を嘆く。連歌にも、やや後の例だが、「学びに疎《うと》くなど過《す》ぐしけむ／漏《も》れつるを悔《く》うるかひなき司召《つかさめ》し」（寛永年間百韻「うめがかは」）などがある。

「仕路」は、北宋の黄庭堅が同族の友の死を、「胸中玉石明かなるも、仕路風沙に困《くる》しむ」（山谷集・黄穎州挽詞三首其一）と傷んだ句に例が見えた。雑の句（述懐の三句目）。

66 仕路毎経辛（仕路毎《つね》に辛《から》きを経《ふ》）　令悦

67 つま木《ぎ》とる絶《たえ》まははこぶ法《のり》の水《みづ》　仙巌上人

【訳】薪《たきぎ》を拾い集める暇々には仏法の水を運ぶ。

【注】「つま木」は薪《たきぎ》のこと。前句の「仕路」は仕官の道の意であったが、それを人に奉仕する道の意味に取りなして、『法華経』提婆達多品《だいばだつたほん》に見える故事を付ける。釈迦が前世において王者であった時、阿私仙《あしせん》という仙人から妙法を受けるために、木の実を採り水汲みをし、また薪を拾い食事の支度をし、身を奴隷のようにして阿私仙に仕えたという話である。『拾遺集』（哀傷）の行基の作、「法華経《ほけきやう》を我が得《え》し事はたき木こり菜摘《なつ》み水くみ仕へてぞ得《え》し」にも詠われて広く知られた説話であった。法華八講で第五巻の提婆品《だいばほん》を講説する日には、薪を負い水桶をになった者が、この行基の歌を唱えながら僧たちに従う薪の行道《ぎやうどう》が行われた。『俳諧類船集』の「薪《タキギ》」の付合語に「法の修行」があり、また「採薪汲水《サイシンクスイ》とは経文也」とも記す。

「法の水」は、仏に備える水（閼伽《あか》の水）に、仏法が衆生の煩悩を洗い流すことをいう仏教語「法水《ほふすい》」を重ねた表現。雑の句（釈教）。

67 つま木《ぎ》とる絶《たえ》まははこぶ法《のり》の水《みづ》　仙巌上人

68 寺はふりぬる前のかけ番《は》峋《し》　東

【訳】寺は古びており、その前に古びた桟道《さんどう》が架けられている（その桟道を渡って法の水を運ぶのだ）。

【注】前句の「法の水」を、古寺の前の朽ちかけた「かけ番峋《はし》」を渡って運ぶものと見て付けた。「かけはし」は、けわしい崖に板をさしかけて造った道。桟道。『随葉集』に「古寺には…かけはしのおく」、『拾花集』に「かけはしには　寺の前」と見えるように、古い寺は山深くの「かけはし」の奥にあり、あるいは寺の前に「かけはし」が架けられているものとした。「山ぢ絶《たえ》たるおくの古寺《ふるでら》／梯《かけはし》やそれともあらぬ跡《あと》ならん」（慶長三年五月二十三日和漢聯句・慶長元和【九】）。「ふりぬる」は「寺は」を受け、また「かけ番峋」にも掛かる。「峋《シュン》」は韻字。本来は山の険しいさまを表す語だが、『国花集』に「国花合記集」の記事として「番峋　橋」を引き、また『漢和三五韻』（真韻）にも「番峋《ハシ》、橋也」とあるように、漢音ハンの「番」と漢音シュンの「峋」を万葉仮名風に組み合わせた「番峋《はし》」で「橋」を表した。和句にも韻を踏む漢和聯句のための宛字である。室町期の和漢聯句に例は見えないが、慶長元和の作品には「ともに霞をわくるしば番峋」（元和九年三月二十六日漢和聯句・【七〇】）などの例がある（94頁）。雑の句（釈教の二句目）。

68　寺はふりぬる前のかけ番峋《はし》　東

69　連緑薫苔草（緑《みどり》を連《つら》ねて苔草《たいさう》薫《かぐは》し）　昕叔

【訳】緑の色を連ねて、苔と草が香っている。

【注】前句の古寺の前の桟道に苔と草が生えているさまを付ける。「こけには…古寺の道」（拾花集）。桟道は長

く続いているので、苔と草の緑も連なって見える。「苔草」は苔と草の意。「花と月は窓を分《わか》ちて進み、苔と草は階《きざはし》を共《とも》にして生ず」（陳・陰鏗「班婕妤」・『芸文類聚』怨）、「苔為霎過厚（苔は霎《こさめ》の過《す》ぐるが為《ため》に厚《あつ》く）／草依路古蓁（草は路《みち》の古《ふ》りたるに依《よ》りて蓁《しげ》し）」（天正十九年四月和漢千句・室町後期【五〇―二】）。草はともかくとして、苔について「薫し」とすることは珍しい。「暗草苔径に薫し」（殷遥「山行」三体詩）は苔の生えた山道の草が香る意だが、その連想があるか。雑の句。

69 連緑薫苔草（緑《みどり》を連《つら》ねて苔草《たいさう》薫《かぐは》し）　昕叔

70 霜《しも》もひとつに露《つゆ》のしら珉《たま》　云

【訳】霜もひとつの色に連なって、露が白玉となっている。

【注】前句の「連緑」は、苔と草が生えて緑の色が連なる意であったが、それと対になるように、白く置いた霜と露の白珠とが一つの色に連なっていることを付けた。漢句と和句とをあたかも対句のように仕立てている。前句の「連ねて」に「珉《たま》」を付ける意識もある。「玉トアラバ…つらぬる」（連珠合璧集）。「ひとつに」は「雪つもるみ山は雲もひとつにて」（年次未詳和漢百韻・室町前期【九八】）の例があった。

「珉《ミン》」は韻字。『聚分韻略』（真韻）に「珉《ミン》　美石、タマ」とし、『韻字記』にも「タマ　美石　イシノウツクシキヲ珉ト云」とする。押韻の都合上、「玉《ギヨク》」「珠《シユ》」「瓊《ケイ》」などではなく、真韻の「珉《ミン》」を用いた。秋の句。

70　霜《しも》もひとつに露《つゆ》のしら珉《たま》　云

71　秋風にかりほの庵《いほ》はまかせ来《き》て　法橋昌琢

【訳】秋風に仮小屋の守りは任せたままで、（屋根の苫《とま》のすきまから露の白玉がしたたってくるよ）。

【注】前句の「露」に、『百人一首』巻頭の天智天皇の御製歌「秋の田のかりほの庵のとまを荒《あら》みわが衣手《ころもで》は露にぬれつつ」により、「かりほの庵」を付けた。「露」を、田の稔りを守る仮廬《かりお》の苫《とま》の屋根から漏れる露の玉と見たのである。

「秋風に」は「まかせ来て」にかかる。「宿《やど》ちかき山田の引板《ひた》に手もかけで吹く秋風にまかせてぞ見る」（後拾遺集・秋下・源頼家「…田家秋風といふこころをよめる」）にもとづく表現であろう。引板は、稲穂を食い荒らす鹿などを追い払うために鳴らす鹿《しし》おどしの一つ。その引板に手をかけることもなく、板を鳴らすのは吹く風に任せて、自らは秋風の景色を眺めると詠う作である。その歌を本歌として、田の守りは秋風に任せたまま、露のしら玉を愛で見る仮廬の主の風流の心を詠った。秋の二句目である。

71　秋風にかりほの庵《いほ》はまかせ来《き》て　法橋昌琢

72　門田《かどた》にこゑのちかき麐《さをしか》　昌俔

【訳】門前の田にさ牡鹿《おしか》の声が近く聞こえる。

【注】これも『百人一首』の大納言経信《つねのぶ》の歌、「夕されば門田の稲葉おとづれてあしのまろ屋に秋風ぞふく」によって、前句の「秋風」に「門田」を付けた。また前句が、引板を引くこともなく、風の吹くに任せている田《た》守《もり》の怠りを詠うので、鹿が家のすぐそばの田に近づいて鳴くさまを連想したのであろう。

鹿は田を荒らす害獣であり、そのために引板《ひた》、鳴子《なるこ》などの鹿《しし》おどしを仕掛け、仮廬の小屋で寝ずの番をするのだが、和歌や連歌ではそのような現実をあらわに表現することはない。田守は秋風に引板をまかせ、鹿はたとえば「ふけぬるか月に鹿なく門田かな」（大発句帳・肖柏）などと、田の近くで月のあわれに感じて鳴くことが詠われる。

「麕《キン》」は韻字。押韻の都合でこのような見なれぬ文字を用いた。『漢和三五韻』（真韻）に「麕　クジカ　シカ……鹿ニ用」とある。「さをしか」の「さ」は接頭語。雄の鹿をいう歌語である。秋の三句目。

72　門田《かどた》にこゑのちかき麕《さをしか》　昌儇

73　ふしみ山霧《きり》に暮行陰《くれゆくかげ》さびし　実顕朝臣

【訳】（鹿の伏す、その）伏見山が立ちこめる霧のなかに寂しく暮れてゆく。

【注】「ふしみ山」は京都市伏見区一帯の山。伏見山のふもとの伏見の里は、『万葉集』（巻九）に「伏見が田居《たゐ》に雁《かり》渡るらし」と詠われて以来、田の多い地として知られる。それによって「ふしみ山」は前句の「門田」に付く。

また、『竹馬集』（秋七月）に「鹿」の表現として「しかの臥所《ふしど》」「しかの草臥《くさふし》」「朝臥《ふす》しか」を挙げるように鹿にはその臥す姿を連想することが多かったので、前句の「麏《さをしか》」に「ふしみ山」を付ける意識もある。「伏見山ふもとの小田《をだ》のいねがてに松風さむしさを鹿の声」（新続古今集・秋下・養徳院贈左大臣「田鹿《たのしか》といふ事を」）などと、伏見山の鹿がしばしば詠われた。

「霧に暮行」とは、その「ふしみ山」が霧につつまれながら暮れてゆくことを詠う。「峯はなほ霧に暮れゆく月まちて」（弘治年間百韻「うめひとき」）。「陰さびし」の「かげ」はここでは山のすがた、ようすを言う。近く鳴く鹿の声のする方をふりかえると、霧の中に暮れゆく寂しい山影が見えたという流れである。鹿は夕暮に鳴く。秋の四句目である。

73　ふしみ山霧《きり》に暮行陰《くれゆくかげ》さびし　実顕朝臣

74　嶺月未推輪（嶺《みね》の月未《いま》だ輪《わ》を推《お》さず）　友竹

【訳】（伏見山は暗く寂しく）峯の月はまだ丸い車輪を推し進めようとしない。

【注】前句の「陰《かげ》さびし」に、月影《つきかげ》が山からまだ出ないことを付ける。日が暮れた伏見山の峰から月がなかなか昇ってこないと、月の出を待ちかねる心を詠う。伏見山はふもとからは東に望む山である。暮れ方に東の山の端から出るのは、満月である。満月を車輪に譬えることは中国の南北朝時代の詩に始まり、「月輪」という詩語も生まれた。「河《かは》を渡るも光湿《うるほ》はず、輪を移すも轍《わだち》詎《な》んぞ開かんや」（梁・庾肩吾「和望月」）の下句は、月の輪

が空を移動しても、本物の車輪ではないので、轍のあとが残らないことを言う。文武天皇も、杯に映った月の影を「酒中去輪《きよりん》沈《しづ》む」（懐風藻「詠月」）と詠った。「輪《リン》」は韻字。『聚分韻略』（真韻）に「輪《リン》　車ー、マワス」とある。秋の五句目である。

74　嶺月未推輪（嶺《みね》の月未《いま》だ輪《わ》を推《お》さず）　　友竹

75　点水蛍明滅（水に点《てん》じて蛍明滅《ほたるめいめつ》）　　英岳

【訳】（山の端に月が出る前）水の上に点を打つように、蛍の光がまたたいている。

【注】月の出を待つことを言う前句に蛍を付ける。蛍のほのかな光は、月のない闇夜にこそ愛でられて、「月をまつ端居《はしゐ》涼しく空晴れて夏の夜高く飛ぶ蛍かな」（通勝集「蛍」）と、月の出を待つ頃に飛ぶ蛍が詠われる。「蛍飛には…月くらき」（随葉集・夏五月）。「点水」は杜甫の「花を穿《うが》ちて蛺蝶《けふてふ》深深として見え、水に点じて（点水）蜻蜓《せいてい》款款《くわんくわん》として飛ぶ」（「曲江二首」其二）の下句の、トンボが水面にお尻を付けながら飛ぶという表現を借り用いるものであろう。

蛍は中国詩では「秋蛍《しうけい》」と言われるが、和歌では「夏虫《なつむし》」という名でも呼ばれる夏の景物である。おおむね、中国の蛍は陸生、日本の蛍は水生。種類が違い、発生の時期も異なる。前句は秋の五句目であった。秋の句は三句以上、五句以内の範囲で続けるというのが和漢聯句の約束。この句は漢句だが、夏の季語として「蛍」を用いている。夏の句は三句以内。一句だけのことも多く、ここでも夏は一句で終わり、次句は雑の句となる。

75　点水蛍明滅（水に点《てん》じて蛍明滅《ほたるめいめつ》）　英岳
76　霏煙毫草真（煙を霏《とば》して毫草真《ふでさうしん》）　古澗

【訳】雲煙を飛ばすようにして草書、楷書の筆を揮う。

【注】前句と対句になる。前句の「蛍」から、東晋の車胤《しやいん》が、蛍を集めて袋に入れ、その光で書を照らして学問に励んだという逸話（蒙求「車胤聚蛍（車胤蛍を聚《あつ》む）」）を思い、机上の草書、楷書の文字はまるで煙がひるがえるようなさまだと付けた。「煙」「霏《とば》す」は「蛍」の縁語でもある。「焦《こ》がるれど煙《けぶり》も立たず夏の日は夜《よる》ぞ蛍は燃《も》えまさりける」（好忠集）。

「霏煙」は、王羲之の妙筆を賛嘆する「煙霏《と》び（煙霏）露結《むす》び、狀《かたち》断ゆるが若《ごと》くして還《ま》た連《つら》なる」（晋書・王羲之伝）の語を利用する。「霏」は観智院本『類聚名義抄』に「トブ・ヒラメク」の和訓が見られる。「毫」は同じく「フムデ」とある。筆のことである。すぐれた筆跡を「煙」のさまに譬えることは「毫《ふで》を揮《ふる》つて紙に落せば雲煙《うんえん》の如《ごと》し」（杜甫「飲中八仙歌」）にも例がある。

「草真」の「草」は草書、「真」は楷書。普通は「真草」の語順で用いられる熟語。ここは、二字目の「煙」が平声なので、二四不同の原則により四字目に仄声の「草」を置き、「真」を韻字とした。「真」はもちろん真韻の文字である。雑の句。

76　霏煙毫草真（煙を霏《とば》して毫草真《ふでさうしん》）　古澗

77　ことの葉《は》の花《はな》もさながらうつしゑに　　云

【訳】（まるで雲煙のような素晴らしい筆跡で記された）言葉の花である詩歌は、そのまま絵にも似た美しさだ。

【注】前句の「毫《ふで》」に「ゑ（絵）」を、そして「草真《さうしん》」の「草」に「花」を付ける。「ことの葉の花」は、室町時代の歌人頓阿の『続草庵集』に、花見にゆくことを聞きつけた人から贈られた歌に、「木《こ》の下《もと》を行《ゆ》きてとふともことの葉の花にはおよぶ色やなからん」と返歌した例がある。相手の歌を言葉の花として、木に咲く真の花もその色には及ばないだろうと讃えた表現である。

「さながら」は、「ことの葉の花」が「うつしゑ」に似ることを、まるで、そっくりそのままと強調する言葉。貞室の『玉海集』に「三ケ月《みかづき》はさながらほそき眉《まゆ》に似て」の句がある。ここは、その「似て」が省略された形。同時に、「さながら写す」、そのまま引き写すの意味も重ねているであろう。「うつしゑ」は、人やもの、風景などを写し取った絵画のこと。詩歌を絵画に譬えて賞讃することは、朱子が杜甫の詩を「分明にして画の如し」（詩人玉屑・巻十四）と評した例などがある。

前句の雲煙のような筆跡の文字を、絵のように美しい詩歌を書きつけたものと見た付けである。前句が筆のあとを「煙」に譬えるのに対して、こちらは、その文字で記された詩歌を「うつしゑ」に譬える。漢句と和句を対句のように仕立てる例は69句と70句にもあった。これは三の折の花の句（↓49注）。ただし、譬喩としての花なので春の句にはならない。雑の句である。

77　ことの葉《は》の花《はな》もさながらうつしゑに　　云
78　賦桃皮絶倫（桃《もも》を賦《ふ》して皮《ひ》は絶倫《ぜつりん》）　　集雲

【訳】桃の花を賦することにかけて、皮日休の右に出るものはいない。

【注】春の句。前句の「ことの葉の花」の「花」を「桃」の花として、晩唐の詩人、皮日休《ひじつきゆう》の「桃花賦」を付けた。皮日休は、陸亀蒙《りくきもう》とともに晩唐の詩壇を代表する詩人。その「桃花賦」（『古今事文類聚』後集巻三十一などに所収）は本朝五山の詩僧たちに愛好されたらしく、「読皮日休桃花賦（皮日休が桃花の賦を読む）」という題の詩作が天隠龍沢《てんいんりゆうたく》『黙雲詩藁』、東山崇忍《とうざんすうにん》『冷泉集』、雪叟紹立《せつそうしようりつ》『雪叟詩集』に見える。
「桃花賦」序には、唐初の賢相の宋璟《そうえい》（字、広平）の「梅花賦」が、その鉄腸石心《てつちようせきしん》の人柄にも似ない艶麗な作であるのに感じて自らは桃花を賦することを述べる。「絶倫」は並ぶものなく勝れること。「桃花賦」における皮日休の文章の超絶を賛嘆する。蘇東坡の詩句に、「清詩五百言、句句皆な絶倫なり」（和猶子遅贈孫志挙）の例がある。「倫《リン》」は韻字。『聚分韻略』（真韻）に「倫《リン》　等ー、トモガラ」とある。

78　賦桃皮絶倫（桃《もも》を賦《ふ》して皮《ひ》は絶倫《ぜつりん》）　　集雲
79　紅挨霞満目（紅《くれなゐ》挨《あい》して霞目《め》に満《み》つ）　　令悦

【訳】（桃の花の）紅の色が迫ってきて、目の前いっぱいに霞がひろがる。

【注】前句の皮日休の「桃花賦」を受けて、桃の花の「紅」を付ける。「桃トアラバ…紅」（連珠合璧集）。二字目の「挨」は、おそらく今日では「挨拶」という熟語にしか用いない文字だが、『聚分韻略』に「挨《アイ》、撃也、ウツ」（上声蟹韻）とあるように、撃つこと。あるいは、押し合いへし合いする意、すれすれに迫ってくる意にも用いる語。禅語を集めた『句双葛藤鈔《くそうかつとうしよう》』に「赤身（はだか身）にして白刃を挨《あい》し、死中還《かへ》つて活《くわつ》を得たり」の例がある他、『虚堂録犂耕《きどうろくりこう》』（享保十二年から十四年にかけて成立）には「身挨白刃」の「挨」字の左に「スレアフ」という読みを示している。

三字目の「霞」は、朝焼け夕焼けの彩雲。桃林の満開の花を「霞」に譬えることは、中唐・劉禹錫に「道士有り、手《てづか》ら仙桃を植えて、満観（玄都観いっぱい）紅霞の如《ごと》し」（「再游玄都観絶句」序）の例がある他、中国日本の詩によく見られる表現である。ただし、この「霞」は和語の「かすみ」の意を重ねて用いられており、春の季語となっている。春の句の二句目である。

79 紅挨霞満目（紅《くれなゐ》挨《あい》して霞目《め》に満《み》つ）　令悦

80 春の夕日《ゆふひ》にならす楯《おばしま》　法橋昌琢

【訳】春の夕日のたびにこの手すりに寄りかかる（夕焼け雲の紅が目の前に迫ってくる）。

【注】前句の「紅」を、桃の花の色から夕焼けの色に読みかえた。夕焼け雲の紅が目の前いっぱいに迫るさまを高楼から眺める。「ならす」は「なる（慣る）」の他動詞形。「楯」に親しみ、なじむこと。

「楯」は欄干、手すりの意。「おばしま」と読む。「欄」や「檻」の字を用いるのが普通だが、押韻の都合で珍しい用字をした。『聚分韻略』（真韻）に「楯　ジユン　闌檻也、ヲバシマ」とある。「岳陽城下水漫漫、独《ひと》り危楼に上《のぼ》りて曲欄に凭《よ》る、春岸緑なる時夢沢《ぼうたく》に連なる、夕波紅なる処《ところ》長安に近し…」（白居易「題岳陽楼」）など、高楼の手すりに寄りかかって遠望することを言う詩がある。

春の日の夕方になれば、いつも手すりのところに身をもたせかけ、満目の夕焼けの色を眺めるのだと詠う。春の三句目。

80　春の夕日《ゆふひ》にならす楯《おばしま》　法橋昌琢

81　雨灑《そそ》く三月《やよひ》の空《そら》の杜宇《ほととぎす》　東

【訳】（手すりに寄りかかって眺める）雨の降りそそぐ三月の空に、ほととぎすの声がひびく。

【注】高楼から見渡す空のどこかからほととぎすの声が聞こえてくることを詠う。前句の「夕日《ゆふひ》」と「雨灑《そそ》く」が合わないようにも思えるが、和歌や連歌では、遠くの空が晴れていて、近くに雨が降る景がよく詠われる。「をちかたの山は夕日のかげはれて軒《のき》ばの雲は雨音《あめおと》すなり」（風雅集・雑歌中・伏見院「山家御歌の中に」）、「夕日さす谷の村雨《むらさめ》晴れ曇り」（表佐千句第八「よるやあめ」）など。

そして、ほととぎすは、そのような村雨（一時的、局地的な雨）の中で鳴くものと考えられていた。「村雨トアラバ…郭公」「郭公トアラバ…村雨」（連珠合璧集）。ほととぎすは「五月《さつき》まつ山ほととぎす」（古今集・夏）と詠われるように五月に入ってから鳴く鳥とされたが、四月の初音を待つ歌も多く、また晩春三月に早くも鳴きはじめる声を詠うこともあった。「ほととぎす思ひもかけぬ春鳴けば今年ぞ待たで初音《はつね》ききつる」（後拾遺集・春下・中納言定頼「三月尽日《つごもり》にほととぎすの鳴くを聞きてよみ侍ける」）。「暮のはるには…時鳥《ほととぎす》」（拾花集・春三月）。春の四句目。

前句の楼にいる人を故郷を遠く望む旅人と取り、ほととぎすを付けたとも考えられる。楼上で故郷をはるかに思うことは、魏・王粲（仲宣）の「登楼賦」に「軒檻《をばしま》に憑《よ》りて以《もつ》て遥《はる》かに望む…旧郷の壅隔《ようかく》せることを悲しみ、涕《なみだ》横に墜《お》ちて禁《た》へず」（文選十一）などと詠われた。前句注に引いた白居易の詩もそうである。ほととぎすは蜀の望帝が国を去った時に鳴いたので、人々はその後ほととぎすの声に王の望郷の情を思ったという（蜀王本紀・太平御覧所引、28頁）。旅人がほととぎすの声を聞いて悲しむという詩句は多い。

81　雨灑《そそ》く三月《やよひ》の空《そら》の杜宇《ほととぎす》　　東

82　しづえかつ〴〵藤蓁《ふぢしげ》るなり　　実顕朝臣

【訳】根に近い下枝で、藤が少しずつ茂りはじめたところだ。

【注】前句の「杜宇《ほととぎす》」に「藤《ふぢ》」を付ける。「藤咲などには…郭公《ほととぎす》」（随葉集・春三月）、「郭公などには…池の藤浪」（随葉集・夏四月）とあるように、晩春から初夏にかけて、藤の花が咲き、ほととぎすが鳴くものと考えられた。「藤波《ふぢなみ》の咲き行く見ればほととぎす鳴くべき時に近づきにけり」（万葉集十八・田辺福麻呂・天平二十年三月

二十四日の作）のように詠うことが多い。ここは、そのような普通の詠い方とは違って、ほととぎすが早くも春三月に鳴き始めたことを言う前句に、一方の藤の方には花はなく、やっと下枝の枝葉が茂りはじめたばかりだと付けた。「かつがつ」は「少しずつ」（邦訳日葡辞書）。十分ではないが、何とかの意。

「蓁《シン》」は韻字。『漢和三五韻』（真韻）に「蓁　シゲシ　ーー説文ニ草盛貌○詩ニ桃ノ夭タル其ノーー」と見え、草や葉が茂るさまを言う。一条兼良『和漢篇』に「草木之茂字」を夏の季語とするので夏の句とも解釈できるが、しかし、同じ『和漢篇』が「同季可レ隔二七句一」（和漢篇）、つまり同じ季節の句は七句を隔つべしと定めることからすると、75の夏の句から六句しか隔たらないこれは夏の句でない方がよい。わずかに葉が茂り始めたばかりの意でもあるので、春の五句目と見ておく。

82　しづえかつ〳〵藤蓁《ふぢしげ》るなり　　　　実顕朝臣

83　官池山具状（官池《かんち》山《やま》を具状《ぐじやう》す）　　　　集雲

【訳】禁苑の池なので、築山のようすを（「しづえかつがつ藤蓁《ふぢしげ》るなり」と）文書で報告するのだ。

【注】前句の「かつがつ藤蓁《しげ》るなり」を、禁苑の池の中にある築山のようすを書面で報告する言葉のように取りなした。「かつがつ」は漢文文書に頻用される「且」の字の訓読語である。「且　カツ〳〵」（観智院本『類聚名義抄』）。また「なり」にも文書の雰囲気が感じられるだろう。「官池」は杜甫に「官池春雁二首」の作がある。「山」は庭園の築山を言う。「具状」は役人が書類を書いて上申すること。「具状以解」「子細具状」などの決ま

り文句で用いられることも多い。俳諧的な付合である。雑の句。

83　官池山具状（官池《かんち》山《やま》を具状《ぐじやう》す）　集雲

84　瀑《たき》はしらする岩ぞ巡《めぐ》れる　云

【訳】滝の水を走らせている岩石が池の周囲をめぐっている。

【注】底本の「瀑はしらな《す》す」が「な」を見消《みせけち》にして「す」に訂正するのに従い、「瀑はしらする」と読む。『伊勢物語』第七十八段に山科《やましな》の宮の庭のさまを「たきおとし、水はしらせなどして」と描いている。「たき」は上代では急流を言ったが、ここは『伊勢』の例に同じく、垂水、瀑布の意であろう。

平安時代の造園法の書『作庭記』の「滝をたつる次第」には、「滝をたてむには、先《まづ》水をちの石をえらぶべき也」云々と、水の落ちる岩の形を選んでさまざまな様子の滝を作ることを説いている。ここは、前句の「官池」を受けて、滝の水が落ちたあと走りながれて池に入るよう、ぐるりと配置された岩組の様子を付けた。「官池」は内裏の池であろうか。内裏の園池にも高い滝を作りうることは、『作庭記』に「滝を高くたてむこと京中には有がたからむか（難しいか）。但《ただし》内裏なんどならば、などかなからん（どうして出来ないことがあろうか）。或人《あるひと》の申侍《まをしはべり》しは、一条の大路と東寺の塔の空輪《くりん》（九輪）の高さはひとしきとかや。しからば、かみざまより水路にすこしづゝ左右のつゝみをつきくだして（堤を下流に向かって築いてゆき）、滝のうへにいたるまで用意をいたさば、四尺五尺にはなどか立《たて》ざらむぞ（四五尺ぐらいの滝ならどうして作れないことがあろうか）と覚え侍る」と述べる。

「巡《ジユン》」は韻字。『聚分韻略』（真韻）に「巡《ジユン》　視行也、メグル」とある。雑の句。

84　瀑《たき》はしらする岩ぞ巡《めぐ》れる　　　　　　　　　　　　　云

85　翔集下天鷺（翔《かけ》り集《あつま》りて天《てん》より下《くだ》る鷺《さぎ》）　　　　　　友竹

【訳】飛び集まって、空から舞い降りた鷺のような君臣。

【注】前句の「岩」に「鷺」を付ける。「鷺　付合ニハ…岩根《いはね》」（竹馬集）。滝の流れが岩を打つあたりに鷺が集まることは、正徹の「鷺」題の歌の「岩ほせく滝の前なる松が根に白波こえて鷺ぞむれゐる」（草根集）や、「来たる箕面《みのお》の滝の寒けさ／鷺の毛も岩うつ波の白妙《しろたへ》に」（永正十花千句第四「つきをゆき」）などに詠われる。そのような和歌・連歌の趣向を漢句によって表現した。

一方、鷺は『詩経』魯頌「有駜《いうひつ》」に「振振《しんしん》たる鷺あり、鷺于《ここ》に下《くだ》る」と詠われた。北宋・欧陽修《おうようしゆう》『詩本義』は、この詩は魯の僖公と臣下が、「その国治まり民安《やす》きを致《いた》して、然《しか》る後《のち》に君臣燕楽《えんらく》して威儀《ゐぎ》有る」ことを言う作であり、「振鷺《しんろ》」は「その能《よ》く自《みづか》ら修潔《しうけつ》、翔り集りて（翔集）威儀有る」さまによってその譬えとされると解説する。群れ飛ぶ真っ白な鷺は、じつは高潔な君臣の譬喩であった。この句の「鷺」も、「翔《かけ》り集《あつま》り」、天より「下《くだ》る」ものと描かれている。和歌・連歌の趣向を受けつつ、かつ漢詩表現としての本意を生かした巧みな付句と言えよう。次句と対句になる。雑の句。

85 翔集下天鷺（翔《かけ》り集《あつま》りて天《てん》より下《くだ》る鷺《さぎ》） 友竹

86 粧成傾国螓（粧《よそほ》ひ成《な》りて国《くに》を傾《かたむ》くる螓《とんばう》） 昕叔

【訳】お化粧ができあがって、国を傾けるトンボウのような美女。

【注】前句と整った対句に仕立てた。前句の「鷺」が国を治める高潔な君臣の譬えであるのに対して、こちらの「螓」を国の政治を乱すような美女を言うものとして対照する。

「螓」は、前句の「鷺」と同じく『詩経』に拠る表現。『詩経』衛《えい》風「碩人《せきじん》」は、衛の荘公《そうこう》の夫人の荘姜《そうきょう》を讃えつつ、彼女を棄てて顧みない荘公を非難する詩（小序）だが、それが荘姜の美貌を「螓首蛾眉《しんしゅがび》」とするのを典拠とする。ただし、荘姜は徳ある美人として『詩経』では詠われるのだが、「螓首蛾眉」の語そのものは美婦人の形容として広く用いられ、ここでは「螓」を君主を堕落させて国をあやうくする美女の譬えとした。

「国を傾く」は、漢の李延年が妹（後の李夫人）を武帝に薦めて「北方に佳人有り、絶世にして独《ひと》り立つ、一たび顧《かへりみ》れば人の城を傾け、再び顧れば人の国を傾く」（漢書・外戚伝）と詠ったことによる語。

「螓」は、朱子『詩集伝』が「螓は蟬《せみ》の如くして小なり、その額《ひたひ》広くして方正なり」とするのは小型の蟬だと説くものであり、それが現代の通説でもある。しかし、『詩経』の後漢・鄭玄の箋《せん》が「螓は蜻蜻《せいせい》を謂《い》ふなり」とするのを『毛詩抄』が「蜻蜻は東方《とんぼう》ぞ」と注釈するように、日本では「螓」をトンボウと考えることが多かった。『聚分韻略』（真韻）は「螓《シン》 虫名 セミ、ヒグラシ、トンバウ」と、また『漢和三五韻』（真韻）も「螓 アキツムシ トンボウ」とする。作者の昕叔もそのように理解していただろう。雑の句（恋）。

86　粧成傾国蠑（粧《よそほ》ひ成《な》りて国《くに》を傾《かたむ》くる蠑《とんばう》）　　昕叔
87　なべて世《よ》に色《いろ》このめるをなげきわび　　昌儇

【訳】世の人がみな好色であるのが嘆かわしい。

【注】美女が国を危うくすることを言う前句に、君主が朝政を怠り、世を乱してしまうのも、人の心が色に溺れやすいせいだと慨嘆する句を付ける。『俳諧類船集』の「色好」の項に「重色思二傾-国一ヲとは長恨歌に作れり。賢トシテレ賢ヲ易カヘヨレ色ニとは子夏が云けらし。世の人の心まどはす事色欲にしかずとは兼好が筆也」と言う。兼好のような賢者の嘆きを想像する。雑の句（恋の二句目）。

87　なべて世《よ》に色《いろ》このめるをなげきわび　　昌儇
88　あだしごゝろをかねて奮《つつし》む　　仙巌上人

【訳】（世の好色のさまを嘆いて、自分は）決して浮気心に流されまいと、あらかじめ心を戒めておく。

【注】世の乱れを嘆く前句の人物を、恋の誠実を最後まで貫こうと自らに言い聞かせる人に読みかえる。「あだしこゝろ」は、他の人に心を移す浮気心。『古今集』東歌《あづまうた》の「君をおきてあだし心をわがもたば末《すゑ》の松山浪《なみ》もこえなむ」。この名歌が、心変わりしないことを人に誓う作であったのに対して、この句は自らの心を戒める。珍しい恋の心の表現である。

「夤《イン》」は韻字。『聚分韻略』（真韻）に「夤《イン》　敬惕也、ツ、シム」とある。雑の句（恋の三句目）。

88　あだしごゝろをかねて夤《つつし》む　　仙巌上人
89　身《み》におはぬ思ひつきなばいかゞせん　　法橋昌琢

【訳】身分違いの恋をしてしまったらどうしよう（と、浮ついた心は決してもつまいと自らを戒める）。

【注】「身におはぬ思ひ」は、尊貴な方に身のほどをしらずに寄せる思いを言う。この慶長十七年当時の天皇で、和漢聯句にも熱心であった後水尾天皇の御製歌、「身におはぬ思ひならずはなほざりにつつみてましを袖の涙も」（後水尾院御集「忍恋」）は、卑賤の人の身になって、身分違いの高貴な方を思って流すのでなければこの涙もそれほど厳しく包みかくすこともないのにと詠う。この句も、分不相応な恋のつらさ、やるせなさを思って、だからこそ、軽々しい恋は決してすまいと、自らに言い聞かせる前句に返ってゆく。雑の句（恋の四句目）。

89　身《み》におはぬ思ひつきなばいかゞせん　　法橋昌琢
90　存亡名未泯（存亡《そんばう》名《な》未《いま》だ泯《き》えず）　　英岳

【訳】（身分違いの恋などすれば、）生きていても、死んだ後にも、浮き名は消えないことだろう。

【注】分不相応な恋をすれば、つらい噂がたちまちに立って、恋死《こいじに》の後にもその醜名は消えないだろうと付ける。

『百人一首』の相模の歌、「うらみわび乾《ほ》さぬ袖《そで》だにあるものを恋《こひ》に朽《く》ちなん名こそ惜しけれ」など、恋をする者はその名の立つことを極度に恐れるものだが、ましてや「身におはぬ思ひ」、つまり相手が身分違いの貴い方であればなおさらである。「恋ふる涙に沈《しづ》む身の果《は》て／おほけなき中《なか》の契《ちぎ》りの名は漏《も》れぬ」（天正年間百韻「こころこそ」）や、「いひやのがれむおほけなき中／世惹虚名幾（世虚名《きよめい》を惹《ひ》くこと幾《いくば》く）」（元和二年正月十二日和漢聯句・慶長元和【五三】）などと、浮き名が立ち、言いのがれもできずに死ぬ身の果てとなる。「しのぶには…おほけなき人…およばぬ中」（拾花集・恋）。雑の句（恋の五句目）。

「泯《ビン》」は韻字。『聚分韻略』（真韻）に「泯　没也、ヌキユ、シヅム」とある。

90　存亡名未泯（存亡《そんばう》名《な》未《いま》だ泯《き》えず）　英岳

91　輝今楼月庾（今に輝く楼月《ろうげつ》の庾《ゆ》）　古澗

【訳】今の世に輝くのは、月下の楼に登った庾亮の名だ。

【注】前句の「名未だ泯えず」を受けて、その醜名を美名に転じて付ける。名声が失われず、今に伝えられている人物として、晋の庾亮《ゆりょう》をあげる。揚子江河畔の武昌の鎮台となった庾亮はたいそうな権勢家であったが、ある月の夜、南楼に登った彼は、先にそこに集っていた部下たちが遠慮して立ち去ろうとしたのを留め、ともに月を談じ、月を詠じて遊んだという（「南楼翫月」・『古今事文類聚』前集巻二）。その挿話は黄山谷の詩に「庾公の風流」と讃えられ（「題鄂州南楼」・同上続集巻七）、また本邦五山の詩の好詩材にもなっていた。「楼月庾公来《きた》る」

（晩唐・温庭筠「中書令裵公輓歌詞」）は、貴人の雅量をおもう句である。「今に輝く」のは名声であるが、「月」の縁語でもある。「月」を詠うので秋の句。

91　輝今楼月庾（今に輝く楼月《ろうげつ》の庾《ゆ》）　古澗

92　すだれにかゝる露ぞ溱《おほ》かる　東

【訳】楼のすだれに露がたくさん懸かっている。（それが月の光に輝いている。）

【注】前句の「楼」と「月」に「すだれ」を付ける。「ろうには　簾」「すだれには…詠《ながむ》る月」（拾花集）とある。楼の簾を通して、または楼の簾をかかげて、月を眺めることが風流とされた。「簾中《れんちゅう》に月影を看《み》、竹裡《ちくり》に蛍の飛ぶを見る」（南朝梁・何遜「送韋司馬別」）、「北客相ひ訪《と》ふを労《ろう》す、東楼為《ため》に一《ひと》たび開く、簾を褰《かか》げて月の出《い》づるを待ち、火を把《と》りて潮《うしほ》の来《きた》るを看《み》る」（白居易「郡楼夜宴留客」）。

同じく『拾花集』（秋七月）に「月には…野べの露」「つゆには…月」とあり、前句の「月」に「露」を付ける意識もある。月の光を宿して露が輝くことは、「清露素輝を墜《おと》し、明月一《いつ》に何ぞ朗《あき》らかなる」（晋・陸機「赴洛道中作」某二・文選二十六）にも詠われている。

「溱《シン》」は韻字。『漢和三五韻』（真韻）に「溱　ヲホシ」と見える。秋の二句目。

92　すだれにかゝる露ぞ溱《おほ》かる　東

93 触風芭易破（風《かぜ》に触《ふ》れて芭《ばせをやぶ》破れ易《やす》し）　友竹

【訳】風に吹かれて芭蕉の葉はすぐに破れてしまう。

【注】前句の「露」に「芭」を付ける。「芭」は、五言句にするために「芭蕉」を略した。『拾花集』（秋八月）に「ばせをニハ…涼しき露」とあるのは、芭蕉の葉に露が溜まりやすいことから成立した寄合であろう。

それに加えて、ここは、ともに無常のたとえとされる露から芭蕉への連想がある。芭蕉の葉が無常の喩えとなるのは、『維摩経《ゆいまきよう》』に、「是の身芭蕉の如く、中に堅《かた》きもの有ること無し」とあるのによる。和歌には、「風ふけばまづ破《やぶ》れぬる草の葉によそふるからに袖ぞ露けき」（後拾遺集・釈教・藤原公任「維摩経十喩のなかに此身芭蕉のごとしといふ心を」）と詠い、連歌にも「枯《か》れゆく草は露もたまらず／ばせう葉は秋の風にや破れぬる」（熊野千句第二「のどかなる」）などと見える。また『新撰朗詠集』（無常）の詩句にも「秋風を待たず、芭蕉の命破れ易《やす》し」とある。いずれも『維摩経』に拠りつつ、秋風が芭蕉の葉を破るとする。『連珠合璧集』にも「芭蕉トアラバ　風ふけばやぶる」とある。「風に触れて」とは、秋風に吹かれての意。秋の三句目。

93　触風芭易破（風《かぜ》に触《ふ》れて芭《ばせをやぶ》破れ易《やす》し）　友竹
94　沈水柏宜匂（水《みづ》に沈《しづ》んで柏《かしはよろ》宜しく匂《にほ》ふべし）　令悦

【訳】水に沈んで柏の木はいい匂いがするはずだ。

【注】前句と対をなす。三字目の「柏」は底本では「栢」の字に作る。互いに通用する文字なので、通行字の「柏」を用いる。「柏」は日本では柏餅のカシワ、またカヤの木の意に用いられるが、中国では「松柏」という熟語があるように、松と併称される常緑の樹木を言う。ヒノキの類である。この柏は芳香のする木として尊ばれ、漢の武帝が柏樹を用いて築いた柏梁台《はくりょうだい》は、その香りが数十里のかなたまで届いたという（『漢武故事』・『芸文類聚』「柏」）。

「水に沈んで」は、その柏樹の木質が緻密で重いことを言うのであろう。水に沈むことは同じ香木の沈香《じんこう》について一般的に言われ、沈香を沈水とも称することがあるが、「沈水の良材食柏の珍」（晩唐・羅隠「香」）は、水に沈む柏の香木を言うものと見られる。

「匀《イン》」は韻字。『聚分韻略』（真韻）に「匀《イン》 徧也、ヒトヱ、ニヲウ」とある。「竹色入窓静（竹色窓《まど》に入りて静かに）／香光遶几匀（香光几《つくえ》を遶《めぐ》りて匀《にほ》ふ）」（慶長二年三月十八日和漢聯句・慶長元和【二】）。雑の句。

94　沈水柏宜匀（水《みづ》に沈《しづ》んで柏《かしは》宜《よろ》しく匀《にほ》ふべし）　令悦

95　陪宴宮衣飾（宴《うたげ》に陪《ばい》して宮衣飾《かざ》る）　昕叔

【訳】宴席に侍って宮女たちは着飾っている（そのよい香りが満ちている）。

【注】前句の芳香から、宴席に侍る着飾った女性たちを連想した。あるいは柏の香りから、柏梁台での宴会を想起したとも考えられる。柏梁台は漢代のものだが、唐詩では、それを借りて天子の賜宴が行われる建物を言う。

「暁は興慶《こうけい》に朝《てう》するに従ひ、春は柏梁《はくりやう》に宴《えん》するに陪《ばい》す」（中唐・白居易「渭村退居…一百韻」）。「宮衣」は男女ともに宮廷に仕える者の身につける衣を指すが、ここは「飾る」の語から宮女の衣装のことと解される。「乍《たちま》ち長門の泣《なみだ》を奉じ、時に柏梁の宴を承く」（玉台新詠巻五・梁・鮑子卿「詠画扇」）の下句は、詩題にいう絵の描かれた扇が、柏梁の宴会に侍った女性の手に取られたことを言う。雑の句。

95　陪宴宮衣飾（宴《うたげ》に陪《ばい》して宮衣飾《かざ》る）　昕叔
96　殊更《ことさら》なるをさす石《いし》の紳《おび》　法橋昌琢

【訳】（宮衣を飾って）特別に立派なものを結ぶ、石の帯だ。

【注】句末の「紳《シン》」は韻字。『韻字記』（真韻）に「紳　ヲビ　大帯」とある。「石の紳」は、男性官人の朝服に用いる皮製の「石の帯」のこと。玉や石の飾りを連ね並べて作ったもので、「石帯《せきたい》」と字音で称ばれることもある。前句の「宮衣」が宮女の衣装であったのを、宴に列席する官人の衣に読みかえた。「殊更なる」とは、特に立派に作ったものを言う。帯をつけることを「さす」と言うことは、「さしながらよそにやなれん結びえぬ契《ちぎり》を石の帯にかけつつ」（『正徹』草根集「寄帯恋」）に例がある。雑の句。

96　殊更《ことさら》なるをさす石《いし》の紳《おび》　法橋昌琢
97　簪花顔益色（花を簪《かんざし》にすれば顔《かほ》は色《いろ》を益《ま》す）　集雲

【訳】（立派な石の帯を付けた大官も）花を髪に挿せば、顔は若々しい色になる。

【注】前句の「さす」の縁語で「簪」を付ける。清・趙翼の『陔餘叢考《がいよそうこう》』は、「簪花《しんくわ》」を論じて、今日では髪に花を挿すのは女性だけだが、古くは男性がそれをしたものだと、唐宋の数々の詩文を列挙する（巻三十一）。「人老いて花を簪にして自ら羞《は》ぢず、花応《まさ》に老人の頭《かうべ》に上《のぼ》るを羞づべし」（蘇東坡「吉祥寺賞牡丹…」）などがそれである。ここは、前句の「石の紳《おび》」を付けた官人を受けて、その人が花を髪に挿しているさまを詠う。花の色の照り返しによって顔もつややかに見えると言うのは、東坡の詩句に詠われたような老人、「殊更なる」、特に立派な石の帯を付けた老大官を思いえがいているのであろう。春の句。

97　簪花顔益色（花を簪《かんざし》にすれば顔《かほ》は色《いろ》を益《ま》す）　集雲
98　梅さく方《かた》にたちぞ竣《とど》まる　東

【訳】（花を髪に挿せば顔も色を増すだろうと）梅の花が咲くあたりに立ち止まった。

【注】前句の「花」を「梅」の花とした。花を髪に挿したら顔がつややかな色になるのでと、前句を動機を述べる言葉と取って、花の咲くあたりに立ち止まったことを言う。これから一枝折ろうとするのである。前句の漢語「簪花」は、和語では「花をかざす（插頭）」に当たる。髪に挿す花は『万葉集』以来、梅の花とされることが多い。「鶯の笠《かさ》に縫ふといふ梅花折《を》りてかざさむ老《お》い隠《かく》るやと」（古今集・春上・源常「梅の花を折てよめる」）と同じ気持で梅の木の下に立ったと詠うのである。

「竣《シユン》」は韻字。『漢和三五韻』（真韻）に「竣　トヾマル、フス、止也、伏也」とある。春の二句目。

98　梅さく方《かた》にたちぞ竣《とど》まる　東
99　鶯《うぐひす》に朝《あさ》いのまくら起出《おきいで》て　云

【訳】鶯の囀りを聞いて、朝寝していた枕辺から起き出して（梅の花の下まで来た）。

【注】鶯の声がしたので朝寝の床から起き出して、鶯の囀る庭の梅のあたりまで来たと、前句に返ってゆく心である。「梅トアラバ…鶯」（連珠合璧集）。

「朝い」の「い」は眠ること。鶯は早朝から囀りだす鳥だが、その鳴き声で朝寝もできないと詠うことは、「竹ちかくよどこねはせじ鶯のなく声きけば朝いせられず」（後撰集・春中・藤原伊衡「閨《ねや》の前に竹のある所にやどり侍りて」）とあった。「うぐひすには…朝ゐせられぬ宿」（拾花集・春正月）。もちろん、鶯の声を迷惑に思うのではなく、鶯の声をもっと聞きたくて、うかうか朝寝などしていられないという気持である。だからこそ、前句に返って、梅の花の咲くあたりまで行って、鶯の声をまぢかに聞こうとする。『和漢朗詠集』「鶯」の白居易の詩句、「鶯の声に誘引《いういん》せられて花《はな》の下《もと》に来《き》たる」の心である。春の三句目。

99　鶯《うぐひす》に朝《あさ》いのまくら起出《おきいで》て　云
100　千里《ちさと》もけふや春臻《いたる》らん　元通

【訳】千里のかなたまでも、今日は春が行きわたるのだろう。

【注】前句の「鶯」に「千里」を付ける。晩唐・杜牧の有名な詩句「千里《せんり》鶯啼《な》いて緑紅《くれなゐ》に映ず」（「江南春」三体詩）による寄合である。後柏原院の「鶯」題の「朝《あした》より千里《ちさと》をかけて鶯の治《をさ》まれる代《よ》の春を告げなん」（柏玉集）は立春の日の朝から、千里のかなたまで囀って、治世の春を告げてほしいと鶯に願うものだが、この句は、鶯は今こそ千里かなたまで春を告げて囀るだろうと、天下ひとしく平安な立春を迎えたことを寿《ことほ》ぐ。「臻《シン》」は韻字。『聚分韻略』（真韻）に「臻《シン》　至也、イタル」とある。春の四句目。

百韻の最後の句を挙句《あげく》といい、多くは祝言の心を詠う。これは殊にめでたく詠いおさめた一句である。漢和聯句の場合、「アゲ句ハ和タルベシ」（漢和差合）とされるが、この原則には例外はない。逆に、発句が和句だと、挙句は漢句とされる。室町時代にわずかな例外はあるが、こちらも厳しく守られた原則だったらしい。

なお、この百韻のうち、漢句は四十七句、和句は五十三句である。和句の方が多いが、漢句と和句の数について、「百句漢和五十句ヅ、也。乍《さりながら》レ去和ニテモ漢ニテモ、二三句多キ分不《くるしからず》レ苦」（漢和法式）と定める範囲に収まっている。

四章　「和漢狂句」「俳諧和漢」選読

一

寛永六年（一六二九）に譲位した後水尾院が、その後しばしば「和漢狂句御会」を開いたことを先に紹介した（101頁）。東京大学史料編纂所「近世編年データベース」による検索を借りるならば、『後水尾天皇実録』に、寛永十二年（一六三五）から院七十九歳の延宝二年（一六七四）までのあいだに、「和漢狂句百韻あり」「俳諧和漢聯句あり」などの十数件の記事があることが知られる。おそらく、仙洞での自由が「狂句」「俳諧」に遊ぶゆとりを院に与えたのであろう。

しかし、その「和漢狂句」「俳諧和漢」が実際どのようなものであったか、普通の和漢聯句とどう違っていたかを確かめることは、残念ながらできない。作品は、ほんの断片しか今日に伝わらない。「興あり」と、大笑いのうちに楽しまれ、言いすてにされたのだろう。

ところが、その後水尾院の最初の和漢狂句をさかのぼること百五十年もの昔、後土御門天皇の御代に「和漢狂句御会」があった。先の「近世編年データベース」によって確認できるものとしては、後水尾院のそれに先だつ唯一の和漢狂句の記録である。しかも、その作品の全体が国会図書館蔵『連歌合集』第二十七集に現存する。文明十八年（一四八六）十一月十日の「和漢狂句」である。和漢狂句そのものはおそらく室町時代の和漢聯句の盛行にともなって楽しまれたものだろうが、その記録すら残されなかった。まして作品がきちんと書きとどめられることはなかった。そのなかで、この後土御門天皇の御製を発句とする百韻の伝存することは、奇跡的な幸運と言うべきであろう。

応仁の乱後の天皇と公家たちがどのような和漢狂句に興じていたものか、大いに関心のひかれるところである。ただ、ひとひねりも、ふたひねりもありそうな和漢狂句を通読することは容易なわざではない。今はその表八句だけを試みに解釈して、和漢狂句なるものの片鱗をうかがっておくことにしたいと思う。

さらに、次章に注解する「芭蕉素堂両吟和漢歌仙」の表現の位置を見定めるためにも、この和漢狂句につづく近世の「和漢俳諧」の三作品を、やはりそれぞれ表八句だけではあるが、注釈してみたい。寛永九年（一六三二）自跋『徳元《とくげん》千句』より三江《さんこう》・徳元両吟の「漢和俳諧」、寛文四年（一六四四）刊の『俳諧両吟集』より周《しゅう》令《れい》・季吟《きぎん》両吟の「漢和」、さらに元禄十一年（一六九八）刊『三番船《さんばんぶね》』下巻「俳諧漢和面」より高田幸佐《こうさ》の独吟である。

二

後土御門天皇らの「和漢狂句」については、はやく風巻景次郎《かざまきけいじろう》「俳諧源流の一資料」（『古本屋』・昭和五年五月）が冒頭の十句を示して紹介し、さらに両角倉一《もろずみそういち》「堂上連歌壇の俳諧―文明十八年和漢狂句その他」（『連歌とその周辺』昭和四十二年刊）は、百韻すべてを翻字した上で、その表現の特質を説いている。

この和漢狂句の興行は、『御湯殿上日記《おゆどののうえのにっき》』（文明十八年十一月）には、

十日、きやうくの御和かんあり。れんき、万松御まいりあり。……

と記録され、また連衆のひとり、三条西実隆の日記『実隆公記』にも次の記事がある。「続群書類従完成会」が刊行した活字本の本文を示しておこう。

十日辛亥、雨時々降、日光又出現、当番第二請取□也、朝飡之後参内、今日和漢狂句御会也、就山、宗山、下官、姉小路宰相、中山宰相中将執筆、重治朝臣、和長、宗巧、正彝等祗候、入夜終百句功、非無其興、

あはらやのすとをりさむき嵐哉　御製
囲爐猶関肩　姉小路宰相
一僕護僧院　就山
二王固仏前　御製
此対句殊勝之由人々称之、珍重々々、

和漢聯句百韻の一座はふつう朝から夜までの一日をかけて巻かれるものだったが、この和漢狂句にも同じほどの時間が費やされたらしい。連歌会や和漢聯句会の後の余興ではなく、相応の意気込みをもって行われ、それゆえに記録もされた狂句の百韻だったのであろう。

傍線の「非無其興（其の興無きに非ず）」の語は、史料編纂所の「古記録フルテキストデータベース」によれば、漢文日記に多くの用例の見られる表現である。『実隆公記』の他の場所にも用いられる。たとえば、この年の二月二十日に、和漢聯句御会のあとに女中による献盃数献、美声等の興が有り、さらに十炷香《じしゅこう》の遊びが続いたことの記事を、実隆は「種々の遊び事、其の興無き者に非ざるなり」と結んでいる。「興有り」「頗る興有り」「其

の興浅からず」などの他の表現とは自ずから含意は異なろうが、これもまた十分に満足した心もちを表すことばと理解されるであろう。

1　あばらやのすどをり寒きあらし哉

作者名のない句は天皇の御製である。発句はふつうは客人の詠ずるものだが、宮中の御会はその限りではない。当時、後土御門天皇は月次《つきなみ》の和漢聯句御会を開き、さらには中秋にも、庚申待《こうしんまち》にも御会を主催したので、月に二度、まれには三度まで、宮中で和漢聯句が巻かれることがあった。そのような一座で天皇が発句を作った例を『室町前期和漢聯句作品集成』から引いてみよう。

今みるもあすの光の月夜かな（文明十一年八月十四日【一一】）
獣《けだもの》の香《か》をもそへばや石の竹（同十三年五月二十一日【一三】）
ふくむ葉や玉づさつくるあまつ雁（同十五年八月七日【二一】）
くもらでや月はみつしほ空の海（同十五年八月十五日【二二】）
鵙《もず》ぞ鳴《なく》はしもまじるか木々の色（同十五年九月四日【二三】）
一《ひと》とせの花さく雪の草木かな（長享元年後十一月七日【三五】）

右の六句にくらべ、「あばらやの」の句が異様な作であることは一目瞭然であろう。狂句と称されるゆえんである。

しかし、この狂句に用いられた言葉のいちいちは、必ずしも俗語だったわけではない。「あばらや」は、荒れ果てた、すき間だらけの家であるが、『堀川百首』の「山家」題の歌の「雲かかる山の高根《たかね》のあばら屋は月の宿《やど》るぞ嬉《うれ》しかりける」（源師時《もろとき》）の例のように、破れた屋根から差しこむ月の光を愛でる風流を詠うのに用いられる歌語であった。その心は「荒屋《あばらや》の月」という歌題にもなって、俊恵《しゅんえ》の『林葉集』（秋）には「月影の壁《かべ》のくづれをすどほればとがめがほなる蛬《きりぎりす》かな」とも詠われた。

「すどをり」は俊恵の父、源俊頼《としより》の『散木奇歌集《さんぼくきかしゅう》』の次の作にも見られる。

やどりたる家に薦《こも》をしつらひにしてかけたりけるを、風の吹きならしけるをききてよめる

柴《しば》の庵《いほ》に葉薦《はごも》のかこひそよめきてすどほる物はあらしなりけり

近江の田上《たなかみ》荘の庵に滞在して、垂れかけた稲むしろを素通りする嵐をこう詠ったのである。御製の「すどをり寒きあらし哉」は、この俊頼作を本歌とするものかも知れない。

そのように、「あばらや」「すどをり」「あらし」は、いずれも平安朝以来、隠逸の閑趣を詠う歌のことばとして定着していたものであった。

しかし、その三つの歌語を五七五に配した帝のこの作は、ただ一つ、「寒き」という身《み》も蓋《ふた》もない言葉によって、これを狂句にしてしまう。「あばらや」で、漏れ落ちる月の色を喜び、吹きぬける嵐の音に耳を澄ますのは、清貧に甘んじ、風流に徹する隠棲の人の高雅な心であろう。しかし、この「寒き」という容赦ない感覚の言葉は、いささか取りつくろわれた臭気さえ感じられるそのみやびを、遠慮なしにぶちこわしてしまう。なるほどこの寒さには勝てぬものよと、一座のどよめく声まで聞こえてきそうな狂句ではないだろうか。

『俳諧類船集』の「寒《サムキ/サユル》」の条に「あばら屋」がある。「寒し」により冬の句となる。

後土御門帝は乱世のただなかに在位した天皇であった。寛正五年（一四六四）の即位の三年の後に応仁の乱が勃発、そのはげしい戦さを避けて内裏を逃れ出て、室町第を仮御所とすること十年。室町第の火災によってさらに諸処への遷幸を重ね、ようやく土御門内裏に還幸できたのは文明十一年（一四七九）十二月のことであった。この狂句の七年前のことである。

十数年のあいだ主をうしなっていた内裏の荒廃は容易に想像できよう。しかも、時の関白左大臣、近衛政家《まさいえ》の『後法興院記《ごほうこういんき》』には、

抑今度内裡御修理之事、清涼殿黒戸対屋《たいのや》一宇カナヘ殿之外一向不及御修理云々、春興殿御門等如形有仮葺云々、

と、内裏還幸にさいして十分な修理のなされなかったことを記している。三条の橋から内裏の内侍所のともしびが見えたという有名な話（白石先生紳書・巻十）は、天皇の孫の御奈良帝の御世のことである。しかし、後土御門天皇の内裏においても、やはり「あばらや」なる表現は、それほどの誇張ではなかったかも知れない。それを明るく自嘲したのが、この御製なのである。

2　囲爐猶閲肩　　　　姉小路宰相

これも冬の句。「爐」はいろりをも、火鉢をも指すことばだが、宮中の和漢狂句の座に実際にあったものとす

れば火鉢の方であろう。前句の吹きぬける嵐の風をうけて、火鉢を囲んでもなお暖まらないさまである。寒さにふるえる時（または恐怖し、恐懼する時にも）、私たちはつい背中をまるめ、肩をちぢめて高くし、両腕を抱くようにするものである。「囲爐猶閲肩」は、おそらく、みなで火鉢を囲むようにしても、（嵐の風の寒さに）なお肩をすぼめている、という心を詠うのであろう。

問題は「閲肩」である。先に示した続羣書類従刊行会の『実隆公記』活字本はこれを「関肩」とするが、東京大学史料編纂所の「所蔵史料目録データベース」中の『実隆公記』自筆原本の画像を見れば、走り書きながら、そこには明らかに「閲」の文字が判読できる。それは「閲肩」という表現であり、寒さに肩をちぢめて高くすること、今日もいう「肩をすぼめる」の意味であるに違いない。しかし、「閲肩」をどう読めばいいのか、それが分からない。右に訓読文を示さなかったのもそのためである。

ふつう「閲」は閲覧、検閲、閲兵という熟語に用いられるように、見ること、取り調べることの意である。すぼめるの意に用いられることはない。肩をすぼめるという、そう期待される意義と、「閲肩」という文字のあいだには遠い距離が存するのである。

「肩をすぼめる」の「スボメル」は、文明本『節用集』が「窄肩」の語に「カタヲスボムル」という訓を施している、その「スボムル」に当たる。肩をせばめ、ちぢめることをこの当時は「スボムル」または「スボム」とも言った。一方、それとともに、「肩をスブ」という言い方もあった。『温故知新書』（文明十六年序）が「脅《スヘ》レ肩《カタヲ》　孟」（中世古辞書四種研究並びに総合索引・国立国会図書館デジタルコレクション）とするのがそのことを教えてくれる。この「孟」という小《こ》書《が》きにより、私たちは、四書の一つの『孟子』に「脅肩」という語があり、それに

「脅《スベ》レ肩《カタヲ》」という訓点を施した本があったことを知りうる。実際、永禄十年（一五六七）写『孟子趙注』（岩崎文庫蔵）には、「脅《スベ》レ肩《カタ》」の訓点を確認できる。『孟子』滕文公下の「脅肩諂笑」とは、両肩を高くして恐縮し、こびへつらって笑うさまを表現する句だが、そのように「脅肩」、肩をちぢめ、すぼめることを「肩をスブ」とも言ったのである。

右のことから、「肩をすぼめる」ことを「閲肩」と表記したわけを推考することができる。じつは、「閲」を「スブ」と訓むこともあったのである。室町時代に流布した漢和辞典の『倭玉篇《わごくへん》』（『倭玉篇研究並びに索引』）が「閲《エツ》」に「ケミス・ヱラブ・スブ・ミル」の訓みを示すのがそれである。先にも述べたように、「閲」はふつうは見る、調べるの意の語である。しかし、まれな場合だが、それが集めるの意に用いられることもあった。たとえば『文選』巻十六、陸士衡「歎逝賦」の「川閲水以成川」の「閲」は「総」の意（李善注所引高誘淮南子注）とされるのだが、その句は古来、「川は水を閲《ス》べて以て川を成す」と訓読されてきた。もちろん、その「スベ」は集める、総合するの意の別の動詞「スブ」の連用形である。川が、多くの小川の水を集めて流れることを言うのである。第二章に黄山谷が散髪屋の親父を詠った詩句の寛永版本の訓読、「人を閲《す》べて清鏡空《むな》し」（陳留の市隠）を引用したが（54頁）、その「閲《す》べ」も、鏡がたくさんの客の姿をすべ（みな集め）て映した意をとらえた訓みなのだろう。その「スブ」の訓を、ここでは肩を「スブ」（すぼめるの意）に借り用いた。「スブ」という訓を共有することから、「閲」を「窄」「脅」の替わりに使ったと考えられるのである。

「窄肩」「脅肩」などと書けば理解は容易である。しかも、二字目の「爐」が平声であるのに対して、「窄」も「脅」も、ともに「関」と同じく仄声の文字である。いわゆる二四不同の規則（78頁）に照らしても問題はない。

それなのに、わざと分かりにくく、ひと智恵はたらかせないと読み解けない「閲肩」という謎々の語にしたのが、この句の狂句らしい巧みなのである。

「肩《ケン》」は韻字。下平声第一の先韻《セン》。作者は姉小路基綱。時に四十六歳。従三位参議。

3　債多堪借月（債《せ》め多くして月に借《か》るに堪《た》へたり）　　宗山

前句の「爐《ろ》を囲《かこ》みて猶《な》ほ肩を閲《す》ぶ」を、借金だらけで意気消沈し、あるいは衣服を質に入れてしまって寒さにふるえるさまを言うものと見なした。「借月」はおそらく、ひと月に利息いくらと定めて借銭をすることであろう。室町時代の金融業者の土倉《どそう》は、質物を預かって金を貸し付け、その利子は、百文を一ヶ月借りた時に何文の利子を払うかにより「何文子」と示したという（『国史大辞典』「土倉」）。「堪」は、もちろん借金ができるという意味ではなく、「物色自堪傷客意（物の色は自ら客の意を傷ましむるに堪へたり）」（『和漢朗詠集』「秋興」）の例が、秋のさびしい景色が旅人の心を痛ませるに十分だと詠うように、たくさんの債務がさらなる借金をさせることを言う。

当時の公家日記では金策をすることを「秘計」をやると称したという（原勝郎『東山時代における一縉紳の生活』）。たとえばこんな話がある。除目の執筆の召しを受けた中山宰相中将定親《さだちか》が、未熟な上に準備のための資金がないので出仕できないと辞退したところ、「窮困の事叡察《えいさつ》有り、然《しか》れども早く秘計を廻《めぐ》らし、猶《な》ほ参仕すべし」と、女房を介しての勅答があったという（『薩戒記《さつかいき》』正長二年〈一四二九〉二月十五日）。この句の六十年ほど昔のことである。さらに、この直前の九月二十二日には、徳政を求めて清水寺や三十三間堂に立てこもった土一揆が押しかけるという噂に、武士たちが禁裏の警固にかけつけるという騒動があった（長興宿禰記《ながおきすくねき》）。貴賤ともども借金に苦しまなければならなかった時代である。

なお、前句の2は冬の句で、続く4と5は秋の句、6は雑の句（無季の句）である。春と秋の句は三句以上続ける約束（26・120頁）から言えば、この3も秋の句でないといけない。それなら、この句の「借月」の「月」は天象の月と解釈すべきことになる。また、和漢聯句では四枚の懐紙の表と裏にそれぞれ「月」を詠む句があるのが原則なので（名残裏にないのは許される）、その意味でもこれは空にかかる「月」と見るべきことになる。

しかし、懐紙の表裏に月の句を入れる決まりは、近世前期の作品ではほぼ例外なく守られているが、室町期の和漢聯句においては必ずしもそうではない。初折の表に月を詠まない例は珍しくない。

また、春と秋の句は三句以上という原則にしても、

文明十七年十二月十日和漢百韻（室町前期）【三二】

48　楼望屢凭欄（楼《ろう》に望《のぞ》みて屢《しば》しば欄《おばしま》に凭《よ》る）　菅章長
49　撫月瑟何曲（月に撫《ぶ》して瑟《しつ》は何の曲ぞ）　依
50　捐秋扇自団（秋に捐《す》てて扇は自ら団《まろ》し）　瞻
51　数ならぬうき身一《ひとつ》をいかにせん　天

前の年のこの百韻のように、秋の句が、49と50と二句しか続かない例が、まれではあるが、ないわけではなかった。ましてこれは狂句の和漢である。秋の句は次の4と5の二句だけであり、この句は、月利の借金に苦し

むことをいう雑の句と見ておいてよいのではないか。

あるいは、月利の意の月であっても、狂句においては、天象の月と同じように秋の季語と扱われた可能性もある。松永貞徳門の西武《さいむ》による俳諧式目書の『久流留《くるる》』（慶安三年〈一六五〇〉刊）には、「連歌には、月次の月にて月をもたずとあれども、はいかいにては月といふ字あれば、月次の月にても面の役をするなり」（潁原文庫選集四）と言う。この時代の和漢狂句でも同様だったのかも知れない。ただ、この頃の和漢狂句はこれしか現存しない。式目の詳細について確実なことは何も言えないであろう。

作者は宗山等貴《しゆうざんとうき》。伏見院貞常親王の子。次句の就山の弟。後に相国寺鹿苑《ろくおん》院主となった。時に二十三歳。

4　収少徒守田（収《をさ》め少くして徒《いたづ》らに田を守る）　就山

前句と対句にして、負債の多いことに収穫の少ないことを付けた。作者は就山永崇《じゆざんえいそう》。前句の「宗山」の兄。相国寺僧。時に二十五歳である。この第四句まで、句句ほとんど貧乏自慢の体である。

この三十年後の永正五年（一五〇八）の『狂歌合』は、十番に合わせられる狂歌二十首のすべてが貧窮を詠む。公家衆の手すさびになる作と見られるものだが、たとえば、「思ひ寝《ね》のほども恥《はづ》かし正月《しやうぐわつ》の餅《もち》いを喰《く》ふと夢に見しかな」（六番左）のごときである。不如意な現実を直視しつつ、なおそれを明るく笑い飛ばしてしまう快活さが、これらの狂句と狂歌には共通するであろう。

「田を守る」は、田の稔りを鹿や猪などの害獣からまもること。里村紹巴《じようは》『連歌至宝抄』に「中《なか》の秋」（八月）

の詞として「田《た》を守《もる》」をあげている。秋の句となる。もともと稔りの乏しい田を守ることのむなしい気持が「徒らに」の語にこめられていよう。「田《デン》」は韻字。

5　衣帯奉秋霧（衣帯秋の霧を奉《う》く）　正彜

前句の「田を守る」から、おそらく『百人一首』の巻頭歌、天智天皇の「秋の田のかりほの庵のとまを荒《あら》みわが衣手《ころもで》は露にぬれつつ」を連想して、たちこめる霧に衣や帯が湿ることを詠うのだろう。狂句らしい滑稽さは見えないが、霧を「奉」くと、通常の漢語表現にない文字遣いをすることによって狂句とするものか。「秋霧」によって前句に引き続いて秋の句となる。作者の「正彜」は未詳。禅僧であろう。

6　をひいださる丶たびの中やど　侍従中納言

前句の「秋の霧」を、これも『百人一首』の「村雨《むらさめ》の露もまだひぬ槙《まき》の葉に霧たちのぼる秋のゆふぐれ」（寂蓮法師）を介して、にわか雨がやんだ後に立つ霧と取りなしての付けか。「中やど」は、旅の途中で休息する家、急雨にあって雨宿りする家をも言う。『拾花集』（夏六月）に「ゆふだちには…旅の中宿」とある。「村雨《むらさめ》のひとめぐり待つ中やどり」（美濃千句第七「こころさへ」）。そのような「たびの中やど」から、「雨はもう止んだ、さああ」と追い立てられたことを付けて、前句を、衣を秋の霧にぬらしつつ、旅をつづけるさまと見なしたのであろう。言うまでもなく「をひいださるゝ」が滑稽な俗語であり、それにより狂句となる。作者の「侍従中納言」は三条西実隆。時に三十二歳。

7　松がねに枕とらむとつくばひて　　宗巧

『拾花集』（旅）に「かり枕には…旅の中宿」とあるように、「たびの中やど」は旅寝の宿をも言う。『角川古語大辞典』「なかやどり」に「目的地への途中にある休み場所。中休みの宿。京都から長谷詣など日帰りできない旅において、決って中間に宿泊する宿をいう。『なかやど』とも。」とするのがそれにあたる。この句は前句の「中やど」をその意に取りなし、宿舎を追いだされて、しかたなく松が根を枕にしようと野宿の支度をするさまを付ける。「枕トアラバ…松がね」（連珠合璧集）。「つくばひて」、すなわち四つんばいになってという俗語が狂句にふさわしい。「宗巧」は五辻泰仲。年齢未詳。この頃の内裏月次連歌会の連衆のひとりであった。「宗巧、左衛門佐入道泰仲也」（『親長卿記』文明十二年七月二十五日）。

8　耳をうつなり磯のあら波　　宣親

前句の「松がね」を海岸の防風林の松の根とした。『連珠合璧集』に「松がねトアラバ　枕・浪うつ岸・あらはれて・磯辺の浪」とある。松の根を枕に仮寝をしていると、打ち寄せる荒波の音が耳を強く打つのである。

ここも「耳をうつ」という、和歌や連歌や、また和漢聯句にも見られない俗語がこの句を狂句とする。作者の「宣親」は中山宣親《のぶちか》。時に参議、二十九歳。『実隆公記』によれば、この一座の執筆をつとめた人である。

以上、表八句を解釈しただけでは、むろんこの狂句百韻の特色を云々することはできない。前引の両角倉一「堂上連歌壇の俳諧―文明十八年和漢狂句その他」は、この狂句について、俗語を使用すること、人事句が多いこと、高踏的な戯笑調でいかにも堂上風の誹諧とでもいうべきおだやかさを持っていることなどを指摘している。いかにも、この八句だけにも、上品な明るさというものが十分に感じとられるであろう。さらにその上に、「すどをり寒き」と、また「月に借る」と、高貴な連衆が自らの現実を鋭くうがちとって自嘲自虐して笑うところには、たくましい諧謔滑稽の心がうかがえるようにも思う。

三

和漢俳諧の史的展開を詳細にたどった尾形仂「和漢俳諧史考」(『俳諧史論考』所収)は、先の文明十八年の『和漢狂句』一巻がその最初の作であることを述べた後、それに続くものとしては、江戸時代に入った寛永九年(一六三二)、「建仁寺の益長老の関東下向を迎えて斎藤徳元の催した漢和俳諧一巻(『徳元千句』所収)が管見の範囲では最も古い」と指摘している。

徳元は武家出身の俳諧師。京都では里村昌琢(第三章「菊亦停車愛」百韻の連衆のひとり)や松永貞徳らと親交があり、八条宮家にも出入りした人物。仮名草子『尤之草紙《もっとものそうし》』の作者。寛永六年以降、江戸に住み、最初期の江戸俳壇において活躍した。この時、七十四歳。

一方の益長老は建仁寺常光院の三江紹益《さんこうしょうえき》。友竹和尚とも称す。「菊亦停車愛」百韻のほか、この時期の和漢聯句に漢句の作者として出座することの多かった禅僧である。時に六十一歳。

徳元『塵塚誹諧集《ちりづかはいかいしゅう》』（寛永十年自跋）にこの第三句までを載せて、それに「右漢和は、折節洛陽建仁寺よりも、益長老武江《ぶかう》下向ましまして、不慮に参会、則《すなはち》章句（発句）を申うけて両吟に百韻つづり侍りぬ」と記している。旧知のあいだがらの俳諧師と和漢聯句の漢句作者が江戸で出あい、俳諧の和漢に遊んだのである。

国立公文書館所蔵の『於伊豆走湯《はしりゆ》誹諧千句（徳元千句）』追加の百韻からその表八句を抜き、注解を試みてみよう。

1　寒月誰氷餅（寒月は誰が氷餅ぞ）　三江

季語「寒月」により、冬の句。「Canguet　カンゲッ（寒月）…冬の月、詩歌語」（邦訳日葡辞書）。さえざえとした冬の月をいったい誰の氷餅なのかと問う、その句意は分かりやすいが、しかし、まず「氷餅」とは何かの説明が必要であろう。『日本大百科全書（ニッポニカ）』の解説を借りることにする。

こおりもち　信州（長野県）名物の一つ。凍《し》み餅ともいう。餅を液状にして厳寒のもとで凍らせ、十数日をかけて自然乾燥させる。食するときは熱湯をかけ、砂糖を加える。鎌倉初期からあり、雪餅《ゆきもち》とも称した。

武士は陣中の糧食としてそのまま食べたものらしい。江戸時代になっても、非常時に備えて、諏訪《すわ》藩は氷餅を御糧菓としていた。菓子というより主食に近く、病人食や離乳食にも用いられる。氷餅は岩手県など東北地方でもつくられる。〔沢　史生〕

今日、信州や東北地方の名産として市販される氷餅は、こおり豆腐と同様に四角な形をしているようだが、当時の氷餅には丸形のものがあったのだろう。『犬子集《えのこ》』（寛永十年序）に

冬月

たがくひてかくるぞ月の氷もち　　貞徳

と見えるのは、誰がかじって空に掛けたものやら、月の氷餅が欠けていると詠う。「かくる」に、「欠くる」「掛くる」の二つの意味を掛けた技法であり、欠けた月を喰いさした氷餅に見立てたのである。氷餅が丸くなければ成り立ちにくい表現であろう。

三江のこの漢句、「寒月は誰が氷餅ぞ」は、右の貞徳の発句と、同じ素材を、類似の発想で表現するものである。それは偶然であろうか。

三江と貞徳のあいだに親しい交わりがあったことが田中善信「『隔蓂記』の連俳資料(三)」（『初期俳諧の研究』所収）に指摘されている。二人の句の前後関係は明らかではないが、どちらかが、友人の句をまねた可能性はあるだろう。もっとも、月と氷餅とを連想でつなぐことは、慶安二年熱田万句「氷」（熱田神宮文化叢書十『寛永二十年以後熱田万句』）の

備へをく神の鏡か氷餅

さえのぼりたる月の拝殿《はいでん》

のように当り前のこと。それなら、偶然の一致と見ることも可能だろうか。

ともあれ、貞徳の「たがくひてかくるぞ月の氷もち」と三江の「寒月は誰が氷餅ぞ」とは、たがいに素材と発想とをほぼ共有するものであった。しかし、もちろん表現の差異も小さくない。貞徳の発句が「かくる」の掛詞の技法によって欠けた月を詠ずるものであるのに対して、三江のこの漢句は、月の光を氷の如しとする漢詩文表現の伝統にそってまずは月の冷感を詠うのである。百年以前の人ながら同じ建仁寺にいた詩僧の月舟《げっしゅう》寿桂《じゅけい》に、「誰《たれ》か道《い》ふ江南地猶《な》ほ暖《あたた》かなりと、白沙は雪の如《ごと》く月は氷の如し」（『扇面雁』『翰林五鳳集』）という表現がある。さらに月を指して「氷鏡」「氷輪」などと言うことも少なくない。三江は、それらの表現を介して、「寒月」から冷たい氷を連想した。そして、その氷をさらに「氷餅」と転ずることにより、これを俳諧の句としたのである。

2　雪を粉《こ》にしてちらす山風　徳元

月を氷餅に譬えた発句に、雪を粉に譬える脇句（入韻句）を付けた。『俳諧類船集』に「粉《こ》」の付合語として「餅」を挙げる。その「粉」は、搗《つ》きたての餅がねばり着かないように手のひらや板などに振りかける米粉のことだろうが、乾燥させて作った「氷餅」にはふさわしくない。「氷餅」を「食するときは熱湯をかけ、砂糖を加える」（『日本大百科全書（ニッポニカ）』）と述べられていた「砂糖」が、この句の「粉」にあたるのではないだろ

うか。『寛永十四年熱田万句乙』「石竹之題」（熱田神宮文化叢書九）に

浮嶋《うきしま》がはらにくすりや氷餅

口にうましやきゆる砂々糖

とある例は、おそらく「氷餅」が腹の薬として、「病人食」として食されたことによる付合であろう。薬と違って口に苦からぬのはその「氷餅」に砂糖を加えるからなのである。

この句は、山風が雪を吹きはこんで降らせるのを、あたかも砂糖の粉を月の氷餅に散らしかけているかのようだと詠うのであろう。これも冬の句。句末の「風《フウ》」により、上平声第一の東韻《トウ》で押韻することが定められた。以下の「礱《ロウ》」「紅《コウ》」「空《クウ》」が押韻の文字である。

3　鳴神や石うすをひく音ならん　　同

前句の「粉にして」に、穀物を粉に挽く「石うす」を付けた。「山風」に「雪」が「粉」のように吹きちらされるのを、大空の「石うす」から挽きおとされるものと見た。そして、「山風」から「鳴神」、すなわち雷鳴を思って、その雷のごろごろは大空の巨大な「石うす」を挽く音のようだと詠った。

「こほこほと鳴神よりもおどろおどろしく、踏みとどろかす唐臼《からうす》の音も枕上《まくらがみ》とおぼゆる、あな耳かしがまし、とこれにぞおぼさるる」（『源氏物語』夕顔）は、杵でつく唐臼の音を雷鳴に譬えるものだが、その連想もあろう。

4　小歌頓土礱（小歌《こうた》は頓土礱《とどろ》）　江

前句の「石うすをひく」から、臼を引きながら詠う臼挽歌《うすひきうた》（臼歌）の連想で「小歌」を付けた。『阿国歌舞伎歌』（日本歌謡集成六）は、慶長八年（一六〇三）、出雲のお国によって始められた歌舞伎踊りに歌われた歌謡だが、そこに「とゞろ〳〵と鳴る神も、こゝは桑原《くはばら》よもおちじ」の一首がある。この句の「頓土礱」は前句の「鳴神」を受けて、その「とゞろ」の音を表記するものであろう。底本には「頓土礱《トン、ロウ》」と朱筆で仮名を付しているが、疑問。万葉集巻十四の常陸国《ひたちのくに》の歌、「筑波嶺《つくはね》の岩も等杼呂《とどろ》に落つる水…」と同じで、この三字を「とどろ」と読ませたのだろう。仮名草子『恨《うらみ》の介《すけ》』に、酒宴の人たちが「『とても籠《こも》らば清水《きよみづ》へ、花の都を見下《おろ》して』、『とゞろ〳〵と鳴神も、こゝは桑原』などゝいふ、当世流行《はや》る小歌共、しどろもどろに歌いなし」云々とあることから、阿国歌舞伎のこの歌が流行の「小歌」と称されていたことが分かる。『恨の介』は慶長十四年（一六〇九）から元和三年（一六一七）までのあいだに成立したものと考えられている（日本古典文学大辞典）。益長老は、当世のはやり小歌を漢句の中に取り入れていたのである。

5　卑奴跳面白（卑《いや》しき奴跳《をど》れば面白《おもしろ》）　同

歌とあれば、それに踊りが付けられるのは自然の勢い。まして前句の「小歌」は歌舞伎踊りの歌である。お国の歌舞伎踊りは一世を風靡し、それに追随する女芸人も現れた。そのひとり、采女《うねめ》が京の四条河原で演じた歌舞伎には次の「しのびをどり」の曲があったという（『采女歌舞伎草紙絵詞』日本歌謡集成六）。

暇乞《いとまごひ》には来《きた》れども、碁盤面《ごばんおもて》で目がしげければ、先づお待ちあれ、柴の編戸も押せば鳴《な》る、あはれ霰《あられ》がはらほろと降れがな、そのまにあ笑止と立つ名、あ笑止と立つ名や、忍び踊りは面白や〳〵。

歌舞伎踊りの流行はさらに諸国へ及び、江戸城でも将軍家光の前で当世風の踊りが披露されたという。次は、『寛永十二年跳記』（日本歌謡集成六）に記されたその踊り歌のひとつ、「かつしやうをどり歌」の一節である。

風もをさまる久方《ひさかた》の〳〵、光のどけき春の日□（にカ）、四方《よも》の山々詠《なが》むれば、雪かと見ゆるあの花盛り、知るも知らぬもおもしろや〳〵。

他の四つの節もそれぞれ結びに「知るも知らぬもおもしろや〳〵。」を繰り返す。庶民はもとより、武士さえも踊り狂ったというそのような曲の結びに「面白や〳〵」という印象的なことばがあった。この漢句は、それを取り入れて「卑しき奴跳《をど》れば面白《おもしろ》」としたのである。

益長老の住した建仁寺は四条河原にもほど近い。芝居小屋をのぞかないまでも、そのような歌舞伎小歌は長老の耳にも届いていたことであろう。

6　生子抱肌紅（生れ子抱《いだ》けば肌《はだ》紅なり）　同

前句と対句に仕立てた。前句の「面白」を文字通りに「面《かほ》」が「白《しろい》」ことと取りなして、それに「肌《はだ》」が「紅《くれない》」であることを付けた。生まれたばかりの赤子を抱いてみれば、肌が赤いという軽い調子の付句である。

7　染分《そめわけ》てきるつぼ袖の下重《したがさね》　　元

『斎藤徳元集』に翻字された洒竹文庫蔵本には「染分てきる袖の下重」とあるが、それでは五七五にならない。「つぼ袖」とは、「Tçubosode　ツボソデ（壺袖）　口が細くつぼまっている円い袖」（邦訳日葡辞書）。「下重」は下着、肌着のこと。「つぼ袖の下重」は、前句の赤子が身に付ける肌着を言うのであろう。「つぼ袖」が赤子の産着に用いられたという証拠は求め得ないが、「つぼ袖」と同じく袂《たもと》の部分のない「つつ袖」について「赤子の衣服を筒袖《ツヽソデ》と云」（『貞丈雑記』巻三）とするのが参考になる。

赤子の衣服はさまざまな色に染められたらしい。「うぶぎと云《いふ》は、本名うぶぎぬ也、産衣と書也、うぶぎぬは小児誕生の時、陰陽頭《ヲンニヤウノカミ》に陰陽師のかしら也仰付られ、小児の性に合て吉《よ》き色をかんがへさせて、其色に染《そめ》て召《め》する事古法也、然れども、其儀なき時は、白と空色そら色とは浅ぎの事とを用る法也」（同上）とあり、また「宮様誕生ノ時、其日ノ空色ヲウツシテ、産着ヲ其色ニ染ム。夫ヲ生気御衣ト云。公家衆ニテ一門衆庭へ出テ、其ノ日ノ空ノ色ヲ移ス」（『嘉良喜《からき》随筆』巻二）とも言う。赤子が、そのように染めわけた壺袖の肌着を着ることを付けるのであろう。

8　口きりに行《ゆく》明がたの空　　同

前句の「壺」に「口きり」を付ける。初夏に摘んだ新茶を壺につめて保管した後、その封を切って初めて用いる茶事を「口切り」「壺の口切」などと言う。徳元自身の『塵塚誹諧集』に「飛石《とびいし》つたふ客のあとさき／暁《あかつき》の月も身にしむ口切《くちきり》に」（茶湯）という付合があるように、「口きり」は客人を招き、早朝よりおこなう茶事であった。『俳諧塵塚』（寛文十二年刊か）にも「月寒き時分《じぶん》真壺《まつぼ》の口切に／路地《ろぢ》の扉《とびら》を明《あけ》ぼのの雪」（池田正式独吟）とある。この二件の「口切り」は、前者が秋、後者が冬の季に詠われているが、徳元『誹諧初学抄』（寛永十八年自跋）には、「口切り」の季節は秋とも冬とも言われているがどちらがいいかと里村昌琢に尋ねたところ、炉《いろり》を開いて茶を立てるものだからと、「冬たるべし」という答えを得たことを記している。同書の「四季の詞」においても「初冬」の詞として「口切ノ茶」を挙げている。

しかし、一方で、「2　雪を粉にして…」の冬の句から、この「口きりに」は五句しか隔たっていない。変化を尊ぶ連句文芸では、同語、同意、同季などの類似した付合が繰りかえされることを指合《さしあい》として避けるのだが、徳元『誹諧初学抄』に「同季は連歌のごとく七句去べし」とするのは、その指合を避けるための規則である去《さり》嫌《きらい》のひとつである。和漢俳諧でも仮に同じ決まりだとすれば、これは冬の句とは認められないことになろう。同じ徳元『誹諧初学抄』を参照して矛盾した結論を得るのは困ったことだが、個々の季語の季節の問題よりは、去嫌《さりきらい》の方が重視されるべきものであろう。

念のためにこれに続く四句を引用しておこう。

9　月影はつきあげ窓にさし入て
10　奈棒度連鴻（棒を奈《いかん》せん度《わた》り連《つら》なる鴻《かり》）
11　荷稲積江艇（稲を荷《にな》ひて江艇に積む）
12　太平の世ぞ民　豊《ゆたかなる》

9から11まで、秋の句が三句続いている。秋の句は基本的に三句以上、五句以内なので、8を秋の句と見ることに支障はない。

この句は、前句とは「壺」に「口きり」で付くだけではなく、茶事には、袖が邪魔にならないように壺袖の衣服が用いられたことでも付くのだろう。左は「春秋士女遊楽図」（『茶の湯歳時記』冬・太陽コレクション）に描かれた茶会の一場面である。右上の人物は右手に茶杓《ちゃしゃく》を、左手に茶入れをもっている。その左手の袖が「口が細くつぼまっている円い袖」（邦訳日葡辞書）であることが見てとれよう。壺袖にあたるものであろう。

以上の三江・徳元両吟の表八句には、後土御門天皇たちの狂句の戯笑の大らかさに比べれば、その機智にはよりいっそうの鋭さが加わっているだろう。日常茶飯事の微に入り細を穿とうとする意欲も、さらに旺盛であろう。もとより、それは連衆の身分、人柄才智の差にもよるのだろうが、中世から近世にかけての約百五十年の時代の隔たりをそこに見ることも、不可能ではないように思う。

四

さらに一世代の後、寛文四年（一六六四）に刊行された『俳諧両吟集』下巻に収められた北村季吟・周令両吟の漢和聯句を読んでみよう。

季吟は、松永貞徳門の俳人。後の『源氏物語湖月抄』につながる古典研究に早くより情熱を傾け、寛文元年（一六六一）、三十七歳にして『土左日記抄』を著し、後水尾院に奉った。その周旋をしたのが、もと天龍寺の僧で、故あって寺を出て後水尾院の扶持を受けるようになっていた周令であった（田中善信・214頁）。

『季吟日記』（北村季吟著作集第二集）にいう、

寛文元年（一六六一）十月一日

周令首座来云、今朝土左日記抄を仙院の御前に捧奉ル。御感の御気色なりし云々

後水尾院に親近していた鹿苑寺（金閣寺）鳳林承章の『隔蓂記《かくめい》』によれば、周令は仙洞における和漢御会に漢句側の詠み手としてしばしば加わっている。おそらく狂句和漢においても同様だったと思われる。周令と季吟の両吟和漢俳諧は、仙洞の「俳諧和漢」（101・199頁）を髣髴させるものかも知れない。

1　梅ノ楚《スハヘ》ハ直《スグ》ナ文ー字（梅の楚《すはへ》は直《すぐ》な文字）　周令

二字目の「楚」に「スハヘ」の訓みを付けるのは、同じ『俳諧両吟集』に入る季吟・山石の漢和両吟にも「藤ノ花無頼《ブラリト》降ル／梅ノ楚可憐《スハエヲモシロフ》長シ」という類例が見られる。「スハヘ」はこの「スハエ」の傍訓の形が仮名遣としては正しい。

漢語の「楚」は、落葉低木のにんじんぼくの称。古代中国で、師がその木の杖で弟子を戒めたことから、刑

具のむち、しもとをも意味する。一方、和語の「すはへ」は「す生え」であり、幹からまっすぐ細長く伸びた若枝を言う。第二章で読んだ「みなるかたへの梅のすはへ木」の例（88頁）のように、梅のいわゆる徒長枝《とちょうし》を言うことが多い。そして、そのようなまっすぐな枝を罪人を打つむちに用いることから、和語の「すはえ」「ずはえ」、また仮名遣を誤って「すはへ」をむちの意に用いる。つまり、漢語「楚」と和語の「すはへ」は、それぞれの本義は異なるが、同じくむちの意味になる。そこから、ここでは「楚」字を徒長枝の意の「すはえ」の表記に転用したのである。さきの「囲爐猶閲肩」の句において、統一する意で「スブ」とも読むことから、「閲」の字がすぼめる意の「スブ」の表記にあてられた（206頁）のと、あい似た戯訓的な漢字の用法である。

「直《スグ》ナ文-字」は次の『徒然草』（第六十二段）による。

延政門院《えんせいもんゐん》いときなくおはしましける時、院へ参る人に御言《こと》つてとて申させ給《たまひ》ける御歌、

ふたつ文字牛の角《つの》文字直《す》ぐな文字歪《ゆが》み文字とぞ君は覚《おぼ》ゆる

恋しく思ひ参らせ給ふとなり。

「こいしく」の「し」が「直ぐな文字」だったこと、すなわち「し」は縦長の直線に近く書かれることから、梅の徒長枝のありさまを「直ぐな文字」と形容したのである。

「楚」といい「直文字」といい、漢語としてはまったく意味の通じない表現である。それによってこの漢句は俳諧となるのである。

2　声に歌よむ園《ソノ》の黄鸝《ウグヒス》　　季吟

春の二句目で、「梅トアラバ　鶯」（連珠合璧集）というありふれた寄合による付けである。「声に歌よむ」も、これもよく知られた古今集仮名序の「花になく鶯、水にすむかはづの声を聞けば、生きとし生けるものいづれか歌をよまざりける」によって、鶯の囀りを歌を詠むもののように聞いた表現。発句（第唱句）の「直《スグ》ナ文ー字」が幼な子の無邪気な言葉ながらも歌であるように、鶯の囀りも歌となる。「鸝《リ》」により支《シ》韻で押韻することが定められた。「鸝ウグヒス　黄ー」（漢和三五韻・支韻）。以下の「涯」「池」「児」が韻字である。

3　舞《まひ》あそぶ胡蝶《こてふ》は羽《はね》を扇《あふぎ》にて　　同

前句の「園」に「蝶」が付き、「蝶」から「舞あそぶ」が導かれる。「蝶トアラバこてふ…花ぞの・舞」「舞トアラバ…こてふ」（連珠合璧集）。また「扇には　舞」（随葉集）と、舞いには扇を翻す所作がつきものなので、舞いあそぶ蝶は、自らの羽を扇のようにひらめかせると詠う。『崑山集《こんざん》』巻三「蝶」に「飛蝶《とぶてふ》のはねやさながら舞《まひ》扇《あふぎ》」の句がある。春の三句目。

4　霞ハ自《ヲ》幕《マクハル》ニ天涯《ソラ》ニ（霞は自《をのづか》ら天涯《そら》に幕《まく》はる）　　令

さらに春の句を続けて、春霞が空に幕を張るようだと詠う。漢語の「霞」を織物に譬えることは、「餘霞散じて綺《かんはた》を成す、澄江静かにして練《ねりぎぬ》の如し」（謝玄暉「晩登三山還望京邑」『文選』巻二十七）という有名な古句に例が見える。その「綺」は綾模様を織りだした絹織物を言う。日本でも、これも古い時代のものだが、『新撰万葉集』の詩句に「雲霞《うんか》片々として錦帷《きんゐ》成る」や「春嶺霞低《た》れて繡幕《しうばく》張れり」と、霞のさまを帷幕を張ったようだと形容する詩句があった。「天涯」は空のあたりの意。「涯」の字には、支韻の「ギ」の音もある。「涯ホトリ」(漢和三五韻・支韻)。前句とは、この霞の幕のなかで蝶の舞おどりが催されているという見立てで付くのであろう。その趣向は「野は舞台《ぶたい》霞は幕《まく》か蝶の舞　大坂常久」(『ゆめみ草』明暦二年〈一六五六〉刊)に先例があった。

5　春ハ野‐原ヲ成《ナス》レ屋《イエ》ト(春は野原《のばら》を屋《いえ》と成《な》す)　　同

前句の注に引いた『ゆめみ草』の「野は舞台《ぶたい》霞は幕《まく》か」の表現にも見られるように、霞の幕から野が連想される。前句の「幕」が張られるのを「野」と見なした付句である。「盛《さかり》には花見車や水車／手に手に幕をうてる春の野」(『俳諧時勢粧《はいかいいまようすがた》』寛文十二年〈一六七二〉跋)。野原をわが家とするとは、「天を蓋《きぬがさ》にし地を坐《しきゐ》にし、膝《ひざ》を促《ちかづ》け觴《さかづき》を飛ばす」(「梅花歌三十二首」序・万葉集巻五)に似た発想である。春暖の時には、野原を家としてそこに宿ることを詠う。「野原」は「Nobara　ノバラ(野原)　草の生えている平坦な野原」(邦訳日葡辞書)。ここまで春の句を五句続けている。

6　庭ニハ洲《ス》‐浜ニ鑿《ホル》レ池ヲ(庭には洲浜《すはま》に池を鑿《ほ》る)　　同

前句と対句になる。平安時代の造園法の書『作庭記』には「池をほり石をたてん所には、先地形をみたて、たよりにしたがひて、池のすがたをほり島々をつくり…」と述べる。「洲《ス》浜」は漢語ではなく、砂浜の続く海岸線をいう和語の「すはま」。池を掘って「すはま」の景を作り出すことを詠う。「池ィケ」(漢和三五韻・支韻)。

7 見る影《かげ》もまんぢうなりのつき山に　　吟

『作庭記』は、掘った池の中に作る島のさまを幾つか挙げて、その一つに、「山島は池の中に山をつきて、いれちがへ〳〵高下をあらしめて、ときは木をしげくうふべし」と述べている。池を掘ることを言う前句を受けて、池の中に築山を作り、その形をまるで饅頭のように丸く仕立てることを付ける。「まんぢう」が俗語。「Mangiū　マンヂュゥ(饅頭)　小麦の小さなパンであって、湯の蒸気で蒸した物」(邦訳日葡辞書)。

先に、近世初期以降の和漢聯句では四枚の懐紙の裏と表にそれぞれ「月」を詠むという原則が守られることを述べた(208頁)。それは俳諧でも同じなのだが、この表八句には「月」の語がない。おそらく、この「つき山」に「月」の掛詞があるのだろう。そして、それゆえに「見る影」が「月」の縁語として理解できる。「かげ」は光の意。「つき山」の月が饅頭のような丸い光に見られることを含意するのである。

この『俳諧両吟集』の上巻に収められた「万治四年三月」の俳諧の連句にも同様の例が見られる。

1 言《こと》の葉の残るや形見《かたみ》ちござくら　　季吟

2 身は気力なき風の青柳　　暫酔

3　寝所《ねどころ》を老の鶯とりかねて　同
4　軒《のき》のさゝがに巣《す》を春《はる》の暮　吟
5　影うすきつきあげ窓の掃除《さうぢ》せよ　同
6　手水《てうづ》の鉢《はち》にをける露霜　酔
7　石葛《いはつな》や秋をもしらで茂るらん　同
8　ときはのまつげ生《はゆ》る目のよさ　吟

この表八句にも「月」を詠む句はないが、5の「つきあげ窓」に「月」の意が掛けられて、その「月」の縁語として「影うすき」の表現が用いられているのである。

「まんぢうなりのつき」と月を饅頭の形に見ることは、「雲霧はすつきりのみとはなやかに／大まんぢうやかたはれの月」（西山宗因『計巄独吟十百韻』第八「菓子百韻」・西山宗因全集四）の先例があった。

8　ひもじに秋をくらす大児《おほちご》　同

「ひもじ」は、「しゃくし」を「しゃもじ」、「そなた」を「そもじ」、「目通り」を「めもじ」などとするいわゆる文字《もじ》詞《ことば》の一つで、「ひだるし」を上品に言ったもの。「Fimoji　ヒモジ（ひ文字）空腹である、これは婦人語である」（邦訳日葡辞書）。しかし婦人にかぎらず、狂言「業平餅《なりひらもち》」の業平も「アラひもじやと」ため息をつく。寺の稚児なども口にする言葉だったのだろう。「大児」は寺の稚児のうち、年長のもの。江戸時代初期の笑話集

『きのふはけふの物語』に、信長が策彦《さくげん》和尚に「何《なに》とて世間に、大ちごを鈍《どん》に、子ちごをば利根《りこん》にいひならはし候や」と尋ねる話がある。「大児《おほちご》よりも小児《こちご》りりしき」（紅梅千句）という季吟自身の句もある。ここは、寺の築山が饅頭の形に見えて、ひもじいひもじいと秋の日を暮らしかねている図体の大きな稚児を詠う。やはり『きのふはけふの物語』に、雪を被った冨士山を見た大ちごが、これほどの飯が食べきれるだろうかと小ちごに尋ねる話がある。

わずか一作品の、しかも表八句だけのことではあるが、この季吟・周令両吟の作は、和漢のことばの世界における穏やかな連想に遊び、その移ろいを楽しむ聯句となっているであろう。そこには、後土御門帝の「あばらやのすどをり寒きあらし哉」などのような自嘲の笑いや、三江の「卑《いや》しき奴跳《をど》れば面白《おもしろ》」のような俗社会へのいちずな関心、共感は見あたらないように思う。「ひもじに秋をくらす大児」の句にしても、笑話の約束どおりの滑稽とも言えよう。

もちろん、この聯句の他のところには、

獵船汀ニ丿乀《ヘツホツ》　　同（令）
才卜《ハクラク》すゞし志賀の唐崎　　吟

などのような奇字を用いる新しい傾向は見られる。それは次にとりあげる元禄期の和漢俳諧にはさらに顕著になるものであろう。

このうち、「丿乀《ヘツホツ》」は歴とした漢語であり、元の呉師道の舟楫を詠む詩の「波を画して丿乀《ふつほつ》を成し、語を出して転《うたた》咿啞《いあ》」（「咏艫」『礼部集』）などの例がある。また、後土御門天皇らの作にかかる「謎」を集成した『謎立』（岩波文庫『中世なぞなぞ集』所収）にも、「水魚ノ乀《ヘッホッ》双成レ字　○漁人」と見える。その解説（鈴木棠三）によれば、「ノ乀は熟字で、舟などがゆれ動くさま。（乀の音はフツが正しいが、『宣胤卿記』にもヘツホツと振仮名してある）。解は、氵《さんずい》（水）と魚が並ぶと「漁」。ノ乀が並ぶと「人」。」という。つまり、「水魚ノ乀双《なら》びて字を成す」というこの謎の答えは「漁人」と解かれるのである。後土御門天皇も、この謎の作者の中御門宣胤も、文明期の和漢聯句隆盛時の連衆であったが、その頃の和漢聯句には「ノ乀」の語は見えない。周令の漢句は、このような謎から「ノ乀」を得たのであろうか。しかし、「才卜」は他に用例は未見である。

これらの奇字は、他にも「□○《たつたう》」や次節に紹介する「丨八《さかつぶり》」、また、やがては渦巻きや月や星を象った印などと、自由自在に用いられるようになる。しかし、それらはしょせんは俳諧仲間の符牒、軽佻な遊戯に過ぎないのではないか。奇字の流行は、むしろ諧謔の意欲の減退を語る現象のようにも思われるのである。

五

最後に、元禄期の京都で活躍した俳諧師、高田幸佐《こうさ》（生没年未詳）の『三番船《さんばんぶね》』（元禄十一年刊行・潁原文庫選集五）に載せられた漢和聯句の表八句を読んでみよう。その書の下巻は、幸佐が地方俳人の和漢・漢和の表八句を募り、それを撰集したものであり、巻頭に幸佐自身の独吟の作を示す。幸佐がお手本として掲げた自信作だったのであろう。

1　飛《ビ》梅《ハ》欺《アザムク》二列《レツ》子《シヲ》一（飛梅は列子を欺《あざむ》く）

「飛梅」は、昌泰四年（九〇一）初春、大宰府に流された菅原道真が「東風《こち》吹かば匂《にほ》ひおこせよ梅の花あるじなしとて春な忘れそ」と名残を惜しんだ都の家の梅が、後に筑紫に飛び来たったという伝説（『承久本天神縁起』・林羅山『本朝神社考』巻二「北野」など）によって言う。「とび梅やかろぐ〳〵しくも神の春」（守武千句・一）。「列子」は道家の書『列子』を作ったと伝えられる列禦寇《れつぎよこう》、敬して列子と称される人物である。列は俗に烈に作る。「夫《そ》れ列子《れつし》は風に御《ぎよ》して行き、冷然として善きなり。旬《じゆんいう》 有五日にして後反《かへ》る」（荘子・逍遙遊）と、風に乗って飛行したという故事は有名であろう。「欺」は「アザムク・イツハル・アナヅル・イヤシム・タブロカス・アザケル」（観智院本『類聚名義抄』）などと訓み、底本はそのうちの「アザムク」を採って傍訓とするが、その「アザムク」は騙《だま》すことではなく、他をしのぎ、馬鹿にする意。一夜に三千里を飛んだという飛梅は、列子なんぞ何する者ぞと軽んじると詠うのである。

2　節《トキ》知がほに山は笑ひて

春の句を続ける。「山は笑ひて」は、北宋の画家の郭煕《かくき》が、四季折々の山の描き方を、「春山は澹冶《たんや》にして笑ふが如く、夏山は蒼翠《さうすい》にして滴《したた》るが如く、秋山は明浄《めいじやう》にして粧《よそほ》ふが如く、冬山は惨淡《さんたん》にして睡《ねむ》るが如し」（林泉高致集）と教えたことによる表現。春になって山に花が咲き乱れるのを、山が笑うようだと表現する。文明十三年（一四八一）年五月二十一日和漢百韻に「釣箔山如笑（箔《すだれ》を釣《つ》れば山笑ふが如し）」（室町前期）【一三】と見えるのを初めとして和漢聯句にしばしば用いられ、後には俳諧の季語ともなった（13頁）。

その山を「節知《ときしり》がほ」だとするのは、前句の「飛梅」の話の道真の歌、「東風吹かば匂ひおこせよ……春な忘れそ」を受ける。梅が春を忘れずに匂い、飛び来たったように、山もその季節を心得た様子で笑っていると付けるのである。

漢和聯句の第二句目は、句末の和語を漢字で記せば平声の文字となるようにして、その字の韻により以下の押韻を定める（27・118頁）。しかし、この「笑ひて」の「笑《セウ》」は去声の嘯《セウ》韻の文字である。第四・六・八句はいずれも下平声の青《セイ》韻で押韻している。不可解なことだが、「笑」を青韻に誤ったものとしか考えようがない。

3　日に声の限《カギ》り囀《サヘヅ》るみそさゞい

「みそさざい」すなわち「鷦鷯」は、『毛吹草』では八月の詞に「みそさんざい」として挙げられるが、蕉門では冬の季語とされるという（320頁）。留鳥でいつでも見られる鳥なので、季節が必ずしも定まらなかったらしい。ここは「囀る」によって春の句となるのだろう。『拾花集』（春正月）に「囀る鳥」が載せられる。春の句の三句目となる。

「みそさざい」は鶯よりもさらに小型の鳥だが、張りのある大きな声で囀る。その小鳥が山の花のもとに来て、春の長い日を声のかぎりに囀り続けることを詠う。冬の句の例だが、「晩方《ばんがた》の声や砕《くだけ》るみそさざい」(惟然『韻塞』「霜月」)がある。

4　藪一《やぶひと》かまへ長《ヲサ》のすむ廰《イヘ》

前句の「みそさゞい」に「藪」を付ける。『俳諧類船集』巻五は「藪」について、「みそさざいの飛《トビ》かふ時もあり」とする。みそさざいは林の藪の中を忙しく飛びまわる鳥である。

一方、同じ『類船集』は「藪《ヤブ》」の付合語の一つとして「殿隣」を挙げている。「藪」から「殿隣」、そばに村長の住む御屋敷のあることが連想されたのである。

「一かまへ」は一定の広さをもつ一区画。村里や寺などに言うことが多いが、「一かまへの森のうちにきれいなる殿作りありて」(西鶴『好色五人女』巻五―二)と、森について言うこともある。ここは、藪と御屋敷の双方にかかって、藪がひとむらあって、またそのそばに村長の屋敷の一かまえが広がっていると言うのだろうか。あるいは『好色五人女』の先の例に似た景で、大藪が村長の屋敷を呑みこんで一画に広がることを「藪一かまへ」と表現したのかも知れない。

『荘子』(逍遙遊)に「鷦鷯深林に巣くふも一枝に過ぎず」(319頁)とあるが、そのようなみそさざいの小さな生活に、藪と村長の屋敷地の大きな広がりを対照する意図があるだろう。

5　秋寥《サビシウ》ー昏《クラシテ》亽《サカツブリス》レ檻《ヲバシマニ》（秋寥《さび》しう昏《くら》して檻《おばしま》に亽《さかつぶり》す）

秋の句。前句の注に引いた『俳諧類船集』は、巻一「殿」の条、巻五「藪」の条の双方に「南高藪殿となりとも云へり」「南高藪殿隣といへり」と記す。斎藤徳元『尤之草紙』（寛永九年刊）に「あきはつる物の品々」のうちに「南にたかやぶ、殿《との》どなり」を挙げるのもその俗諺であり、頴原退蔵《えばらたいぞう》『近世文学選釈―仮名草子』（著作集十七）は次のように解説する。

たかやぶは竹藪であらうが、『類船集』（延宝五年刊）巻一、殿の条には「南高藪殿となりとも云へり」とある。これは住居として不適当な所を言つた諺で、南に藪があつては日当りが悪く、貴人の邸宅の隣に居ると万事に窮屈である。どちらも長く住つたら、あきはてる事であらう。

この句は、前句を住まいの二つの不都合が重なることを言うものと見て、そのような家で日を暮らす秋の寂しさを付けるのである。

「さかつぶり」は「さかさまつぶり」のこと。「杉だち」とも言う。逆立ちすること、また竿の上で足をひっかけて逆さまに下がり手を放す芸のことであり、『三番船』上巻に「鵈亽條先動《ヤマガラサカツブリエダマヅウゴク》」の句がある。ここは、手すりのところで逆さまに身を折っていると、隣の長者に対して平身低頭するさまを表現するのであろう。「亽」は頭を下に逆立ちするさまを表した文字だが、中国の辞書には見られない。またいわゆる国字でもない。岡本《おかもと》保考《やすたか》『倭字考』には「杣《ソマ》」「峠《タウゲ》」にはじまる国字が百二十以上も集成、解説されているが、生活の中に生まれ、用いられてきたそのような文字ではなく、先に挙げた「扑《ハクラク》」のごとき、おそらくは和漢俳諧にしか用いられない、悪ふざけの記号である。

6 月薄《ウス》‐曀《グモツテ》丫《アゲマキアリ》レ扃《ツボネニ》（月薄曀《うすぐも》つて扃《つぼね》に丫《あげまき》あり）

前句の「亼」に「丫」を付けて対句に仕立てた。「曀」は「クラシ・クモル・ホノカナリ」（観智院本『類聚名義抄』）。前句の「昏」に対応する。「丫」は前句の「亼」を逆にしたもの。ただし「亼」とは違って「丫」は漢語本来の文字。「丫《あげまき》」と振り仮名が施されているが、「丫」は漢語としては女の子どもの髪型、女児を指すことが多く、和語の「あげまき」は男の子を言うことが多い。下の「つぼね」は内裏の女房の居室の意であろうから、「丫《あげまき》」とは、そのような「つぼね」に住む若い女房、または女房に仕える若い女を言うのであろう。月が薄く曇った夜、女の子がお局の欄干から身をのりだしていると、場面を展開する。

なお『潁原文庫選集』は五字目を「局」と翻字しているが、底本（潁原文庫蔵刊本）の文字は「扃」字と認められる。そもそも「局《キヨク》」は入声の文字であって押韻字にならない。「扃《ケイ》」は平声の青韻の文字である。ただし「扃」は門のかんぬきの意、または鎖すの意味であり、「ツボネ」には当たらない。「扃」を「局《つぼね》」の意に取り違えた用字だったのであろう。「月」により秋の二句目となる。

7 更《テ》入レ《ル》、音《ネヲ》歌《ミ、》‐女《ス》（更《ふけ》て音《ね》を入《い》るる歌女《みみず》）

『和名類聚抄』は「蚯蚓」に「美美須」の和訓をあて、「崔豹《さいへう》古今注に云ふ、江東謂《い》ひて歌女と為《な》す、或いは鳴砌と謂ふ」とする。古代中国において蚯蚓《みみず》が鳴く虫と信じられていたことは、その「歌女」「鳴砌」の異名からも推察される。『和漢三才図会』に蚯蚓のいくつかの異名をあげるなかにも「歌女」がある。『本朝食鑑』（巻十二）にも「雨ならんと欲するときは先づ出づ、晴れんと欲するときは夜鳴く」とし、また「その陰晴を知るは或《あるい》は出《い》で、或は鳴く…、無心と言ふべからず」とする。蚯蚓は夏の季語だが、「み、ず鳴」（風俗志・秋）ともあるように、蚯蚓が鳴くのは特に秋と考えられていたらしい。「はりの木のもとやみみずの秋の声」（犬子集・秋上）。秋の三句目となる。

「音を入る」は、鳥など（特に鶯）が鳴かなくなること。局の若い女が身を乗り出して蚯蚓の鳴き声に耳を澄ましていたが、夜が更けて、その声も絶えたと言う。

8　夜露を命花の草金鈴《アサガホ》

秋の四句目。「草金鈴」はアサガオ。『和名類聚抄』は「牽牛子」に「阿佐加保」の和訓を示し、明・李時珍『本草綱目』は「牽牛子」の異名の一つに「草金鈴」を挙げる。アサガオが「夜露を命」とするのは、夜露をうけて花開き、その露が消えるとともに花の命も失われると見た表現であろう。下河辺長流《しもこうべちょうりゅう》『晩花集』に「かげろふも暮れをこそまて朝露にいのちかけたる朝がほの花」とあるのが、これにやや似た例である。

この幸佐の独吟の八句には、「南高藪殿隣」という諺が使われ、蚯蚓が詠われるほかには、俗語らしい俗語は含まれない。俗事に対する関心はどの句にもほとんど見られない。後土御門帝らの狂句和漢、また三江・徳元両吟の俳諧からは時に漏れ聞こえるようだった朗らかな笑い声は、この独吟、また周令・季吟の両吟からも、もはやかすかにしか聞こえてこないのではないか。

表八句のそれもわずか一例ずつを見ただけではあるが、和漢狂句、和漢俳諧に時代による変化、また、もとより連衆、作り手による相違のあったことが、おそらくは感じとられたことであろう。

では、右の幸佐独吟とほとんど同時期になされたはずの芭蕉・素堂両吟俳諧の作はどうだったのか。章を改めて読解してみたいと思う。

五章　芭蕉・素堂両吟和漢歌仙「破風口に」注解

『芭蕉庵三ケ月日記』所収の芭蕉・素堂両吟の和漢俳諧歌仙「破風口に」を以下に注解したい。和漢聯句という今日親しみの失われた文芸に属するがゆえに、必ずしも丁寧に読まれてきたとは思われないこの作品が、しかしながら大変に面白いものだからである。和と漢の領域を自在に往き来することばの連想の世界には、連歌や連句にはない独特の魅力がある。その魅力をひろく読書人に紹介したい。この歌仙一巻が、芭蕉と素堂の一座する唯一の和漢聯句の作として、また芭蕉にはただ一つの和漢の作品として世にのこされている僥倖に感謝しつつ、できるだけ詳しく、分かりやすく読み解いてゆきたいと思う。

最初に、『芭蕉全図譜』所収の芭蕉素堂自筆稿本の影印により、本文を通行の字体に翻字して示す。数カ所に加筆修正のあとが認められるが、その詳細は注解に言及することとして、ここでは訂正後の形を示しておく。注解においては、濁点を補い、また平仮名による振り仮名を施して各句を示し、享保十五年（一七三〇）序刊『三日月日記』に収められたこの歌仙との本文異同については適宜言及することとしたい。

この歌仙には、

中村俊定『校本芭蕉全集』第五巻（一九六八年）

島居清『芭蕉連句全註解』第八冊（一九八二年）

阿部正美『芭蕉連句抄』第九篇（一九八六年）

深沢眞二『「和漢」の世界』（二〇一〇年）の先行諸注がある。小解にそれらを引用する場合は、それぞれ《校本》《全註解》《連句抄》《和漢》と略記する。

なお「歌仙」とは、三十六句を続ける連句の形式である。百句を連ねる「百韻」に対して言う。

納涼の折々云捨たる和漢月の前にしてみたしむ

1　破風口に日影やよはる夕涼み　芭蕉
2　煮《レハ》レ茶《ヲ》蠅避《サク》レ煙《ヲ》　素堂
3　合‐歓醒《ル》二馬上《ニ》一　同
4　かさなる小田の水落す也　蕉
5　月代《シロ》見《ル》二金気《ヲ》一　堂
6　露繁《ツユケサ》添二玉‐涎《ヲ》一　同
7　張旭か物書なくる酔の中　蕉
8　幢《トバリ》を左右にわくる村竹　同
9　挈《テ》レ帚《ヲ》駆《ル》二偸‐鼠《ヲ》一　堂
10　ふるきみやこに残るお魂屋　蕉
11　くろからぬ首かきたる栢の撥　同

12 乳をのむ膝に何を夢見る　　同

13 舟《ハ》鋾《ユルグ》風早浦《ノ》　　堂

14 鐘絶《ル》日高川　　同

15 顔計早苗の泥によこされす　　蕉

16 めしはすゝけぬ蚊遣火のかけ　　同

17 詑《ハ》教《シテ》㆓三社《ヲ》㆒本　　堂

18 韻《ハ》使《シム》㆓五車㆒塡《イシスエ》㆒　　同

19 花-月《シム》丈-山閙《シ》　　同

20 しのを杖つく老の鶯　　蕉

21 剪《テ》㆑銀鮎《ヲ》一-寸　　堂

22 箕面の滝や玉を簸らむ　　蕉

23 朝日影頭の鉦をかゝやかし　　同

24 颪-飡喉早乾《カハク》　　同

25 よられつる黍の葉あつく秋立て　　堂

26 内は火ともす庭の夕月　　蕉

27 霧-籬顔孰与《イツレ》　　堂

28 霎-雨目潜《ハナミタクム》 焉　　蕉

29 ふとんきて其夜に似たる鳥の声　堂
30 わすれぬ旅の数珠とわきさし　蕉
31 山伏《ハ》山平地　堂
32 門番《ハ》門小‐天　同
33 鷦‐鷯窺二摺鉢《ヲ》一　蕉
34 霜にくもりて明る雲やけ　堂
35 奥ふかきはせの舞台に花を見て　蕉
36 臨《テ》レ谷《ヲ》伴二蛙‐仙《ニ》一　堂

元禄八月八日終

芭蕉は、元禄二年（一六八九）三月から八月までの『奥の細道』の旅を美濃大垣で終えたあと、故郷の伊賀上野、近江の幻住庵、嵯峨野の落柿舎などに各々しばらく滞在し、元禄四年冬に、ようやく江戸に戻る。隅田川東岸の深川に再び庵を結んだのは翌五年五月のことであった。

芭蕉を喜び迎えた江戸の知友の一人に、隠士山口素堂がいた。芭蕉と素堂には、十六年前の延宝四年（一六七六）に両吟の二百韻を巻いたことなどを始めとして、「兄弟の情にもくらべ得る」深い交わりがあったという（荻野清「山口素堂の研究」『俳文学叢説』）。

貞享四年（一六八七）にも、鹿島への旅から深川に戻った芭蕉に素堂は句を贈り、また自らの庵に伴った。

はせを老人行脚帰りのころ
簑虫やおもひしほどの庇より
此日予が園へともなひけるにまた竹の小枝にさがりけるを
みのむしにふたゝびあひぬ何の日ぞ
（子光編『素堂家集』・俳書集覧）

そして芭蕉からも、
此のちばせをのもとより
簑むしのねを聞に来よ草の庵
（同右）

と友を招く句を贈っている。いずれも、「みのむし、いとあはれなり。……八月ばかりになれば、ちゝよちゝよとはかなげになく、いみじうあはれなり」（枕草子「虫は」）による句であり、簑虫のそのささやかな生に、草庵の風雅に生きるたがいの生を重ねて共感するものであろう。つづいて、素堂に「簑虫の説」があり、芭蕉には「簑虫の説跋文」がある。それらがこの五年前のことであった。

このたびも、二人の親しい交わりがただちに再開される。七月七日、素堂は、母の喜寿の祝宴に芭蕉とその門人たちを招いている（韻塞）。そして、素堂の序文をもつ『芭蕉庵三ケ月日記』巻子もまた、この夏から秋にかけての二人の雅交の形見であった。『芭蕉全図譜』の解説を引いておこう。

元禄五年五月、再び深川に芭蕉庵を結んだ芭蕉は、門人宅に預けてあった芭蕉を移植し、名月を賞した。これを記念して、来庵した門人・知友に「三日月」「宵の月」「望日（望月＝名月）」などの月の句をもとめ、かつ「芭蕉を移詞」の文章一篇を草し、これに素堂と両吟した和漢俳諧歌仙一巻を付録したのが本巻である。

芭蕉は正保元年（一六四四）生まれ。元禄五年（一六九二）には四十九歳。素堂はその二歳年長であった。素堂の庵は両国橋東詰にあった。「粤《ここ》に隠逸山口素堂信章なる者有り、廬《いほり》を江城の東北、浅草川両国橋の傍《かたはら》、下総国葛飾郡の内に結び、歳月を経《ふ》ること久し」（子光「素堂家集序」）。浅草川（隅田川）東岸の両国と深川、そのほど近さが、崇重しあう同年配の友の仲をさらに隔てないものとしたであろう。

納涼《だふりやう》の折々《をりをり》云捨《いひすて》たる和漢《わかん》、月《つき》の前《まへ》にしてみたしむ

「納涼　ダフリヤウ」（易林本節用集）。「納涼の折々」とあるからには、和漢の遊びは一度の思いつきに終わったものではない。芭蕉と素堂とが互いの草庵を訪ねあってそれを楽しんだのであろう。その「折々」に少しずつ詠みついできた和漢聯句を、「月の前にしてみたしむ」。中秋の名月の前に、歌仙三十六句として満尾せしめたと言う。月が満ちる前に歌仙を満たしたという洒落があろう。末尾に「元禄八月八日終」とあるように、八月八日がその完成の日であった。

芭蕉が発句、素堂が脇句を詠んでいる。客が発句を、主人が脇句を作るのが連句の慣習である。少なくともこの発句と脇句は、芭蕉が素堂の庵を訪れた折の作だったのだろう。

両国橋の上流から芭蕉庵のあった三股《みつまた》あたりまでは、江戸随一の納涼の名所であった。「この地の納涼は、五月廿八日に始り八月廿八日に終る」（江戸名所図会・一）。素堂の知人のひとり、戸田茂睡《とだもすい》の『紫の一本《むらさきのひともと》』巻三

（新編日本古典文学全集『近世随想集』）にも次の文章がある。

暮《く》れ時分《じぶん》になると、角田川《すみだがは》、牛島《うしじま》、金竜山《きんりゆうざん》、駒形堂《こまがただう》、ここかしこの下屋敷《しもやしき》、町屋《まちや》町屋の茶屋《ちやや》、屋敷《やしき》に懸《か》け置《お》きたる舟ども、水のおもても見えぬまでに漕《こ》ぎ下《くだ》せば、両国橋《りやうごくばし》の上、御蔵前《おくらまへ》の辺《あた》りより、下は三股《みつまた》を切り、深川口《ふかがはぐち》、新川口《しんかはぐち》をまん中にて、懸《か》け並《なら》べたる船どもは、幾千万《いくせんまん》と云ふ数しらず。殊更以《ことさらもつ》て延宝《えんぽう》巳《み》の年より伊勢踊りはやり、老《お》いたるも若きも、能《よ》きもあしきも、坊主《ばうず》も女も浮き立つて踊る頃なれば、鼓太鼓《つづみたいこ》で踊るもあり、琴三味線《ことしやみせん》にて囃《はや》すもあり、尺八胡弓《しやくはちこきゆう》で合はすもあり。女踊り男踊り、武士踊り、町人《ちやうにん》踊り、引き塩に任せて流し船《ながぶね》にて踊るもあり。この屋形船《やかたぶね》の外《ほか》に、踊り見物《けんぶつ》とて出づる船もあり。月を見んとて出づるもあり、涼《りやう》に出づる船もあり。餅《もち》売《う》り、酒《さけ》売《う》り、饅頭《まんぢゆう》売《う》り、田楽《でんがく》煮《に》売《う》り、肴《さかな》売《う》り、冷水《ひやみづ》、冷《ひや》麦《むぎ》、冷《ひや》し瓜《うり》、蕎麦《そば》切《き》りめせといふもあり。

素堂、芭蕉どちらの庵室からも、鳴り物の音、物売りの声、さらには両国橋名物の花火の音もまた、ま近かに聞かれたであろう。その喧噪をよそに、ふたりは和漢聯句の雅事に遊んだのである。

1　破風口《はふぐち》に日影《ひかげ》やよはる夕涼《ゆふすず》み　　芭蕉

素堂の隠宅を訪れた芭蕉が、客人として発句を詠んだものであろう。

「破風」は「二枚の板を山形に組んで構成した屋根の妻の部分」（武井豊治『古建築辞典』）。屋根の最も高いところに見える合掌の形をなす二枚の板、またはその下の三角形の部分を言う。そして、「破風口」はそこに開け

られた空気抜きの穴であり、『俳諧類船集』（延宝五年〈一六七七〉序）が「格子」の付合語の一つとして「破風」を挙げるように、そこには格子がはめ込まれることが多い。

破風口は、建物の上方にある。庭のあたりがほの暗くなっても、しばらくの間は破風口には夕日が明るく差している。しかし、その暑苦しい日の色もようやく薄らいできたかと、涼を取るにふさわしい頃あいになったことを喜ぶのである。

『芭蕉翁絵詞伝』（寛政五年〈一七九三〉刊）に深川の芭蕉庵が描かれている。庵は、板を葺いたいわゆる取葺《とりぶ》き屋根の陋屋だが、屋根の下の三角の部分に格子の入った破風口が見られる。もちろん、それは後世に想像された芭蕉庵の姿に過ぎないが、隠者の住まいにも破風口は見られたのだろう。素堂の庵にもそれはありえたのである。

ただ、両国橋東詰は寺院が建ち並んでおり、また「江戸両国橋《りやうごくばし》の上往来《うへゆきき》、鑓《やり》三《み》筋《すぢ》は不《ず》レ絶《たえ》」（譬喩尽）とも唱えられたように、武家屋敷の櫛比する土地でもあった。

隣より破風《はふ》の影来る月夜哉　仙杖（笈日記）

隣の高い棟から破風の影が落ちてくることを詠う句だが、それと同じように、寺か屋敷かに隣接していた素堂の庵から、その大屋根の破風を見あげての句とも読めるかも知れない。

蓼太『芭蕉句解』（宝暦七年）附録には、

唐《から》破風の入日やうすき夕すゞみ

唐破風や日影かげろふ夕すゞみ

破風口に日影や弱るゆふすゞみ

の三つの句形を並べて、芭蕉が「再案再々案」を重ねた一例として示している。「唐破風の」は露川編『流川《ながれがは》集』（元禄六年刊）や風国編『泊船《はくせん》集』（元禄十一年刊）に所収句の形であり、後者には許六の次の書入れがあるという。「破風口や日影かげろふ夕すゞみときゝ侍りぬ。此句後ニ句作り直《なほり》たるなるべし」（古典俳文学大系『芭蕉集』）。「唐破風の」を推敲の末の句形と見たのであろうか。

　唐破風は普通の破風が合掌形に組んだ板であるのに対して、それを曲線に飾った破風であり、寺社の建築に多く見られるものである。上の『江戸雀』（延宝五年刊）の挿絵によれば、両国橋東詰の無縁寺（回向院）にもそれがあったことが確かめられる。素堂宅から、そのような唐破風がま近かに望まれた可能性はあるだろう。

　しかし、この挿絵からも分かるように、唐破風は玄関や門などの上を飾るものであり、建物のいちばんの高みにあるものではない。弱りゆく夕日のかげを見る場所としては、寺院などの棟高い建物にせよ、また取葺き屋根の陋屋にせよ、いずれにしても、その屋根のいただき近くにある「破風口」の方がふさわしい。「唐破風の（や）」は、はたして「再案再々案」の形なのか。断言はもとよりできないが、芭蕉が推敲の上に得た句形とは考えにくいように思う。

高所に残る夕日を詠うことは、和歌では、

『風雅和歌集』（雑歌中）

雑御歌に　　　　栄子内親王

山もとはまづ暮れそめて峰たかき梢《こずゑ》にのこる夕日かげかな

『称名院集』（三条西公条）

納涼

日の残る梢は知らじ蝉《せみ》の声すずしく暮るる松の下《した》かげ

などと詠われてきた。また、建物の壁を照らした夕日がやがて消えゆく景は、中国詩の影響をも受けて、京極派の歌人たちが次の歌のように詠んだものであった（阿尾あすか「壁に消えゆく」考―京極派詠歌表現の一展開」『国語国文』七二―一〇）。

『風雅和歌集』（秋歌上）

秋の御歌に　　　　永福門院

ま萩《はぎ》ちる庭の秋風身にしみて夕日のかげぞ壁に消え行く

芭蕉は、そのような表現を継いで、それを破風口に薄らぎゆく夏の夕日として俳諧化したのである。

《和漢》は、次句の「煮茶蠅避煙」を茶室での茶事と解して、この発句を、「破風口」から差し入る日影を内から見あげて詠むものと説いている。しかし、一般に天井を低く張る茶室の内側から破風口を仰ぎ見ることは考えにくい。茶事がかならず茶室でなされるわけでもないのである。

1　破風口に日影やよはる夕涼み　　芭蕉
2　煮レバ㆑茶ヲ蠅避サク㆑煙ヲ（茶《ちや》を煮《に》れば蠅《はへ》煙《けぶり》を避《さ》く）　　素堂

茶事が茶室でばかり行われるものでないことは、次の例に明らかである。『人見竹洞詩文集』巻二に載せられる六韻の五言排律三首の序文の前半と第二首の一聯だけを訓読して引用してみよう。

癸酉（元禄六年）季夏初十日、二三の君子と、舟に乗りて浅草川に泛《うか》び、川東の小港に入りて、山素堂の隠窟を訪ふ、竹径門より深く、荷花池に涼し……

同韻偶興

涼を納《い》るるは竹と荷《はちす》と、園に坐して茶を酒に当《あ》つ

この両吟のあった明くる年の元禄六年六月十日に、幕府儒者の人見竹洞が浅草川東岸の山口素堂の隠居を訪れたおりの詩文である。その詩句は、竹と蓮の花を眺めながら涼み、酒のかわりに茶を楽しんで園に座したと詠うものである。素堂は寛文初年ごろに林家に入門したと推定される儒者、詩人であり、二十二歳年長の竹洞とも親しい交際を重ねていた（小高敏郎「芭蕉と沾徳、素堂」『近世初期文壇の研究』）。また素堂は俳人でもあり、さ

らに「今日庵」「其日庵」と号する茶人でもあった。その人が自庵での納涼のためにいわゆる野点《のだて》をしたのである。おそらくは前年の「夕すずみ」の会にも、同じように芭蕉をもてなしたことであろう。素堂は、発句の「破風口に日影やよはる」を野点の席から見た景と理解して（実際、そうだったのだろう）、その「夕すずみ」のさまを「茶を煮《に》れば蠅煙《けぶり》を避く」と描いたのである。

それでは「蠅」とは何だろうか。「茶を煮」ることと「蠅」とは、どのように関わるのであろうか。漢字の韻によって編成する類書の『韻府群玉』は詩や聯句、あるいは和漢聯句を作る際の参考書として重宝されたものだが、その古活字本の巻七、下平声第八庚韻の「鳴」に次の一条がある。

　蒼蠅鳴　茶鼎已作―――（谷）

「茶鼎已作蒼蠅鳴」という「谷」、すなわち「山谷」（北宋・黄庭堅の号）の句が例示されるのである。山谷はその師の蘇東坡とともに本邦中世の詩壇においてもっとも敬愛された詩人（45頁）だったが、「次韻李任道晩飲鎖江亭」（山谷内集・十三）の作にその句は見える。

　酒杯未覚浮蟻滑　酒杯未《いま》だ覚えず浮蟻《ふぎ》の滑《くわつ》なることを
　茶鼎已作蒼蠅鳴　茶鼎已《ちやていすで》に蒼蠅《さうよう》の鳴《めい》を作《な》す

『山谷抄』四（続抄物資料集成）は、この対句について次のように述べる。

　酒ー未覚ハ、未尽ノ心ゾ、酒ヲモ未飲尽《いまだのみつく》サヌニ、茶ヲモ、飲《のま》ウト云ゾ、茶ヲ煎ズルヲトヲ、蠅ノ鳴ニタトヘ、杯ニ酒ノ実《ミ》ノ浮《うかぶ》ヲ、蟻《あり》ニタトユルゾ、

つまり、茶を煮《に》る音を蠅の飛ぶ音に聞きなし、また酒に浮かぶ泡を蟻に見立てて（82頁）、酒を飲み尽くさぬう

ちに、茶釜が蠅の飛びまわる音のように鳴りだしたことを言うものと注釈するのである。

雅な茶事に、俗な蠅の音。他にも例の少なくないその取り合わせは、思えば不思議なものではないか。蠅は、「営営たる青蠅、棘《いばら》に止まる、讒人《ざんじん》極まり罔《な》く、交《こもご》も四国を乱す」（『毛詩』小雅「青蠅」）などと、讒佞《ざんねい》の小人の喩えともされる。「蠅《ハイ》ニハ……讒人《ザンシン》心」（初本結）。清らかな茶席で鳴る茶釜の爽やかな音が、讒訴の人を連想させる蠅の羽音に聞こえるとは、何という皮肉であろうか。

しかし、宋・蘇東坡撰と誤伝される『物類相感志』（佚書）の「陳茶の焼煙、蠅速《すみや》かに去る」（『続茶経』所引）は、茶釜の声を蠅の羽音に聞く右の発想を前提とした上で、その蠅が陳茶（古茶）の煙を避けて遠ざかり飛ぶことを言う。

さらに『唐宋時賢千家詩選』巻五（気候門）にも云う、

又（涼）　　宋・朱淑真

旋折蓮房破緑瓜　旋《めぐ》りて蓮房を折り緑瓜を破る
酒杯収起試新茶　酒杯収起して新茶を試む
飛蠅不到冰壺浄　飛蠅到らず冰壺《ひょうこ》浄《きよ》し
時有涼風入歯牙　時に涼風の歯牙《しが》に入《い》る有り

涼風吹く園庭の納涼の茶事に、蠅が近づかぬことを言う。茶事から蠅への連想の不調和は、そのような着想によって解消されたのである。

素堂の脇句「茶を煮《に》れば蠅煙《けぶり》を避く」も、野点の茶の煙を避けて、蠅が遠く飛び去ることを詠う。俗人の近づかぬ庭で夕涼みの茶を楽しむこと、また和漢聯句の雅事に遊ぶことを、自ら祝する亭主の挨拶である。時代のくだる蕪村の発句、「うた丶寝の皃《かほ》に離騒《りさう》や蠅《はへ》まれ也」にもあい通ずる離俗の心である。季語「蠅」によって夏の句となる。

和漢聯句においては偶数句の漢句に押韻する。この句の「煙《えん》」が韻字。以下、「涎《せん》」(6)、「川《せん》」(14)、「填《てん》」(18)、「焉《えん》」(28)、「天《てん》」(32)、「仙《せん》」(36)が下平声第一の先《セン》韻に属する韻字である。「乾《かん》」(24)にはいささかの問題があるが、それについてはその句の注に詳述する。

2　煮レバレ茶ヲ蠅避クレ煙ヲ（茶を煮れば蠅煙を避く）　素堂

3　合-歓醒ル二馬上ニ一（合歓《がふくわん》馬上《ばじやう》に醒《さ》むる）　同

《和漢》に「言葉の上では、『茶→目さむる』（『俳諧類船集』）と、『蠅→馬』（『世話焼草』『初元結』『俳諧類船集』）の付合を含んでいる」という指摘がある。

茶は、飲んで眠気を去るだけではなく、その香りが人の眠りを覚ますものとしても描かれる。素堂自身の「俳聯五十韻」（子光編『素堂家集』）の「茶煮ノニエ叩ク二居睡ヲ一」が居眠りをつつき起こすような茶の香を詠うのがそれであり、この句も、前句の茶の煙を受けて、それが馬上の夢を覚まさせると付けるのである。

ここで、茶の煙、醒める、馬上と連想が展開されるのは、諸注のすべてが指摘する通り、芭蕉の「野ざらし紀行」の次の一節に基づくものであろう。

二十日《はつか》余りの月かすかに見えて、山の根ぎはいとくらきに、馬上にむちをたれて、数里いまだ鶏鳴《けいめい》ならず。杜牧《とぼく》が早行《さうかう》の残夢《ざんむ》、小夜《さよ》の中山《なかやま》に至りてたちまち驚く。

馬に寝て残夢月《つき》遠しちやのけぶり

この八年前の貞享甲子元年（一六八四）八月、故郷の伊賀をめざす旅のある日の暁、馬上の夢を茶の煙のにおいで醒まされたことを詠う有名な句だが、それは杜牧「早行」詩に触発された詠でもあった。五言律詩の前半だけを示しておこう。

早行　杜牧

垂鞭信馬行　鞭《むち》を垂《た》れて馬に信《まか》せて行く
数里未鶏鳴　数里未《いま》だ鶏鳴《けいめい》せず
林下帯残夢　林下残夢を帯び
葉飛時忽驚　葉飛んで時に忽《たちま》ち驚く

素堂が芭蕉のこの「馬に寝て」の句を心に深く留めていたことは、「甲子記行跋」（坎《かん》窩《か》久臧《きゆうざう》編『素堂家集』・俳書集覧）に、

我友《わがとも》ばせを老人、ふるさとの古きをたづねんついでに行脚の心つきて、それの秋江上《かうじやう》の庵を出、またの年さ月末つ頃に帰りぬ……又さよの中山の馬上の吟、茶の煙の朝げしき、林下に夢をおひて葉の落《お》る時おどろきけん詩人の心をうつせるや……

とすることでも知られる。杜牧の詩境を芭蕉が発句に移したものを、逆にまた漢句に戻すようにして、素堂は

「合歓醒馬上」と詠ったことになるであろう。

もちろん、そこには新たな表現もあった。「合歓」の二文字である。

「合歓」は、諸注そろって「ねぶ（ねむ）の木」のこととする。それは、昼間は葉を開き、夜は葉を閉ざすことから「合歓木　禰布利乃岐」（倭名抄）、ねぶりのき、または、ねぶのき、ねむのきとも称せられる植物のことだが、ここではそれは当たらない。そもそも、この「合歓」の二文字の間には、二文字を音読することを指示する縦棒線（音読符）が入れられている。「合-歓」と、それが「ねぶ（ねむ）」のような和語ではなく、「ガフクワン」という漢語であることが明示されている。そして、詩や聯句や和漢聯句に用例の多い漢語「合歓」は、「合歓木」の略などではなく、歓びあうこと、しばしば男女がむつみあうことを言うのである。

では、その「合歓」が「馬上」に「醒むる」とはどのようなことだろうか。

先にあげた杜牧の詩句も、芭蕉の発句も、その表現の中心には「残夢」があった。落葉の音や茶の煙で、驚かされて途切れた夢が詠われていたのである。それらを踏まえる素堂の「合-歓醒ル二馬上ニ一」の句もまた、馬上の夢が絶えること、夢から醒めることを詠うものと考えられるであろう。「醒むる」とは、ここでは、「ねぶ（ねむ）」が象徴するような「眠り」から覚醒することではなく、「夢」が醒めることを言う。「夢トアラバ、さむる」（連珠合璧集）。漢語としても、「醒」は、「眠醒」よりも、「夢醒」とある方が圧倒的に多くの用例を見るのである。

「合歓」は「合歓夢」の略と見るべきである。「合歓夢」は、たとえば次のように詠われる。

春暁美人図　王燧

誰将鸚鵡偸調弄　誰か鸚鵡《あうむ》を将《もつ》て偸《ひそか》に調弄《てうろう》し
驚散瑶台合歓夢　瑶台《えうだい》合歓の夢を驚き散ぜしむ
（石倉歴代詩選・明詩初集四十八）

春の暁、牀上に横たわる美人の絵を詠む詩句である。誰のいたずらか、オウムの声で驚かされ、女はいま夢から醒めたばかり。その夢は、「瑶台」、玉のうてなの上で恋人とむつみあう夢であったという。

「合歓夢」は、さほど例の多い詩語ではないが、本邦禅林の詩には好んで用いられたらしい。元和九年成立の『翰林五鳳集』には四例の「合歓夢」が見られる（花園大学国際禅学研究所「電子達磨」）。その一つをあげておこう。

把手暫時雖喜逢　手を把《と》ること暫時逢ふを喜ぶと雖《いへど》も
帰来依旧奈情鍾　帰《きた》り来れば旧に依りて情の鍾《あつ》まるを奈《いか》んせん
終宵難継合歓夢　終宵継《つ》ぎ難《がた》し合歓の夢
一百八声隣寺鐘　一百八声隣寺の鐘
（巻六十二）

長文の詩題は省略したが、僧侶どうしの親交を、男女の仲らいに譬えた戯れの詩である。逢うのは片時の間、別れてしまえばまた思いはつのり、いかんともしがたい。ともに逢う夢さえも、隣の寺の鐘の音に醒まされて途絶えがちだと嘆くのである。

「合-歓醒ル㆓馬上ニ㆒」の「合歓」をそのような「合歓夢」と見るならば、この句は明快に解釈しうる。旅人がうとうとしながら夢の中で妻に逢っていた、そのせっかくの「合歓」の夢が「馬上」に「醒」めてしまったと詠う。前句の「煮茶」の「煙」を受けて、芭蕉の「馬に寝て残夢月遠しちやのけぶり」の「残夢」を、家の妻を見さした夢として具象化したのである。その換骨奪胎には、芭蕉も思わず苦笑したのではないだろうか。

ただ、連歌や和漢聯句や俳諧を見なれた目には、初折の表の早々に恋の句が詠まれることは疑わしくうつるかも知れない。連歌などの表八句、あるいは俳諧の歌仙の表六句には、恋や無常などの思いは普通は詠まれない。しかも、恋の句は二句以上連続されるのが約束であるが、前句の「茶を煮れば」も次句の「かさなる小田の」も恋の句ではない。その点にも式目上の疑問がある。しかし、そもそも素堂と芭蕉が初めての和漢の両吟を試みるにあたって、どのような式目意識をもっていたかは明らかではない。ここは、一般的な連句の式目によって句意を求めるのではなく、句のことばそのものから句意を読み解く道が選ばれなければならないと思う。この句は、漢語「合歓」が男女の逢瀬の歓びを意味する以上、たとえそれが夢であっても、恋の心を詠うものと理解されるのである。

「醒」の文字は、底本とした『芭蕉全図譜』の稿本に「醒ル」とあるのは「さむる」であり、版本『三日月日記』の「醒ム」は「さむ」と読むことを示すものである。「さむる」は連体形、「さむ」は終止形。おそらく、後者があるべき形であり、版本が稿本に訂正を加えたものであろう。14の「鐘絶ル」を、刊本が「鐘絶ハフ」に改めるのも同じ事情と推測される。しかし、先に引用した「茶↓目さむる」(俳諧類船集)、「夢トアラバ、さむる」(連珠合璧集)のように、連体形「さむる」が終止形の替わりに慣用されてもいた。今は底本のままに「醒むる」と訓むことにする。

3　合‐歓醒ル二馬上ニ一（合歓馬上に醒むる）　同（素堂）

4　かさなる小田《をだ》の水落《みづおと》す也《なり》　蕉

「かさなる小田」とは棚田のこと。「水落す」とは、《連句抄》に「稲が熟すると、取り入れの一箇月ほど前に畦の水口《みなくち》を切つて、要らなくなつた田水を落す」と注釈するような秋の農事である。秋の句。

さて、この句は前句とどのようにつながるのであろうか。《連句抄》には「前句の馬上の旅人の属目」と、《和漢》にも「馬上の人物が眺めている風景としてあっさりと付けている」と述べる。しかし、夢から醒めた馬上の人物が、田の落とし水を眺めることに何の意味があるだろう。そもそも、夢から醒めたというからには、杜牧の「早行」詩、芭蕉の「馬に寝て」の句の場合と同様に、時は夜明け前である。棚田の水の落ちる景を眺める句が付きうるものか、そこにも疑問がある。これは、暁闇の中における、聴覚の表現と解釈すべき句であろう。そもそも、夢が醒めるという表現には鐘の音、風雨の音、川瀬の音、ほととぎすや鹿の鳴き声、鶏の声、砧の音など、何らかの音が取り合わされるのが常である。理として当然のことであろう。

ここでは水音により夢が醒めるという例だけを挙げてみよう。

『頓阿句題百首』

灘声入夢寒　　　頓阿

なれぬ夜の川音さむみ草枕見るとしもなく夢路驚く

この歌は、旅の宿で、聞き慣れない川の寒々とした水音に夢が醒まされたことを詠う。もちろん故郷に帰る夢である。「見るとしもなく」と、妻の姿をたしかに見たとも思えぬうちに川音で夢がとぎれたことを惜しむのである。

和漢聯句にもそれがあった。『室町後期和漢聯句作品集成』から例を引いてみよう。

天文二十四年三月二十五日和漢千句（第十）《二三―一〇》

63 うき物といはゞ岩ねのかり枕　　万宮

64 江声残夢鑿（江声残夢を鑿《みなごろし》にす）　　広大

「鑿《みなごろし》にす」とはいささか物騒な表現だが、和漢聯句に頻用される語であり、すっかり損なってしまうの意である。ここは川音が夢を醒まさせることを言うのである。

天正十九年五月和漢千句（第六）《五二―六》

32 声ハ咽ブ潤-流ノ涓レ（声は咽ぶ潤流の涓《なが》れ）　　永雄

33 かり枕あかつきふかき夢覚て　　素然

小川のむせぶような水音に、夜中の夢が醒めたことを言う。

右の和歌、和漢聯句の例は「草枕」「かり枕」、つまり旅寝の夢が川音で醒まされたことを言う。醒まされるのは、もちろん故郷の家の妻を見る夢である。

それらの例を参照するなら、ここも、馬上の人物が合歓の夢から醒めたという前句に、棚田の落とし水の音を付けたものと解しうるであろう。芭蕉は、旅人の夢を醒ます川音を、ここでは田の水の音に転じて、この句を俳諧にした。「かさなる小田の」と、その田を段々に重なる棚田としたのも巧みな工夫であった。馬上の人の合歓の夢を破ったのは、田毎《たごと》の水を集めて流れ落ちるはげしい水音だったのである。

4 かさなる小田の水落す也　　蕉

5　月代《シロ》見《ル》㆓金気《ヲ》㆒（月代金気《つきしろきんき》を見《み》る）　堂

「月代」は漢語のように見えるが、そのような漢語はない。この句と対句になるように作られた次句「露繁《ツユケサ》添㆓玉‐涎《ヲ》㆒」の「露繁」が振り仮名によって和語「つゆけさ」であることが明示されているのと同様に、この「月代《シロ》」も、漢語に似て非なる「つきしろ」という和語の表記である。

「つきしろ」は、たとえば今川了俊『落書露顕《らくしょろけん》』には次のように見える。

　おそく出づる月の、月代ばかりみえて、山の端・松葉などをいでもやらぬを、いさよふ月と云ふなり。

十六夜の遅い月の出の前に、東の空がほの明るくなる、その現象を「つきしろ」と言った。「親《おや》しろ」「壁《かべ》しろ」「垣《かき》しろ」「簑《みの》しろ」などの語が何何に代わるものの意であるように、月の代わりに空を明るくするものが「つきしろ」であった。

元禄三年の芭蕉の発句に見える例も同様。

　　正秀亭初会興行の時

　月しろや膝《ひざ》に手を置宵《おくよひ》の宿　（笈日記《おいにっき》）

空がほのぼのと白くなるのを見た一座の人々が、いよいよ月の出と、膝に手を置き、居ずまいを正す姿である。「金気」の「金」とは、陰陽五行説において秋に配当されて、秋を指す語となる。「金気」とは秋の気、秋の気配である。秋の二句目となる。

句意は、《全註解》には、「小田の重なる山の端に、月出でんとして空白む夕、あたり一面に秋の気配の満つ」

と、《和漢》には「月の出が近づいて東の空がぼんやりと明るくなったとき、あたり一帯に秋の気配を見る」と解釈する。しかし、それらは正確な理解ではない。「あたり一面（一帯）に」ではなく、まさに「つきしろ」の中に秋の気配が見られることを言う。「つきしろ」そのものが「金気」なのである。

伊勢千句（第七）に「いさり舟なぎたる波にさしやらで／月しろしるき秋の夕やみ」という付合がある。秋の夕闇に月しろがはっきりと現れるさまを詠う。『慶長元和和漢聯句作品集成』の「月しろのさやかならぬをうらみやり／秋千永莫更（秋千永く更《ふく》ること莫《な》かれ）」（慶長十九年二月十七日和漢聯句【五二】）も同様である。「月しろ」は秋の天象として描かれる。この句もまた、「月しろ」の白い光を秋らしい気配を示すものと見たのである。「金」の「気」がすなわち「月代《シロ》」として発現しているという把握である。句の組み立てとして、この対句として作られた次句の「露繁《ツユケサ》添二玉涎《ヲ》一」で「玉」の「涎」が「露繁《ツユケサ》」に加わると詠まれているのに、それは一致するであろう。

5　月代《シロ》見《ル》二金気《ヲ》一（月代金気を見る）　堂

6　露繁《ツユケサ》添二玉‐涎《ヲ》一（露繁《つゆけさ》玉涎《ぎよくせん》を添《そ》ふ）　同

和漢聯句においては、奇数句に漢句があり、その次にさらに漢句を付ける場合は、両句を必ず対句に整えるという約束がある（28頁）。その例は、後にも13と14、17と18、27と28、31と32の四箇所に見られる。ここの対句でも、「月」に「露」、「見」に「添」、「金」に「玉」、「気」に「涎」と、同類の語を対語とする。「月代《シロ》」にわっていると詠う。秋の句の三句目となる。

「露繁《ツユケサ》」というまがいものの漢語が対照されてもいる。

『俳諧類船集』が「月」の付合語として「野べの露」をあげるように、前句の月から露が導かれる。そして、東の空の月しろを見上げる姿勢が、野辺の露を見わたす姿勢に転じられる。秋の気（金気）が降りて露になったという連想もあろう。前句が月しろに金の気を見ると詠うのを受けて、びっしり置いた露に玉の流す涎が加わっていると詠う。秋の句の三句目となる。

「玉の涎」は、奇想のように思われるだろうか。しかし、「玉」が、たとえば「君子は徳を玉《ぎょく》に比す。温潤にして沢《たく》なるは仁なり」（礼記・聘義）と、君子の仁徳に喩えられることがあるのは、それが温かく、うるおい濡れるものと見られたからである。また、玉からしみ出す水を「玉膏」という仙薬にするという（山海経・西山経）。「玉液」「玉脂」「玉漿」「玉醴」などと称せられる仙薬も、同じく、玉の汗であり、精水と考えられたものである。「玉涎」の例は見られないが、玉からしみ出す水気をそのように表現することは十分に可能であろう。

この句で、「玉涎」と、あえて漢語に例のない表現を取るのは、俳諧の世界に、人ならぬ何物かの「涎」が「露」になると表現することが多いからである。

『塵塚《ちりづか》誹諧集』（斎藤徳元・寛永十年成）

七夕

おく露は牛ひくほしのよだれ哉《かな》

『崑山集《こんざんしゅう》』（慶安四年刊）

桃

陰《かげ》につなぐ牛のよだれか桃の露

若竹

しら露は竹の子共《こども》のよだれかな

『ゆめみ草』（明暦二年刊）

萩

葉をつたふ露は小萩《こはぎ》のよだれ哉　江戸玄札

このような発句の例のように、この漢句でも、「玉」の流す「涎」が「露」となったと捉えたのである。しかも、「玉露」という漢語があるだけでなく、漢籍では、魏の田父（農夫）が野を耕していて径一尺の玉を得たという諸書に引かれる話（尹文子）があるように、玉は野に秘められているものと考えられていた。野に置く露と玉の縁は深かったのである。

前句が、空における「金」の「気」が「月代」に見られる意であったごとく、ここでも、野の「玉」の「涎」が「露繁」に添えられていると言うのである。対句の作法がきちんと守られた一例である。

なお、《校本》《全註解》は「玉涎」を「薯蕷（やまのいも）の異名」とする。しかし、ヤマノイモの異名になるのは「玉延」である。「薯蕷《ヤマノイモ》　山薬、玉延、並同《ニ》」（書言字考節用集）。続いて、《連句抄》《和漢》はヤマノイモの意の「玉延」をわざと「玉涎」と表記したのだと主張する。《連句抄》は「露繁」との縁語意識でサンズイを加えたかと言い、《和漢》は前句の「気」が人体に関わる語であるのに合わせて「延」を「涎」にしたものだと説く。しかし、そのような恣意的な操作が、はたして読み手にその真意を伝えうるものか。「玉涎」は

「玉」の「涎《よだれ》」と読むほかはない。それをどうしてヤマノイモと理解させられるだろう。しかも、《和漢》の「露が繁く置いて、そこにはヤマノイモも添えられている」で句意が通るとも思われないのである。「玉涎」はヤマノイモではなく「玉の涎《よだれ》」である。それは、次句の注解においてさらに明瞭になるであろう。

6　露繁《ツユケサ》添二玉‐涎ヲ一（露繁玉涎を添ふ）　同（素堂）

7　張旭《ちやうきよく》が物書《ものかき》なぐる酔《ゑひ》の中《うち》　蕉

前句は、しとどに野に置く露には、玉の流す涎が加わっていると詠うものであった。その「涎」を受けて、この句には「酔」が詠われる。

室町時代の『七十一番職人歌合』（新日本古典文学大系61）に描かれた「麹売《かうぢうり》」（三十八番）には、「上戸たち、御覧《らん》じて、よだれ流《なが》し給ふな」という台詞《せりふ》が書き込まれている。酒の醸造に用いるこの麹を見て、涎をお流しなさるなと酒飲みたちをからかうのである。それが「麹売」の真実の口上だったかどうかは未詳だが、その言葉には典拠があった。新古典の脚注（岩崎佳枝）に指摘するように、杜甫「飲中八仙歌」に「汝陽《じよやう》三斗始めて天に朝《てう》す、道に麹車《きくしや》に逢ひて口に涎《よだれ》を流す」と詠うのがそれである。八人の酒仙の二人目の「汝陽」は玄宗皇帝の甥の汝陽王璡《しん》。三斗の酒を飲まずには朝廷に出仕せず、出仕の道でも、麹を運ぶ車を見ては涎を流したと言うのである。「飲中八仙歌」は『古文真宝前集』に収められ、室町、江戸時代の知識人には周知の作であった。『俳諧類船集』が、「涎《ヨダレ》」に「酒屋の門外」の付合語を示した上で、また「道ニ逢ニテ麹車ニ一口流レ涎ヲと杜甫詠ぜり」と解説するのも、この『古文真宝』に基づく知識であろう。その「酒屋の門外」にしろ「道逢ニテ二麴車ニ一口流レ涎ヲ」にしろ、酒を渇望するあまりに涎をたらすことを言うのである。

のみならず、涎は酒宴のさなかにも流される。

『俳諧塵塚』（寛文十二年）「両吟」（季吟・暫酔）

月の桂に夜遊はじまる　吟
飴《あめ》ほどなよだれをながす酒盛に　酔

また京都の儒者松永尺五の詩にも「盃を傾《かたむ》くること幾度饞涎《さんぜん》を愧《は》づ」（「和前韻謝一楂幷佳答」『尺五先生全集』巻五）と詠う。

こうして前句の「涎」から「酔」を連想した芭蕉は、さらに「張旭」という著名な酒飲みを思い出した。先の「飲中八仙歌」の第七番目の酒仙に「張旭」が詠われていたのである。

張旭三杯草聖伝ふ、帽《ばう》を脱《ぬ》いで頂《いただき》を露《あらは》す王公の前、毫《ふで》を揮《ふる》つて紙に落せば雲煙の如し、

張旭は、酔っ払っては、王公の前でも頭頂をむき出しにする非礼な態度で筆をとったという。あるいは別の伝（『新唐書』など）では、狂い走って、墨にひたした頭髪で文字を書きなぐったという。その草書は「狂草」とも称されるが、世に伝わる筆跡は少なく、芭蕉が実際の張旭の書を目にする機会があったかどうか、確かめることはできない。しかし、今日わずかに知られるその「自言帖」などの奔放な墨跡は、あたかも涎を紙面に垂らしたもののように見られるであろう。張旭のそれに限らず、およそ草書の文字とはそうしたものではあるまいか。他ならず、この和漢聯句の素堂の筆跡のうち、特に21句から23句までなども涎の跡に似るであろう。

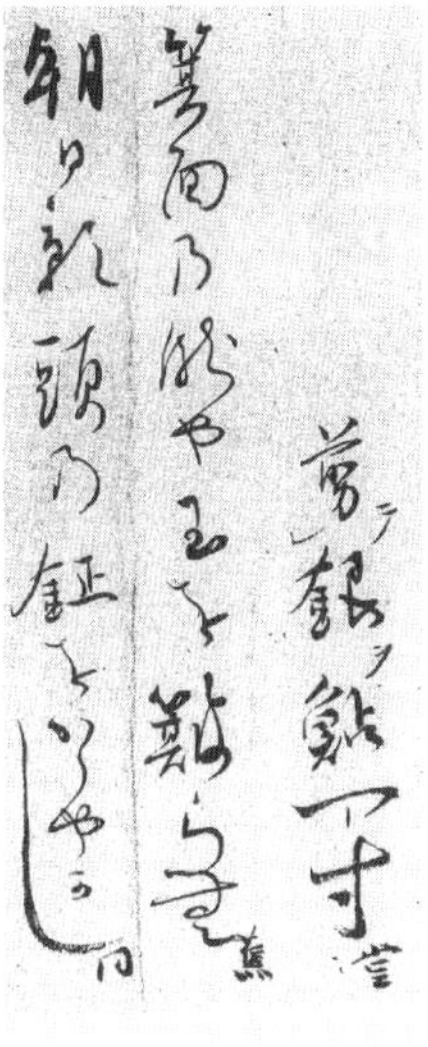

（『芭蕉全図譜』より）

涎から文字への連想と言えば、牛の涎が草書の文字と見られることもあった。

『太平記』巻二十四（日本古典文学大系35）

門外ニ繋《ツナガレ》タル牛、舌ヲ低《タレ》テ涎《ヨダレ》ヲ唐居敷《カラヰシキ》ニ残《ノコ》セルヲ見給ヘバ、慥《タシカ》ニ一首ノ歌ニテゾ有《アリ》ケル。

草モ木モ仏ニナルト聞《キク》時ハ情有《ココロアル》身ノタノモシキ哉《カナ》

是則《コレスナハチ》　草木成仏ノ証歌也。春日《カスガ》大明神ノ示《シメシ》給ヒケルニヤ。

牛の涎が、成仏を信じる牛の心を表す文字となったと言う。

『歳旦発句集』（寛文元年）

よだれにも吉書《きつしよ》の歌《うた》歟《か》丑《うし》の年　昌房

丑の年の賀宴に流す涎は、書き初めの歌だろうかと詠う。

前句の「涎」は、「張旭」「物書なぐる（草書）」「酔」と、この句のすべてを導く鍵語だったのである。

7　張旭が物書なぐる酔の中　蕉

8　幢《トバリ》を左右《さう》にわくる村竹《むらたけ》　　同

難解な句で、諸注は読解に苦しんできた。たとえば《全註解》は、「酔を醒まさんと張り幕を左右に分ければ、庭の村竹が眼の前にひろがるとした」と解釈するが、《連句抄》には、「さういふ意味としては『わくる村竹』といふ言葉続きが聊か不束かであるが、外に適当な解もない」と、それに従いつつも不安を隠さない。たしかに、「わくる村竹」とは「わくる」が「村竹」を連体修飾する形だから、「張り幕を左右に分ければ、庭の村竹が」の意になるはずがない。その「言葉続き」は、たとえば「窓をあける人」などと言うのと同じく、「村竹」そのものが「幢《トバリ》を左右にわ」ける主体であることを意味するであろう。

《和漢》が句意を「酒店の暖簾を左右に押し分けて、群がり生えた竹がのぞき込んでいる」とし、「村竹」を「分くる」の主語と解したのは、語法的には正しい方向に解釈を改めたものと言えよう。しかし、竹が暖簾を分けて、中をのぞき込んでいるとは、あまりに極端な擬人化ではないだろうか。

竹は、中国文学では「此君《しくん》」という異名でよばれ（72頁）、親しむべき君子になぞらえられる。俳諧でも、第六句の注解（260頁）にあげた「しら露は竹の子共のよだれかな」（崑山集）のような擬人化は珍しくない。しかし、竹が「暖簾を押し分け」たり、酒店の中を「のぞき込」んだりと、まるでおとぎ噺のような表現がとられるのは、ありそうもないことだろう。

竹が「わくる」の主語であることは間違いないとしても、ここは、竹が幕を左右に分けているようだという見立てなのである。芭蕉の発句、「行く秋や手をひろげたる栗のいが」（笈日記）と同様の修辞であろう。

中国の詩文では、樹木や雲霧などの自然物を人工物に譬えることがよくある。「孔子、緇帷《しゐ》の林に遊ぶ」（荘子・漁父）の「緇帷」が、「黒いカーテン。うっそうと茂った林のさまをいう」（福永光司・興膳宏『荘子』雑篇・ちくま学芸文庫）のは、その古い例の一つであった。先の「霞は自《をのづか》ら天涯《そら》に幕《まく》はる」（224頁）は、それらを受ける和漢聯句の例であった。

今は「幢《トバリ》を左右《さう》に」の「幢」の文字に限定してその表現の例を求めてみよう。

白居易「草堂記」に、廬山の草堂の周辺が次のように描写される。

澗《たに》を夾《はさ》みて古松老杉有り、大さ十人僅《わづ》かに囲む、高さ幾百尺を知らず、修柯《しうか》雲を戛《う》ち、低枝潭《ふち》を払《はら》ふ、幢《たう》の竪《た》てるが如く（如幢竪）、蓋《がい》の張れるが如く、龍蛇《りゆうだ》の走るが如く……　（白氏文集・巻二十六）

この「幢の竪てるが如く」とは、松杉の大木が、まっすぐに立てられた「幢」のさまであることを言う。林巳奈夫『漢代の文物』によれば、その「幢」は、「天子が部下に権限を仮したしるしとして与へる」「棒にふさの類をつけた旌旗の類」である。同書が遼陽北園の墓室壁画として挙げるその図を上に示してみる。

白居易は、梢の先に緑の葉を繁らせる松と杉を、このような「幢」に譬えたのである。

竹の形容に「幢」が用いられる例もある。宋・邵雍『伊川撃壌集』巻一の例がそれである。

高竹八首（其五）

高竹如碧幢　高竹碧幢《へきとう》の如《ごと》し
翠柳若低蓋　翠柳低蓋《ていがい》の若《ごと》し

高く伸びた竹が碧緑の「幢」のようだと言うのである。

蘇東坡の詩にも言う。

此君軒
雲幢烟節七州人　雲幢煙節七州の人
犀甲檀槍百万軍　犀甲檀槍《さいかふだんさう》百万の軍
蓊薈叢生何足数　蓊薈《えいわい》として叢生するは何ぞ数《かぞ》ふるに足《た》らん
此君真是此君君　此君は真に是れ此君の君
（王状元集註分類東坡先生詩・巻十三）

「此君軒」と名付けられた亭のまわりのおびただしい竹の群生を詠んだ詩である。「雲幢煙節七州の人」というその起句は、『四河入海』には、「言《いふこころ》ハ、此ノ竹ハ、雲ノ如クナル幢、又烟ノ如ナル節ヲ、サシナビケタル七州ノ人ノ如《ごとく》ナルゾ、竹ノ多ヲ以テ、七箇国ノ人ノ多キニ比《くらぶる》ゾ」と注解する。すなわち、その竹叢は、浙東の七つの国々の人たちが、雲か煙かと見まごうばかりのたくさんの幢や節をさし掲げたさまだと言うのである。節も幢と同様に、旗のようになびく部分がなく、棒にフサをつけた旗印の類である。竹叢の様子をその節と幢に譬えたのである。

「電子達磨」の検索によれば、東坡のこの表現は、室町時代の蘭《らん》坡《ぱ》景茝《けいし》の「扇面翠竹紅榴」、すなわち扇に描かれた竹とザクロの花を詠んだ詩に、「雲幢烟節歳寒の姿、中に美花の相ひ映ずる奇有り」（翰林五鳳集・巻四十一）とあるほか、本邦五山の詩作のいくつかに利用されていたことが分かる。
「芭蕉野分《のわき》して盥《たらひ》に雨を聞夜《きくよ》哉」の句の前文に「老杜茅舎破風の歌あり、坡翁ふたたび此《この》句を侘て屋漏《をくろう》の句作る」（禹柳『伊勢紀行』）と記した芭蕉が、東坡詩に親しんでいたことは確実である。また仏頂禅師に参禅したことのある彼は、五山詩にもなじみがあったであろう。その東坡詩、五山詩のいずれに学んだかは不明ながら、竹を「幢」に譬えるその表現を熟知したうえで、「村竹」が左右になびき分かれるさまを、「幢《トバリ》を左右にわくる」と詠ったのである。

　ただし、「幢」の訓を「トバリ」とすることは、字書類には例を見つけることができない。『名義抄』には「幢」に「ハタホコ・マロハタ・オロカナリ・ホハシラ」の訓を示す。築島裕『訓点語彙集成』には、「幢」字の訓としては「ハタホコ」の例しか見られない。その「ハタホコ」の訓は、「棒にふさの類をつけた旗印」、先の図のようなその形状にふさわしい語であろう。芭蕉は、五文字の句に収めるためにその「ハタホコ」ではなく、あえて「トバリ」の訓を用いたのだろうか。しかし、布を垂らした「トバリ」は「ハタホコ」とは違う。あるいは、芭蕉は「幢」の字義を正確には知らず、「トバリ」のようなものと思い込んでいたのではあるまいか。

　ここに、「トバリ」と普通に訓む「帳」「帷」「幃」「幄」ではなく、珍しく、またその訓にはふさわしくない「幢」の文字が用いられていることは重要である。「幢」字は、この句が東坡詩などに触発された表現であることを明示する。その典拠が示されることによって、「幢」を「村竹」の譬えとする句意も自ら明らかになるのである。

　前句で酔っ払った張旭が草書の筆を揮っているさまを描いたのを受けて、そのような文人隠士の住まいにふさわしい場所として竹林を示した。群がり生える竹が左右になびき、あたかも「トバリ」を開いたかのようなその向こうに、張旭の酔狂の様子が見えると言うのである。

第二句の注に引いた人見竹洞の文章には、「山素堂の隠窟を訪ふ、竹径門より深く、荷花池に涼し」(247頁)とあった。素堂の隠宅では、門から続く小道の両脇に竹が植えられていた。それは、あたかも緑の幕《とばり》を左右に押し分けたさまにも見られたことであろう。そして、その奥には、書家としても知られた素堂の筆を揮う姿があった。芭蕉が見なれていたに違いないそのような景が、ここに重ねられているのではないか。

竹を「トバリ」などに譬える表現は、和歌や連歌や俳諧には、おそらくは見られないものであろう。芭蕉は、和漢聯句にふさわしく、珍しい詩的表現を和句の中に溶かし込んでみせたのである。

8　幢《トバリ》を左右にわくる村竹　　同(芭蕉)

9　挈《テ》レ帚《ヲ》駆《ル》二偸-鼠《ヲ》一(帚《ははき》を挈《ひつさげ》て偸鼠《ちうそ》を駆《か》る)　　堂

前句では、幕を左右に分けたような村竹であったのを、ここでは村竹が実際に幕を押し分けているものと見て、その竹をほうきに取りなした。竹ぼうきを振りかざし、幕を払ってドロボウ鼠を追っかけてくる人があると、滑稽なひと騒動を描いたのである。

「偸鼠」は、「偸人」「偸児」「偸夫」などと同じ形の漢語であり、「偸《ぬす》みを働く鼠」の意であることは明瞭である。ただ、その語の実際の用例はなかなか見いだせない。一般的な語ではなかったらしい。素堂が思いつきで用いた語とも考えられるが、「電子達磨」の検索によってかろうじて求めえた『虚堂《きどう》和尚語録』巻七の次の一例によるものかも知れない。

求猫子
堂上新生虎面狸　堂上新たに生まるる虎面《こめん》の狸《ねこ》
千金許我不応移　千金我に許すとも移す応《べ》からず
家寒故是無偸鼠　家寒くして故《もとよ》り是れ偸鼠《ちゅうそ》無し
要見翻身上樹時　身を翻して樹《き》に上《のぼ》る時を見んと要《えう》す

虚堂は、中国宋代の臨済宗の僧。『虚堂和尚語録』は「臨済宗では特に重んぜられる語録の一で、日本でも五山版に二種あるほか、木活版や整版など幾多の異版が見られ」（禅学大辞典）、『虚堂録抄』（承応二年版）、『虚堂和尚語録犂耕』（享保十二年から十四年に成立）などの注釈書も作られるほど、近世日本において親しまれた書物であった。いま『虚堂録抄』などを参照してこの詩偈を意訳しておこう。――お屋敷に生まれたトラ猫を頂戴したい。いただけたら、たとえ千金を積まれても手放すものではない。貧しい我が家ゆえ、ドロボウ鼠を捕えさせようというのではない。身を翻して木に登るその姿を見たいのだ――。

素堂五十回忌追善集の『摩訶十五夜《まかはんや》』（黒露編）は素堂と芭蕉の交情について次のように言う。

（素堂は）其聞を畏《おそ》れ、葛飾郡阿武に結レ廬。芭蕉翁も隣並にして而友墻《ともがき》の交わり深川の深く、阿武の飽くことなかりき、素は禅庭の栢、蕉は法界の蕉、誠《まことに》両叟近世風流の骨髄、共に路傍の土となるといへど其名不朽千載。

「素は禅庭の栢」とは、『無門関』の第三十七則「庭前栢樹」に基づく表現と見られる。難しい言葉ではあるが、多趣味で知られる素堂が禅にもまた通暁していたことを暗示する評語なのであろう。そのような素堂なら、『虚堂和尚語録』から直接に「偸鼠」の語を得たものとも考えうるのではないか。

なお「偸鼠」の「偸」の音は呉音ツ、漢音トウ、慣用音チウ。『貞享版禅林集句』（禅学典籍叢刊十下）に「虚堂録一」を出典とする「偸心鬼子《チウノ》」の語が示されている。ここも「偸鼠《チウソ》」と読まれていたものであろう。それが「鼠の鳴き声『チュウ』を効かせるため」（《和漢》）の用語であったかどうかは、判断に迷うところである。

9 挈テレ帚ヲ駆ル二偸‐鼠ヲ一（帚を挈て偸鼠を駆る）　堂
10 ふるきみやこに残《のこ》るお魂屋《たまや》　蕉

前句の「偸鼠」が暴れ回る場所として「ふるきみやこに残るお魂屋」を付けた。「お魂屋」は霊廟の謂であろう。

問題はその「ふるきみやこ」とはどこか、である。難波の宮、明日香、志賀、または福原の都なども考えられようか。しかし、「ふるきみやこに残る」という表現からは、その「お魂屋」が、そこが都であった時代にすでにそこにあり、今にいたるまでそこに残されている霊廟であることが読み取られなければならないと思う。とすれば、それは難波や明日香や志賀などではおそらくはなく、福原も考えにくい。往時から当時まで伝えられてきた寺院の多い奈良か京都かに限られそうである。

奈良が「ふるきみやこ」と称するにふさわしい土地であることは言うまでもない。そして、当代の都であった京都がそう言われることもあった。

　お火焼《ひたき》やふるき都の今年藁《わら》　乙州
（『孤松《ひとつまつ》』貞享四年刊）

「お火焼」は京の冬の伝統行事である。

芭蕉が前句の「偸鼠」を『虚堂和尚語録』に由来する語と意識していたなら、臨済宗のお寺の多い京都がその念頭にあっただろうか。しかし、そう決めつける必要もあるまいか。「古き都に今に残る貴人の霊廟。鼠を駆るはその堂守りの人」（全註解）という解釈で、おそらくは十分なのであろう。

10　ふるきみやこに残るお魂屋　蕉
11　くろからぬ首《かうべ》かきたる柘《つげ》の撥《ばち》　同

「くろからぬ首」は白髪の頭。「柘の撥」は、琵琶を弾く撥を言う。『連珠合璧集』に「琵琶撥トアラバ…つげの木」とある。古き都に残る霊廟の中で、琵琶を抱く人が、その撥で白髪の頭を掻くさまを描くのである。

俳諧においては琵琶からどのような人物が連想されるのか。『俳諧類船集』は「座頭…大臣・天人…重衡・経政《ツネマサ》・蟬丸」などを列挙する。

《全註解》は「蟬丸の俤」と解釈するが、しかし、それは「くろからぬ首」には調和しない。蟬丸は百人一首絵の類では剃髪の姿である。あるいは頭巾姿である。同じ理由で座頭（琵琶法師）も考えにくい。

霊廟の前で琵琶を奏でる白髪の人物としては、天人や、若くして戦死した平重衡、経政などもふさわしくない。残る可能性は「大臣」、あるいはやや広くして公家衆などになるだろう。

維舟《いしゅう》『俳諧時勢粧《はいかいいまようすがた》』（寛文十二年自跋）に次の付合がある。

昔こそ今は平家を背果《そむきはて》　維舟
老をも恥《はづ》る琵琶のばち音　同

平家を裏切った老公家が、老いの姿を恥じつつ琵琶を弾じると付けるのである。その場所を「お魂屋」に置けば、この句になるのではないか。

『平家物語』には、福原に逃れた平家の人々が「ふるき都」と京都を懐かしむ場面が多い。前句の注にも、京都を「ふるき都」と称した例のあることを紹介した。ここも、京都に残された霊廟の前で、老いた公家が琵琶を奏でて御魂を慰めるさまを詠うものと理解してよいように思う。

「くろからぬ首」を掻くとは、杜甫「春望」の「白頭掻《か》けば更に短かく、渾《すべ》て簪《しん》に勝《た》へざらんと欲す」に学んだ表現であろう。その人物の心の屈託を表わすしぐさである。

先の『摩訶十五夜《まかはんや》』（269頁）には、「（素堂は）閑なる秋の夕には琵琶を弾じ平家など懇《ねんごろ》におもむかれたるは寂しかりし」と述べる。その面影を古都の霊廟中に求めた句とも見られるであろう。

11　くろからぬ首かきたる柘の撥　同（芭蕉）
12　乳《ち》をのむ膝《ひざ》に何《なに》を夢見《ゆめみ》る　同

芭蕉の句が続く。この付け心と句意については、諸注に次のように説かれている。「こゝでは前句の『くろからぬ首』を掻く人を女性に転じた。その膝に乳を飲みつゝ、まどろむ赤児はその子供であつて、『つげの撥一つをくらしの頼りとして、旅から旅にさすらう女芸人親子などの境涯』（島居氏『全註解』）と見られる」（《連句抄》）、「前句の主体を、琵琶の奏者から、三味線を奏する女芸能者に読み替えて、その乳飲み子のさまを付けた」（《和漢》）。

確かにそのような句であろう。それに加えて、この句が乳飲み子の夢を詠うたいへん珍しい一例であることに注意しておきたい。この句に先だつ和歌連歌や、また和漢聯句や俳諧に、赤ん坊の様子が描かれることはそもそも多くはない。まして乳を飲むその姿を詠うのは、実朝の次の歌（金槐集）が例外的な存在ではないだろうか。

歳暮

乳房すふまだいとけなきみどり子とともに泣きぬる年の暮れかな

「独自な内面表出に特徴を見せる」（今関敏子「嬰児（みどりこ）」『歌ことば歌枕大辞典』）とも評される乳飲み子の歌である。おそらく、これは、柿本人麻呂の「泣血哀慟歌」（『万葉集』巻二）の「我妹子《わぎもこ》が　形見《かたみ》に置ける　みどり子《こ》の　乞《こ》ひ泣くごとに　取り与《あた》ふる　ものしなければ……」の悲嘆に触発された万葉調の作と考えるべきものであろう。

同じように、みどり子の見る夢も、和歌や俳諧などには類例が乏しい。松永貞徳『逍遙集』の次の歌が実に珍重すべき例であった。

みどり子をみて

みどり子のめざめて後も驚くは夢ともしらぬ夢やみつらん

和歌や俳諧で詠われる夢は、恋の表現であったり、無常の表現であったりする。たいていの場合、成人の見る夢なのである。

他方、蝶が夢を見るという表現は、ごくありふれたものとしてあった。『荘子』の「昔者《むかし》、荘周《さうしう》夢に胡蝶と為る……知らず、周の夢に胡蝶と為るか、胡蝶の夢に周と為るかを」（斉物論）に基づく発想であることは言うまでもない。また、その蝶の夢からの類推もあってか、他の生き物の見る夢の例も少なくない。

芭蕉の句だけでも、

元禄二年五月下旬歌仙「すずしさを」

蛙《かはづ》寝てこてふに夢をかりぬらん

元禄二年六月十日歌仙「めずらしや」

身は蟻《あり》のあなうと夢や覚《さま》すらん

『笈の小文』

明石夜泊

蛸壺《たこつぼ》やはかなき夢を夏の月

芭蕉以外なら、蟬や鳥、雉、鴛鴦、鶉などの夢までもある。

それにもかかわらず、赤ん坊の見る夢は容易には見つからないであろう。

乳を飲む子を詠うこと、みどり子の見る夢を詠うこと、その二つの珍しい表現を兼ねる「乳をのむ膝に何を夢見る」は斬新そのものの句であった。芭蕉らしい独創は、このような句にも現れているのである。

12　乳をのむ膝に何を夢見る　　同（芭蕉）

13　舟鍧《ハユルグ》風早《ノ》浦（舟《ふね》は鍧《ゆる》ぐ風早《かざはや》の浦《うら》）　堂

母親の膝の上の乳飲み子を、風に揺らぐ舟の上に移した付句である。

「舟鍧《ハユルグ》」は、舟が揺れることを言う表現であるが、「鍧《くわう》」という文字は、本来、音を表す言葉であった。「鐘鼓鏗鍧《カウカウ》トシテナリ」（慶安五年刊『六臣注文選』巻一「東都賦」）と訓読される例のように、畳韻の「鏗鍧《かうくわう》」は鐘鼓の擬声語である。従って『書言字考節用集』（元禄十一年序）に「鏗鍧《ユラメク》 同」とある「ユラメク」という訓は、「ゆれうごいて快い音をたてて鳴る」（日本国語大辞典・第二版）の意である。それは、『遊仙窟』（醍醐寺本）に「雅韻、鏗鏘《カウシヤウ》トユラメイテ」と訓まれるのが管弦の描写の語であることによっても確認できる。

しかし、「ゆらめく」の語には同時に「物、人や映像がゆらゆらとゆっくりゆれる」（日本国語大辞典・同上）の意味があるので、ここでは「鍧」をその意に転用し、それと同源の言葉である「ゆるぐ」の振り仮名を施したのであろう。ただし「鍧」を「ゆらゆらとゆっくりゆれる」意に用いる用例、および「ユルグ」の訓をあてる字書は未見である。

「風早の浦」は歌枕だが、紀州とも、駿河、摂津、伊予なども言われる。しかし所はいずれであってもよい。

ここでは「風早」から、風によって波が立つこと、舟が揺れることという連想が導かれればそれで十分である。『万葉集』巻七には、

風早《かざはや》の三穂《みほ》の浦廻《うらみ》を漕ぐ舟の舟人《ふなびと》騒く波立つらしも

という作があるが、『玉葉集』（雑二）にはその初句を「風はやみ」とする歌が収められる。風が早いので、波が立つという関係性がその地名に捉えられたのである。

前句との関わりについて、「前句の赤児に乳を与へてゐる母親を、風早の浦にゆらぎ漂ふ船上の人とした。子持ちの海女の、仕事の合間の一刻である」（《連句抄》）と読みとる解釈がある。《和漢》も、伊勢の海女が潜水のあいまに舟上のわが子に授乳することを芭蕉が「仁心の発動せる所なれども、一句に云とることのかたき也」と語り、其角がそれを「蜑《あま》の子なれば舟に乳《ち》をのむ」と詠んだという文章（其角『雑談集』）を参照し、《連句抄》の読解を支持する。

魅力的な解釈だと思う。しかし、前句にもこの句にも、其角の句の「蜑の子なれば」にあたる表現がない。同様の読みがここにも採れるものかどうか、不安がある。そう解釈するためには言葉が足りないのではないか。

乳呑子《ちのみご》の泣《なく》やのわきの掛《かか》り舟　（三宅嘯山『葎亭句集』享和元年）

後のものになるが、右の句で、野分《のわき》の風を岸に避けているのは旅の舟であろう。舟と乳飲み子との取り合わせからまず素直に思い描かれるのは、このような舟旅の母子の姿ではないだろうか。

ともあれ、素堂は夢見る赤ん坊を、たゆたう舟の揺りかごの中に収めてみせた。こちらも非凡な詩心と言うべきであろう。

13　舟鋾《ハユルグ》風早《ノ》浦（舟は鋾ぐ風早の浦）　　　　　　　　　堂

14　鐘絶《ル》日高川（鐘《かね》は絶《たゆ》る日高川《ひだかがは》）　　　　　　同

前句と対句になるように仕立てた漢句である。前句の「舟」に「鐘」、「鋾」には「絶」、「風早浦」に「日高川」と、同類の言葉を配している。そして、何よりも、地名の「風早浦」から、風が早い、だから舟が揺れるという意を導いた前句と同様に、この句も、地名の「日高川」に日が高くなることの意を重ね、日が高く上ったので、暁鐘の響きが絶えたと言うのである。ともに、言葉の上の戯れ、軽い意の対句と見るべきであろう。

《校本》が「鐘」について「安珍清姫の伝説で有名な道成寺の鐘をさす」と指摘するのを始めとして、この句は紀州の道成寺説話を詠む句として理解されてきた。逢瀬の約を破った旅僧安珍を追う清姫が、毒蛇と化して「日高川」を渡り、やがて道成寺の「鐘」の中に潜み隠れた安珍を鐘もろともに焼き滅ぼしてしまうという愛執の物語である。この句の「日高川」という地名、そして「鐘」の語がその有名な説話を背景として選ばれていることは認めるべきであろう。しかし、物語からの連想はそこまでである。《和漢》が、「紀州の日高川のほとり道成寺《どうじょうじ》では、寺の鐘が失われたままであった。……御伽草子の『日高川』によれば、その鐘は『みぢんにくだけてけんかくをとりてやがてひたか川のふかきに入にけり』という」と「鐘絶」の意を説くのは、行き過ぎである。前句に特定の故事が詠まれていないように、この句においても、安珍清姫の説話の内容までは詠われていない。対句とはそのようなものである。繰り返すが、風が早いので舟が揺れると詠う前句に対して、この句は日が高くなったので鐘が止んだと言う。それだけの句である。

「鐘絶」は鐘の響きが止むことを意味する詩語であった。たとえば、「黄昏鐘絶えて凍雲凝《こ》る」（白居易「夜招晦叔」）は、日暮れの鐘が止んで、雲が凍りついたように滞っていることを詠い、「鐘絶えて宮漏を分かち、螢微《かす》かにして御溝を隔つ」（鄭谷「長安夜坐奇懐湖外嵇処士」）の上句は、鐘が鳴り止んで漏刻の音がはっきりと聞こえてくることを言う。

鐘の無くなることを表現する例が普通にあるはずもないが、仮に安珍清姫の故事に即して強いて言えば、「鐘失」「鐘砕」などだろうか。しかし、詩語「鐘絶」をその意に用いることはできない。

14　鐘絶《ル》日高川（鐘は絶る日高川）　同
15　顔計《ばかりさなへ》早苗の泥《どろ》によごされず　蕉

前句をうけて、「日高川」のあたりの、朝日が高く昇った頃の田植えのさまを詠う。早乙女が田植えを始めるとたちまち泥だらけになる。それでも日がようよう高くなった時分には、顔ばかりはまだ汚されていないの意である。

其角『句兄弟』（元禄七年）に類想の句が見える。

早乙女《さをとめ》やよごれぬものは声ばかり　来山
さをとめや汚《よご》れぬ顔は朝ばかり　其角

「前句の鐘は入相の鐘」（《全註解》）、「日暮れまで田植えしていた早乙女のさま」（《和漢》）と解することが多いが、ここは日が高くあがった朝方であり、右の其角の句と同想。時を夕方に転じるのは次句である。

15　顔計早苗の泥によごされず　　　　　　蕉
16　めしはすゝけぬ蚊遣火《かやりび》のかげ　　　　同

顔だけをかろうじて泥に汚さなかった早乙女が、家に帰って夕餉の膳に向かう景である。前句の田植えの朝から、日暮れ方に時を移した。言うまでもなく、蚊遣火は夕方に焚くものである。『竹馬集』や『俳諧類船集』などには、「夕《ゆふべ》」の付合語に「蚊遣火」をあげる。また、『連珠合璧集』に「蚊遣火トアラバ…下賤がふせや」とするように、早乙女のすまいにはふさわしいものであった。

かやり火に煤《すす》けて逃《にぐ》るほたる哉　　　　渓石

『続虚栗』（貞享四年刊）

蚊遣火は杉の青葉や大鋸屑《おがくず》などをくすべるのだが、右の句は、蚊だけではなく、蛍までもそのまきぞえを食って煙から逃げだすと詠うのである。蛍が煤けるなら、夕餉の飯も同じに違いない。

蚊遣火や食《めし》にさしあふ西の岡　　　　乙州

『韻塞』（元禄十年刊）

も、そのような情景を詠うものであろう。

灯火のかげならともかく、あいにくの蚊遣火のかげでは、夕餉はさぞかし煙たかろう。泥にまみれた農婦が煤けた飯を前にしている賤の家のさまを詠う。

16　めしはすゝけぬ蚊遣火のかげ　　同（芭蕉）

17　詫《ハ》教《シテ》《シム》二三社《ヲ》一本　（詫《たく》は三社《さんじゃ》をして本《ほん》たらしむ）　　堂

「詫」は漢字としては、本来は字音タ、「誇る」の意味（原本玉篇など）だが、日本では「詫言《わびごと》」「詫人《わびびと》」などの表記に用いられ（永禄二年本節用集など）、また「託」の意にも通用された。神の託宣（お告げ）を「詫宣」と記すことは平安時代からすでにあった（中右記など）。節用集の一部（下学集など）にも「詫宣《タクセン》」の語が記される。

「三社」は、伊勢・石清水・春日の三社。この三社の神の名号と託宣とを記した掛物を拝する信仰は「十五世紀初頭までには成立して」、その「今日残る遺品の大半は、肉筆であり、印刷のものは極めて少ない。肉筆でしかも一幅の掛軸の形態をとっている」（八木意知男・『三社託宣』の研究と資料）ものだという。

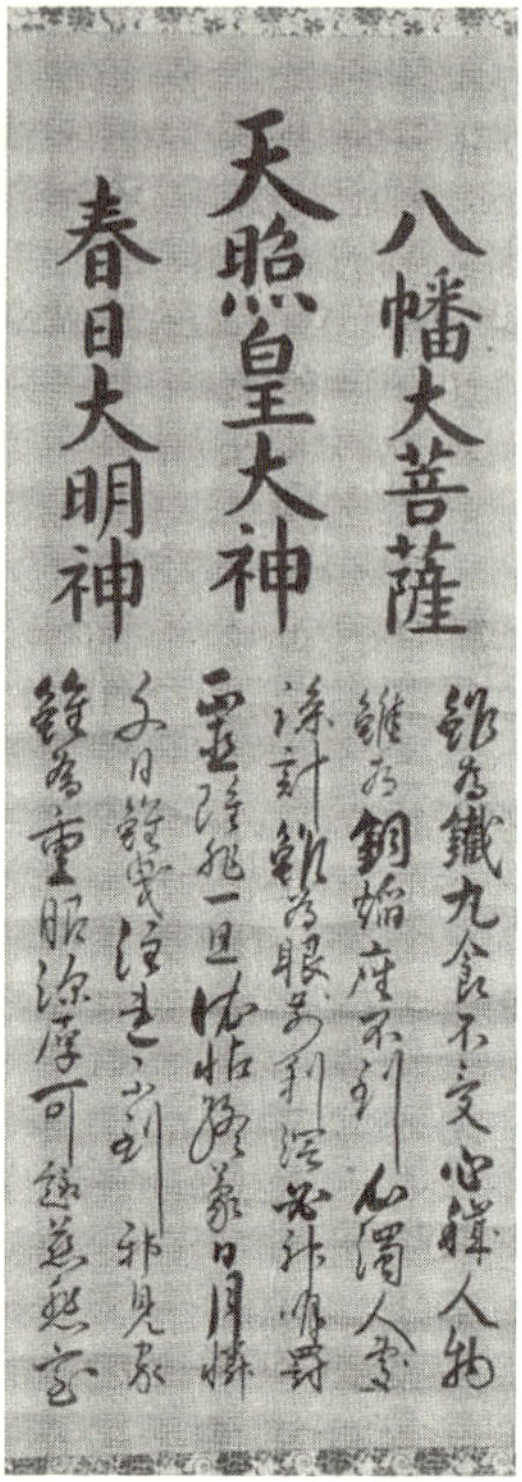

（同右書より）

それにはさまざまな様態があったらしいが、室町時代の辞書『運歩色葉』（元亀二年写・京都大学蔵）には次のように見える。

三社之　八幡大菩薩　　雖為食鉄丸不受心汚人之物
　　　　　　　　　　　雖為座銅焔不倒心穢人之処
詑　　天照皇太神宮　　謀計雖為眼前利潤必当神明罰
　　　　　　　　　　　正直雖非一旦依怙終蒙日月之憐
宣　　春日大明神　　　雖曳千日注連不倒邪見之家
　　　　　　　　　　　雖為重服深厚可赴慈悲之室

その訓点を参考にして訓み下せば、まず天照大神の託宣は、「謀計眼前の利潤為《た》りと雖《いへど》も、必ず神明の罰に当たる。正直一旦の依怙《えこ》に非ずと雖も、終《つひ》に日月の憐《あはれ》みを蒙《かうむ》る」、八幡菩薩のそれは、「鉄丸を食《くら》ふ為《た》りと雖も、心汚き人の物を受けず。銅焔に座し為《た》りと雖も、心穢《きたな》き人の処に倒《いた》らず」、そして春日明神は、「千日注連《しめ》を曳《ひ》くと雖も、邪見の家に倒らず。重服深厚為《た》りと雖も、慈悲の室に赴く可し」となるであろう。要するに、正直（伊勢）、清浄（八幡）、慈悲（春日）の道を教える神の言葉なのである。

この三社の託宣の信仰は江戸時代には広く流布し、たとえば山崎闇斎の祖父は、「少《わか》かりしより古筆の三社の託宣一幅を持《じ》し、深くこれを護《ご》し、朝夕これを誦《しよう》し、将《まさ》に拝覧せんとしては必ず盥《てあら》ひ嗽《くちすす》ぎ、道服袴を著《き》てこれを掛け」（「山崎家譜」『垂加草』第三十）たという。また『好色一代男』巻七「末社らく遊び」には、悪ふざけをした太鼓持の一人が揚屋の二階からそれを差し出して、「隣《となり》より三社《じや》の詫宣《たくせん》を拝《をが》ます」くだりが見える。悪所の一室にさえ、その軸が掛けられていたのである。

三社の託宣には神饌を供えた。『江戸蛇之鮓《じゃのすし》』（延宝七年刊）の「米粒や三社の詫も民の春」は洗米《あらいよね》を供えることを言う句だが、飯をも用いたことは、『せわ焼草』（明暦二年刊）に「飯《めし》」の付合語として「仏神供」を示すことからも察せられる。ここでは、早乙女の夕飯であった前句の「めし」を、三社の託宣に供える飯に読み替え、それが蚊遣の煙に煤けていることとしたのである。八幡大菩薩の「鉄丸を食《くら》ふ為《た》りと雖も、心汚き人の物を受けず」の託宣を思えば、煤けた神饌の飯からは、かえって、この家の主の心の清らかさが想像されることになるだろう。

神の託宣は三社のそれを根本とすると詠う。この家では、正直、清浄、慈悲を重んじていると言うのである。「詫《ハ》教《シテ》《シム》㆓三社《ヲ》㆒本」は、今日一般には、「詫《ハ》教《ム》㆓三社《ヲシテ》本《タラ》㆒」のように訓点が付けられる。いわゆる使役の語法であり、使役の対象語の下に「ヲシテ」を補い、「使」「教」「令」などの文字を「シム」と訓むものである。他の例をとれば、『論語』雍也篇の「季氏使閔子騫為費宰」は、「季氏使《ム》㆔閔子騫《ヲシテ》為㆓費宰㆒」のような訓点を施すのが普通である（「為費宰」の送り仮名は略す）。それは、山崎闇斎や、中村惕斎の点でも同じであり、古義堂点もそうである。一方、平安時代以来の古訓においては、「使」「教」「令」はいわゆる再読文字の一つとされており、「シテ…シム」と二度にわたって訓まれた。たとえば『論語集解』（室町時代後印堺版・国会図書館蔵）では「季氏使《シテ》㆘㆓閔子騫㆒為㆗費宰㆖」とされる。そのような再読は江戸時代初期には一般的であり、林羅山の点もそれを踏襲していた。林家の門にあった素堂もその訓点を用いたのである。

「詫《ハ》教《シテ》《シム》㆓三社《ヲ》㆒本」は、本来は「詫《ハ》教《シテ》《シム》㆘㆓三社《ヲ》㆒本㆖」と上下点を付けるのが整った形である。しかし、返点は場合によって省略されることがある。ここは、「教」の左右の仮名で返読の方法は明らかなので、上と下の点は省いたのであろう。

17　詫《ハ》教《シテ》《シム》二三社《ヲ》一本（詫は三社をして本たらしむ）　　　　　　　　　堂

18　韻《ハ》使《シム》二五車一　塡《イシズエ》一（韻《いん》は五車《ごしや》をして塡《いしずえ》たらしむ）　　　　　同

前句と対句に仕立てた。前句が「三社詫宣」の「詫」字を句の頭に置いたように、ここも「五車韻瑞」という書名の「韻」を一字目とした。文字の韻を知るには、『五車韻瑞』を基礎とするという句意である。『倭板書籍考』（元禄十五年刊）によれば、「五車韻瑞」とは次のような書物であった。

百六十巻アリ、萬暦年中呉興ノ淩稚隆作ナリ、韻府ニ本テ作レル書ナリ、経史子集ノ出処門ヲ分テ挙用タリ、考拠ニ誤アリト云ドモ、普通ノ韻書ノ中ニテハ精シキ書ナリ、菊池東匀倭訓ヲ加ヘ刊行ス、

漢語を韻ごとに分けて掲出し、その義を示す辞書であり、作詩や、あるいはこのような和漢聯句の制作のためにも便利に用いられた書物であった。

菊池東匀（耕斎）が「倭訓ヲ加ヘ刊行」したとは、万治二年、京寺町八尾勘兵衛による出版である。《和漢》によれば、林大学頭旧蔵本、昌平坂学問所旧蔵本ほかが伝存するという（そのうち、林大学頭旧蔵本は、国立公文書館デジタルアーカイブで見ることができる）。素堂の隠宅にもあったものかも知れない。

「塡」に「イシスエ」の仮名が施してあるが、その訓には「塡」字はふさわしくない。聯句や和漢聯句を作る

時に用いた『聚分韻略』『和訓正韻』『漢和三五韻』などの韻書には、先韻の「塡」字には「ミツ」の訓が示される。満ちる、埋もれるの意味なのである。一方、これと字形の似た「磌」という文字があり、先の韻書は、同じく先韻のその字に「イシスヱ」「イシツヘ」などの訓を施し、「礎也」（漢和三五韻）とその義を示している。素堂は、おそらくその「磌」字のつもりで「塡」と記してしまったのではないか。《和漢》が「押韻字、『塡』字は『磌』字を書き誤ったものと見たい」と説くのに従う。なお『五車韻瑞』の先韻の部には「塡」字も「磌」字も掲出がない。

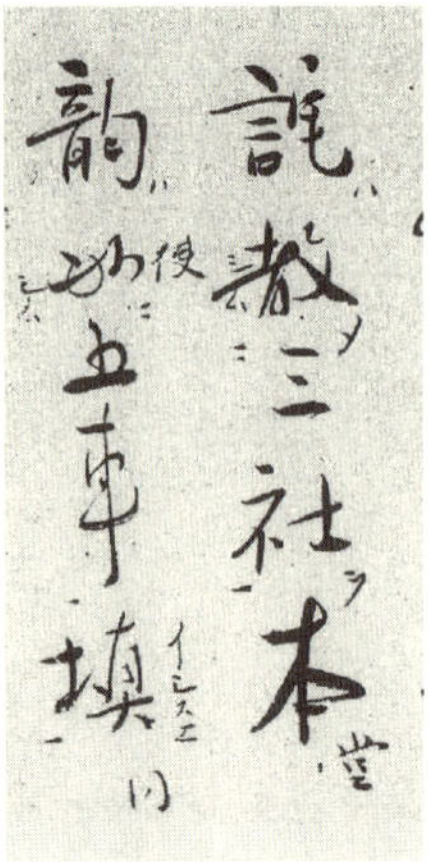

『芭蕉全図譜』の上の写真の通り、「韻以五車塡」と記した「以」は、見消《みせけち》にして「使」に改められている。「塡」の左下に一点があるのは、もともと「韻以二五車塡一」の形で、「韻は五車の塡《イシスヱ》を以てす」と訓ませた名残なのか、あるいは、文字を改めた後の「韻使二五車一塡二」を、一二点と上下点を区別しない訓点法によって「韻《いん》は五車《ごしゃ》をして塡《いしずえ》たらしむ」と訓ませようと新たに付けたものか、判断がつかない。

18　韻使《ハ》二五車《シム》一塡《イシズエ》一（韻は五車をして塡たらしむ）　同（素堂）

19　花‐月丈‐山閙《シ》（花月丈山《くわげつぢやうざん》閙《いそがは》し）　同

名残の折の表に入る。素堂の漢句が初折裏の第十七句から三句続く。前句が「五車」、すなわち韻書の『五車韻瑞』に基づいて押韻の文字を定めると述べることから、詩人の石川丈山を連想した。

丈山はもと徳川家康近侍の士。洛北一乗寺村に隠棲して詩文に遊び、この元禄五年をさかのぼること二十年の、寛文十二年（一六七二）に九十歳で亡くなっていた。当代随一の詩人として知られた人であった。詩文集『新編覆醬集』（正編・延宝四年後序、続編・延宝四年刊）の正編に収められた「石川丈山年譜」は、人見竹洞の作にかかる。竹洞は京都遊学中に丈山の幽居（詩仙堂）をしばしば訪れて詩法を問い、故旧の談を聞いたという（年譜跋文）。第二句の注にも記した（247頁）ように、竹洞は、素堂にとって林家の塾の先達にして忘年の友である。素堂は、竹洞の昔語りを通じても丈山に親しんでいたことであろう。

後年のことになるが、素堂は詩仙堂を訪れている。「石川丈山翁の詩仙台をたづねて六言六句をいふ」（『行脚随筆』・子光編『素堂家集』）がその折の作であり、元禄十一年（一六九八）のことと推測される（黄東遠「山口素堂年譜考証」）。また芭蕉も、元禄四年に去来・曽良・丈艸らと共に詩仙堂を見物していた。

丈山之像謁

風かほる羽織《はおり》は襟《えり》もつくろはず　芭蕉

（芭蕉庵小文庫・元禄九年刊）

丈山は、芭蕉と素堂ふたりにとって懐かしい詩人であった。「花月丈山閙《いそがは》し」の句は、前句にいう『五車韻瑞』を手にして、詩人の丈山が花月の詩作に余念のない姿を描くのである。

さて、その「花月」とは、何を言うのだろうか。《全註解》は「春は花、秋は月やと」の意とするが、それでいいだろうか。試みに『角川古語大辞典』を開いてみると、「くわげつ【花月】花と月。春の花、秋の月を称することは風流韻事の代表であった。『花月一窓の交、昔昵じかりき』〔朗詠・下〕」としている。《全註解》の解釈を裏書きするような記述である。

『和漢朗詠集』（下巻「慶賀」）に収められた橘正通の右の詩句、「花月一窓交り昔昵《むつま》じかりき、雲泥万里眼《まなこ》今窮《きは》まりぬ」は七言律詩の頸聯《けいれん》にあたる。他の三聯も共に朗詠集の前後に収められて詩意は明瞭であり、友人が「吏部侍郎」に補せられたことを祝賀するとともに、自らの沈淪を悲しむ作である。その第三句、「銀魚は腰の底に春の浪を辞す」からは、諸官職の任命が行われた春の除目《じもく》の後の詩であることが知られる。したがって、「花月一窓」の句も、春の好景を共に楽しんだ思い出を語る表現として理解されるであろう。その「花月」は、「春の花、秋の月」ではなく、春の花と月を指すのである。

詩の言葉としては、「花月」は春の花と月を言った。『楽府詩集』（宋・郭茂倩編）をひもとけば、陳後主の「春江花月夜」の作が、後に隋煬帝や唐・張若虚などの模擬作を次々に生んだことが知られる。その「花月」とは、「春江」における花と月、もしくは花を照らす月である。

人見竹洞にも「春江花月」の作があり（人見竹洞詩文集・巻八）、丈山その人の「至夏（夏に至る）」を題とする詩にも、「林風宿酒を消し、花月詩瓢《しへう》に満つ」（新編覆醤続集・巻四）という句が見える。春の花と月を詠った詩句が、詩箋《しせん》を入れる大きな瓢箪《ひょうたん》いっぱいに貯えられたことを言う。

和漢聯句、「天正十九年四月和漢千句（第七）」（室町後期《五〇—七》）に

20　すぎし三年《みとせ》やたゞ春の夢　左大臣
21　花月色無変（花月色《いろか》変はること無し）　西咲
22　かへるはいづち天津《あまつ》雁《かり》がね　右衛門督

とある漢句21も、前後が春の句なので、春の花と月とが昔に変わらないことを言うものである。ただし、日本ではその「花月」が春の花と秋の月を指すことがあった。「花月百首」（藤原良経『秋篠月清集』など）は、春の花の歌を五十首、秋の月の歌を五十首合わせる百首歌である。方丈記の「只、絲竹・花月ヲ友トセンニハシカジ」もその意に解しうる例であろう。

「花月」は、そのように和語化して春の花と秋の月を意味することがしばしばあったが、詩語として意識される時には春の花と月を言うことが普通である。「花月丈山　閙《いそがは》し」のそれは、詩人の丈山を詠う漢句であることからも、後者の例と見るべきであろう。とうぜん春の句となる。

「閙」は、『名義抄』『聚分韻略』『書言字考節用集』などに「イソカハシ」の訓があり、『続虚栗《ぞくみなしぐり》』（貞享四年刊）に収められた芭蕉の発句にも

郭公なき〳〵飛ぞ閙はし

という表記が見られる。『続虚栗』に序文を寄せてもいた素堂は、あるいは芭蕉のその句を念頭において、「郭公」を「丈山」に転じてみせたのかも知れない。素堂はまた、四季の花を植えた嵯峨の園庭に遊んで、「文賓詩客これが為《ため》に閙し」（「嵯峨」・子光編『素堂家集』）とも詠んでいる。

19　花-月丈-山閙シ（花月丈山閙し）　同（堂）

20　しのを杖《つゑ》つく老《おい》の鶯《うぐひす》　蕉

春花、春月の詩作に忙しい石川丈山を詠った前句を承けて、篠竹を杖にして飛び回る老いた鶯を付けた。季語「鶯」によって春の二句目。丈山を老鶯に譬えた。

九十歳まで生きた丈山から「老」を連想するのは自然なことだが、『新編覆醤集《ふしやう》』にも「嘆老」「感老」「咏老懐」などの詩題が目立つ。また、「杖」の語も、《和漢》に「『新編覆醤集』に「倚杖吟」「倚杖」の題の詩があることもこの付合に影響しているであろう」と言うとおり、丈山の詩作から導かれたものだろう。さらに、丈山を「老の鶯」に譬えることは、丈山の詩に、「動止疎慵老鴉《そようらうあ》に似たり」(「幽事」『新編覆醤続集』巻四)、「老梅痩《や》せて吾に似たり」(「即事二首(其一)」・同巻六)などと、自らを老いた鴉や梅に比する句があるのに関係するのかも知れない。

しかし、丈山を「老の鶯」に見たてた理由としてより重要なのは、おそらく『古今和歌集』仮名序の有名な一文、

花に鳴く鶯《うぐひす》、水に住む蛙《かはづ》の声を聞けば、生《い》きとし生けるもの、いづれか歌を詠《よ》まざりける。

からの連想であろう。「花に鳴く鶯」は、「水に住む蛙」とともに、生ある者すべてが歌を詠むことの譬えである。謡曲「白楽天」に「花に鳴く鶯、水に住める蛙まで、唐土《とおど》は知らず日本《にほん》には歌を詠み候ぞ」と述べ、『俳諧時勢粧《いまようすがた》』に「鶯も所そだちや大和歌《やまとうた》」(第六・福井重昌)とあるのもそれを言う。鶯を歌人になぞらえたのである。『古典俳文学大系』を検索すれば、同様の心を詠う句がいくつも拾える。

『犬子集』(寛永十年刊)

梅や先《まづ》鶯のよむ歌の題　　重頼

黄鳥《うぐひす》は連歌もするや花の本《もと》　親重
和歌に師匠なき鶯と蛙哉《かな》　貞徳

『歳旦発句集』（延宝二年刊）
鶯の試筆《しひつ》の歌か今朝の声　宗祐

『ゆめみ草』（明暦二年序）
鶯の歌くづなれやこぼれ梅　大坂玄三
等類《とうるい》もよし鶯の歌の声　備前助之

詩人石川丈山には、「老鴉」や「老梅」よりも、「老《おい》の鶯《うぐひす》」の方がいっそう似つかわしい譬えであろう。
「しの」は細い竹を言う。それは、人の杖であるよりも、老いた鶯の杖にこそふさわしい。尚白編『孤松《ひとつまつ》』（貞享四年刊）の秋の巻に、大津蕉門の乙州《おとくに》の次の句が見える。

しの竹を杖《つゑ》する秋の螢哉《かな》

秋の螢は、同じ乙州に「死ぬるとも居《を》るとも秋を飛螢《とぶほたる》」（『西の雲』元禄四年跋）の句があるように、老いた螢である。門人のこの句を芭蕉はとうぜん承知しており、それを「老の鶯」に転じてみせたのであろう。

20　しのを杖つく老の鶯　蕉
21　剪《テ》レ銀《ヲ》鮎一寸（銀《ぎん》を剪《きっ》て鮎一寸《あゆいっすん》）　堂

前句の「老の鶯」に、まだ一寸ほどにしかならない若い鮎を付けた。杖をつく老鶯、生き生きと泳ぐ若鮎。好対照でありながらともに晩春の生き物。春の三句目となる。

「銀を剪て」は珍しい表現であるが、宋・楊万里『誠斎集』（巻十八）には次の例を見いだすことができる。

　食銀魚乾
初疑柘繭雪争鮮　初め疑ふらくは柘繭《しやけん》の雪と鮮《あざらけ》きを争《あらそ》ふかと
又恐楊花糝作氈　又た恐らくは楊花の糝《まじは》りて氈《せん》と作《な》るかと
却是剪銀成此葉　却《かへつ》て是れ銀を剪《きつ》て此の葉と成る
如何入口軟于綿　如何《いかん》ぞ口に入ること綿より軟《やは》らかき

シラウオの干物の「銀魚乾」を食したことを詠う。――雪にもまがう白さの絹布か、はたまた柳絮《りゆうじよ》を織りこんだ毛氈《もうせん》か。いや、これは銀を剪ってこうして広げたものなのだ。しかし、食べると綿よりも柔らかなのは、またどうしたことだろう――。

『誠斎集』百三十三巻は、江戸時代初期のその写本が林（大学頭）家本として内閣文庫に伝存している（国立公文書館デジタルアーカイブ）。かつて林家の塾に学んだ素堂の目にも触れ得た書物であった。その詩の「剪銀」を、この句では水中をさ走《ばし》る若鮎の形容に用いたのではないだろうか。

鮎を「一寸」と言うことには、諸注も指摘するように、芭蕉『野ざらし紀行（甲子吟行）』の

　明ぼのやしら魚《うを》しろきこと一寸《いつすん》

の影響を考えることができる。

素堂はその紀行に跋文（「甲子記行跋」・坎窩久臧編『素堂家集』）を寄せて、

　桑名の海辺にて白魚しろきの吟は、水を切て梨花となすいさぎよきに似たり、天然二寸の魚といひけんも、此魚にやあらん。

と述べている。この文章には、王安石「染雲」の「水を剪て梨花と作《な》す」（『詩人玉屑』巻十七「一唱三嘆」）、また杜甫「白小」の「白小羣分《ぐんぶん》の命、天然二寸の魚」の句を引いている。ことに後者の引用は、芭蕉の「しら魚しろきこと一寸」、そして素堂自身のこの「鮎一寸」の句の双方にとっての発想の源が、杜甫の「二寸の魚」にあったことを示唆するものであろう。

21　剪《テ》レ銀《ヲ》鮎一寸（銀を剪て鮎一寸）　堂
22　箕面《みのお》の滝《たき》や玉《たま》を簸《ひ》らむ　蕉

前句の「鮎」から「滝」を、そして「滝」から「箕面」を導く。『俳諧類船集』に示される「滝」の付合語のなかに「箕面《ミノオ》」「鮎《アユ》」がある。また、連歌の寄合集『拾花集』の水辺《すいへん》「滝」の詞には、「鮎はしる滝」とともに「滝のしら玉」が載せられている。滝の水から「玉」を連想するのも自然なことである。ここでは、それに加えて、前句の「銀」に「玉」を対照する意識もあったであろう。

「箕面の滝」は摂津国の名所である。役小角《えんのおづの》が開いたという修験道の霊場、箕面寺（瀧安寺《りゅうあんじ》）がその下流にあった。『摂津名所図会』（寛政八年〈一七九六〉刊）の説明を借りておこう。

箕面滝《みのおのたき》　本社《ほんしや》より十八町奥《おく》にあり。巌頭《がんとう》より飛瀉《ひしや》して、石面《せきめん》を走《はし》り落《おつ》る事凡《すべ》て十六丈。滝壺《たきのつぼ》より泡《あは》を飛《とば》す事珠《たま》をちらすがごとく、霧《きり》を噴《ふく》事雲《くも》の如し。……滝水《りうすい》の長　流萬頃《ちやうりうばんきよう》の田園《でんゑん》を潤《うるほ》す。嘗《かつ》て飛泉《ひせん》の巌石《がんぜき》を見るに、左右《さゆう》高《たかく》峙《そばたつ》て、滝頭《りうたう》も亦爾《またしか》也。南方邈《はるか》に晴《は》れて、流れ滔々《たうたう》とめぐる。其形《かたち》箕《み》の面《おもて》の如し。故に名とす。

滝壺の形が箕の面に似ているのでその滝の名としたという。『諸寺略記』（弘安二〈一二七九〉年成立）にも「滝面之姿似箕故。号曰箕面寺云々」とあり、『箕面寺秘密縁起』（箕面市史史料編第三巻）にもほぼ同文が見える。芭蕉はそのような古伝を耳にしていたのではないか。「箕」は「穀物などをあおり上げて、くずやごみを除く農具。多くは竹で編んで作る」（角川古語大辞典）。その箕の形をした箕面の滝壺からほとばしる水を玉と見て、まるで箕を用いて玉をふるいあげているようだと詠ったのである。

（石河流宣『大和耕作絵抄』元禄初期刊より）

「玉を簸らむ」の「簸る」は、「箕で穀物などふるい、くずを除き去ること。箕面の縁語として用いた」《校本》という。「箕面」と「簸る」とを縁語とする例は『竹林抄』（宗祇撰）にもあった。

　米《よね》をひる音《こゑ》は霰《あられ》と変りけり
　箕面の奥《おく》の滝の白《しら》玉　　専順

しかし、その技法は連歌や俳諧に多くの例は見られず、「箕」と「簸」との結びつきは、むしろ詩において強い。次の『詩経』（小雅・大東）の句に始まる発想である。

　維《これ》南に箕《き》有り、以て簸揚《ひあ》ぐべからず、維《これ》北に斗《と》有り、以て酒漿《しゆしやう》を挹《く》むべからず、

『毛詩抄』はこれを次のように注釈する。

　南には箕星の物をひると云名はあれども、米穀をひあぐ（簸揚）る事はないぞ。北には斗星と云て、名につかれたれども、物を汲《くま》れた事はないぞ。

南の空の「箕」という名の星が穀物を簸あげることがなく、また北方の「斗（ひしゃく）」という名の星が水を汲んだためしがないと言う。「大東」は、そのように、立派な職名をもつ役人たちが何の役にも立たないことを諷する詩なのである。

　これを典拠とする詩文は珍しくない。たとえば李白「擬古十二首（第六）」の結びには「北斗酒を酌《く》まず、南箕空《むな》しく簸揚《はやう》す」の句が見え、また石川丈山と並び称された詩僧元政にも「早く虚名の幻《まぼろし》なることを覚《さと》る、箕星豈《あ》に簸揚せんや」（「次韻示性孝」『艸山集』巻十六）があった。ともに名に実が伴わないことを言う表現である。専順の句が「箕面」と「簸る」とを縁語とするのも、遠くこの『詩経』の句に由来するものであろう。

芭蕉の念頭にはそのどちらがあったのか。専順の句だろうか、または『詩経』の句か。同じ「箕面」の滝を詠み、また「玉を簸らむ」は「滝の白玉」にも重なる言葉だから、主に意識されていたのはおそらく専順の句だろうか。しかし、『詩経』の句や李白・元政の詩句も、芭蕉には見慣れた表現だったに違いない。「箕面の滝」が「玉を簸」あげているというその句は、「維《これ》南に箕《き》有り、以て簸揚《ひあ》ぐべからず」という詩句の発想をあえて逆転してみせた姿とも見られる。「箕面」というその名が実を伴って、今まさに滝が水の白玉を「簸」あげていると詠うのである。

22　箕面の滝や玉を簸らむ　　蕉
23　朝日影《あさひかげ》頭《かしら》の鉦《かね》をか丶やかし　　同（蕉）

「頭の鉦」は、『邦訳日葡辞書』に「Caxiragane　カシラガネ（頭鉦）　大勢の人々が一緒に阿弥陀（Amida）の名号を唱えながら、金属の小さな鉦をたたく際に、その拍子を取る頭株の人」という説明が参考にできる。《和漢》がそれを引いて、「『頭《かしら》の鉦《かね》』とは、念仏講など唱名や和讃を集団で唱えるときに、拍子を揃えるリーダーの役、もしくはその叩く鉦のこと」と説くのにも首肯される。しかし、その「頭の鉦」の当時の実際の用例にはなかなか遭遇しない。

『三十二番職人歌合』の「二十四番左」に

息のをのくるしきときは鉦鼓《しやうご》こそ南無阿弥陀仏《なむあみだぶつ》の声だすけなれ

と詠われるのは踊り念仏の拍子をとる鉦であろう。

「かゝやかし」の動詞「輝く」は、『日葡辞書』に「Cacayaqu」と表記するように清音カカヤクだったらしい。朝日は、滝からほとばしる水の玉と、頭《かしら》の手にかかげた鉦を、ともにキラキラ輝かせるのである。

紀州の那智の滝がそうであるように、箕面でも、滝そのものが信仰の対象であった。箕面の滝の下には「竜樹菩薩浄土」（箕面寺秘密縁起）があり、「竜宮」（平治物語）があると信じられていた。箕面寺で修行する行者たち、または近くにある西国三十三箇所札所の勝尾寺に参った順礼者たちが、神聖な滝壺に向かって朝念仏を唱えるありさまを描くのであろう。

23　朝日影頭の鉦をかゝやかし　同（蕉）
24　風‐飧喉早乾《カハク》（風飧《ふうそん》喉《のど》早《は》や乾《かわ》く）　同

芭蕉が作った初めての漢句。前句を承けて、旅の辛苦を詠う。

「風飧」の「飧」は底本では「飱」。「飱」は「飧」の俗字。「湌」「餐」も同意の文字である。夕食の意、または食べる意。「飧　クラフ」「湌　クラフ」（観智院本『類聚名義抄』）。「風‐飧」と、音読符が施されているが、仮にこれを訓読するなら、「風を飧ひて」か、または「風に飧ひて」だろうか。二通りの訓みがありうるが、どちらがいいだろうか。

「風餐《ふうそん》」の古例には、「風餐委松宿、雲臥恣天行」（南朝宋・鮑明遠「升天行」・『文選』巻二十八）の句がある。その李善注に「荘子に曰く、藐姑射《はこや》の山に神人有りて居す。五穀を食《くら》はず、風を吸ひ露を飲む。雲気に乗りて、飛龍に御す。」と典拠を示すのは、「風餐」を、その藐姑射の仙人が風を吸い食らうことと同様の超俗の行為と解釈するのであろう。『文選』の近世初期の和刻本（慶安刊本）がそれに「風餐《カゼヲクラッテ》」と附訓するのも、その李善注の理解に従うものと思われる。

しかし、そのような場合だけではない。杜甫の「舟中」詩に「風餐江柳下、雨臥駅楼辺」とあるのは、明らかに先の鮑詩の典拠とするものであるにもかかわらず、「風に餐《くら》ふ江柳の下《もと》、雨に臥す駅楼の辺」と、すなわち、風の吹くなかで食事をし、雨の降るなかで眠ると、舟旅の苦しさを現実的に表現するものと読むべきであろう。他にも、蘇東坡の詩に「露宿風飡六百里」（将至筠先寄遅适遠三猶子）と、また黄山谷の詩に「風餐水宿六千里」（上南陵坡）などとあるのも、すべて露天に宿り、食らう辛さを言う詩句である。

芭蕉は、『文選』にも杜詩にも、東坡詩にも山谷詩にも親しんでいたはずである。いずれの表現も参照しえただろう。しかし、さらに彼の脳裏に深く刻まれていたのは、おそらく素堂の次の詩の例であろう。

この五年前の貞享四年十月二十五日、故郷の伊賀上野をめざす『笈の小文』の旅に立つ芭蕉に、漢文の序文とともに素堂が贈った詩である。『素堂家集』（都立図書館加賀文庫蔵本）により、訓読して引用する。

芭蕉老人故《ゆゑ》有りて郷国に赴《おもむ》く。老人常に謂《い》へらく、「他郷は即《すなは》ち吾が郷」と。今猶《な》ほこの語を戯《たはむ》れと作《な》すこと莫《な》かれ。吾何《なん》ぞこの語を信ぜざらんや。因りて卑語《ひご》三絶を綴《つづ》り、以て頭陀《づだ》に投ず。

其一　　　初冬念五　素堂山子

君去蕉庵莫止郷　君蕉庵《せうあん》を去るも郷《きやう》に止《とど》まること莫《な》かれ

故人多処即成郷　故人《こじん》多き処《ところ》即ち郷と成る
風湌露宿豈労意　風湌露宿《ふうそんろしゆく》豈《あ》に意を労《らう》せんや
胸次素無何有郷　胸次《きようじ》素《もと》より無何有《むかう》の郷《さと》

序文で「他郷（江戸）は即《すなは》ち吾が郷」が芭蕉老人の口癖だったと述べるのは、この三年前、伊賀への帰郷の旅に立った芭蕉の吟、「秋十《と》とせ却而《かへつて》江戸を指《さす》故郷」（野ざらし紀行）がその人の日ごろの思いによる詠であったことを証すものであろう。詩の承句、「故人多き処即ち郷と成る」は、その芭蕉の言葉を受けて、われら知友の多いこの江戸こそ君の故郷だ、かならず戻って来てくれと訴えるものである。

かつて素堂が芭蕉に贈ったこの詩の転句「風湌露宿豈に意を労せんや」の「風湌」は、先の東坡の「露宿風湌」の例と同じく「露宿」が野宿を意味する語なので、屋外で食事することを言う語である。その句は、あなたは苦しい旅も意に介さないことでしょうと言うのである。

芭蕉の「風飱喉早や乾く」の句は、素堂のこの詩句を思い出して、前句の順礼者たちの旅の苦を思いやる表現としたものではないだろうか。芭蕉と素堂とは、互いに互いの言葉を反芻して、変わらぬ友情を確かめあっていたのである。

「喉早や乾く」は、狂言「禰宜山伏《ねぎやまぶし》」（日本古典文学大系『狂言集』下）の次の詞章が参考になる。

イヤまことに、行《ぎよう》は万行ありとは申せども、とりわき山伏の行は、野に伏し山に伏し、岩木を枕とし、難行苦行を致す。その奇特《きどく》には、空飛ぶ鳥をも目《ま》の前へ祈り落すが、山伏の行力です。これはいかなこと。けさ宿を早々立ったれば、殊《こと》の外《ほか》喉がかわく。あたりに茶屋はないか知らぬ。イヤこれに茶屋がある。ヤイヤイ茶屋、茶をくれい。

「風飡」、すなわち「野に伏し山に伏し、岩木を枕と」する旅において「喉早や乾く」のは当然のことであった。

この句は偶数句の漢句なので、和漢聯句の約束として、必ず押韻することが求められる。2の韻字「煙《エン》」、6の「涎《エン》」、14の「川《セン》」、18の「塡《テン》」に続いて、「乾」は平声先韻の文字であるべきところである。しかし、「乾」は「乾坤《けんこん》」「乾隆帝《けんりゅうてい》」などの意では先韻の「乾《ケン》」が用いられるが、「乾燥《かんそう》」「乾湿《かんしつ》」などの意では寒韻に属する「乾《カン》」である。「喉早乾」の「乾」はもちろん寒韻であり、ここでは韻の踏みそこないとなる。《和漢》は、その事実を指摘した上で、「漢句についての芭蕉の力量の不足がさっそく顕れてしまったと言うべきであろう」と述べる。そうかも知れない。

しかし、「通韻」ということがあった。互いに似通った音の韻を通用することである。三浦梅園『詩轍』（天明六年〈一七八六〉刊）は次のように説く。「通韻トハ東冬也、支微斉也、魚虞也、佳灰也、真文元也、元寒刪先也、蕭肴豪也、歌麻也、庚青蒸也、覃塩咸也、六朝アタリ迄ハ、通韻シタルコト多シ、唐人ハ古詩ニモ大概イム、近体ニ稀ニアルモ、失韻病ニ属ス……」。この指摘のとおり、押韻において寒韻と先韻の文字が通用されることがあった。たとえば、主に宋代の七言絶句を集めた『聯珠詩格』巻十四の「雨重垂楊緑未乾、一渠流碧弄潺潺、瞑鴉過尽東風悪、独倚衡門看遠山」（王潜斎「春詞」）は、◎印の韻字、「緑未だ乾《かは》かず」の「乾《カン》」が寒韻、「潺潺」の「潺《セン》」が先韻、結句の「山《サン》」が刪韻。『詩轍』が「元寒刪先也」と示したごとく、三つの韻を通用したのである。また、五山僧の横川景三の七言絶句、「年々梅似旧時看、一咲開顔雪始乾、昨夜春風天尺五、禁門花暖寺門前」（「門前梅意」『翰林五鳳集』巻六）は、「看《カン》」が寒韻、「雪始めて乾く」の「乾《カン》」も寒韻。しかし、結句の「前《ゼン》」は先韻。先韻と寒韻を併用するのである。さらに先（222頁以下）に紹介した季吟と周令の漢和両吟は支韻で押韻しているが、その第七十八句目の「春《ハ》漂《ヒヨット》年《ノ》内《ニ》来《ル》」の「来《ライ》」は灰韻である。句意からそれは誤字とは思われない。『詩轍』にも指摘しないものだが、作者の周令は、それを通韻とすることを自らに許したのではないだろうか。

あるいは、芭蕉はうっかり誤っただけかも知れない。しかし、漢詩人でもあった素堂がそれに気づかぬはずはない。素堂はそれを許容した。許容しうる程度のことと考えたのであろう。

そもそもこの和漢聯句の試みにおいて、二人は、和漢の規範はそれほど厳密に考えるまいという了解を交わしていたのではないだろうか。この聯句は、たがいの専門領域の俳諧と漢詩とを片時はなれた余技であり、和漢双方の深い学識を要するあまりにも難易度の高い遊びであった。全体を見渡しても、この聯句においては、式目は守れるところだけは守ろうというぐらいにしか意識されていなかったと思われるふしが見うけられる。式目を云々するよりも、むしろ和句と漢句を連ねることによって何が、どのように表現できるか、その可能性をさぐろうという気持が、二人にはあったのではないかと思う。

24　風‐飧喉早乾《カハク》（風飧喉早や乾く）　同（蕉）
25　よられつる黍《きび》の葉《は》あつく秋立《あきたち》て　堂

底本とする芭蕉素堂自筆稿本には「よられつる黍の葉むけの秋の風」とあり、その「むけの」の右側に、「あつく秋立て」の加筆訂正が見られる。版本にも「あつく秋立て」とあるので、そちらの本文で読む。また作者名は「同」と「堂」の二つの文字が重ねて記されているように見える。「同」を「堂」と訂正したのなら素堂の句、「堂」を「同」と改めたのなら芭蕉の句ということになるが、これも版本に「堂」と作者名を示すのに従う。

この歌仙では芭蕉の漢句は三句（24・28・33）、素堂の和句も三句（25・29・34）。芭蕉が漢句を作れば素堂が和句で応えたという形となる。二人は、和句と漢句を作る役割をそこで交代したのである。

「喉早や乾く」という道中の喉の渇きを言う芭蕉の前句に、素堂が、その道から眺められる黍畑のきびしい残暑のさまを付けた。

「よられつる」の動詞「よる」は、強い日射しが草木をぐったりとさせ、ねじれたさまにすることを言う。それが、『新古今和歌集』夏に載る西行の「題しらず」の作、

よられつる野《の》もせの草《くさ》のかげろひてすずしく曇《くも》る夕立《ゆふだち》の空《そら》

を本歌とする表現であることは諸注に一致して指摘する。「よられつる」の句は比較的珍しく、『新編国歌大観』による検索では、

よられつる草もすずしき色に見えてうれしがほなるむら雨《さめ》の庭《には》　（『光厳院三十六番歌合』正親町公蔭）

よられつる千種《ちぐさ》もも草葉《は》をのべて名残《なごり》すずしき野べの夕立　（上冷泉為広『為広集』「十二日夕立」）

六月《みなづき》のてる日にいたくよられつる草葉《くさば》も今や野べの夕風　（松永貞徳『逍遙集』「野夕夏草」）

の三例しか他にない。後にも述べる（313頁）ように、芭蕉と素堂が西行をことのほか崇敬したこと、さらにこの西行の歌が諸書に採られる著名歌であったことを考えるなら、素堂のこの句が西行歌を本歌とするというそ

の指摘に疑いをさしはさむ余地はないであろう。

しかし、本歌の「よられつる」ものが「野もせの草」であり、他の三首も「草」「千種もも草」「草葉」とするのに対して、素堂の句では「黍の葉」である。その相違には注意が必要であろう。

五穀の一つである「黍」は和歌などには詠まれないものだが、『詩経』王風の「黍離《しょり》」の篇をはじめとする漢詩文にはしばしば取り上げられる植物であった。そして、そのなかには「黍」が夏の烈日に曝され、しおれるさまを描く日照りの詩が見られる。『白氏文集』巻一の諷諭詩二首のそれぞれ一部分を引用しよう。

月夜登閣避暑詩

旱久炎気甚　旱《かん》久しく炎気甚《はなはだ》し
中人若燔焼　人に中《あた》りて燔焼《はんせう》するが若《ごと》し
……
迴看帰路傍　迴《めぐ》りて帰路の傍《かたはら》を看《み》れば
禾黍尽枯焦　禾黍《くわしよ》尽《ことごと》く枯焦《こせう》せり

夏旱

旱日与炎風　旱日《かんじつ》と炎風《えんぷう》と
枯燋我田畝　我が田畝《でんぽ》を枯燋《こせう》せしむ
金石欲銷鑠　金石すら銷鑠《せうしやく》せんと欲《ほつ》す
況茲禾与黍　況《いは》んや茲《こ》の禾《いね》と黍《きび》とをや

素堂の句の「よられつる」は確かに西行の歌を本歌とするものだが、「黍の葉」の表現はこの白居易の詩句などに由来するものと理解すべきであろう。その句は、いわば和漢の二つの典拠をもっていたのである。

先に述べたように、底本の芭蕉素堂自筆稿本によれば、当初「よられつる黍の葉むけの秋の風」だった句が「よられつる黍の葉あつく秋立て」と推敲を加えられたらしい。「葉むけの秋の風」の形は、西行歌をはじめとする和歌の表現に近く理解される。ことに、貞徳の「六月《みなづき》のてる日にいたくよられつる草葉《くさば》も今や野べの夕風」にほとんど重なるものとなる。暑さに萎れていた黍の葉も、いまや秋の風をうけて生気を取り戻したという意に、分かりやすく解釈できる。それを、あえて「黍の葉あつく秋立て」と改めたのはなぜだろうか。

思うに、「黍の葉あつく」とは、「黍《ショ》」と「暑《ショ》」とが同音であることを利用する表現ではないか。「あつく」は「厚く」ではなく「暑く」である。『説文解字』に「黍は……大暑《たいしょ》を以て種《う》う、故にこれを黍《しょ》と謂ふ」とし、また『説郛』（巻七十五上）にも「黍《しょ》とは暑《しょ》なり」とする。作者素堂のこの改訂は、「黍《ショ》」と「暑《ショ》」とがこのように強い連想関係にあるのを用いて、しおれた黍の葉はなお暑げだが、秋はすでに立ったと詠おうとするものであろう。芭蕉の「あか〳〵と日は難面《つれなく》も秋の風」（奥の細道）の心である。残暑を詠うのは、秋の句である。

25　よられつる黍の葉あつく秋立て　　　　堂

26　内《うち》は火《ひ》ともす庭《には》の夕月《ゆふづき》　　　　蕉

底本では、作者名には「同」と「蕉」の二字が重なって記されているように見える。どちらが訂正の書入かは判然としないが、版本に「蕉」とあるのに従う。「内は火ともす」の「ともす」は版本では「とほす」となっている。「ともす」「とぼす」の両形ある語である。

前句の「黍の葉」から、黍畑のそばの農家のさまを思い描いた。「庭」は、ここでは農家の垣の内の地面を言う。農作業ができるように、そこには樹木などは植えずに、平らかにならしてあるのが普通である。

前句注に引いた「よられつる」の句をもつ和歌が、萎れた草を生き返らせる夕立や夕風を詠っていたように、ここでも前句の「よられつる」から「夕月」が導かれた。「夕月」は、三日月のころから月齢十日過ぎの月まで、夕方の空に見える月である。ここは「秋立て」の後の「夕月」だから、七月上旬の月ということになろう。すっかり暗くなるまでにはまだ間があり、前句の黍の葉の暑げなようすも目に入るのである。

ところで、この「火ともす」とは、家の内で灯をともしていることを言うのだろうか、または、今まさに灯をともすことを言うのか。状態か所作か、どちらに読むべきかと迷う。庭には夕月がかかり、家の内には灯がともされていると、内外の光を対照して見る句と理解するのが穏当だろうか。しかし、庭に夕月のかかる頃、農家の内にふと灯がともされた、その瞬間をとらえた句と解釈できそうにも思う。まだ暮れきらない空には淡い夕月がかかっているが、家の中ではそれを知ってか知らずか、室内の薄暗さに気づいた家人が灯火を点じたと見るのである。

『阿羅野』（元禄二年刊）の

四日

夕月夜《ゆふづくよ》あんどんけしてしばしみむ　卜枝

は、夕月を眺めるために行灯の火を消すという風流を詠うものだが、この句の農家では、その夕月に心はなく、灯したばかりのあかりの下でいつもの団欒の時が迎えられようとしているのである。

26　内は火ともす庭の夕月　　蕉

27　霧‐籬顔孰与《イツレ》（霧《む》籬《り》顔《かほ》孰与《いづれ》）　　堂

「霧籬」は漢語の形をしているが、実際にはそのような漢語はない。「霧のまがき」という歌語に漢字をあてただけのものである。歌語「霧のまがき」は、たちこめる霧を垣根に見たてて言う場合もあるが、普通には霧のたちこめる垣根を意味する。ここは、前句の「庭」を受けた後者の例である。

《和漢》は、『連珠合璧集』が「槿《あさがほ》」の項に「霧の籬《まがき》」を源氏寄合として挙げていることなどから、「霧のまがき」は『源氏物語』朝顔巻の一場面に基づく「源氏詞」であり、つまりは「霧籬顔」の三字で「霧の籬の朝顔」を表したものと言う。その朝顔と前句の夕月と、二つの景物を対比する付合と解釈するのである。しかし、朝顔と夕月とではむろん時が異なる。下の「孰与」は《和漢》も言うように、また後にも例を挙げて説明するように、二つの物事を比較する意を表す助字であるが、朝顔と夕月と、同時に存在しない景物の風情を対比するのは、抽象的なやや難しい考え方になりそうである。

霧の垣根には、朝顔だけではなく、夕顔の花も開くはずである。ここでは、空に夕月、垣根には夕顔、その二つが比べられているのではないか。そちらの方がより現実的な見方であろう。『俳諧類船集』は、「夕顔」の付合語に「賤が垣ほ」を挙げている。前句の（農家の）「庭」から「賤が垣ほ」が、そして「賤が垣ほ」から「夕顔」が導かれたのである。庭の夕月を眺めた目を、そのまま垣根の夕顔の花に転じたという運びである。

霧のたちこめる「賤が垣ほ」の「夕顔」は、藤原家隆『壬二集』の次の歌にも詠われていた。他にも『六百番歌合』『夫木和歌抄』『題林愚抄』などの諸書にも収められた著名歌であった。

　夕顔
煙《けぶり》たつ賤《しづ》が庵《いほり》はうす霧《ぎり》の籬《まがき》に咲《さ》ける夕顔の花

「孰与」は、『史記』『文選』などに用例の見られる漢語である。本邦五山僧らの詩文にも例は多いが、今は、素堂自身と、その友人の人見竹洞の七言絶句から、ともにその結句に見られる例を引いてみよう。

　　梅花春久
天工琢磨白玉梅　天工琢磨《たくま》したり白玉の梅
徳風孰与《いゝ》淇園竹　徳風淇園《きゑん》の竹に孰与《いづれ》ぞ
（『素堂家集』都立中央図書館加賀文庫蔵本の書入）

　　蟬声近秋　細射山席得淮字
山林蛻甲鏖残暑　山林の蛻甲《ぜいかふ》残暑を鏖《みなごろし》にす
孰与《いゝ》謝玄兵度淮　謝玄《しやげん》の兵の淮《わい》を度《わた》るに孰与ぞ
（人見竹洞詩文集・巻八）

素堂の句の方は、清らかな白梅の花は、『詩経』衛風「淇奥《きいく》」に詠われた淇水のほとりの竹に比べてどうか、どちらの徳風がまさるかと問うものであり、竹洞の句は、残暑を全滅させた寒蟬の抜け殻は、淮水を渡って符堅を打ち破った晋の謝玄の兵士らと比べて、どちらがおびただしいかと詠う。その「孰与」の二字は比較の構文を作る助字であり、一般化して示せば「甲孰与乙（甲は乙に孰与《いづれ》（ぞ））」であり、甲は乙に比べてどうかと言うものである。時には反語的に、甲は乙にとても及ぶまいという気持で用いられることもある。

「甲は乙に孰与（ぞ）」という形で理解するなら、この句の「霧籬」の夕顔の花が甲に当たることは明らかである。そして乙は何かと考えるに、前句の「夕月」の他にそれにあたりそうな言葉はない。つまり、この句は前句に返ってゆき、「霧籬」に咲く夕顔の花は、「庭の夕月」に「孰与《いづれ》（ぞ）」の形となって、夕顔の花は夕月に比べるとどうか、どちらが美しいかと問う意になる。「孰与」は、先に述べたように、反語的にも用いられるが、この句の主題である「夕顔」が否定的に扱われるのは穏当でない。この場合は反語ではなく、「夕顔」は「夕月」に比べてどうだと、負けず劣らずではないかと言うのである。

和句と漢句とをつなげて、それを漢文の一文のように取りなすのは、和漢聯句ならではの芸当であろう。さて、夕月と夕顔とを比べる時、その何が比較されるのだろうか。空の月と垣根の花とは、あまりにもかけ離れた存在ではないか。両者の風情を漠然と比べるのか。しかし比較とは、何かの共通点があってこそ、興味あるものとなるのではないだろうか。そう考える時、『俳諧類船集』が「顔」の付合語の中に「月」を挙げることが重要になる。顔から月が連想された。逆に、月から顔が連想された。そして、夕顔も、もちろんその花の名前から人の顔が連想される。つまり、夕月も夕顔も、ともに人の顔になぞらえられるのである。その上で、どちらの顔がより美しいかという比較が可能となるであろう。

月の顔の表現は和歌や連歌にも珍しくないが、今は俳諧の例だけを示してみよう。

『崑山集』（慶安四年刊）

月のかほもこよひ十六乙女《をとめ》哉　丸（貞徳）

『犬子集』（寛永十年序）

おぼろ月夜にむかひて

月のかほかくす霞やほうかぶり　惟玉

『ゆめみ草』（明暦二年刊）

月花《つきはな》のかほばせいづれみめくらべ　天満俊方

『北村季吟日記』（寛文元年八月十五日条）

児《ちご》ならば名はまん丸《まる》と月の顔《かほ》

『続山井』（寛文七年刊）

五月雨に御物遠《おんものどほ》や月の貌《かほ》　宗房（芭蕉）

月を人の顔に見立てるのは、俳諧においてごくありふれた発想であった。なかでもいま特に注意すべきは『ゆめみ草』の例である。月と花と、どちらの「かほばせ」（顔つき）が美しいか比べてみようと詠うのである。

『初蟬』（風国編・元禄九年）に、芭蕉が発句の推敲に心を砕いたさまを語る一節がある。元禄三年の句である。

翁義仲寺にいませし時に、

名月や児《ちご》たち並ぶ堂の椽《えん》　芭蕉

とありけれど、此句意にみたずとて、

名月や海にむかへば七小町《ななこまち》　同

と吟じて、是も尚《なほ》あらためんとて、

明月や座《ざ》にうつくしき貌《かほ》もなし　同

といふに其夜の句はさだまりぬ。これにて翁の風雅にやせられし事をしりて、風雅をはげまん人の教なるべしと、今茲《ここ》に出《いだ》しぬ

さまざまな解釈のなされる三句であろうが、思うに、前二者は、名月の顔を稚児や小野小町の美しい顔に対照して眺めようとするものであろう。

『続山井』

影は天《あめ》の下《した》てる姫か月のかほ　いが上野宗房

寛文六年以前の作とされるこの発句において、若き芭蕉〈宗房〉が「月のかほ」の語を用いるのは、前掲の『続山井』の「五月雨に」の句と同じであり、また「月のかほ」を下照姫の美貌になぞらえるのは、『崑山集』の貞徳の句がそれを「十六乙女」に譬えたのと同様の詠み方である。「児たち並ぶ」の句も「七小町」の句も、それらにさほど遠からぬ趣向と見ることができる。

芭蕉が二度目の推敲によって「明月や座にうつくしき貌もなし」と改めたのは、「月のかほ」を、いかに美貌の人とはいえ、下照姫や小野小町、また十六乙女や稚児のそれに比することの不適切を悟り、月のような「うつくしき貌」はおよそ地上の人にはありえないという意に転じたことになろう。それは、月見の座に集う人々の顔の醜さや老いを指摘するような、冗談にしても非礼にならざるを得ない発句ではない。月の顔の至高の美には、いかなる人の美貌も遠く及ばないという道理を述べる句なのである。

そのように、人の顔は月の顔には比すべくもない。しかし、花の顔はそれとは違う。「月花《つきはな》のかほばせいづれみめくらべ」の句があったように、花の顔は月の顔に並びうる。つまりこの「霧籬顔孰与（庭の夕月）」の表現は、霧のかかる籬に咲く夕顔は、庭の夕月の顔と比べてどうか。どちらが美しいかと問うものと理解されるのである。

細かい穿鑿になるが、底本の表記は「霧-籬顔孰与《イツレ》」であり、版本は「霧《ノ》-籬顔孰与《イツレ》」である。「霧」と「籬」のあいだの中央の縦棒は音読符。左よせの縦棒は訓読符である。つまり「霧籬」の二字を、底本は「ムリ」と音読し、版本は「きりのまがき」と訓読しているのである。しかし、いずれにせよ、「霧籬」と「顔」のあいだには連体助詞「の」の入らない形である。つまり、句は「霧籬、顔《かほ》、孰与《いづれ》」であり、その「顔」は、「夕顔」の略であるとともに、「顔において」という全体の主題を示す言葉でもある。ひらたく言えば、「霧籬（の夕顔）は、顔（の美しさ）において、夕月（の顔）とどちらがすぐれるか」という意に解釈される。その「顔」は、先にあげた素堂の詩句の「天工琢磨《たくま》したり白玉の梅、徳風淇園《きえん》の竹に孰与《いづれ》ぞ」の「徳風」に当たる役割を果たしているのである。

27　霧-籬顔孰与《イツレ》（霧籬顔孰与）　堂
28　⿱雨衆-雨目潜焉《ハナミダグム》（⿱雨衆雨《しゆうう》目《め》は潜焉《なみだぐむ》）　蕉

24に続き、芭蕉がふたたび漢句を詠んだ。

「霂」は、『漢和三五韻』（貞享三年刊）に「霂《コサメ シグレ》　説文小雨也○和名之久礼《しくれ》」（東韻）とする。しぐれは、晩秋から初冬にかけて降る小雨であるが、季語としては冬である。

「潜焉」は「潸焉」の誤り。《和漢》には「『眠寤集和語対類』の「態芸与態芸」の平に「潜 焉《ナミダグム》」とあって、芭蕉だけの誤記ではなく、よくある誤りだったことが知られる」とする。江戸時代の漢詩文集にも同じ文字が散見する。その「潸焉」は、《連句抄》が指摘するとおり、『詩経』小雅「大東」の「睠言顧之、潸焉出涕（睠《かへり》みて言顧《われかへり》みる、潸焉《さんえん》として涕《なみだ》を出《いだ》す）」による。その毛伝には「潸は涕《なみだ》下る貌」という。

前句の垣根の夕顔を受けて、季節は合わないが、しぐれの雨が花に降りそそぎ、花の顔の目は、あたかも涙ぐんでいるかのようだと詠う。花にかかる雨を涙と見ることは、白居易「長恨歌」の「玉容寂寞《せきばく》として涙欄干《らんかん》たり、梨花一枝《いっし》春雨《あめ》を帯《お》ぶ」を想起するものでもあろう。

28　潨‐雨目潜焉《ハナミダグム》（潨雨目は潜焉）　　蕉

29　ふとんきて其夜《そのよ》に似《に》たる鳥《とり》の声《こゑ》　　堂

芭蕉の漢句に素堂が和句を付けるのは、25に続いて二度目である。

さて、この句の「其夜」とはどの夜を言うのか。また「鳥」とは何鳥なのか。解釈に難しい点がある。「鳥」については、《連句抄》および《和漢》は鶏と解している。たしかに「鳥の声」とあればまず鶏の声と考えてみるのが当然であろう。しかし鶏では前後の句に付かない。

『連珠合璧集』に「五月雨トアラバ…郭公《ほとゝぎす》」「村雨トアラバ…郭公」、そして「涙トアラバ…郭公」とあり、また『俳諧類船集』にも、「涙」と「雨」「村雨」それぞれの付合語として「ほと丶ぎす」を挙げている。ホトトギスは雨中に鳴くことの多い鳥であり、また悲哀の涙をもよおす鳥でもある。前句の「涙」にも「雨」にもよく付くのである。

ホトトギスの声を「鳥の声」と言う例は桃青（芭蕉）、信章（素堂）の一座する次の連句にあった。付句における連想の流れもここに似るであろう。

延宝三年五月百韻「いと涼しき」

雨一《ひと》とをり願ふ川ごし　又吟
名号《みやうがう》の本尊《ほぞん》をかけよ鳥の声　也
それ西方《さいはう》に別路《わかれぢ》の雲　章

言うまでもなく、前句の「雨」からホトトギスを連想し、その鳴き声を「本尊かけたか」と聞きなすことから「本尊をかけよ」と詠ったのである。

「其夜」とは、西行『山家集』の次のホトトギス詠を踏まえる表現であろう。

ほととぎすを
かたらひしその夜の声《こゑ》はほととぎすいかなる世にも忘れんものか

ホトトギスよ、おまえが語らうようにして鳴いた「その夜」の声は、いつの世までも忘れはしない、と詠うのである。

類想の歌は少なくない。『新古今和歌集』雑上の式子内親王の作もそれである。

いつきのむかしをおもひいでて

ほととぎすそのかみ山の旅まくらほのかたらひし空ぞ忘れぬ

賀茂の斎院としてすごしたそのかみ（昔）、その神山（賀茂社）で聞いたホトトギスの声を忘れないと詠う。西行ら歌人たちは、ホトトギスの声を「その夜」「そのかみ」を忘れさせないものと聞いたのである。西行の名前は『素堂家集』（子光編）のあちこちに見える。

勢州山田がはらにて

ほととぎすかたじけなさやもらひなき

西行法師のかたじけなさになみだこぼるると詠じ玉ふよし、士仏といふ人の参宮の記にありとなむ。

山家集には見え侍らず。

とりわけ右の例からは、彼が『山家集』に親しんでいたことが推察される。さらには、西行の「なにごとのおはしますをば知らねどもかたじけなさに涙こぼるる」の名歌から素堂がホトトギスを連想したことも、また確かめうるであろう。

そのような素堂は、前句の雨と涙から、ここでは「かたらひしその夜のこゑはほととぎす」という『山家集』の歌のひと節を思い出した。そして、それを「其夜に似たる鳥の声」と換骨奪胎したのである。

先走るようだが、次の「わすれぬ旅の」の芭蕉の句も、この西行歌を受けるものであろう。「西行の和歌における、宗祇の連歌における、雪舟の絵における、利休が茶における、其貫道する物は一なり」（笈の小文）という有名な一文で知られるように、また「此翁、年頃山家集をしたひて」（坎窩久臧編『素堂家集』「甲子記行跋」）と素堂が証言するように、芭蕉の西行にたいする傾倒には、素堂にも劣らぬものがあった。芭蕉は、素堂句の「其夜に似たる鳥の声」の本歌が「かたらひしその夜のこゑはほとゝぎす」であることをすぐさま見抜いたであろう。そして、その西行歌の下句「いかなる世にも忘れんものか」を思い浮かべつつ、「わすれぬ旅の」と応じたのである。

素堂は、芭蕉の遺品の『山家集』に追善の一句を書き付けている（坎窩久臧編『素堂家集』）。

　翁の山家集に題す
あはれさや時雨《しぐ》るゝ頃《ころ》の山家集

この句と次句とは、素堂と芭蕉が共有した西行への深い敬慕が生んだ付合と言うべきであろう。

さて、この句にもどる。初句の「ふとんきて」とは何を言うのか。この表現だけは、西行の歌からは導きえないであろう。「ふとん」は和歌には用例が見られない。次の例のような俳諧の言葉であった。

元禄七年九月二十一日半歌仙「秋の夜を」

　秋の夜を打崩《うちくづ》したる咄《はなし》かな　　翁
月待《つきまつ》ほどは蒲団《ふとん》身にまく　　車庸

『蕉門むかし語《がたり》』（明和二年序）

　ほとゝぎす蚊屋《かや》にふとんの入る夜《よ》哉　　五松

月を待ち、ホトトギスが鳴くのを待ちかねた人々は「ふとん」を身にまいて気長く待ったのである。

『笈日記』夏（元禄八年序）

蒲団きてあたま斗《ばかり》や蚊屋《かや》の内《うち》　水魚

「蒲団」は、もちろん夏の夜にも着るものであった。

「ふとん着て其夜に似たる鳥の声」。この句は、夏の夜にふとんを着ながら聞くホトトギスの声に、あの夜、語りかけるようにして鳴いたその鳥の声に変らないなあと、懐かしく耳をすます気持を詠うのである。

連歌寄合集の『随葉集』（述懐）には、「昔をおもふには」の項に「涙の落《おつ》る」「郭公」の語が示される。ホトトギスは懐旧の涙をさそう鳥とされた。先に引いた素堂の発句、「ほととぎすかたじけなさやもらひなき」もその心である。この付合においては、前句の「目潜焉《ハナミダグム》」が、昔を思う涙と取りなされたのである。

29　ふとんきて其夜に似たる鳥の声　堂

30　わすれぬ旅《たび》の数珠《ずず》とわきざし　蕉

前句の注に述べたように、「わすれぬ旅の」とは、前句の本歌である西行歌の下句「いかなる世にも忘れんものか」によって応じた表現である。

ホトトギスは、時を忘れず五月に必ず来鳴くということから「忘る」「忘れず」の語を連想させる鳥であった。

『題林愚抄』「雨中郭公」

同（新千）　順徳院

わするなよ又《また》こんとしも郭公《ほととぎす》軒《のき》のあやめの五月雨《さみだれ》の空

『二《じ》葉《えふ》集』　地巻（元禄十六年跋）

無常

わすれずと催促《さいそく》に来《こ》よ杜宇《ほととぎす》　智月

ホトトギスは「死出《しで》の田長《たをさ》」という異名をもつように、冥路を往き来する鳥と考えられた。右の「無常」の句にもそれはうかがわれる。次の有名な歌のように、古くから亡者を思いださせる鳥でもあった。

『拾遺和歌集』　哀傷

生み奉《たてまつ》りたりける親王《みこ》の亡くなりての又の年、郭公を聞きて

伊勢

しでの山越《こ》えて来《き》つらん郭公恋しき人のうへ語《かた》らなん

「わすれぬ旅」とは、そのような亡き人を思う旅、つまり、人の冥福を祈って、たとえば高野や熊野のような霊場をめぐる旅と理解されるであろう。

『伊羅古《いらこ》の雪』（宝暦三年跋）

みじか夜も母をわすれぬ旅寝《たびね》哉　知足

それと同時に、「わすれぬ」は「数珠とわきざし」にも掛かる気持がある。「数珠《ズヾ》」（書言字考節用集）は諸寺をめぐる旅ゆえにむろん忘れてはならないものであり、「わきざし」もそのような旅では身に帯びられるものであった。

西山宗因『蚊柱《かばしら》百句』（延宝二年刊か）

札《ふだ》もなきわきざし一つ持来《もちきた》り

じゅんれいめいたたをれ死有《じにあり》

「わきざし一つ」を、行き倒れとなった諸国順礼の旅人の遺品と見た付けであった。

30　わすれぬ旅の数珠とわきざし　　蕉

31　山伏《ハ》山平地（山伏は山平地《へいち》）　　堂

前句の旅人を山伏と見た付句である。

数珠が山伏の忘れてならぬ持ち物であることは言うまでもない。狂言に登場することの多い山伏はかならず「草の実数珠《じゅず》」を手にしている。粒のとがった「苛高《いらたか》数珠」をざらざらと押しもむのも、中世近世の文芸、芸能におなじみの山伏の所作であろう。数珠は念珠《ねんじゅ》とも言うが、「鈴懸《すずかけ》」「法螺《ほら》」「錫杖《しやくじやう》」などとともに、「念珠」は山伏必携の十二の品の一つであった（『修験道修要秘決』元禄五年刊・巻上「衣体分十二通」）。『毛吹草』（正保二年〈一六四五〉刊）にも「数《ず》珠《ず》」の付合語に「山伏」を挙げる。

右の十二の数には入らない「わきざし」も、やはり山伏の持ち物であった。今日の修験者はふつう武器類を携帯しないが、往時の絵画の中には、大きな鉞《まさかり》を肩にかついだり、太刀を腰に帯びる山伏の姿を見出すことが多い。『日本庶民生活史料集成』第三十巻「諸職風俗図絵」の中では、『職人尽図巻』（柳家本）や『人倫訓蒙図彙』（元禄三年刊）に見られる山伏は大小両刀を下げており、『職人尽倭画』（国会図書館蔵、菱川師宣摸本）の山伏が左腰に帯びるのは、その長さから見て、脇差であるに違いない。

『続有磯海』（元禄十一年刊）

山ぶしの脇ざし抱えしぐれ梟《けり》　筑後吉井　柱山

もそのような山伏の姿であろう。

「山平地」は、「山を平地とす」とも訓読できる。語順が漢語としては変だが、吉野や熊野、葛城や羽黒などの霊山で修行する山伏たちが、険しい山路をあたかも平地を行くが如くにやすやすと走破することを言う。その表現は、『平家物語』（巻二「一行阿闍梨之沙汰」）に、流罪の天台座主明雲を奪い返した悪僧たちのかつぐ輿《こし》が、「さしもさがしき東坂《ヒンガシサカ》、平地《ヘイヂ》を行《ユク》が如くも也」（新日本古典文学大系44）だったとするのにも共通する。そもそも『平家物語』諸本のその表現は、荷車で粟を運ぶ力者の歌の「粟を輓《ひ》きて高山に上る、高山平地の若《ごと》し」（唐・劉駕「輸者謳」）などの類型表現に基づくものであろう。これも、それと同様の漢語表現と見るべきだろう。

数珠とわきざしを忘れずに携えた山伏が、険しい山をまるで平地であるかのように行くことを言う句である。「山ヽ伏山ヽ平地」と、一字目と三字目に同じ文字を用いるのはもちろん意図的な技法である。次句の「門ヽ番門ヽ小天」も同じ。寛文十一年（一六七一）刊の『聯句初心鈔』（深沢眞二『和漢の世界』所収）の「畳字《カサネ》ノ事」に「文《アリ》レ文《ニ》‐苑《ノ》鳥」や「閑‐味味《フ》レ無《ヲ》レ味」などの例が、また元禄八年から同十一年までの成立とされる幸佐《こうさ》『二番船』の「畳字《テウ》」にも「重字《テウジ》ハ。一句ノ中ニ同字ヲ二字。或ハ三字カサネ。又ハ中ニ余ノ字ヲ隔《ヘダ》ツルモアリ」として「須《スベカラク》磨《ミガク》須《ス》‐磨《マノ》月」という例が示される（深沢同書「元禄俳壇の和漢俳諧」）のにも似た俳諧的な用字法である。

31　山伏《ハ》山平地（山伏は山平地）　　堂

32　門番《ハ》門小-天（門番は門小天《せうてん》）　　同

前句の「山伏」から「門番」を連想した。『俳諧類船集』が「関」の付合語の一つに「似せ山伏」を挙げるのは、頼朝方の討手を逃れるため、義経、弁慶らの主従一行が山伏の姿に身をやつして奥州に向かった時、関所での厳しい糾問を弁慶の機転、弁舌により免れたという有名な話にもとづく。『義経記《ぎけいき》』や謡曲「安宅《あたか》」などで知られ、連句の世界でも繰り返し詠われた故事である。たとえば『俳諧時勢粧《いまようすがた》』の

　うたがひもなき勧《すすめ》たうとき
　山伏は気も関所《せきどころ》越《こえ》けらし

は、謡曲「安宅」で、東大寺の勧進のための旅と言うなら勧進帳を読んでみよと関守に迫られた弁慶が、笈《おひ》から取り出した「往来の巻き物」を手に、勧進の文章を声高らかに読んでみせたという緊迫した場面を踏まえる付合である。芭蕉の「山伏を切ッてかけたる関の前」（「青くても」歌仙・元禄五年九月下旬）も同じ話による句である。

謡曲「安宅」では、その関守は「富樫の某」とされる。冒頭の名乗に彼は次のように述べる。

かやうに候ふ者は加賀《かが》の国富樫《くにとがし》の某《なにがし》にて候、さても頼朝義経《よりともよしつね》おん中不安《なかふあん》にならせ給《たモオ》ふにより、判官殿《ほおがんどの》十《ジウ》二《に》人《にん》の作《つく》り山伏《やまぶし》となつて、奥《おく》へおん下《くだ》りのよし頼朝《よりとも》聞《き》こしめし及《およ》ばれ、国々《くにぐに》に新関《しんせき》を立てて、山伏《やまぶし》を堅《かた》く選《えら》み申せとのおんことにて候、さる間この所《ところ》をばそれがし承つて、山伏《やまぶし》を留《とど》め申し候、今日《こんにち》も堅《かた》く申し付け

ばやと存じ候。　　　　　　　　　　　　　（日本古典文学大系41『謡曲集下』）

「門番」とはこの人にあたるのだろう。

「門小天」は、「門を小天とす」とも訓読できる。「小天」は漢語としての用例のそれほど多くない語であるが、ここでは「小天地」の略と見るべきものか。つまりは、門番は門内を小天地とする、そこを自らの世界として固守するの意。結局は弁慶に欺かれて義経一行を通してしまうのだが、「門番」たる「富樫の某」が門を固く守ろうとしたことを、前句の「山伏」から連想したのであろう。

険しい山坂をものともせずに行く「山伏」に、門を固守して動かぬ「門番」を番《つが》えた対句となる。

32　門番ハ門小‐天（門番は門小天）　　　　同（素堂）

33　鶺‐鴒窺二摺鉢ヲ一（鶺鴒《せうれう》摺鉢《すりばち》を窺《うかが》ふ）　　　　蕉

芭蕉の漢句の三句目である。「鶺鴒」は鳥の名。『和漢三才図会』（原禽類）には「巧婦鳥」の名で立項され、和語「みそさざい」「たくみどり」「さざき」が宛てられている。そこに引用される『本草綱目』は、鶺鴒が黄雀に似ていてそれより小さいこと、鶏卵ほどの精巧な巣を木の枝に掛けることなどを記している。「巧婦鳥」「たくみどり」は、その巣の精密さに由来する名であろう。留鳥だが、《和漢》が詳述するように、蕉門では冬の鳥と見なされていたらしい。冬の句となる。

前句との関係は、たとえば《連句抄》には、「『荘子』逍遙遊篇に「鶺鴒巣二於深林一、不レ過二一枝一。偃鼠飲レ河、不レ過二満腹一」（鷦鷯深林に巣くふも一枝に過ぎず。偃鼠河に飲《みづの》むも満腹に過ぎず）とある一節は誰しもよく知る所。前句のしがない門番から『荘子』の鷦鷯・偃鼠のたとへに聯想が及んだのであらう。」と指摘する。前句の「門番」が「門」を「小天」と固守する態度から、一枝に巣くうて自足する「鷦鷯」を思ったものと理解するのである。確かにそのような付句なのであろう。

　しかし、あるいは深読みに過ぎるかも知れないが、次のような理解を重ねることも可能かと思う。《連句抄》の指摘した『荘子』の一節は、堯帝から天下を譲ることを申し出られた隠者許由が、自らを一枝に甘んじる「鷦鷯」に譬え、それを謝絶する言葉であった。その故事の心は、後世の詩文に詠まれる「鷦鷯」においても受けつがれる。「鷦鷯」は、かならず寡欲の隠遁者の譬えとされたのである。晋・張茂先「鷦鷯賦」（『文選』巻十三）は、「林に巣くふこと一枝に過ぎず、食《は》む毎《ごと》に数粒に過ぎず」と言い、白居易「我身」にも「窮すれば則ち鷦鷯と為《な》る、一枝自ら容《い》るるに足らん」（白氏文集・巻十一）と詠う。張茂先「鷦鷯賦」は、別の箇所では、「鷦鷯」がその毛も肉も人の用に立たぬがゆえに身を全うすることを説く。すなわち「鷦鷯」は隠遁の理想を体現する鳥と見なされたのである。

　素堂の友人、人見竹洞は幕府儒臣にして隠者の気風ある人であったが、その「題鷦鷯画」には「巣を営《いとな》みて鷦鷯至り、此《こ》の一枝の閑なるを得《う》、茅屋膝《ひざ》を容《い》るるに足れば、天地の間に浩然《かうぜん》たり」（人見竹洞詩文集・五言絶句）と詠う。また素堂の七言律詩「歳末吟」にも「微躯《びく》何ぞ覓《もと》めん一枝の外《ほか》、影を抱《いだ》きて鷦鷯故林に臥《ふ》す」（子光編『素堂家集』）の結聯があった。

　この句の作者の芭蕉も、「鷦鷯」が隠遁者の譬えとされることは当然承知していたであろう。それなら芭蕉は、前句の「門番」を「しがない門番」とばかり見たのではなく、もう一人の有名な「門番」に取りなした可能性があるのではないか。西遊する老子を関に留め、著書すなわち『老子』を書きのこさせた「関令尹喜《ゐんき》」である。『列仙伝』巻一には、「尹喜」が「内学を善くし、常に精華を服し、徳を隠し行ひを修」めた人であり、「老子も亦たその奇を知り、為《ため》に書を著《あらは》し、これに授」けたと述べて、「尹喜は関を抱き、徳を含みて務と為す」云々の賛を記している。しかも前句の漢語「小天」は、前句の注では「漢語としての用例のそれほど多くない語」と述べたが、その例のなかには、「千重万重蓮瓣《れんべん》の山、小天包まれて山中の間に在り」（元・周権「桃源図」『歴代題画詩類』巻三十一）のように、桃源郷の意に用いられるものがある。それらを合わせ考えるなら、前句は「門番」の「関令尹喜」が門内を仙境として守ったことも理解しうる。そして芭蕉は、その「門番」に対して、「鷦鷯」という隠遁の生き方を示す鳥を配した、と読むことができる。『老子』に関わる「門番」に、『荘子』由来の「鷦鷯」を付けたと見るのである。

先に引いた張茂先「鷦鷯賦」の冒頭には「鷦鷯は小鳥なり。蒿萊《かうらい》の間に生まれ、蕃籬《はんり》の下《もと》に長ず」とある。「蕃籬の下」、つまり垣根のあたりに常ひごろ飛来する鳥なのだろう。『和漢三才図会』に引く『本草綱目』にも「藩籬《まがき》の上に居す」とあり、挿絵のその鳥も垣根の上で囀っている。「門番」と「鷦鷯」とは、その意味でも、あいかなった取り合わせであった。

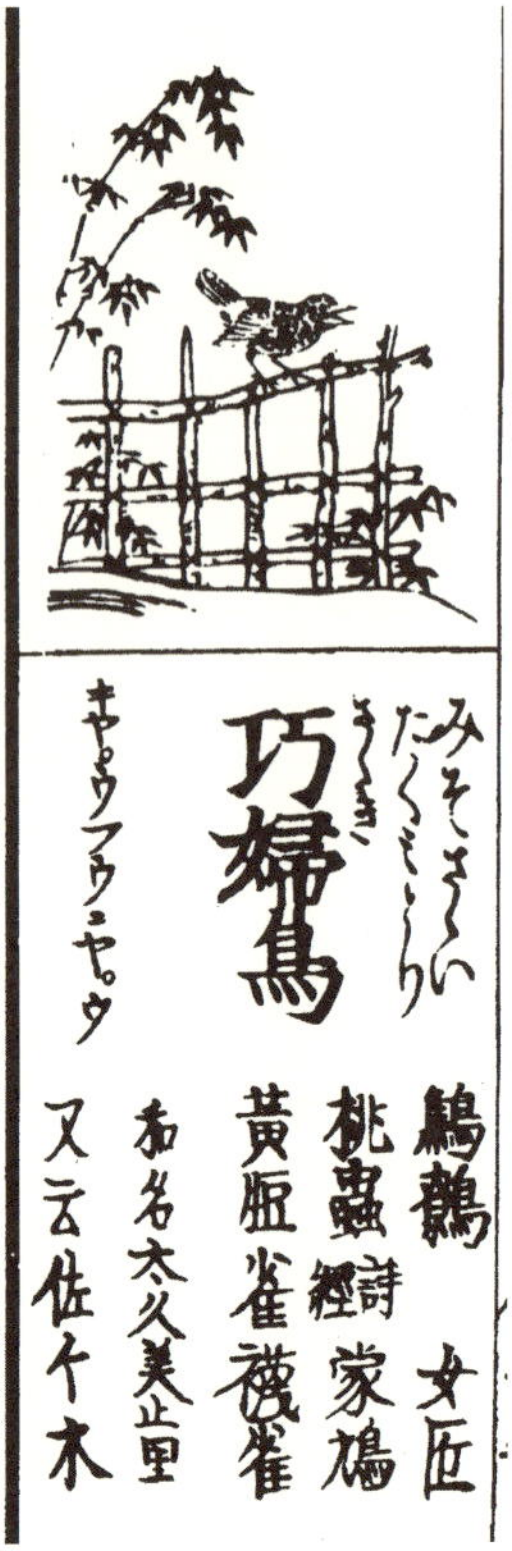

（和漢三才図会・巻四十二）

さて、その「鷦鷯」が「摺鉢」を「窺ふ」とはどういうことか。この点については、《和漢》が「そもそも小禽ミソサザイの名は味噌と関係がある。永禄二年（一五五九）の『いろは字』に「鷦鷯　ミソサンサイ　セウレウ　ミソヌスミ」とあり、今日でも「みそっちょ」「みそくい」「みそこすり」「みそざらい」「みそっくぐり」といった異名が方言として全国に分布している。近世初期俳諧にはこの関係を利用した句が見出される」と指摘するのが参考になる。底本とする稿本でも、また刊本でも、「鷦-鷯」と音読符が施されている。セウレウと字音で読むべき文字である。しかし同時にミソサザイなどの和名、異名があることから、芭蕉は、その鳥を味噌に関係づけて、味噌を摺るために用いる「摺鉢」を窺う姿を詠んだのである。

では、味噌を「摺鉢」（擂鉢）で摺るのは何のためか。今日ではその意味が分かりにくくなっていよう。《和漢》は「豆を臼で搗いたりすり鉢ですったりする味噌造りの最初の工程「味噌搗き」」のこととするが、そうではない。

味噌汁は、かつて次のようにして作った。「赤《あか》み曽汁《そじる》　上あかみそ八分に上白みそ弐分にしてすりまぜ、煮《に》かへしてすいのふにて漉《こ》ス、但《たゞし》赤《あか》ばかりにては味《あぢわひ》わろし」（『料理早指南』「汁の部加減の事」・江戸時代料理本集成第六巻）。あるいは、「すべて味噌汁は味噌を擂鉢にて擂り、適宜水を加へてのばし、味噌漉にて鍋に漉しこみ、これを火にかけ、汁の煮たちしとき鰹節を削りて入れ、更に煮たちし後椀に盛りて食す。客に出す場合には煮たちし後これを漉して鰹節の滓を除くを可とす。汁の実はその時々の物を用ふべく、豆腐及び麩の如きものは年中用ひて可なるものなり」（澤村眞『実用飲食物辞典』明治四十四年・近代デジタルライブラリー）。今日一般に用いられるこし味噌と違い、大豆や麴《こうじ》の粒《つぶ》の残る粒味噌を用いた時代は、味噌汁を作るたびに、それを擂鉢で擂った。また種類の異なる味噌を混ぜ合わせた上で擂鉢にかけた。それを味噌漉《みそこし》で漉して豆殻《まめがら》などを取り除きつつ汁に溶かしこんだのである。

『西の雲』（元禄四年跋）

朝まだき鶯なかば味噌すらむ　　一笑

『渡鳥集』（宝永元年刊）

朝霜に味噌摺り出《いだ》す隣哉　　魯町

朝餉の支度にはこのように味噌を摺った。芭蕉の句の「鷦鷯」が「窺」うのはその摺鉢である。「鷦鷯」は、前句の「門番」が味噌を摺る「摺鉢」を窺って、「ミソヌスミ」「みそくい」などの異名さながらに、隙《すき》あらばそれをひと口かすめ取ろうと身がまえているのである。さればこそ、次句に「明る雲やけ」という早朝の景が付くのである。

「鷦鷯」は、漢語セウレウとしては隠者の象徴であり、ミソサザイなどの和語としては摺鉢の味噌を盗み食う小鳥である。重ねられた聖俗ふたつの意味の落差に、この句の面白みがあるのではないか。刊本は、「摺鉢」を「水鉢」の文字としているが、「水鉢」ではその俳味は消えてしまうであろう。

33　鵜-鶘窺二摺鉢ヲ一（鵜鶘摺鉢を窺ふ）　蕉
34　霜にくもりて明る雲やけ　堂

前句の芭蕉の漢句に素堂が和句を付けた。24と25、28と29に続いて、和と漢を交替した三度目の例である。朝餉の支度が冬の早朝の空の下に行われているものと見たのである。

『連珠合璧集』は「霜」について「霜くもりなど云り」とし、また『俳諧類船集』には「曇《クモル》」の付合語の一つに「霜」を挙げる。「霜にくもりて」は、ただよう霜の気によって空が曇ることを言う。

古くは光厳院の御製（花園院御集）に、

冬暁
霜にくもるありあけがたの月影にとほぢの鐘も声しづむなり

とある「霜にくもる」もその例である。

空から降《ふ》り、地上に置くとともに、霜の気は天空に満ち、空中を飛ぶものとも考えられた。ことに中国の詩においてはそうであった。有名な「月落ち烏《からす》啼《ない》て霜天に満つ」（唐・張継「楓橋夜泊」『三体詩』巻一）などがそれである。そして、空をただよう霜気が月光をおぼろにすることも、『芸文類聚』「月」に収められた「詩」の「霜《さう》氛《ふん》月彩を含み、靄靄《あいあい》として南楼に下る」（梁・邵陵王蕭綸《しょうりん》「詠新月詩」）などに見ることができる。おそらくは先の光厳院御製も、このような詩表現と関係のあるものであろう。

さて、素堂の句の「霜にくもりて明る雲やけ」である。これは月ではなく、朝焼けの雲が、霜の気に隔てられてぼんやりとしながらも、なお明るい光に染まってゆくことを言う。

この「雲やけ」は珍しい語である。和歌連歌俳諧に同じ例を見つけることは容易ではない。『日本国語大辞典』（第二版）には

強い日光や火災の光などが遠くの雲に映って、赤く焼けるように見えること。かぎろい。

として、『多聞院日記』（天正十年〔一五八二〕三月二十三日条）の「先段天の雲やけと見たるは、信州あさまのたけの焼たる也」と、この素堂の句の二例を掲げている。夕焼けを言う各地の方言にこれがあることも示されているので、おそらくは俗語として用いられた言葉なのだろう。その珍しい「雲やけ」の語がここにわざわざ用いられているのは、次句がいわゆる花の定座、名残の裏の第五句目に当たるからでもあろう。「雲」に「花」を付けるのはもっとも一般的な付合であった。

34　霜にくもりて明る雲やけ　　　　　堂
35　奥ふかきはせの舞台に花を見て　　　蕉

「雲トアラバ…花」（連珠合璧集）。霜気にかすんだ朝焼けの雲の色を詠う前句をうけて、長谷寺の舞台から見

る花を付ける。『古今和歌集』仮名序の「春のあした吉野の山のさくらは人麻呂が心には雲かとのみなむおぼえける」を始めとして、和歌や連歌では、花を雲と見るのは最もありふれた趣向であった。

長谷寺の舞台から花を見れば、まるでおぼろにかすむ朝焼けの雲のようだと、前句に返ってゆく気持である。

「はせ」は初瀬、ここでは長谷寺のことを言う。貝原益軒『大和めぐり』（元禄九年刊）の案内を、句読点と濁点を補って引用しよう。

初瀬《はつせ》　迫《ハ》瀬とも書、又長谷《ハセ》とも云。此地三輪より先《キ》は両山澗《たに》水を夾《はさ》んで谷中長き故に、長谷と書なるべし。隠口《こもりく》のはつせと云も、山の口かくれこもりておくふかければいへるなり。桜井より是まで一里半有。麓の町民屋多し。長谷《ハセ》寺は元正天皇養老五年に創立。又文武天皇の御時徳道上人これを造立すとも云。本堂は八棟《むね》作り。十一面の観音尊一丈六尺也。……山上の景尤美也。桜も少有。初瀬山秋冬は紅葉甚うるはし。旅客諸人の多く遊観造《ザウ》詣する所也。

大和盆地の東南の桜井、三輪のあたりから、初瀬川に沿った渓谷を東に遡ってゆくと、その奥に初瀬の地がある。『万葉集』に「隠口《こもりく》のはつせ」と詠うのも、そこがこもり奥まった土地だからだと言うのである。「奥ふかき」の語は「はせ」の地の形容としてふさわしい。そして、それは前句の「霜にくもりて」がおぼろにかすんだ状態を言うのにも的確に応えた表現になっている。数ある花の名所のうち、特に「はせ」がここに選ばれたのにはわけがあったのである。

益軒は「桜も少有」と記しているが、初瀬が桜の名所とされたことは、伝宗祇編『名所方角抄』（寛文六年〈一六六六〉刊）に「初瀬」の寄合語の中に「さくら」が挙げられていることからも知られる。

伊賀上野に居た頃の若き芭蕉の句にも、
『続山の井』（寛文七年刊）

初瀬にて人々花みけるに

うかれける人や初瀬の山桜　　松尾宗房

とある。また貞享五年（一六八八）、故郷伊賀に滞在の後の三月に、芭蕉は杜国を伴って長谷寺を訪れている（笈の小文）。杜国の句、「足駄《あしだ》はく僧も見えたり花の雨」によれば、花の蕾をふくらませる春雨の降る頃だったであろう。

「舞台」は、長谷寺本堂（観音堂）の南に、谷の上に張り出すように作られた懸崖《けんがい》造りの露台である。ここだけではなく、観音菩薩を本尊とする御堂は山の中腹に建てられることが多く、清水寺、石山寺などにも絶景を誇る同様の舞台がある。

長谷寺の舞台は、花見の宴の催された場所でもあった。

『玉海集』（明暦二年〈一六五六〉刊）

初瀬の花見にまかりし時、東海氏正頼のぬし其外相《あひ》しれる人侍りて、

御堂の舞台に物しかせ、月あかきよもすがら酒たうべて

かくらくな花見はあらし初瀬山　同（貞室）

こんなに楽は花見はあるまいと詠う。舞台からは、谷間に広がる桜が居ながらにして一望できたことであろう。

35　奥ふかきはせの舞台に花を見て　　蕉

36　臨《テ》レ谷《ヲ》伴二蛙‐仙《ニ》一（谷を臨みて蛙仙に伴ふ）　　堂

長谷寺の舞台から谷を見下ろすことを詠う。

「臨《テ》レ谷《ヲ》」の訓点は、底本だけではなく刊本にもその通りだが、やや見慣れぬ感じがあるかも知れない。「臨海」「臨江」「臨機」などの熟語は「海に臨む」「江に臨む」「機に臨む」と訓読するのが常だからである。石川丈山の詩の「臨谷呼樵童」（雑吟三首［其二］『新編覆醤続集』巻四）は、谷をはさんだ向こうの山の樵夫に呼びかけるの意の句であるが、これにも「臨レ谷《ニ》」の点が付けられている。

しかし「臨《テ》レ谷《ヲ》」も間違いではない。「臨海」「臨江」「臨機」などの「臨」は向かいあう、対面するの意味である。丈山の詩の「臨谷」でもそれは同じである。しかし、「臨」は、見下ろすことをも言い、むしろそちらが本義であるらしい（荻生徂徠『訳文筌蹄』）。ここは、長谷寺の舞台から深い谷底を見下ろす意味を強調して、あえて「谷を臨みて」と訓読したものであろう。

そして、「谷」からは「蛙」が導かれる。これは『連珠合璧集』や『俳諧類船集』などには示されない寄合・付合だが、「たにぐくのさわたるきわみ」という表現が、蛙の這いわたる限り、すなわち国土の果てまでもという意味で『万葉集』や祝詞などに見られるのに基づく連想であろう。「たにぐく」はヒキガエルの古語である。

さらに「蛙」から「仙」が連想された。《和漢》に、「『毛吹草』巻三付合に「蛙《かへる》↓仙人《せんにん》」、『初本結』に「蛙《カワヅ》↓仙人」、『世話焼草』に「蛙《かはづ》↓仙人《せんにん》」「蟇《ひきがえる》↓仙人《せんにん》」、『俳諧類船集』にも「蛙《カハツ》↓仙人」の付合語がある」と指摘

するように、蛙から仙人へは、俳諧の世界では強い連想の糸が結ばれていた。その具体例は必ずしも見付けやすくはないが、

『崑山集』（慶安四年〈一六五一〉刊）

　　蛙《かはづ》

仙人《せんにん》やてう《（ちょ）》あいこう《（か）》じてあま蛙

はその一つである。蛙を寵愛すること昂じて、仙人自身も天《あめ》に還《かへ》って雨蛙《あまがへる》になってしまったという洒落である。

蛙を愛したというその仙人は、狩野一渓『後素集』（元和九年〈一六二三〉刊・『日本画談大観』所収）巻二「神仙」が、「劉海愛蟾図」の画題について示す次のような中国の説話に見えるものである。

劉海愛蟾図　劉海蟾、唐末人。陽子を師とす。白き三足のかへるを愛す。後、終南山に入て、霍《つる》に乗て天に上る。

また同書同巻の別条にも言う、

玉蟾愛蝦図　白玉蟾、宋朝人。鬚《ひげ》長き男也。一生気を服し、霞を食《くひ》、蝦《かへる》をあいす。

潜翁愛蝦蟇図　潜翁、白きかへるを愛す。

蛙を愛した仙人は、中国の説話にさまざまな名前で登場する。右の三人のほかにも、宋の「侯先生」（有象列仙全伝）という仙人も江戸時代初期には知られていたという（張小鋼「「蝦蟇仙人」考」「金城学院大学論集」人文科学編・第十巻第一号・二〇一三年）。

その蝦蟇仙人を「蛙仙」という和製漢語で表して、素堂は「臨《テ》レ谷伴《ヲ》二蛙仙《ニ》一」と詠った。「蛙仙」と一緒に、長

谷寺の舞台から谷を見下ろすことを言ったのである。
しかし、その「蛙仙」が実際の仙人であるはずはない。誰かの譬えである。詠者素堂が随伴する誰かなら、そばにいるはずの芭蕉を指したものとしか考えようがない。《全註解》は「暗に芭蕉を蛙仙に比した」と述べる。そう読むのが当然であろう。しかし、なぜ芭蕉がここで「蛙仙」に譬えられたのか、その説明はない。《和漢》は、「「古池や」句にちなんで芭蕉を「蛙仙」になぞらえたことは確かだろう」とする。しかし、「古池や蛙飛びこむ水の音」は貞享三年（一六八六）の作である。この歌仙の巻かれた元禄五年（一六九二）のわずか六年前である。それが蕉風開眼の吟などと後にもてはやされ、また仮に当時すでに人口に膾炙していた句であったとしても、それによって芭蕉を「蛙仙」と称することが果してできただろうか。そもそも、蛙を上手に詠んだ人が、どうして蛙の仙人になるのだろう。
芭蕉を「蛙仙」と称したのは、
花に鳴く鶯、水に住む蛙の声を聞けば、生きとし生けるもの、いづれか歌を詠まざりける
という『古今和歌集』仮名序の一節に基づく発想だったであろう。『連珠合璧集』に「蛙トアラバ…水にすむ・歌」とあり、「歌トアラバ…鶯・川づ」とあるのは、仮名序により、「蛙《かはづ》」から「歌」、「歌」から「蛙《かはづ》」を連想すべきことを示している。俳諧においても同じであった。
俳諧において、蛙を、歌をうたう「生けるもの」の代表とする例は枚挙にいとまがない。芭蕉自身のかかわる二例だけを掲げてみよう。
延宝四年百韻「此梅に」

此梅《このうめ》に牛も初音と鳴《なき》つべし　　桃青
ましてや蛙《かはづ》人間の作　　信章

三十三歳の芭蕉の発句、三十五歳の素堂の脇句である。天神社のこの梅に鶯ならぬ牛が初音の声で鳴くという発句に、ましてや蛙、人間は、この梅を見ては詠作あらざるを得まいと応えたのである。

延宝六年百韻「さぞな都」
舞台《ぶたい》に出《いづ》る胡蝶《こてふ》うぐひす　　徳（信徳）
つれ《連》ぶし《節》には《端》歌うたひの蛙鳴《かはづなく》　　青（桃青）

では、芭蕉が「端歌《はうた》うたひの蛙」と詠んでいる。

素堂の友人、人見竹洞には「溝蛙説」という面白い文章がある（人見竹洞詩文集・巻十四）。花柳にまじって遊ぶ鶯にからかわれた泥中の蛙の抗弁の説である。そこに「古人、汝と我と和歌に通ずるを以てこれを美《ほ》む。然れども官閣の人は汝を以て尚友と為《な》し、田園の人は我を以て親朋と為す」の一文があるのは、鶯と蛙はともに歌詠いの代表とされてきたが、貴紳に愛された鶯に対して、蛙は田舎の人々の友であったことを言う。「田園の人」にとっての歌とは、俳諧に通じる俗歌であろう。

俳諧の世界において蛙が鶯以上に重要な象徴であったことは、芭蕉の「古池や」を初めとする蛙の句だけを集めた『蛙合』（貞享三年刊）があることによっても知られるであろう。

しかも、蛙は泥中に遊び、華美豪奢を求めぬことにより、出家者、隠遁者、ひいては仙人になぞらえられる。

『崑山集』

蛙《かはづ》

歌は捨《すて》ず世を捨たるか尼蛙《あまがへる》　同（片桐良保）

先の人見竹洞「溝蛙説」でも、蛙は「深溝の底に入り、高枕して臥し、富貴栄願の何物《なにもの》為《た》るかを知らず、誰《たれ》か能く我が真の楽しみを弁ぜんや」とうそぶき、やはり竹洞の「陶蟾伝」（人見竹洞詩文後集・冊之二）は、つねに開口大笑して、世人の富貴の浮雲の如きを笑う蛙の仙人を描いている。

蛙は田家の友、俗歌の唱い手であり、隠者でもある。そして「蛙仙」とは、その尤なる者に与えられる称である。俳諧の俗に遊びつつ卑俗に堕ちず、高雅な生を究めんとした芭蕉こそ、その「蛙仙」の名に最もふさわしい人と言うべきであろう。

この歌仙の19、素堂の「花月丈山閙《いそがはシ》」に、芭蕉は「しのを杖《つゑ》つく老《おい》の鶯《うぐひす》」を付けた。『古今和歌集』仮名序の「花に鳴く鶯」を踏まえて、詩人石川丈山を老鶯に譬えた句であろうことはすでに指摘した。それに応えて、こんどは素堂が、同じ仮名序の「水に住む蛙」によって芭蕉を「蛙仙」に比した。俳諧の達者、脱俗の仙人を友とすることを自ら祝して、この歌仙をめでたく巻き収めたのである。

あとがき

本書のなりたちを簡単に記しておきたい。

平成十四年、京都大学文学研究科の国文学研究室と中国文学研究室の教員と学生を中心とする和漢聯句研究会が発足し、その後の十年たらずの共同研究の成果として、次の資料集二冊、注釈書四冊が刊行された。刊行の順に記せば次の通りである。

『京都大学蔵実隆自筆和漢聯句譯注』平成十八年二月（臨川書店）
『文明十四年三月二十六日漢和百韻譯注』平成十九年二月（勉誠出版）
『室町前期和漢聯句作品集成』平成二十年三月（臨川書店）
『良基・絶海・義満等一座和漢聯句譯注』平成二十一年三月（同右）
『室町後期和漢聯句作品集成』平成二十二年三月（同右）
『看聞日記紙背和漢聯句譯注』平成二十三年二月（同右）

そして、平成二十三年十月、右の六書の業績により、二つの研究室は、伊賀市と芭蕉翁顕彰会による文部科学大臣賞を受賞した。

その受賞に際して求められた記念講演を、二研究室を代表して国文の私が引き受けなければならなくなったのは、中国文学の川合康三氏が海外滞在中だったからだが、それが本書の成る機縁にもなった。

第五章の芭蕉・素堂の両吟「破風口に」の注解は、その講演のために用意したノートに基づくものである。講演の聴衆の一人であった牛見正和氏から、話をまとめて天理図書館報「ビブリア」に寄稿することを後に勧められ、その一四二号から一四五号（平成二十六年十月〜二十八年五月）に連載した。

ついで、第三章の漢和聯句「菊亦停車愛」の注解を作った。これは平成十九年度の大学院の授業で会読した百韻だが、こちらにそれを教えるだけの学力が備わっておらず、やっと半分を過ぎたところで挫折した。受業生のひとりの中村健史氏が保存していたその折の学生諸君作成の発表資料を借りて、それを参照しながら再度いどみ、百韻全部に注を及ぼしたのがこれである。授業から十年を経た二度の研究会例会でその注稿を読みあげ、長谷川千尋さんをはじめとする出席者からいくつもの問題点を指摘され、加筆して完成とした。

第二章は、右のふたつの注解だけでは、和漢聯句の面白さ、楽しさが十分に伝わらないかと思い、稿を起こした。和漢聯句を読むための基本的な手順を示そうというねらいもあった。「国語国文」に投稿し、編集部と校正者から数々の注意をうけて修正、一〇〇八号から一〇一〇号（平成三十年八月〜十月）に掲載された。刊行の後は、宇佐美文理氏、渡邉樹氏から思いもかけなかった読解の誤りを教えられて改稿した。

その第二章が、和漢聯句入門の意味の章だったにもかかわらず余りに長々しいものとなったので、読者がふと潜ってみたくなるような小さな玄関口を作りたいと思い、次に第一章を書いた。これは草稿を楊昆鵬氏に読んでもらい、その感想を聞いて書き直した。

そして最後が第四章の和漢の狂句、俳諧の選読である。第三章までの和漢聯句と、第五章の芭蕉・素堂両吟の和漢俳諧とのあいだの橋渡しがあるべきと思い、書いてみた。河村瑛子さんに草稿の点検を頼み、たくさんの誤りと、追加すべき用例を教えてもらった。

本書は、和漢聯句研究会の副産物というべきものである。研究会は、平成二十三年度以降は国文中心に再編成され、その成果としては

『慶長元和和漢聯句作品集成』平成三十年二月（臨川書店）

がある。本書の第二章は、その集成に収められた百韻の会読のための予習ノートを基とする。前後二十年近くにわたる研究会は、常に十数名、時には三十名をこえる人数で行ってきた。さまざまな教えをうけた諸氏に感謝申しあげたい。臨川書店の小野朋美さんには、資料集と訳注に引きつづいて、本書でも心のこもった編集をしてもらった。

第三章の作品を授業で読んでいたころ、ある学生が「先生、和漢聯句はワカランレングですね」とため息まじりにつぶやいたことが忘れられない。爾来、さらに修練の歳月を重ねた。本書で注解した作品が、もしも、ワカルレングとして一般の読者にも読んでもらえ、また楽しんでもらえたら、どんなにか嬉しいことだろう。

令和元年十月

大谷雅夫

本書には、ＪＳＰＳ科学研究費補助金 17H02309 および 18H00643 による共同研究の成果が含まれる。

和漢聯句の楽しみ
芭蕉・素堂両吟歌仙まで

二〇一九年十一月三十日　初版発行

著者　大谷雅夫
発行者　片岡敦
印刷製本　創栄図書印刷株式会社

〒606-8204 京都市左京区田中下柳町八番地
発行所　株式会社 臨川書店
電話（〇七五）七二一―七一一一
郵便振替　〇一〇七〇―二―八〇〇番

落丁本・乱丁本はお取替えいたします
定価はカバーに表示してあります

ISBN978-4-653-04415-4 C0092